▼與世界霸權擦身而過的大夢想家：明成祖朱棣。（台北故宮博物院藏）

▲台北淡江大學「海事博物館」的鄭和造型。此一造型與鄭和寶船同為中國大陸泉州集美大學航海學院所設計製作，提供淡江大學陳列展示。

▲鄭和與司馬遷一樣永垂青史。圖為《一個宦官的傳奇歷程：鄭和的一生》一書（遠流出版）的鄭和造型。

►鄭和（1371-1435年）是出生於雲南的回族。圖為雲南省晉寧縣鄭和公園中的鄭和塑像。

▲鄭和「豐軀偉貌」、「眉目分明，耳白過面，齒如編貝，行如虎步，聲音洪亮」，不愧是個「天使」。（圖由「江蘇省鄭和研究會」提供）上右為現存於麻六甲（鄭和下西洋時之滿剌加國）三寶廟的鄭和石像。（圖由劉建材先生提供）

►明朝刊印的《三寶太監下西洋通俗演義》書中的鄭和（左）造型。

◀鄭和與他的寶船，是大航海時代的先驅，他比哥倫布發現新大陸還早了87年，比達伽瑪環繞世界航行還早一百多年。不論是造船技術或航海知識，都領先一個世紀。

▼鄭和的旗艦。超級大號的九桅帆船，它是明成祖的夢想的化身，更是鄭和一生鋒芒的寫照。（圖爲泉州集美大學航海學院設計製作）

◀寶船的另一造型，鄭和的寶船隊大小船隻百餘艘，總人數多達兩萬七八千人，是一支威力驚人的海上力量。（圖由「江蘇省鄭和研究會」提供）

▲福建長樂是鄭和下西洋的主要基地，長樂顯應宮於十年前出土一批泥塑神像，其中有幾位臉上無鬚的巡海大臣，專家認為是鄭和與其副手王景弘等人的塑像。（圖由長樂顯應宮管委會提供）

▲鄭和寶船航行在波濤洶湧的海洋中。這是一幅令人驚心動魄的想像圖，船上水手們正在協力調整桅桿上的巨帆。

▲江蘇太倉集郵公司發行的紀念郵票「海神娘娘」，是根據鄭和下西洋的起錨地劉家港天妃宮媽祖像製成，是南宋時期的木雕神像。鄭和下西洋時，媽祖也隨船遠征，一直是船隊的海上守護神。（圖由江蘇太倉鄭和紀念館提供）

◎本圖原載於「江蘇省鄭和研究會」所出版的《鄭和・鄭和研究在江蘇》一書，由該會同意提供本書使用。

▲位於福建長樂南山寺的〈天妃之神應靈記〉石碑，是宣德六年所建，記載鄭和七次下西洋的概要事蹟。

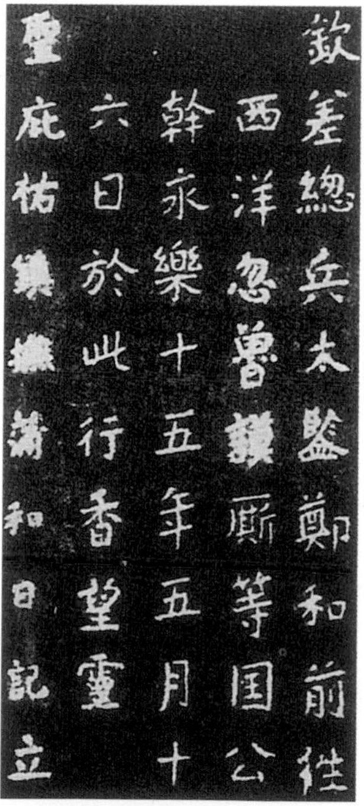
欽差總兵太監鄭和前往
西洋忽魯謨斯等国公
幹永樂十五年五月十
六日於此行香望靈
聖庇祐鎮撫蒲和日記立

▲泉州鎮撫蒲和日所立的〈鄭和行香碑〉。

▲麒麟，傳說中的仁獸，從沒有人見過牠的真面目。古人形容牠說：「其狀麇身，牛尾，狼蹄，一角。」這些特徵與長頸鹿十分接近，因此明朝人把長頸鹿當成麒麟，深信不疑。

◀鄭和下西洋，從非洲的榜葛剌國帶回貢物：長頸鹿。當時的中國人把這頭從未見過的怪物當做是麒麟。翰林院的沈度特撰《瑞應麒麟頌》，將這隻瑞獸與明成祖的聖德一起大大地歌頌一番。（台北故宮博物院藏）

▲鄭和船隊七次下西洋都要經過的滿剌加，即今之馬來西亞。圖為奉祀鄭和的馬來西亞三寶宮。

▲《古今圖書集成》所描繪的大食、天竺等國人民。這些國家都在印度洋畔，鄭和幾次下西洋都曾過境。

▲真臘國、占城國、爪哇國、東印度國各有不同的風土民情與生活型態，鄭和與這些國家都有密切的往來。

▲鄭和出生於信仰堅定的回教家庭，其先祖遠在元朝初年即定居中國。圖為鄭和的六世祖賽赤典・詹斯丁之墓。（圖由雲南晉寧鄭和紀念館提供）

◀雲南省晉寧縣的鄭和故里亭。

▼鄭和於永樂九年返鄉祭掃父親馬哈只，並撰寫紀念碑文。

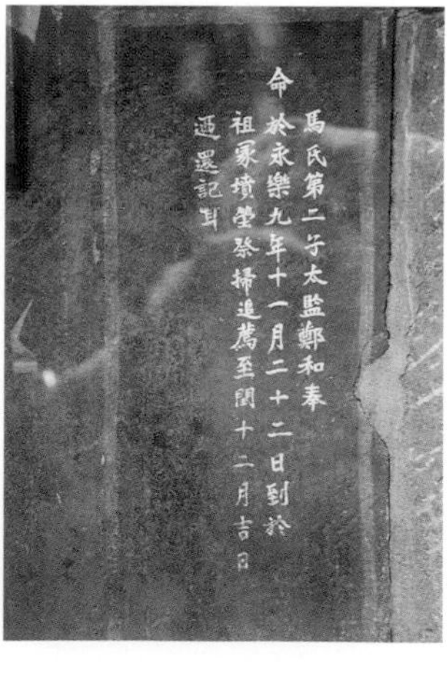

◀位於江蘇太倉市的鄭和紀念館。（圖由劉達材先生提供）

▼鄭和之墓在南京市郊的牛首山。鄭和長眠在大海的懷抱裡，這裡埋葬的是他的服飾。（圖由劉達材先生提供）

蒙古
帝國
哈密
北平
中國
南京
劉家港
拉薩
榜葛剌
福州
台北
昆明
察地港
度
緬甸
呂宋
占城
暹羅
歸仁
猶地亞
真臘
蘭山
滿剌加
阿齊
淡馬錫
汶萊
蘇門答剌
渤泥
舊港
新幾內亞島
蘇魯馬益
爪哇島
達爾文港
澳洲
鄭和遠航圖（西元1405～1433年）
主線
副線
【古今地名對照】
占城：越南
渤泥：汶萊
暹羅：泰國
滿剌加：麻六甲
舊港：印尼巨港
溜山：馬爾地夫
真臘：柬埔寨
阿丹：葉門
單馬錫：新加坡
天方：沙烏地阿拉伯
錫蘭山：斯里蘭卡
榜葛剌：孟加拉
爪哇：印尼
祖法兒：阿曼

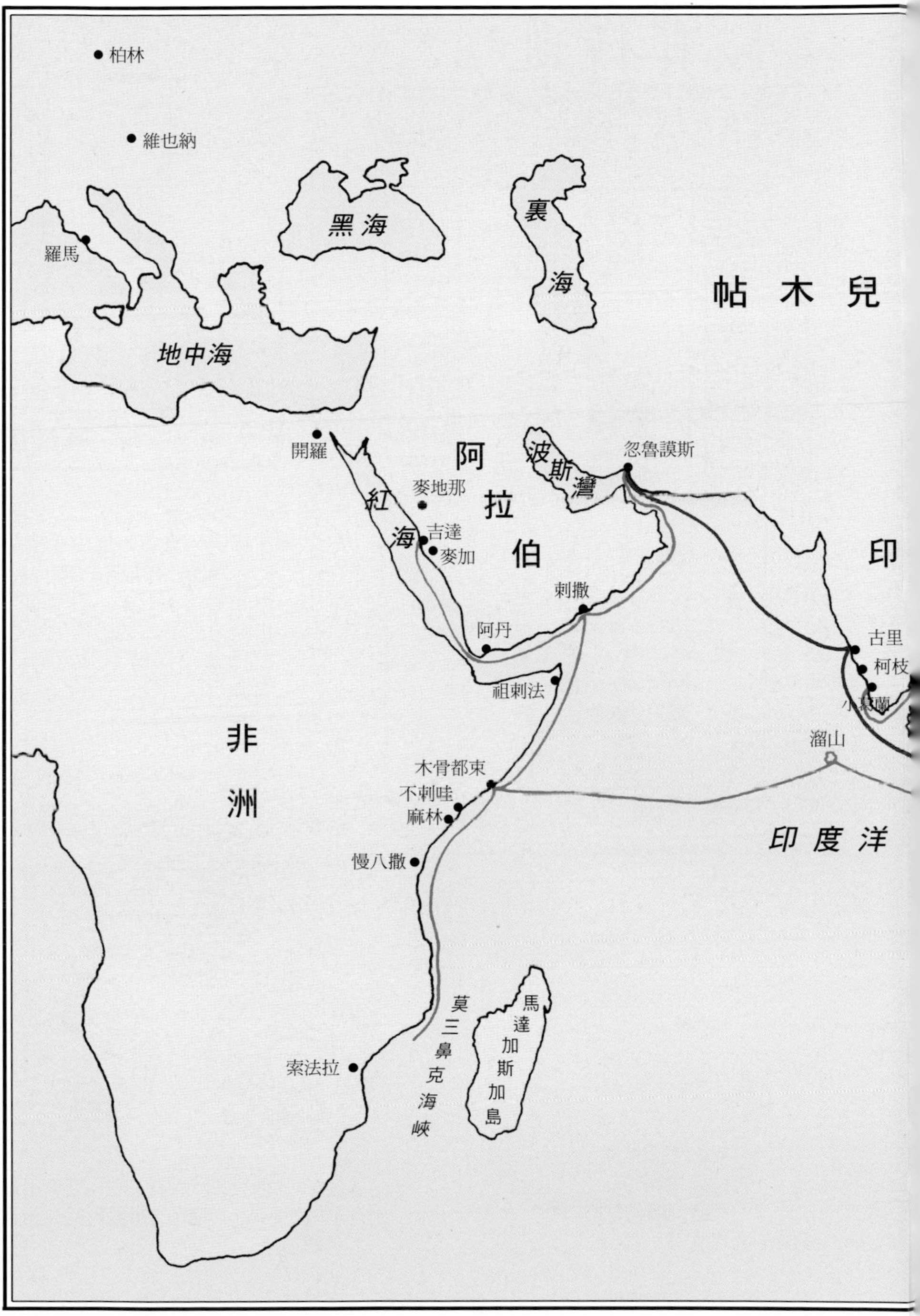
柏林
維也納
羅馬
黑海
裏海
帖木兒
地中海
開羅
阿拉伯
波斯灣
忽魯謨斯
紅海
麥地那
吉達
麥加
印
刺撒
阿丹
古里
柯枝
小葛蘭
祖刺法
非洲
溜山
木骨都束
不刺哇
麻林
印度洋
慢八撒
莫三鼻克海峽
馬達加斯加島
索法拉

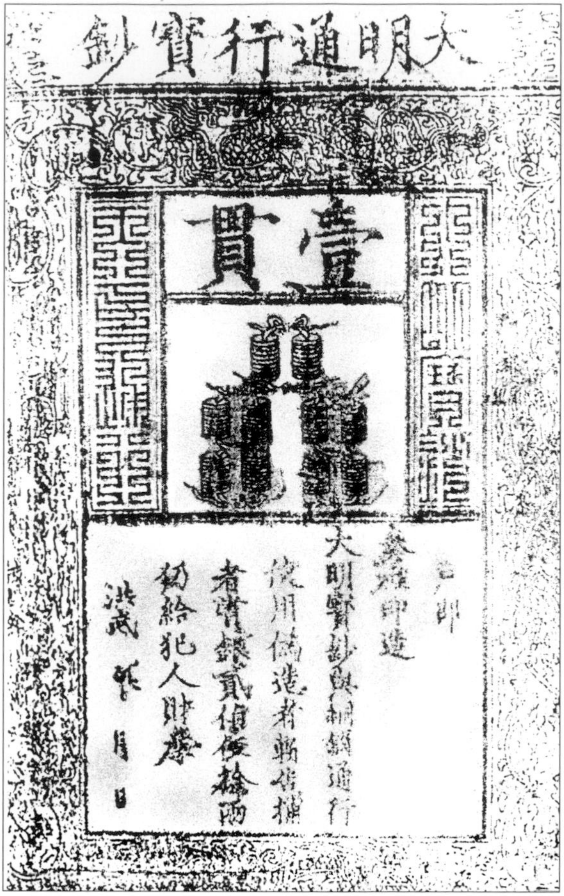

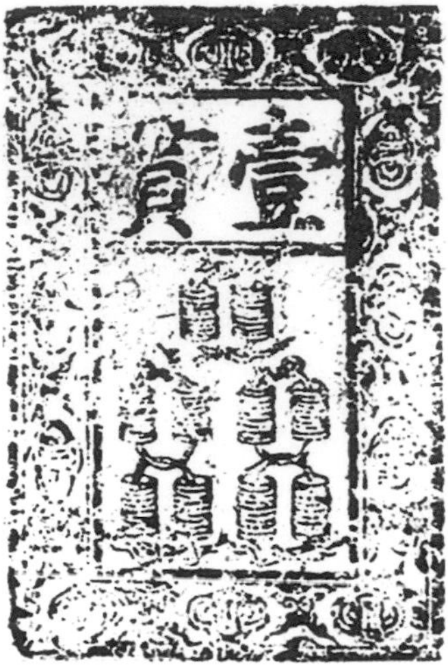

◀左圖為明太祖時期由戶部發行的大明通行寶鈔「一貫」。隨著鄭和七次下西洋，明朝的寶鈔也成為西洋各國的通用貨幣。上圖為不同時期發行的「一貫」。

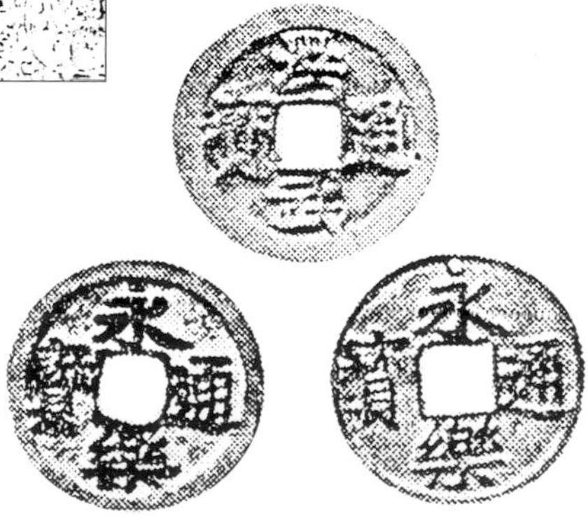

▲上圖三種硬幣分別為明太祖發行的「洪武通寶」，與明成祖發行的「永樂通寶」。

小說人物叢書

實學社

小說人物

141 海上第一人：鄭和【上】

作　者／王佩雲
主　編／黃　驗
責任編輯／黃　驗
發 行 人／王榮文
出 版 者／實學社出版股份有限公司
台北市 100 中正區汀州路三段 184 號 6 樓之 1
電話：(02) 2369-5491　傳眞：(02) 2365-6840
讀者服務專線：(02) 2365-1212

製作印刷／鴻柏印刷事業股份有限公司
電話：(02) 2247-0989　傳眞：(02) 2248-1021

總 經 銷／遠流出版事業股份有限公司
台北市 100 中正區汀州路三段 184 號 7 樓之 5
郵撥帳號：0189456-1
電話：(02) 2365-1212　傳眞：(02) 2365-7979
YLib 遠流博識網
http：//www.ylib.com
E-mail：ylib@ylib.com

法律顧問／蕭雄淋律師
電話：(02) 2367-7575　傳眞：(02) 2369-2525

初版一刷／2003 年 1 月 25 日
ISBN／957-2072-54-4（平裝）
定　價／250 元

行政院新聞局局版臺業字第 6433 號

【小說人物141】

海上第一人：鄭和【上】

王佩雲⊙著

歷史小說的新讀法

〔小說人物〕叢書出版緣起

王榮文

中國古書，一向以實用歷史爲主流。不論經籍、史傳、諸子，內容多數爲政治而寫，爲政治而用，爲政治而辯。從《周禮》、《左傳》、《商君書》、《鹽鐵論》一路下來，隨手列舉皆是，至宋朝司馬光編著的《資治通鑑》，更是實用到底。實用歷史一直是知識界與官方的主流書，其地位從未動搖過。

市井小民離政治雖遠，對史事卻津津樂道，但他們偏愛的是趣味的、人性化的、民間觀點的歷史故事。於是，唐宋以後，實用歷史在民間發展出「另類」，那就是「說書」。說書演變成後來的歷史小說，最具代表性的便是《三國演義》，透過作者的巧妙創意與春秋之筆，把古人寫死寫活。曹操之奸、諸葛亮之智，便是歷史小說家的傑作。

在日本也有相似之例：山岡莊八未寫《德川家康全傳》之前，這位十六世紀的軍閥披上不少惡評：吝嗇、精明、狡猾，形象不明。山岡莊八爲他立傳後，日本人透過小說重新認識德川家康，重新肯定這位開創後世兩百年安定政局的偉大人物，而《德川家康全傳》普及的程度，幾乎就像我們的《三國演義》。

一流的歷史小說家，是小說人物的檢察官兼審判長。他掌握史料線索，明察秋毫，剖揭眞相；他鋪陳故事，決斷價値，讀者的認知隨他起舞。現在，隨著時代推移，意識型態解放，價値觀與立場調整，使小說家的眼界更寬了，對史事人物關注的焦點更多了，於是有了截然不同的發現：曹操豈只是一個奸字了得？他的誠信、人才經營、治績都甚可取；同樣的，諸葛亮又豈只是智與忠而已……。在作家以現代的、實用的觀點探照之下，千古英雄人物，紛紛產生了豐富多元的新貌。

不止此也。一部成功的歷史小說要寫出傳主的人格特質、經世眼光、組織管理、領導與決斷等能力，它的內涵不再只是文學或歷史，還包括心理學、人際學、管理學、策略學等各種現代知識。歷史小說的格局與視野不斷開闊延伸，已使它作爲現代人、企業人共同讀本的條件更爲成熟。

實學社推出〔小說人物〕系列叢書，就是基於上述理念；以百萬元獎金所舉辦的【羅貫中歷史小說創作獎】更是這一理念的具體實踐，雖然薄有一點成績，文化出版界也不吝給予鼓舞，但我們不敢稍懈。歷史小說的舞台無限寬廣，我們誠摯地邀請作家們一起來經營這個新局——歷史小說的新世代；我們敬邀讀友們一起進入作家所模擬的歷史現場，去觀賞、參與每一個時代盛事。

【推薦】

一段永恆的航程

吳京

我是一個自然科學研究者，所從事的科研與教學工作，主要是海洋與大氣互動的物理學。諸如地球環境的改變，全球氣溫上升及聖嬰現象等，都是我海洋研究的重點。當然，這些都直接關係人類的維持生存和永續發展，也正是當前世界關注的一項焦點。

二十一世紀是新的海洋世紀，一九九八年聯合國推展國際海洋年的活動，其主要目的是在促使世人對海的關注。世人重溫海洋歷史，曾發起一連串紀念活動，前有「海上絲綢之路考察」，繼而哥倫布發現新大陸五百週年紀念，後有達伽瑪發現登陸印度五百週年慶典，不一而足。

我們回顧世界海洋歷史，中華民族對人類海洋文明，也曾有兩項了不起的成就。一爲西元前兩世紀（約兩千年前），早在西漢年間即已開闢海上絲綢之路；另一則是十五世紀明朝鄭和下西洋的壯舉。值此鄭和下西洋即屆六百週年的前夕，中外各方先後掀起一陣陣鄭和旋風，這些來自各方有關鄭和的研究與報導，自然格外引起我們海洋學界的重視。

在我閱讀關於鄭和的生平事蹟時，我非常驚訝於許多外國學者重視鄭和偉大成就的程度遠甚於中國學者。這些外國學者認爲：鄭和的遠航深深值得世人加以宣揚，因爲這些成就都爲後繼海洋的開發奠定了良好的基礎。

對鄭和非凡的成就，我首先關注的是明代造船與航海技術方面的進步。雖然在鄭和完成第七次航行之後，當時的朝廷視其爲「弊政」，廢除其龐大的遠航船隊，並銷毀了鄭和的航海日誌，留下歷史的空白，令人深感惋惜。但是，史家留下的記載顯示，無可否認的，當時中國在造船和航海方面的成就，遠遠走在世界的前面。美國學者李露曄（Louise Levathes）女士曾出版一本專書，名爲《當中國稱霸海上》（遠流出版），專門討論鄭和七下西洋的航程。她對鄭和當時先進的造船技術深感驚異，不禁要問巨型木造船何以能承受那麼遠距離的航行，沒有任何鋼鐵結構，究竟船體靠什麼來支撐與穩定，以及究竟採用何種塗料油漆覆蓋表層，使其經歷多年海上航行而不致受到腐蝕。此外，鄭和船隊多達二、三百艘船，在海上展開的陣勢十分壯觀。整個船隊則由數種不同類型和用途的船隻組成，如載運馬匹和食物的補給船、淡水船、戰艦和哨戒船等，在缺乏現代進步的科技協助下，這個龐大船隊究竟依靠何種手段進行通信聯絡與指揮管制，此一多達二萬七千人的船隊，如何實施後勤補給作業？總之，鄭和擁有當時最先進不可思議的龐大艦隊，就我所知，其偉大事功，迄今還被美國海軍軍官學校列爲海權教材。

最近，更傳來英國學者孟席斯（Gavin Menzies）倡論：鄭和先於哥倫布發現新大陸，而且也先於麥哲倫環球航行。他的驚人的發現，不僅掀起海峽兩岸和世界各地一股新的鄭和熱，而且也引起全球華人社會的重視。

我在美國生活、求學、工作及教書有很長的時間。我很瞭解他們以往的海洋觀念，西方與東方差異很大。過去一般西方人傾向於用他們的觀點認識海洋，因而在他們的眼裡只有哥倫布、達伽瑪和麥哲倫，而沒有鄭和，乃至鄭和下西洋被人稱爲「被遺忘的航程」。鄭和完全沒有受到世人應有的尊敬。

現在，包括不少西方學者在內的有識之士，開始從大歷史宏觀的觀點，重新認識和評價鄭和下西洋遠航的壯舉。眞正認識到鄭和是以謀求天下太平爲目的，他所到之處首在進行和平交往，開展「厚往薄來」的商貿交流，主動向弱國讓利，從不以強欺弱，處處發揮維護地區和平安定的作用，展現了泱泱大國風範，與過去西方海權國家以營利和佔領爲目的，開闢遠洋航路適成鮮明對照。這是一個遲來的公道，卻是一個正確的評價。

誠然，十五世紀末期，世界地理大發現推動了世界科學技術的進步，和人類海洋文明的進化，在今天的確值得我們肯定。然而，西元前兩世紀的海上絲路，以及十五世紀初期鄭和下西洋確是遠遠早過世界地理大發現，這是不爭的事實。孟席斯的新書《一四二一》（1421:The

Year China Discovered The World)，很明確的昭告世人：是中國人首先發現了世界，亦即是鄭和首先完成了「地理大發現」。此項學說果能成立，識者認爲當會重寫世界的歷史。

所以，鄭和的歷史地位値得我們肯定與認同，鄭和的壯舉，也値得我們弘揚宣告於世人。今天我們紀念鄭和，對全球的華人來講，是帶領我們華人社會走出去。對世界來講，也讓世界走向我們。我們要向世界宣告一件事，鄭和下西洋完全是和平之旅，哪會有中國威脅論，因此我們紀念鄭和的積極意義，實在於此。

我曾在去年泰國曼谷舉辦的亞太區域海洋會議午餐演講，強調今天我們宣揚鄭和，是要讓我們亞洲人對世界人類文明做出更多的貢獻。

中國大陸作家王佩雲所著歷史小說《海上第一人：鄭和》，正是從現在去理解發生在明朝鄭和下西洋的那段輝煌歷史，從世界宏觀視角重新發掘和認識那段久已淹沒的史料，經過創作的加工，塑造了鄭和這位既勇於探險陌生的未知世界，又堅持睦鄰友好的偉大航海家形象，從多層面展示當時明朝發動遠航的利弊得失，對這段歷史提出了種種新的思考。他囑我爲此書在台灣的出版寫篇序言，就此機會，談談一些個人這兩年來的思考所得，以就教於這方面的學者專家，願爲此貢獻一己的心力。

【本文作者簡介】吳京博士，曾任成功大學校長、教育部長，一九九五年獲選為美國國家工程學院院士，現為中央研究院院士、成功大學教授。

【自序】

重現鄭和的光環

在中國歷史人物和歷史事件中，鄭和與他的七下西洋迄今還是一個謎。圍繞著其人其事的一些歷史謎團，到現在都還沒有揭開，也還沒有人去認眞揭開。

1

明初鄭和生活的時代，即明朝開國之初的那幾十年，本身就是一個謎。

古老的中國由秦始皇派人尋找海上仙山，經過唐宋時期探索海上絲綢之路的航海活動，到了明初那幾十年，海上發展達到最高潮，組織了歷史上規模最大、持續時間最長的遠洋航行，從中國本土到達了非洲的東海岸。再往前跨出一步，就可以繞過非洲，到達歐洲了；然而，也就在那個時候，中國患上了「恐海症」，開始了長達四百餘年的海禁政策，甚至於頒佈「寸板不許入海」的政令，將沿海幾十里範圍內的居民向內地大遷移，躲避海洋就像躲避瘟疫一樣。

經過唐太宗溝通四海，和順萬邦的「貞觀之治」，到此時達到了前所未有的寬廣程度。當時明朝政府派出的使臣，足跡遍及西亞、東南亞和印度洋沿岸諸國，深入阿拉伯世界和東非的索馬利亞、肯亞和坦桑尼亞。在當時交通條件還十分困難的情況下，同幾十個國家建立了比較穩定的交往，開展了商貿和文化交流。明成祖時，曾有十一個國家的國王來中國訪問，其中有三個國王還提出了魂留中國的遺願。但是，也就在這時候，中國突然收住了走向世界的腳步，進而關緊了通向世界的大門，蜷縮在長城的腳下，持續了幾百年的閉關鎖國。

明初那幾十年，中國領先世界的強大國力和科學技術水平，還有在世界諸國中無可爭辯的大國地位，都達到了歷史的最高峰。可也是這個時候，中國開始了由先進向落伍，富裕向貧窮，強盛向羸弱的轉化。儘管此後，明、清兩代都有人作過中興的努力，卻是大勢所趨，誰也無法挽狂瀾於既倒。尤其值得玩味的是，明初是中國封建社會的頂尖時期，種種資本主義因素的萌芽也在當時的社會上出現。按社會發展規律，中國理應率先走向近代工業經濟，轉向資本主義社會。事實卻不然，中國把這個千載難逢的歷史機遇拱手讓給了後來居上的歐洲人。那些國家後來成了西方列強，反過來用堅船利炮轟開了中國的國門，把偌大一個東方古國淪爲了半封建半殖民地的國家。

而上述這一切，又都是以鄭和的七下西洋爲分水嶺。因之，歷史之謎也導致了鄭和之謎。

2

鄭和，對很多人來說，也許知道歷史上有這麼一個人，卻並不怎麼瞭解這個人；也許知道他曾經七下西洋，卻並不瞭解七下西洋是怎麼回事。在他身上，有很多東西值得人們去認識，卻還沒有得到很好的認識。

鄭和是一個非常幸運的人，又是一個非常不幸的人。他幸運的是，明成祖朱棣給他創造了領導七下西洋的歷史機遇，使他成了世界偉大的航海家。同時也使他成了中國歷史上推行和平外交的卓越外交家，展開海外商貿活動的傑出人物。他的不幸是，還在很小的時候，就成了朱元璋消滅蒙元殘餘勢力的犧牲品。在一次戰爭中被明軍將領虜獲而被閹割，成爲「刑餘之人」，失去了做人的尊嚴，乃至失去了做人的起碼權利。即使在功成名就之後，還有不少人在貶損他、鄙棄他，以至他死後還要燒毀他二十多年積累的航海資料，淹沒他的歷史功績，到現在人們連他的生卒年月都難以準確地認定。

鄭和是一個巨大的成功者，又是一個巨大的失敗者。作爲成功者，他的遠航，比歐洲中世紀三大航海家哥倫布、達伽瑪、麥哲倫，分別早了八十多年、近一百年和一百多年。他七次遠航持續時間達二十八年，哥倫布的美洲之行前後持續僅六年。論規模，從單船來說，如果將長四十四丈、寬十八丈的鄭和寶船，同哥倫布航行美洲的「聖瑪利亞」號相比，一個是大象，一個只是小山羊。從船隊來說，鄭和出動的是二百多艘船和兩萬餘人的編隊，歐洲那幾位航海家都只有幾艘船和幾十個人。還有，鄭和航海技術的先進也是無與倫比的，他的牽星過洋術、航海圖，以及確保那麼多的人在那麼長時間的航行中沒有患上「海洋流行病」的醫學奧秘，至今都還是一個謎。

鄭和的失敗，同樣也表現在與哥倫布們航海的對比中。西班牙、葡萄牙三位航海家的巨大成功，在於他們的航海活動帶來了世界地理大發現，把地球上被海洋分割的陸地聯繫起來，並推動了科技知識向生產力的轉化，加快了世界歷史由中世紀向近代工業文明的進程。相比之下，鄭和集合了那麼龐大的船隊，花了那麼長的時間，耗費了那麼大的財力，除了在東非以及他到過的一些地方留下了夢幻般的印象和神化了的傳說以外，別的似乎什麼都沒有，也就是人們說的「過水無痕」。

鄭和率先發展了與所到國家的友好交往，堪稱開展國際和平外交的傑出人物。雖然，他那個時候還不可能擺脫歷代帝王「普天之下，莫非王土」的固有觀念，七下西洋包含了「四海賓服」、「萬邦來朝」的追求目標。但在與西洋諸多國家的交往中，他始終堅持「以德服人」，不恃強凌弱，在經濟上更是厚往薄來，儘量多給弱小國家好處，樹立了泱泱大國風範，在當時發揮了一個大國維護地區和平的作用。令鄭和遺憾的是，他的生命結束了，他開創的和平外交也被西方列強的炮艦外交替代了，中國自身也成了炮艦外交的犧牲品。繼他之後去到海外的中國人，如曾國藩、李鴻章、郭嵩燾等，在西方列強面前只能屈膝投降，喪權辱國，長期蒙受國土被瓜分、財富被掠奪、人民被奴役的恥辱。

3

有人說，鄭和的七下西洋是「一次被遺忘的偉大航行」。從目前中國大陸的情況來看，不能算過分。時至今日，研究鄭和的有志之士仍如鳳毛麟角，更談不上必要的普及宣傳了。在目前中國大陸高漲的旅遊熱潮中，好多地方都在挖掘歷史名人的寶貴資源，王寶釧的寒窯、楊貴妃在馬嵬坡落難處都有人熱心考證，類似諸葛亮出生地「南陽、襄陽」的官司至今仍然打得相當熱鬧。唯獨鄭和的家鄉及其七下西洋所活動的地方，依然冷鍋冷灶，只有幾個門前落寞的紀念館在艱苦支撐。

仔細分析鄭和下西洋之所以長期被忽略和遺忘，不外乎來自世界歷史和中國自身歷史兩個方面的原因。從世界歷史的背景來說，自從中世紀以來，世界在一個漫長的歷史時期都處於崇尚武力的時代，所有能被世界記住的歷史人物和歷史事件，大多與武力的征服與反征服有關。鄭和的遠洋航行，著眼於和平友好，展現善意，反而容易被世人所忽視。在中國，則由於封建社會自身的封閉特性，鄭和航海在當時就有人稱之為「弊政」，此後是長達四百餘年的海禁，有意無意將鄭和打入冷宮似乎也不奇怪。

值得注意的是，即使在長時期的冷落中，還是有不少仁人志士認識到鄭和及其七下西洋是一座十分豐富的精神寶庫。很多政治家在一些歷史的重要關頭，都從這個寶庫裡汲取了巨大的智慧和力量。梁啓超在戊戌維新失敗逃亡日本後，專門寫了《祖國大航海家鄭和傳》，由此及彼，感受到這位航海巨人「敢爲天下先」的不容易。領導辛亥革命的孫中山，在其《建國方略》中，眼看他所處的時代，中國已經落後到造一艘三千噸的船都很難。他對比鄭和時代造大寶船遠航西洋，「示中國富強」，發出「其視鄭和之成績如何」的感慨，激勵華夏子孫要用強國的精神去實施強國的方略。

二〇〇一年元月，美國的《國際先驅論壇報》有一篇文章，對鄭和的遠洋航行給予了新評價：「鄭和爲尋求貿易和資訊而進行的海上航行，適與後來以征服爲目的的歐洲帝國的海上航行，形成鮮明的對照。」這句話很值得玩味。在過去迷信武力和征服的年代，以「發現即佔有」爲宗旨，進行野蠻佔領和掠奪的哥倫布，在世界上的名望與地位，遠遠超出了堅持與世界和平交往的鄭和。人類文明發展到了今天，很多人已經開始認識到，這個世界迫切需要的是鄭和式的互利合作，而不是哥倫布式的強行佔領和野蠻掠奪。人類只有一個地球，人類也只有一片海洋，它們再也經不起堅船利炮的蹂躪。

時代不同了，整個世界正在發生深刻的變化，已經到了重新認識和評價鄭和的時候。

海上第一人 鄭和

目錄

◎上冊

◎下冊

海上第一人：鄭和【上】

第一章 少年殘夢

一、滇池邊的抗浪魚

元朝末年，雲南昆陽州城的西邊有座滇陽侯府。這座既有當地建築特點又具有伊斯蘭風格的府第，依山傍水，景色宜人，是塊可臥虎可藏龍的風水寶地。那水，就是著名的五百里滇池。那山，是天上的月亮和水中的月亮都能映照的月山。

西元一三七一年，那位成爲世界著名航海家的鄭和就出生在這座府第裡。這是個遠祖隨成吉思汗來到中原，後來定居雲南的回族人家。鄭和本姓馬，名叫馬和，又名三寶。鄭和，是以後明成祖賜其姓鄭，他才擁有的名字。

也許是近山愛山，近水喜水的緣故吧。馬和還躺在嬰兒的搖籃裡，就伴著滇池拍岸的水波睡覺，伴著濤聲咿呀學語，從小就特別喜歡玩水，隨之也喜歡擺弄船。四五歲的時候，家裡不讓他出院門，他就在庭院內的水池裡玩。哥哥馬文銘比馬和年長好幾歲，不屑與他擺弄折紙船一類的雕蟲小技，馬和就領著幾個年幼的妹妹，成天圍在水池邊放紙船。他是妹妹們的領袖，那個水池就是他的領地。

馬和到了六、七歲，院門已經無法關住他。有一天，他趁父母不注意，偷偷打開院門，空闊無邊的滇池展現在他的面前，情不自禁地「啊」了一聲，興奮地拍著手喊：「好大的海！」馬和久久站在岸邊不動，遠眺滇池浩淼的煙波，近看風帆高張的船隻，傍晚觀看如同天上星星抖落在水中的漁火。他被滇池吸引住了，這以後便悄悄邀集鄰家幾個膽大的孩子，趁家裡大人不注意，將身上的衣褲扒光，精赤條條躍入水中，投進了滇池的懷抱。好在馬和生長在一個有阿拉伯血統的人家，父母都還具有阿拉伯人稟性，喜歡培育孩子勇敢無畏的品性，對他小小年紀就在滇池裡練習游泳，採取了寬容的態度。馬和與滇池清亮的湖水融爲一體，眞是個如魚得水。

滇池是雲貴高原的一顆明珠。早在漢武帝的時候，博望侯張騫出使西域，想要打通西南的通道，曾經路過滇池，被這泓一眼看不到邊際的碧水驚呆了。他回到長安，向漢武帝報告當時這個還屬於「蠻國」的地方，特別強調「其國臨大水焉」。漢武帝在出兵征服雲南一些少數民族部落時，忘不了張騫「其國臨大水」那句話，特地在長安仿照滇池鑿了「昆明池」，以習水戰。他運用了漢時最著名的樓船，想居高臨下對付當時還只有獨木舟的「夷人」，留下了「漢習樓船」的歷史佳話。

馬和的六世祖賽典赤・詹斯丁，在元初駐鎭離長安很近的咸陽，死後還被封爲咸陽王，很熟悉昆明池裡「漢習樓船」這段歷史掌故。他後來被元世祖忽必烈派到雲南省，出任平章政事，成了這裡的封疆大吏。他見到了滇池，立刻想起了長安的昆明池，便把「漢習樓船」的典故講述給自己的子孫聽。馬和的祖父察兒米的納，和父親米里金，世襲滇陽侯，將滇陽侯府建在昆陽州的滇池邊。察兒米的納喜歡帶領馬和在滇池邊散步，數點滇池裡的風帆，講述祖上流傳下來的與滇池有關的「漢習樓船」的故事。馬和好奇地問：「樓船是什麼船呀？」祖父一邊比畫一邊解釋說：「樓船可不比眼前滇池裡來往的這些客船和漁船，船上有五六層樓，每層樓上都插滿旗幟，佈滿穿鎧甲的武士，一條船可以坐三千多人。甲板兩邊有槳手，他們一齊用力撥動清波，船在水上行走如飛，十分威武雄壯。」馬和遙望滇池水天相連的遠處，彷彿在那裡就有一排排樓船向他乘風破浪駛來。

馬和已經不滿足同妹妹們一起折疊紙船了，紙船經不起滇池的風浪，剛放入水中就被迎面撲來的浪頭吞沒，很掃他的興致。他撇開幾個妹妹，邀集幾個鄰家要好的小伙伴，興奮地對他們說：「我們一起來造船好不好？」幾個小伙伴齊聲說：「要得，要得！」馬和因為具有阿拉伯血統的緣故，身材長的要比當地同齡的孩子魁梧，額頭也比他們突出，鼻樑還高高地隆起，頗有些像經常在昆陽州街頭出現的番人。但他生性平和，待周圍的小朋友很友善，而且十分聰明伶俐，腦子裡又有不少好玩的點子，大家都願意同他一起玩耍。

他們說幹就幹，有個木匠師傅的兒子，從家裡搬出了魯班傳下來的全副行頭，斧、刨、鋸、鑿一樣都不缺。他們從各自的家裡找來木板，還從母親的針線簸籮裡找來針線和布頭，鋸的鋸，刨的刨，有的拼湊船板，有的縫製風帆。有幾個小伙伴打造了一條單桅的漁船，有幾個小伙伴打造了一條三桅的載客船，他們都對自己的造船本領感到很是得意，一齊跳著喊著，到滇池裡試航。

馬和卻不急不慌，他對眼前行駛的那些簡陋的漁船和客船不感興趣，他要打造一條能經得起大風大浪並能在水上作戰的樓船。這隻工程浩大的船，終於吸引了所有小伙伴的注意，那個跟著當木匠的父親學過一些木匠手藝的伙伴，按照他的指點在甲板上蓋起一層層樓房，他的幾個妹妹按照他的吩咐縫製出了五顏六色的旗幟。一向寧靜得有幾分冷清的月山，洋溢著孩子們興奮的喧鬧聲。

這一天，樹木蒼蒼的月山陽光燦爛，浩瀚滇池微風輕拂，水波不興。馬和和他的伙伴們像過節一樣高興，他們的樓船已經製造成功，今天就要「試航」了。不知是哪個孩子，還偷偷從家裡拿來一串鞭炮，馬和剛把樓船放到了水裡，鞭炮立刻炸響，給了大家一個驚喜。那船很平穩地浮在水面上，在清風輕輕的吹拂下，樓船緩緩向前行駛，樓船高處樹立的戰旗還迎風飄揚起來，贏得了大家的一片歡呼聲。

馬和的父親滇陽侯米里金這天適逢在家休息。他為院外的熱鬧所吸引，信步踱出院門，悄悄來到孩子們的身邊。他站在馬和的身後，看到眼前發生的一切，臉上露出了十分滿意的微笑。在孩子們將自己得意的傑作從水中撈上來以後，他坐到一株大樹下的草地上，招呼大家圍攏來，向他們講述自己前些年乘坐海船去天方朝聖的故事。比滇池更寬闊的海洋，比湖波更高的海浪，比樓船更大的海船，將馬和與他的小伙伴帶入了另一個嶄新的世界。

原來，自從先知穆罕默德朝覲「天方」之後，伊斯蘭教的信徒就有了去天方朝聖的傳統。每一個穆斯林的男性，只要身體健康條件和家庭經濟條件允許，在有生之年都要去天方的天堂禮拜寺朝拜真主。遠在阿拉伯半島的天方，即現在的麥加，是穆罕默德的誕生地和伊斯蘭教的發祥地，真主所居住的天堂也就在那裡。伊斯蘭教徒能夠不畏路途遙遠和旅途的艱險而去朝覲真主，回來後就能獲得「哈只」的稱號，受到所有本教教徒的尊敬。馬和的祖父和父親都去麥加天堂寺朝過聖，人們從此不再叫他們原來的名字，都尊稱他們「哈只」，或「馬哈只」。

這位馬哈只剛過而立之年，卻按照穆斯林的傳統，蓄了鬍鬚，讓人看上去比他的實際年齡更老成。此時，他摘下白色帽子捏在手上，瞇著的雙眼越過滇池，遙望遠在萬里之外的麥加，向孩子們講述了自己當年跟隨父親遠涉萬水千山的朝聖旅程。他們從滇池邊出發往南走，自雲南的思茅出境，到緬甸的曼德勒，再由伊洛瓦底江揚帆南下，直航仰光出海。先到了現今印度的加爾各答，換船出孟加拉灣，繞道現在的斯里蘭卡，再橫渡阿拉伯灣進入亞丁灣。從這裡再通過紅海進入吉達港，這才到達天方。他講起海船在驚濤巨浪中的顚簸，不少人遭受船毀人亡的厄運；穿過沙漠時，很多人也在艱難的旅途中倒下。他對馬和說：「每一個穆斯林都是在朝聖的旅途中磨練自己的意志，領悟人生的眞諦，走近眞主。」馬哈只很高興自己的兒子從小就有造船航海的意識，他的孩子作爲穆斯林的後代，總有一天也要沿著父輩走過的路前去天方，懂得航海，去天方朝聖的路就好走多了。

聽了父親講述的海上經歷，馬和心潮澎湃。他捧著自己製作的樓船，背倚月山直直站立著，兩眼越過滇池注視遙遠的天際。在他的面前展現了一片波濤洶湧的海洋，滇池其實也是一泓海。這時，他的父親走過來輕輕撫摩著他的頭，說：

「在離滇池不遠的撫仙湖裡，有種魚最喜歡在浪頭上戲水，當地百姓稱之爲抗浪魚。你既然喜歡大海，就要立志成爲大海中的抗浪魚。」

二、套在絞索裡的人

在昆陽州城的東南面，還有一座在田疇中蜿蜒逶迤的山，名叫石寨山。那座山離馬和家居住的月山並不很遠，也就十里左右的路程。那裡是古滇國君王和后妃的陵寢地，聚居著許多生前輝煌顯赫過的男人和女人的靈魂。但是，古滇國後來不知怎麼就在這塊土地上神秘地消失了，好像連同那些死者一起鑽進了地下似的。這座石寨山，在昆陽人的心裡也充滿了一種敬畏莫名的神秘感。

一個春光明媚的早晨，馬和早早起來，站在月山之巔，眺望田野中的新綠，還有金黃的油菜花。春天是一個令人心緒難寧的季節，馬和的心裡忽然萌發出一種衝動，想要走出月山，去廣闊的田野上奔跑，盡情沐浴和煦的春風，領略高原壩子裡的無限春光。他已經到了男孩子開始撒野的年齡，小小的月山已經關不住他正在擴展的心胸。

他急匆匆邀約了鄰家的幾個小伙伴，呼喊著飛奔著直往石寨山的方向跑去，連需要給母親打聲招呼的家規，都因爲一時興起，置諸腦後了。他同幾個小伙伴在田野中捕捉採花的蝴蝶，追趕催春的陽雀，不知不覺就來到了石寨山的腳下。

因爲古滇國莫名其妙的消失，石寨山已經處於無人經管的狀態。整座山上樹木蔭蓊，枯藤纏繞，荊棘叢生，雜草瘋長。馬和他們追趕的陽雀都飛進石寨山的林子裡，棲落在樹枝上，大概知道被捕捉的危險已經過去，悠閒地發出「快快種禾，快快種禾」的啼鳴。一個小伙伴在石寨山跟前驚恐地停住了腳步，喘著粗氣說：「這山上可不能去，會撞到鬼的。」其他幾個也被山上彌漫的氤氳之氣震懾住了，他們都聽自己的父母說過，安睡在這裡的都是一些高貴的鬼魂，連村寨裡那些充滿陽剛之氣的精壯漢子都害怕觸怒他們。

還是馬和膽子大，他特地跟隨父親去撫仙湖看過抗浪魚，大些雪白的魚兒哪兒浪大就往哪兒跳躍，讓他體會到了一種冒險的樂趣。他沒有那些思前顧後的考慮，就一頭鑽了進去。幾個正在猶豫不前的小伙伴見馬和衝到了前面，也相跟著進入了一個遮天蔽日的陌生世界。也不知古滇國經歷了多少代國王，有資格埋葬在這裡的人有多少，那裡邊一個墳堆連接一個墳堆，幾乎找不到一塊平地。馬和鑽了幾個墳堆，心裡也有點發毛。他四顧尋找自己的伙伴，因爲雜樹青藤濃密枝葉的遮蔽，誰也看不到誰，被他們追逐的陽雀也不見了踪影。

馬和兩眼四顧，不小心被兩個墳堆間的一塊石頭絆了一跤，「哎喲」一聲栽倒在草叢裡，衣服被攔在路上的荆棘撕開了一個大口子，腳也崴了。他坐起來彎著腰揉腳，突然發現，石頭下邊原來壓著鏽跡斑斑的一個物件，經他一踢露了出來。他拾起來用手摳淨上面的泥土辨看，他不知道那是一件寶貴的青銅器，以爲只是一件稀奇古怪的玩物。那小小物件很像一支狩獵的鋼叉，兩個分叉的刃尖上，卻一邊吊著一個套在絞索裡的赤身裸體的人。

他高呼一聲：「大家快來看啊！」小伙伴聞聲趕來，也一個個衣衫不整，有的臉上、手上還被荆棘掛破了。他們一看這玩意兒也都覺得奇怪，誰也鬧不明白究竟爲何要把這兩個倒楣蛋套進絞索裡，還要高高舉在鋼叉上，把絞殺人當成讓人欣賞的玩物。他們再仔細端詳那兩個赤身裸體套在絞索裡的人，有個冒失鬼忽然冒叫一聲：

「馬和，這兩個套在絞索裡的人，額頭和鼻樑都高高的，跟你很相像哩！」

馬和聽了，心裡咯噔了一下，他們回回家本來不相信命運之類的事情，可同周圍這些小伙伴在一起的日子多了，不知不覺也受了一些影響。一個年紀稍大的小伙伴立刻捂住了那個冒失鬼的嘴，說：「大清早的，莫說這樣不吉利的話。」大家也連忙把話岔開：「這不是中國人，是番人。」

昆陽城雖然地處內陸，卻有不少番國人來這裡，很多人的模樣的確就跟套在絞索裡的那兩個人一樣。這些孩子平時到昆陽城裡，見過不少番人和很多來自那些國家的稀奇之物。他們見過那些番人帶來的錢幣，不是銅幣而是蚌幣；他們見過番人帶來的香料，有股異香直沖鼻子，一點也不像雲南山茶花、桂花和香茅草的香氣；他們也見過番人的雜耍，有人與獅子、與牛、與蛇的搏鬥，讓他們充滿好奇和恐怖。可是，誰也不曾見過將好端端的人套進絞索裡的恐怖表演，大家都勸馬和扔掉那玩意兒，一致認為在墳山上發現的東西，必定是不祥之物，可別把禍祟帶回家裡去。有的還念開了躲避孤魂野鬼附體的咒語：「我有三兩銅，不怕鬼來尋；我有三兩鐵，不怕鬼來劫……」

馬和卻沒捨得扔掉，想帶回去問問父親，弄明白其中的原委。他是個好奇心很重的孩子，自己不清楚的東西總要想方設法弄清楚。這群孩子已經失去來時的興致，一個個疲憊不堪，懶懶地走在回家的路上。馬和衣衫不整，一瘸一拐回到家裡。

全家的人都在每天作禮拜的房間裡等著他，那裡供奉著穆罕默德的神祇，顯得無比莊嚴肅穆。父親馬哈只平時很和氣，跟馬和也格外親近，此時卻板起了面孔。母親溫氏一向性情溫和，是個慈母，這時也一臉的不高興。哥哥和妹妹們也一聲不吭，都拿眼瞪著他。馬和注意到，家裡人都莊重地戴上了穆斯林的頭飾，這才猛然想到今天早晨一時興起，竟忘了參加全家人每天必不可缺的祈禱儀式。他家是一個非常正統的穆斯林家庭，對眞主的禮拜非常虔誠，每天的五次祈禱，一次也不能缺少。

他趕緊洗淨手和臉，換好衣服，戴上潔白的帽子，虔誠地向眞主懺悔，求眞主原諒他今天的過失。他心裡眞的感覺到了一絲的不安，今天對眞主的失敬，是否眞的會給自己或這個家庭釀成什麼不幸？他默默注視著穆罕默德的神祇，然後低下頭口中念念有詞，祈求眞主賜給自己以及全家人的平安。祈禱儀式結束，哥哥和妹妹們離開禮拜堂以後，他誠懇接受父母對他過失的數落。

父親很嚴肅地說：「穆斯林的心裡不能有別的什麼，只能有眞主。」

母親說：「你也不小了，不能老是貪玩，該好好學習《古蘭經》（一作《可蘭經》）了。」

馬和向父母也向眞主承認了自己的過失，偷眼看一看父母的臉色已經緩和下來，對他表示了寬恕和信任，便從懷裡掏出早晨撿到的那個物件遞到父親手裡，並敘述了他今天早晨在石寨山的新奇發現。

馬哈只仔細端詳手裡的這件東西，也感到很吃驚，皺著眉頭陷入了思索。他作爲滇陽侯，多少瞭解一些本地的歷史。石寨山埋葬的實際上是一個已經消失了的古國。那是戰國時期，楚國派遣大將軍莊蹻入滇開拓新的疆土，不想就在莊蹻入滇後不久，楚國被秦國滅亡，莊蹻的歸路被截斷。他不得不就在滇池地區率衆稱王，改變服飾和風俗習慣，同滇人打成一片，建立了古滇國。莊蹻爲古滇國選定的都城，也就在昆陽州。馬哈只聽說過，古滇國時代青銅器很有名氣，可是卻從未見到過，似乎也與古滇國一起忽然消失了。他琢磨馬和在石寨山拾到的這個物件，很可能就是古滇國遺留下來的一件青銅器。但這青銅器的造型也令他奇怪，猜不透兵器上的飾物，爲何要把兩個赤裸的身子套進絞索裡。

應當說，馬哈只也算得上是個見多識廣的人了。雲南雖然遠離中原地區，又在高原之上，自古被稱爲蠻方。這裡卻是古絲綢之路的要道，西去東來的必經之地，對外交往似乎比中原地區發展得還早，其範圍也更加寬廣。馬哈只作爲這個地方世襲的官員，在昆陽就接待過不少臨近國家的暹羅人、交趾人、安南人，還有更遠的天竺人、波斯人。在與這些異國他鄉的使者交往中，瞭解到那些地方的不少奇異風俗。他在跟隨父親去天方的路上，也見過很多不同國家的人，有的還結伴同行，一路上也聽到過不少奇奇怪怪的故事。但就是沒有聽說過，將人套進絞索的事情與兵器會有什麼聯繫。

光陰荏苒，轉眼之間春天過去了，夏天也過去了，又到了秋高氣爽的時節。一天，馬和發現有隻小船從滇池的遠處划過來，停泊在他家附近的岸邊。一個穆斯林打扮的陌生人經過船家的指點，徑直朝滇陽侯府走來。他趕緊跑回院子裡向父母報告，穆斯林家庭絕不能慢待前來造訪的穆斯林兄弟。

來人跨過院門，朝馬哈只微微躬身，右手撫胸，道了一聲「求眞主賜給您安寧」。馬哈只趕緊趨上前來，也是右手撫胸，微微躬身作答，「求眞主也賜安寧給您」。這是穆斯林見面時的相互祝福，也是全世界穆斯林的共同語言，有了這句特有的具有共同信仰的問候，任憑是天涯海角萍水相逢，立刻就能成為親如一家的兄弟。

馬哈只打量來人，生得高大魁偉，廣額高鼻，眼窩深陷，蓄著一部濃黑的髯鬚，將黧黑的面孔襯托得更加黧黑。他頭上纏著「泰斯台」，身上穿著阿拉伯長袍，滿身風塵僕僕，肯定是遠道而來的阿拉伯兄弟。馬哈只努力回憶著此人在何時何地見過面，他能徑直找上門來，肯定是有過一面之交的朋友。

來人性情豪爽，笑著說：「眞是貴人多忘事，我是哈三，難道不認識了？」

馬哈只恍然大悟：「原來是哈三兄弟，你這張臉都快被沙漠中的太陽烤糊了，不通名報姓眞還認不出來了。」

馬哈只與哈三是那年在天方朝覲時認識的，那時哈三正在天方學習深造，他們兩個同齡人在聖城邂逅，一見如故。馬哈只在世襲滇陽侯以後，還託人帶信去天方，邀請哈三來這裡的清眞寺當阿訇。哈三這次跟著一支商隊回來，到了鴨赤城（即今昆明），特地乘船來此尋訪故人，打算在這裡著手進行他的獻身眞主的事業。馬哈只不負前言，立刻打發手下人去清眞寺作了妥善安排。

馬和見家裡來了從大方歸來的穆斯林，心裡分外高興。他最愛聽這些客人講述他們一路的見聞，很多新奇有趣的事，恐怕是自己一輩子也難以遇到的。馬和機靈地擠進了父親與客人的談話行列，馬哈只卻突然想起了那件青銅器，急忙找出來請客人辨認。

哈三拿在手裡端詳了一會兒，他見多識廣，知道這是中國鑄造的青銅器，反映的卻是比阿拉伯世界更遙遠的地方的事情。在那個地方，有兩種人常常被送進絞索套：一種是企圖逃跑而被抓回來的男女奴隸，另一種是戰爭中的俘虜。戰爭的勝利者往往把男性俘虜絞死，作爲祭奠戰神的犧牲，而把女人留下來供自己享用。哈三說：「看這兩個人的絞索被繫在兵器上，不用說是戰俘了。他們成了祭奠戰神的祭品，肯定是某一次戰爭可憐的殉難者。」

馬和聽得毛骨悚然，忍不住打了一個寒噤。他從哈三叔叔手裡接過那件青銅器，輕輕撫摩著兩個套在絞索裡的人，腦子裡浮現出戰爭無比殘忍和恐怖的場面。他感覺到了戰爭的可怕，卻還不知道一場改變他此生的戰爭，已經離他越來越近。

三、戰禍逼來

元至正二十八年（西元一三六八年）的正月初四，明朝的開國皇帝朱元璋在應天登基，從此應天成了南京。他坐在龍椅上睨視四方，元朝在邊遠地區的殘餘勢力，其實還沒有能夠徹底掃除。這成了他的一塊心病，令其寢食難安。

雲南乃邊陲重地，與西南諸多蠻夷之國接壤，此時卻還牢牢控制在元朝皇室的梁王手裡。梁王把匝剌瓦爾密是元世祖忽必烈第五個兒子的後裔，那個元順帝都逃到塞外去了，江山已經易幟，他還堅守雲南自若，對那個已經不復存在的朝廷忠誠不二。朱元璋出身微賤，從和尚到皇帝，經過了連年的征戰，知道他的軍隊已經很疲憊。再加上國家初定，百廢待舉，也實在不想勞師遠征了。他先是派翰林待制王禕前往招諭，接著又派湖廣參政吳雲前去規勸梁王，希望免動干戈，儘快歸順。可是，梁王不買這個賬，十分粗暴地殺害了兩位使者。兩軍交戰，不斬來使，這是戰爭中普遍的遊戲規則。梁王犯了兵家大忌，惹得朱元璋龍顏大怒，氣得吹鬍子瞪眼睛，直罵：「匪夷所思，匪夷所思！」

洪武十四年（公元一三八一年），朱元璋在午門點兵，委任穎川侯傅友德爲征南大將軍，永昌侯藍玉、西平侯沐英爲左右副將，率領步騎兵三十萬日夜兼程向雲貴高原挺進，去討伐那個冥頑不靈的梁王。雲南的上空頓時戰雲密布，空氣緊張，人心慌亂。馬哈只作爲滇陽侯，世襲的正是元王朝授予的職銜，吃的還是元朝的俸祿，必須各爲其主。梁王下了誓死抵抗的決心，命這位滇陽侯隨司徒平章達里麻前往曲靖迎敵。那裡是雲南與貴州交界的地方，他要禦敵於家門之外。

馬哈只就要帶兵出征了，卻放心不下一家老小。他食君之俸祿守土有責，作爲一家之長保護家庭安全也有無法推卸的責任。軍情如火急，他連夜同妻子溫氏和大兒子馬文銘商量：「昆陽離梁王所在的鴨赤太近，必然是明軍攻擊的重點，你們還是帶領全家遠走他鄉去躲避戰亂吧。」

溫氏焦慮地說：「我們是外來戶，在雲南舉目無親，能避到哪裡去？」

馬哈只忽然想起了在楚雄的鎮南有一個朋友，那是個彝族頭領，前些年應居住在昆陽州的彝族兄弟之邀，來這裡參加火把節，到過滇陽侯府。馬哈只為人豪爽，喜歡結交朋友，雖然各自的風俗習慣有很大不同，卻是一見如故。他瞭解楚雄一帶，山高林密，道路崎嶇，地勢偏僻，是躲避戰亂的好去處。他果斷作出決定：「彝族朋友很講義氣，困難時候去求他，準沒錯。」當即修書一封交給兒子馬文銘，讓他帶著一家人趕快上路。

馬文銘不善言辭，只說了一句：「我會照顧好一家人的。」他業已長成大人，娶了妻室，有了主事的能力。老二馬和也年過十一歲，成了半大小夥子，而且遇事機靈，無疑也是母親和哥哥的一個幫手。馬哈只看看兩個兒子，在萬分的不安中，略略感到了一絲慰藉。

全家人分別時，在穆罕默德的神祗前進行了十分虔誠的祈禱，彼此之間也有了一種亂離時候分別的憂愁，大家都在祈禱求眞主能將安寧賜給全家的每個人。滇陽侯一身戎裝，騎著一匹蒙古種的高頭大馬，率領自己的部下就要出發了。他臨跨上馬鞍時交代妻兒老小：「我們一家人就在楚雄會合吧，這場戰爭無論是勝是負，我都會去那裡找你們。」

溫氏溫情脈脈地目送著丈夫，已經老遠了還在可著嗓子喊：「你要照顧好自己啊，我和孩子一定會在楚雄等著你。」

溫氏領著一群兒女乘上馬車，咿咿呀呀走上了與丈夫去向不同的另一條驛道。馬和特地在懷裡揣了一本《古蘭經》，有眞主同在，他心裡多了一份踏實。

楚雄是個風景非常秀麗的地方，自古以來吸引過不少文人墨客來此吟詠山水，謳歌古蹟。馬和聽人說過，那裡有古刹林立的紫溪山，狀如巨獅的武定獅山，還有通體雪白的大姚白塔，都是好玩的去處。然而，躲避戰禍絕不同於遊山玩水，兵荒馬亂的年月，誰也不會有觀賞風景的雅興。一路上出現在馬和眼前的，都是逃難的人群，趕著馬車的，牽著牛馬的，挑著行李的，幾乎塞滿了通向楚雄的驛道。戰爭的災難，不只局限在戰場。

過了楚雄府城，要走的都是崎嶇的山路，馬車已經使不上勁兒，反而成了累贅。馬文銘打發了趕馬車的人，一家老少開始靠兩條腿翻山越澗。「雲南十八怪，東邊下雨西邊曬」。六七月的天氣，更是陰晴不定。下雨時山風吹來，有如冬天般寒冷；太陽一露頭，又立刻悶熱難當，連添衣服減衣服，都讓人來不及。冷熱不調，心身疲憊，加上路途中吃飯又是饑一頓飽一頓，瘴癘悄悄借助這些饑飽冷熱不均的軀體蔓延開來，讓很多逃難的人病倒在路途上。不少人家守在死者身邊，牽衣頓足，呼天搶地，讓人慘不忍睹。馬和一個勁兒默默背誦《古蘭經》，祈求眞主賜福給逃難的人們。

馬和一家人還多了一層苦處，穆斯林的飲食習慣與楚雄一帶的彝族、白族、苗族、哈尼族都不相同。有些人家好心好意給他們勻出一些吃的，他們看一看只能搖搖頭，婉言謝絕。有的人家主動將鍋灶騰出來，好讓他們吃上一口熱食，他們看一看鍋裡的油腥，也是歎口氣就走開。沒有多久，他們家的人一個個又黑又瘦，渾身沒有力氣，爬山時都是一步一喘，上氣不接下氣。幾個妹妹總是在喊肚子餓，馬和看他們瘦得皮包骨頭的樣子，十分心疼，在山路上到處找野果子給她們充饑。

鎮南是個很偏僻的地方。他們一路打聽，好不容易找到那個彝族頭領的山寨，彝族弟兄很熱情地接待了他們，特地騰出房子，安頓了這一家人。但是，沒住上幾天，溫氏就感到諸多的不便，彼此生活習俗的距離實在太大了。彝族人主要靠打獵為生，那個頭人每天都帶著人去「趕山」，獵獲什麼就吃什麼。馬和一家在吃的方面卻選擇很嚴，彝族人吃的有些東西，他們別說張嘴吃了，連避之都惟恐不及。雖然眞主有話，凡為饑荒所迫，而無意犯罪的，雖吃禁物也毫無罪過。他們卻多年養成了習慣，不但不吃自死物、血液和豬肉，連一切不是用眞主名義宰殺的、勒死的、捶死的、跌死的、抵死的，以及野獸吃剩的動物，他們都不吃。還有，彝族人在炎熱天氣都喜歡半裸著身子，男女之間的情愛也比較奔放，那些阿黑哥與阿詩瑪婚前就經常「哥呀、妹呀」在一起追逐嬉鬧，讓幾位穆斯林女性常常處於非常尷尬的境地，想躲避都來不及。穆斯林不允許有情人，男女之間要在下了聘禮以後才能相互接觸。這山寨實在太小，他們無法擁有屬於穆斯林自己要過的日子。

也許是眞主的召喚吧，溫氏決定帶著家人離開這個彝族山寨，尋找一個有回回的地方，安頓自己一家的戰時避難所。這使她有了機會去見自己在戰爭中九死一生的丈夫，也讓馬和進一步親身體驗到了戰爭的殘忍和殘酷。

那位彝族頭領好不容易領會到了他們要離開山寨的原因，備了馬匹送他們翻過好幾座大山，來到鎮南的一個小鎮上，才與他們依依惜別。溫氏正領著一家子尋找歇處，打算在這裡住上一兩天再趕路，不期然在這獨有一條街道的小鎮上遇到了馬哈只身邊的親兵。這個親兵認出了溫夫人和一家老小，趕緊飛奔過來，還沒有張口說話，大滴大滴的眼淚就滾了出來。原來，馬哈只帶著戰敗的沉痛，帶著戰傷和在顛沛流離中染上的瘴癘，也正在尋找自己的家人。他來到這個小鎮，缺醫少藥的病體再也支撐不住，一頭栽倒在客棧裡，怎麼也起不來了。一路護衛著他的兩個親兵，呼天天不應，喊地地不靈，正急得走投無路呢。

溫氏領著孩子們急忙來到客棧。僅僅分別幾個月的時間，馬哈只幾乎讓妻子和孩子們認不出來了。他原來體格魁梧健壯，行走如風，站立如松，似乎體內蘊蓄著永遠也使不完的力量。現在卻變了人樣，面容憔悴，形銷影瘦，只剩下了一把骨頭。他的胸部受了槍傷，敷了金槍藥也不管用，正在潰爛。在前來楚雄的路途中，又被瘴癘擊倒，時而發熱高燒使他進入迷迷糊糊的狀態，時而奇冷蒙上被子讓兩個親兵壓在身上還止不住渾身顫抖。親兵請來當地的郎中，那郎中把過脈以後直搖頭，好歹開了個方子，服了幾副藥也不見效。馬哈只已經好幾天水米不進了，一直昏昏沉沉睡在床上。

馬和與妹妹見父親變成這般模樣，嚇得哇哇大哭。他們一齊撲過去，被幾個大人急忙攔住。溫氏見丈夫這個樣子，心裡疼的不得了，幾乎也支撐不住暈了過去。但她一向處事冷靜，咬著牙不讓自己倒下去。她一路上見過不少瘴癘流行的可怕情景，現在最要緊的是不能讓孩子們也染上這病，鬧不好全家人都會倒在這裡。她讓馬文銘先把弟弟妹妹穩住，安頓到另一家客棧裡，她自己留下來專心致意侍候丈夫。

馬哈只不只是身體受了重傷，精神上也受了嚴重的創傷，外傷內傷兩頭夾擊，病來如山倒。他在昏睡中還常常嚎啕大哭，呼喊著那些在戰場上倒下去的士兵的名字，還有他的那匹中了火雷，斷了一條腿，還蹦著跳著將他帶離戰場，才轟然倒下的戰馬……

那是一場敵眾我寡實力太過懸殊的戰爭，那個梁王實在是自不量力，硬拿雞蛋往石頭上碰。馬哈只隨著達里麻的十萬大軍，來到曲靖，開始還能憑藉白石江的有利地形，抵擋住明軍的攻擊，不讓他們渡江。怎奈傅友德、藍玉和沐英三十萬大軍壓境，兵多將廣，有勇有謀。明軍利用一個大霧天殺過江來，元軍抵擋不住，全線崩潰。傅友德率領的明軍突破了白石江之險，可以說是所向披靡，勢如破竹。達里麻派人帶了梁王的親筆信去大理搬兵，大理的段氏頭領卻按兵不動。元軍孤立無援，傷亡慘重，達里麻也被沐英生擒活捉了過去。元軍失去了統帥，頓時成了烏合之眾，那些殘餘部隊被衝擊得七零八落，潰不成軍，望風而逃。

馬哈只和他的部下戰鬥得非常勇敢，拼殺激烈，犧牲自然也最慘烈。他在一次戰鬥中胸部被敵軍的長槍戳中，傷得不輕。他強忍著將明軍殺退，帶領剩下不多的士兵，來到一個山坡下，想讓大家坐下來喘口氣，自己也包紮一下傷口，不想卻陷入了明軍的包圍圈裡。本來貞主訓示過，如果有二十個堅忍的人，就能戰勝二百個敵人；如果有一百個堅忍的人，就能戰勝一千個敵人。但是馬哈只手下的士兵太少，敵人又實在太多了。他牢記貞主「你們不要以背向敵」的訓示，咬著牙跨上戰馬，與從四面八方殺過來的明軍拼死一戰。雙方正殺得昏天黑地，馬哈只的那匹蒙古馬被明軍扔過來的火雷炸斷了一條腿，連人帶馬都倒在草地上。就在明軍掩殺過來的時候，馬哈只都已經失去生存的希望了，那匹斷了腿的蒙古馬突發神威，從草地裡翻身躍起，猛地迎面衝過去，將敵陣的人都驚呆了。待明軍反應過來，馬哈只已經在兩個親兵的護衛下衝出重圍，成了全軍覆沒的倖存者。

在馬哈只看來，這樣活著其實比死了還痛苦。他帶出來的生龍活虎一般的士兵，都在戰場上死了，連他心愛的坐騎也在救他突出重圍後，長眠在一個山澗裡。他覺得自己也不應該再生存下去，想回轉身去找明軍拼殺，將自己的這條命也扔在戰場上。那兩個親兵死死抱住他不撒手，他們不是回回，用自己的生活觀念很誠懇地對滇陽侯說：「在戰場上，每一個人的生與死，都是命中注定了的，可不能做違反天意的事。」

馬哈只作爲穆斯林，本來是不相信命運的，這匹戰馬爲他創造的生還的奇蹟，也讓他變得猶豫起來。他暗自思忖，他的愛馬用超乎尋常的力量將他帶出死地，也許是眞主的意思，讓他能夠實現在祈禱中提出的與家人團聚的願望。他這才拖著病殘之軀輾轉來到楚雄，他的那顆心其實已經早就死在戰場上了。穆斯林講究在戰場上不能背向敵人，背向敵人者是苟且偷生。

馬哈只醒來以後，看見妻子和大兒子就立在自己的身旁，妻子還告訴他幾個孩子一個不落都平安來到這裡，他立刻將右手撫在胸前，萬分感謝眞主的賜予。溫氏和馬文銘四處求醫問藥，在親人的精心照料下，折磨馬哈只的熱病漸漸減輕了不少。他一個勁兒催著妻子說：

「還是回家去吧，在這荒山野嶺中，實在太難爲你們了。」

溫氏歎口氣說：「在家千日好，在外時時難，回到家中去養病也好。」

馬文銘擔心地說：「爸爸的身體還這麼虛弱，能經受旅途的顛簸嗎？」

馬哈只實際已經感覺到了，戰爭給他的創傷是無法醫治的，眞主已經在召喚他走向天國，只要能夠看到一家人平安回去，他自己死在哪裡都是無所謂的事。他對妻子和孩子們說：「穆斯林並不懼怕死亡，因爲那是眞主在引導我們從人間走向天國。」

戰爭催人成熟，馬和在這次經歷中已經感覺到戰爭是人類的惡魔。在回家的路途中，他坐在馬車裡，聽了父親全軍覆沒的悲慘故事，兩眼所見一路是顛沛流離的人群，到處是無人收掩的屍體。他從衣服的口袋裡掏出那件小小的青銅器，撫摩著那兩個套在絞索裡的人，猛然省悟到：這個世界上只要有戰爭，就會有無數的人成戰爭的犧牲品。他一路上都在向眞主祈禱，他希望他和他的父母、他的哥哥、嫂子、妹妹，都不要成爲戰爭的殉難者。還有眼前這些被戰爭驅趕得有家不能歸的人們，也都不要成爲戰爭的殉難者。他在心裡默默呼喚：「偉大的眞主和先知穆罕默德，你們聽到我的懇求了嗎？」

四、穆斯林的葬禮

傅友德率領的明軍分成三路，藍玉在左，沐英在右，他自己坐鎮中軍，一齊殺向鴨赤城。

梁王派到週邊的軍隊，都有蒙元軍隊作戰的遺風，敢於拼殺，給明軍帶來了一定的傷亡。一些少數民族的部落，他們也厭惡明軍燒殺劫掠、擾亂地方，都在利用山高林密道路隱秘的優勢，也給傅友德的部隊製造了一些麻煩。不過，所有這些都無法阻擋明軍潮水般的攻勢。兵者，勢也。此刻，高山流水之勢已成，一個強大的包圍圈正在向鴨赤城猛壓過來，梁王所代表的蒙元殘餘勢力已經岌岌乎危哉，鴨赤城處在風雨飄搖之中。

馬哈只回到了昆陽，雖然這裡與鴨赤只有滇池之隔，卻已經有脫離了戰爭的感覺。他重病在身，再也沒有力氣介入戰爭，戰爭似乎也遺忘了他。梁王把匝剌瓦爾密得知他身負重傷的消息，雖然水路和陸路的交通都十分方便，卻沒有親自來慰問過這位屬下。他只在馬哈只躺在馬車上剛回到昆陽家裡的時候，派人來問過前邊的戰事。馬哈只曾讓來人轉告梁王自己已沒有能力據守昆陽，是否需要分些兵力過來，以防明軍抄鴨赤城的後路。梁王那裡也沒有回音，這並非梁王不重視滇陽侯的意見，也不是對這位敗軍之將有什麼不滿，他清楚那是敵我力量太不成比例的戰鬥，達里麻和所有參戰的將士都勉爲其難了。這位滇陽侯還是元朝開國重臣賽典赤・詹斯丁的後裔，他不看僧面還得看佛面，不可能有意怠慢。然而梁王守著一座危如累卵的城池，早已自顧不暇，朝不保夕，滇陽侯的身家性命他想關照也不可能，只能各由天命了。

說也奇怪，昆陽州此刻還處在明軍不斷收縮的包圍圈裡，卻出奇地平靜。大概像海上的颶風一樣，越是靠近風暴的中心越顯得平靜。躺在病床上的馬哈只，知道自己來日無多，想抓緊剩下的日子，一心要把《古蘭經》從阿拉伯文翻譯成漢文的事情做好。他叫馬和給他當助手，他口授由馬和記錄，這個過程實際也是馬和學習阿拉伯文和進一步熟悉《古蘭經》的過程。馬哈只料定他的這個二兒子將來是個有出息的孩子，這件事即使自己做不完，也可以交給馬和繼續去做。

哈三阿訇聽說以後，高興地說：「在戰亂中能夠潛心翻譯《古蘭經》，先知穆罕默德知道了，也會高興的。」他經常從清眞寺過來指點他們，這幾個穆斯林幾乎都忘了眼前還在進行的戰事，沉醉到了《古蘭經》那些有意思的教誨和故事裡。

馬和過去雖然會背誦《古蘭經》的一些段落，卻沒有仔細琢磨過其中的意義，現在在父親和哈三阿訇的指點下，開始體會到了這部經書的博大精深。過去，阿拉伯分成很多擁有不同方言的部落，彼此之間互相殘殺，是這部經書讓阿拉伯兄弟走到一起，它有著無可比擬的精神力量，也有著無可比擬的語言力量。哈三叔叔告訴他，在《古蘭經》以前，阿拉伯還沒有任何書籍，阿拉伯人只能在黑暗中摸索和掙扎。

月山的樹木還是那麼保持著永遠都不凋謝的蔥綠，滇池的水還是那麼永無休止地蕩漾不停，太陽和月亮也還是那樣永遠不知疲倦地輪番在天空中此升彼落，此落彼升。馬哈只卻感到自己體內的精力在一點一滴耗盡，像燈盞裡殘餘的燈油慢慢在減少。翻譯《古蘭經》不是一件容易的事，眞是學到用時方恨少，他感到理解經文中每個句子昭示的意義，還有阿拉伯語和漢語互換的準確性，很多都力不從心。哈三在這方面儘管造詣頗深，也不可能時時事事都去麻煩他。馬和雖然天資聰穎，阿拉伯文字和漢字的基礎都還不過硬。他只能強忍著傷病帶來的痛苦，親手教著馬和，毫不吝嗇地耗費自己那點剩餘的精力。

當死神眞的降臨時，馬哈只一點也沒感到突然，他願意去追趕那些戰死在疆場上的弟兄們。唯有馬和缺乏應有的心理準備，感覺到天塌地陷，五雷轟頂。那天，他父親的精神本來顯得格外好，臉上也有了多日不見的光彩，同他講經書中「穆罕默德」那一章，也特別興奮，話也特別多。後來，父親疲倦地閉上雙眼，馬和以爲父親太累了，需要好好睡一覺養養神，便偷空跑出來，同幾個小伙伴在滇池裡賽船。他們打造船隻的本領又有了很大的長進，船也越做越大。馬和還想到了船上的舵和錨，比別的孩子又技高一籌。

等到太陽落下山去，他重新回到父親的臥室，突然發現屋裡彌漫著異樣的氣氛。他哥哥馬文銘莊嚴肅穆地貼近父親站立著，父親緊閉雙眼，嘴裡在不停地念叨著：「萬物非主，唯有眞主，穆罕默德是眞主的使者……」他大吃一驚，這不是穆斯林臨終時必須念的清眞言嗎？「父親……」馬和來不及多想，扯開嗓子哭喊一聲，慌忙撲了過去。馬文銘狠狠瞪了他一眼，用手有力地推開他，差點將他搡倒在地上。

父親大概聽到了小兒子哭喊的聲音，吃力地睜了一下眼睛，運足氣力抬起身子，兩隻枯瘦的手也顫顫地抬起來伸向剛剛翻譯出來的那一部分《古蘭經》，卻頹然倒了下去，停止了呼吸。他正當壯年，本來應當有很多的遺憾留在人世間，卻將一絲寬慰的微笑凝固在嘴角上。

馬和禁不住放聲大哭，又一頭撲到父親還帶有餘溫的身體上。馬文銘又是十分粗暴地一把將他拉開，低聲喝道：「你這麼大聲哭喊是什麼意思，是爲眞主召喚走了我們的父親而痛恨眞主嗎？」

溫氏、馬文銘的妻子和幾個妹妹聽到哭喊聲，也都慌忙趕到臥室來了。馬文銘對母親也對全家人宣佈：「父親是念完淸眞言嚥氣的，他的靈魂正在走向天國，母親不要過分悲傷，大家也都不要哭。」

溫氏強忍著含在眼眶裡的淚水，使勁點了點頭，囑付孩子們：「我們都是眞主的信徒，不要違背眞主的意志，讓你們父親的靈魂安心到天國去做穆罕默德的忠實僕從吧。」

虔誠的伊斯蘭信徒，對於人的生死，態度是非常豁達的。在這些信奉眞主的人們看來，生與死其實只是位置的轉換，從人間去到天國，他們都堅信眞主絕不會放棄自己任何一個忠實的信徒。正因爲如此，穆斯林辭世以後，家裡人都不能哭泣，家人的哭聲會妨礙死者去追趕先知穆罕默德和走向眞主的腳步。

溫氏囑付馬文銘趕緊安排喪葬事宜。穆斯林的葬禮，講求速葬、薄葬，比較起來也是各類宗教喪儀中最儉樸的。他們不需要千年不朽的棺木，華麗的壽衣，也不需要漫天拋撒的紙錢，以及鼓樂喧天的場面。馬哈只臨終前，曾經考慮到家裡人久居滇中，難免在喪葬方面不受當地風俗習慣的影響，做些奢華糜費的事，違背他的意願。鄭重向大兒子交代過，他死後一切都要按穆斯林的規矩辦。溫氏也說：「亡人以入土爲安，要儘快發送他上路，眞主正在打開天國的大門迎接他。」

馬文銘擔當起操持父親葬禮的重任。他準備了作爲屍床的「水溜子」，與弟弟馬和一起將父親的遺體移放到那上面，頭頂北，腳朝南，面向天方所在的西方世界。兄弟倆連夜到清眞寺找到哈三阿訇，報告了父親去世的資訊，請他爲父親主持葬禮。哈三阿訇是馬哈只的好朋友，他早就答應過這位老友生前的囑託，一定要按穆斯林的規矩料理好他的後事。

穆斯林實行的是土葬。第二天一大早，馬文銘就帶領聞訊趕來幫助料理喪事的親友和鄰里，到月山上爲父親打墳。他特地選擇了一塊高地，讓父親能夠腳踏滇池的萬頃波濤，面向遙遠的天方，那意思是越過千山萬水走向一個穆斯林應有的歸宿。

哈三阿訇也早早來到滇陽侯府，爲死者舉行「洗禮」。馬和跪在一旁，雙手高高舉著湯瓶，讓阿訇用湯瓶裡的淨水爲亡靈洗浴。穆斯林認爲，經過這樣的洗浴，死者生前所有的「罪孽」都被淸除，可以一身輕鬆走進天國去。緊接著，在哈三阿訇的指導下，幾個穆斯林兄弟用三十六尺白布將死者嚴嚴實實裹了起來，這就是穆斯林走向天國的全部行裝。

一切都進行得那麼迅速，第三天就要送死者入土了。哈三面朝西方，站在死者的身旁，爲他祈禱，祝他的靈魂順利進入天國，周圍的男人也都自動來爲死者送行。按照伊斯蘭的教規，抬送死者進入墳墓的只能有四個人，鄰里們卻堅持破了這個例，大大增加了人數，以此表達他們對滇陽侯生前爲人的尊敬之情。溫氏和家裡的女眷不能送亡靈入土，他們在院門口久久注視著那個「埋體匣子」，眼裡有晶瑩的淚珠在閃爍。

下葬以前，按規定要由死者的親人「試坑」，即躺進坑裡試試墳坑是否平整，死者安臥其中腰肢能否伸展。這自然是大哥的事。馬和想表示自己對父親的依戀之情，決定把自己拾到的那件青銅器放進墓坑裡。

哈三急忙阻止，低聲告訴他：「穆斯林下葬不允許有任何陪葬品。」

黃土無情地撒下去了，很快就填平了墓坑。眞主用泥土創造了穆斯林的肉體，當他們的靈魂進入天國以後，遺下的肉體必須復歸到泥土中去。在最後告別亡靈的誦經聲中，馬和緊緊捏住手中那件青銅器，撫摩著那兩個套在絞索裡的人，想起了父親臨死前給他講述《古蘭經》中有關眞主對戰爭的訓示，驀然想到：父親不就是眼前這場戰爭的殉難者嗎？戰爭實在太可惡了！父親臨終前告訴他，《古蘭經》上講了，在當時阿拉伯這塊正在發生戰爭的土地上，是先知穆罕默德實現了一個永久的奇蹟，那就是「把所有好戰的因素都聯合起來」。父親當時還非常感慨地對他說，所有「好戰因素」都聯合起來了，這個世界上也就不會有戰爭了。

馬和默默祈禱先知穆罕默德能降臨到昆陽這塊土地上，不再讓他看到戰爭。可是，戰爭的魔爪並沒有就此放過他，正在悄悄向他的頭頂伸過來。

五、戰場外的獵物

由於父親過早卸下了家庭的重擔，還在弱冠之年的大哥馬文銘，責無旁貸地挑起了一家人生活的重任。母親和嫂子操持家務，也在成天忙碌著。馬和總想多幫幫哥哥的忙，替家裡分擔一點憂愁。可是當哥哥的不忍心讓弟弟妹妹過早品嘗生活的艱辛，而且離月山不遠的鴨赤，戰事正進行得很激烈，外邊兵荒馬亂的，他擔心弟弟出去亂闖會出危險。但馬文銘心情不好，用的還是教訓的口吻：「家裡的事用不著你操心，管好你自己就行了。」

馬和幹什麼呢？母親和哥哥都在爲生計奔忙，已經無暇管他，他自己的事眞得由他自己來料理。他捧出《古蘭經》，想不負父親的臨終囑託，將翻譯的事情繼續進行下去。可是，失去了父親的指點，阿拉伯文和漢文，對他來說，像是一大鍋夾生飯，生米粒、熟米粒混在一起，即使吃進嘴裡也難以嚥下肚裡去。他知道這事必須從根本上做起，找到了哈三阿訇，請求允許向他請教阿拉伯語和漢語，以便接替父親翻譯《古蘭經》。哈三是當地回回中最有學問的人，也很喜歡這個聰慧過人的馬和，高興地說：「太好了，太好了，你將來一定會成爲一個出色的穆斯林。」他們兩人，從此建立了師生關係。

馬和每天除到淸眞寺讀書學習之外，就是到滇池裡去擺弄他的小木船。他相信父親的靈魂一定是去了天方，有朝一日，他也要漂洋過海到那裡的天堂禮拜寺朝覲，去親近眞主，也去親近自己的父親。他經常手捧著自己做的木船站在滇池岸邊，兩眼越過崇山峻嶺，注視遙遠的天方，那裡有他祖父和父親留下的足跡。

鴨赤城的戰鬥進行很激烈，攻城者勢在必奪，守城者志在死守，絕不投降。梁王在這裡進行的，是一場寡不敵衆的戰鬥，他所捍衛的實際是一個已經不復存在的王朝。但他下定了與鴨赤共存亡的決心，早就將王妃和家裡所有的婦女都集中在滇池的水榭裡，並鄭重交代，城池被攻破之日，就是所有女人舉身赴滇池之時，一個也不能活著落在明軍的手裡。那個朱元璋喜歡把俘獲的女人犒勞他的三軍將士，梁王無論如何也不願意讓自己的女人去供敵人蹂躪。果然不出他所料，沒有幾天時間，鴨赤城的守軍就土崩瓦解，鴨赤城頭一夜之間改換了大王旗。梁王府的女人也都聽了梁王的話，一個個乖乖投水自盡，搶先進入梁王府的沐英，只從滇池裡撈出了那些如花似玉的屍體。梁王自己也逃到普甯州，焚燒了龍衣，與左丞相達的、右丞相驢兒，在一個茅草棚裡懸樑自盡。

傅友德已經沒了廝殺的對手，大規模的戰事宣告停止，昆陽的老百姓都鬆了一口氣，他們可以放心大膽到田地裡去耕作了。說實在的，昆陽人對梁王把紥剌瓦爾密和明軍將領傅友德，究竟誰勝誰敗並不怎麼關心，只希望這場該死的戰爭能夠儘快結束。「甯爲太平犬，不作亂離人」。這是老百姓在飽經亂離之苦後，經常會萌生的一種眞實想法。

這天馬和的心情也特別好，一種從此要過太平日子的喜悅活躍在他幼稚的心頭。他從哈三阿訇家裡出來，看看天色還早，決定去滇池邊那個打造漁船的工場，看看那裡的匠人是怎樣製作船舵和打造鐵錨的。他走在一條曲折蜿蜒的山道上，強烈的太陽光使他的腦瓜上滲出不少汗珠。四周一片寧靜，只有兩隻老鷹在天空中上下盤旋。

年幼的馬和，在所有的鳥類中，最恨的就是老鷹了。他們的月山上經常有老鷹飛去飛來，那一雙雙銳利的鷹眼，不時覬覦著在草地裡覓食的雞群，一旦發現離開老母雞護衛的雛雞，一個迅雷不及掩耳的俯衝，伸出比眼光更銳利的鷹爪將孤立無援的雛鷄死死鉗住，然後騰空而起，飛向遙遠的地方，去盡情享受他的戰利品。馬和家和鄰居家的鷄群，經常遭受這種偷襲，他多次看過被老鷹劫掠後倖存者餘悸未消的顫慄，聽過不幸者在鷹爪下淒厲的哀鳴。他和小伙伴經常操起彈弓去追趕，老鷹卻在高空中扇動著翅膀，對他們顯露出有恃無恐的驕傲。他想到這些，隨手從山路邊揀起一塊石子，狠狠衝著老鷹砸向天空，那塊石子落在山腳邊的滇池裡，激起一串漣漪。

就在此刻，突然從眼前山彎的樹林裡轉出十幾個明軍士兵來。

「仗不是已經打完了嗎，明軍跑到這裡來幹什麼？」馬和突然一愣，腦子裡絕沒有在這裡與明軍不期而遇的準備。他剛拔腿想往山上的茅草蓬裡鑽，卻已經來不及了。走在前面的那個明軍士兵，眼疾手快，一個箭步衝上來，用一隻粗大的手緊緊揪住了他的脖領，馬和也成了一隻暴露在鷹爪下的可憐「小鷄」。

那人朝他呵斥道：「你跑什麼，是不是梁王軍隊留下來的密探？」

馬和本來對明軍就沒有什麼好感，現在無端被抓更是氣不打一處來，倔脾氣上來了，一梗脖子回答道：「是又怎樣，不是又怎樣？」

這時另一個明軍士兵趕過來說：「小兄弟，你指一指那個滇陽侯府在什麼地方，我們不會難爲你的。」

馬和立刻警覺地問：「你們要去滇陽侯府做什麼？」

那個說話惡聲惡氣的士兵：「滇陽侯是元朝的官，還帶兵打過明軍，我們要去捉拿他。」

馬和嚇得額頭上冒出大顆大顆的汗珠來，心怦怦直跳，卻趕緊回答：「滇陽侯已經跟隨眞主去了天國，你們到天國去找他吧。」

那個粗暴的士兵不懂什麼是天國，還是惡恨恨地說：「跑得了和尙跑不了廟，上邊有令，抓不著他就抓他的老婆、孩子，快給我們帶路。」

馬和一聽這話急了，嘴也硬了起來：「大路朝天，你們不會自己去找？」

這一小股明軍是沐英的部下，沐英帶領大部隊朝著玉溪的方向繼續追趕梁王的殘兵敗將，特地留下這些人淸剿滇陽侯的府第。那個說話和氣一些的人是這股明軍的頭兒，名叫馬忠，也是回族人。從馬和的話裡知道滇陽侯是伊斯蘭教的信徒，連忙把右手放在胸口上，說了句「安拉是偉大的」，便用更加和氣的口吻對眼前這個脾氣倔強的孩子說：「我們也是奉命行事，軍令如山，不可違抗……」

那個緊緊揪住他的粗暴士兵十分生氣地說：「大哥，別跟這小子囉嗦，讓他給我們帶路。他再敢調皮搗蛋，我一刀宰了他。」說著，他緊緊拽住馬和的脖領往山外的方向一扭，逼著馬和領路去滇陽侯府捉拿他的親人。

馬和從來沒有遇到過這樣的陣勢，砰砰直跳的心彷彿要從胸腔裡衝突出來，腦門上直往外冒冷汗。他偷眼看看自己身子兩旁閃著耀眼白光的刀槍，穩了穩神，心裡頓時有了主意：趕快將這夥人引到離家遠一些的地方去，等天一黑，他們再也休想找到自己在月山腳下的家，母親、哥哥和妹妹就可以逃脫明軍的魔掌了。他使勁一扭脖子，掙脫了那只讓他很不舒服的「鷹爪」，還是噘著嘴說：「放開我，給你們帶路就是。」

馬和領著明軍離開滇池，順著茅草叢生的山路左轉右轉，轉上了通往玉溪的驛道，恰好與去他家的方向背道而行。不知不覺，太陽已經落坡，田野裡已經籠上了蒼茫的暮色。那夥明軍士兵走出一身大汗，肚子也餓得嘰哩咕嚕，有人開始發牢騷：「那個滇陽侯住在什麼鬼地方，走了好幾個時辰，怎麼還沒有走到？」

那個性情粗暴的士兵猛然搶上前去，擰住馬和的脖子：「你這小鬼頭莫不是在耍花招，故意跟我們兜圈子不成？」

說話比較和氣的馬忠連忙制止道：「你別老用這副模樣嚇唬孩子，他心裡一慌張，眞的認錯了路，我們更沒轍了。」明軍士兵都覺得這話有理，他們從幾千里外的江南來到這邊陲的高原地方，人生地不熟，兩眼一抹黑，眼下也只能倚靠這個孩子當領路人了。

馬和心裡暗自高興，不顧腿肚子走得抽筋，咬著牙繼續領著他們在錯誤的道路上急步往前趕。他一路都是小跑，氣喘吁吁，也不肯放慢腳步。多年行軍打仗跑慣了路的明軍士兵，也要大步流星，才能跟上他。天越走越黑，四周的山林田疇漸漸都融入到無邊的黑暗中，伸向玉溪的驛道也變得模模糊糊，走起來深一腳淺一腳。

轉過一個叢林莽莽的大山坡，突然發現前面一片燈籠火把，人喊馬嘶。那些明軍士兵認出是他們大部隊紮下的營盤，這才發覺馬和領他們走的是去玉溪的路，不是去滇陽侯府的路，果不其然上了這孩子的當。緊盯著馬和的那個粗暴士兵怒不可遏，一個箭步衝上來，猛地揪住馬和的頭髮，隨即抽出腰刀要抹他的脖子。跟隨其後的幾個明軍士兵也氣憤不過，齊聲怒喝：「宰了這兔崽子，害得爺爺們白走了這一天的冤枉路，肚子裡也餓出鳥來。」

在後邊壓陣的馬忠及時趕了過來，制止了他們的魯莽，他有話要問這孩子。

馬和生平第一次領略死亡的威脅，他稚嫩的咽喉要害一接觸那鋒利的刀刃，突然感到有股熱血直沖腦門，頓時暈了過去。那個揪住他的明軍士兵手一鬆，他像泥一樣癱倒在地上，腦子也成了一片空白，馬忠問他的話也壓根兒沒聽見。

有個明軍士兵問馬忠：「大哥的意思是留著他明天繼續帶路去找滇陽侯府？」

那個粗魯的士兵大聲嚷道：「就這主意，明天找到滇陽侯那老小子一家人，連這該死的小鬼頭一起斬盡殺絕，出出心頭這口惡氣。」

這話灌進了馬和的耳朵裡，他心裡一激靈，突然從地上彈了起來，哭喊著說：「我們滇陽侯一家人早就跑兵亂跑散了，我都找他們好幾天了，哪兒也找不著，都是你們這幫壞蛋逼的，你們賠我的母親、哥哥和妹妹來。」馬和連自己也沒想到會說出這樣一番話，而且說得很順溜，彷彿這些話都是眞的似的，悲憤交加，索性一屁股坐在地上嚎啕大哭起來，鼻涕眼淚糊滿一臉。

馬和畢竟還是孩子，又受了這麼大的驚嚇，這時一心想著要保護自己的親人，一不留神暴露出了自己的身分。明軍士兵聽了這些話先是一愣，接著都哇哇叫了起來，「怪不得這傢伙人小鬼大，原來他就是滇陽侯的狗崽子」，紛紛要求馬忠，提著這孩子的頭去向沐爺交差。

馬忠也早就看出這孩子與別的孩子不一樣，見了當兵的根本不發怵，果然是將門虎子。不知爲什麼，他頭一眼看見這孩子就生出憐愛之情，待知道他們同是回回，更不忍心加害於他，歎了口氣說：「捉不到大人捉個孩子有啥意思，放一條生路，由他去吧。」

沒想到其他明軍士兵都不依，大夥七嘴八舌嚷嚷開來：「大小總是滇陽侯府的人，放了他，我們怎向沐爺交代？」

「今兒個別人都有斬獲可以報功領賞，咱們也不能白白奔波這一趟啊！」

他們正在吵嚷著舉棋不定，一隊騎著繳獲的雲南土馬的巡邏兵走了過來，那個帶隊的巡官問清原委，拿火把湊近馬和的臉一照，長滿大鬍子的臉立刻綻出了笑容。他說：「沐爺正在四處派人抓孩子哩，還不快快帶他去見沐爺……」他話還沒說完，自己就將馬和一把提到馬背上，在馬屁股上猛抽一鞭子，匆匆朝沐英將軍的帳篷跑去了。

傅友德、藍玉和沐英出征雲南，原來還奉有洪武爺的一道密旨，那就是沿路搜羅一些小孩，將其閹割，送往內宮充實宦官隊伍。朱明王朝剛剛在南京建都不久，宮中十分缺乏能夠聽用的宦官。朱元璋在忙碌國事的同時，也在忙著充實自己的三宮六院，他的後宮已經美女如雲，絕不能把那些水靈靈的女人交給沒有閹割的男人去侍候。一國之君就有這種至高無上的權利，他們可以把自己任何一種身邊瑣事和無聊行爲，變成頭等重要的國家大事，連最不體面的差使也可以變得神聖無比。明王朝的這些開國將領和皇親國戚，也都想乘機沾主子的光，閹割一些眉目清秀的男孩，充當滿足自己奇特嗜好的孌童。

此刻，馬和一切都還蒙在鼓裡，他已經身心疲憊，緊閉雙眼橫臥在馬背上，如同一隻等候宰割的羔羊。

六、白屋殺「雞」

馬車轔轔，走在從玉溪奔昆陽和鴨赤的驛道上。馬和離家越來越近，卻踏上了今生再也無緣見到母親的不歸路。

沐英奉命留在雲南繼續征剿蒙元殘餘勢力，他不得不把自己爲洪武爺搜羅的幾十個孩子，送往傅友德的大營，由這位穎川侯幫他帶回南京獻給聖上。在這些孩子中，他特別看中昨天晚上由巡官送來的這個孩子，不但模樣周正，人也生得機靈，很可能會招洪武爺喜歡，留在身邊聽用。沐英從小失去父母，曾被朱元璋夫婦收爲義子，除了君臣之外還有一層父子關係，因此執行聖上的這類秘密旨意比誰都賣力。他想如果能由此博得龍顏一喜，也算是他盡了一份人子之情。昨天夜裡，他在營帳中一見馬和比他抓來的所有孩子都出色，立即賞賜了那巡官十兩雪花銀子，對馬和的態度也格外和氣，儘管這孩子問他什麼都不答話，一臉的怨恨，還是吩咐營裡不許難爲他。不過，沐英有張飛之粗，也有張飛之細，他爲防止這批孩子逃跑，採取了非常嚴格的防範措施。馬車的三面和頂棚被釘得死死的，馬車前面的簾子也遮蓋得嚴嚴實實，只在車子晃動時偶爾露出一絲縫隙，送進去一絲涼風，不至讓擠在裡邊的孩子憋死。沐英還派出一支人馬一路護送，馬車的前面坐著幾個荷槍帶劍的士兵，兩邊還有騎兵隨行。馬車成了流動的監獄，車上的孩子都成了不是俘虜的俘虜。

那個馬忠，此刻就坐在關押馬和的那輛馬車的簾子前面。當他得知這批孩子要被押送去閹割當宦官時，對馬和的遭遇心裡實在有些不忍，後悔自己那天辦事太不果斷，斷送了一個好端端的孩子。馬忠決心要盡自己所能保護好這個孩子，主動請求擔任護送這批孩子的差使。

馬和的心情已經稍稍平靜下來，想到能用自己的遭遇換來全家人的平安，也有了些許的欣慰。這天上路之前，知道態度和藹的馬忠與自己同族同教，心裡也有了幾分踏實的感覺。他認定馬忠是個好人，似乎與他哥哥馬文銘還有不少相似之處，對這個明軍士兵產生了一種親近感。

雲南山路多，馬車打造得比較窄小。然而小小的馬車裡卻像塞什麼貨物一樣，塞進十多個孩子。他們坐在裡邊，連手腳都伸展不開，氣也透不過來。馬和的左邊是個叫高娃的孩子，早幾天就被抓來，逃跑過兩次，每次抓回來都被用馬鞭狠狠抽了一頓，現在身上、臉上都帶著傷，有氣無力地靠在車板上，一顛一簸，傷口疼得更加厲害。右邊的孩子叫梁新玉，八九歲年紀，身體本來就比較弱，抓進來以後，經不起一驚一嚇，發起高燒來。馬和將他摟在懷裡，像在家裡照顧妹妹一樣照顧這個萍水相逢的小弟弟。坐在馬和對面的是一雙兄弟，沒有姓氏只有小名，哥哥叫狗兒，弟弟叫貓兒。他們弟兄倆生就天不怕地不怕的脾氣，帶頭在馬車裡鬧了起來。一會兒提出要撒尿，一會兒提出要喝水，還嫌馬車裡悶得慌，吵著要打開簾子，不時招來外邊士兵的惡罵。

馬和用一雙明亮的眼睛不斷向他們示意，在這樣的囚籠裡邊再使性子也沒用。他就後悔自己昨天不該使性子，硬著脖子跟那些明軍士兵頂嘴，如果再機靈一點兒，也許不會有此一劫。他們現在都還不知道明軍要送他們上哪裡去，想要逃走也得等待時機，尋找機會。這一天一夜，讓他悟出了很多難得的人生經驗，眼前最重要的是：在人矮簷下，該低頭時還得低頭。

馬忠悄悄將馬車簾子打開一條縫，讓外邊的涼風能夠多吹進去一些，讓馬和他們透透氣，這是他現在唯一能給與這些不幸孩子的一點幫助了。

路越走越遠，太陽似乎也隨著馬車輪子在轉動，從東邊的山頭轉到了西邊的山頭。薄暮時分，他們來到另一支明軍隊伍駐紮的地方，是傅友德特地派來接送這批孩子的。馬和跳下馬車，伸展了一下腿腳，兩隻眼珠滴溜溜地掃視了周圍的情景。這裡的明軍依山傍水紮下營盤，背後是一座綠得發黑的青山，前邊是一條水流清澈的小河，河邊上佈滿了帳篷，張揚著不同形色的旗幟，不時還傳來金戈鐵馬撞擊的聲音，顯露出軍營的威嚴。

馬和他們被送進的帳篷，已經有不少孩子擠在裡邊。一個個瞪大驚恐的眼睛望著這些新來的伙伴。新來的這些孩子顧不上同他們打招呼，都躺倒在鋪滿稻草的地上，攤開手腳，想舒展一下在馬車裡蜷縮得麻木了的屁股和手腳。可剛剛躺下，猛然從帳篷一個角落傳來淒厲的叫喊，聽得出那是孩子撕心裂肺的聲音。馬和的心一陣緊縮，其他孩子也都毛骨悚然，狗兒、貓兒連忙抬起頭問：「這是怎麼回事，是誰在叫喊？」

先來的孩子中，有個眉心長了一顆黑痣的說話了，驚奇地問狗兒、貓兒：「難道你們眞的還不知道，他們要閹了我們送進京城當宦官嗎？」

馬和與新來的孩子此時都還不懂什麼叫「閹」，什麼叫「宦官」，狗兒忙說：「你都說些什麼，我們只聽說過醃鹹菜，醃麂子肉，哪有醃人肉的？」

那個眉心有黑痣的孩子用手當成一把尖刀比劃了一下，問他們：「你們沒見過村寨裡閹割小公鷄，還有騸牛、騸馬……」

這下他們都明白了，他們誰都見過那些走鄉串村的閹匠師傅，村裡的牛、馬、豬、羊、鷄、鴨，只要是雄性，見到他們手裡的那把明晃晃的尖刀沒有不害怕的，原來此閹不是那醃。好多小孩都不由自主地用手捂住自己胯襠裡的小鷄鷄，有人驚呼：「平時上山砍柴割破手指頭都疼得要命，割下小鷄鷄來那不得把人疼死呀。」

貓兒說：「疼還是小事，咬咬牙就過去了，沒了這玩意，今後還怎麼討老婆啊！」

這消息實在太殘酷了，如同晴天響起的霹靂，好多孩子嚇得哇哇大哭起來。那個叫梁新玉的小孩，一臉慘白，一身冷汗，緊緊摟住馬和的腰，身子顫抖個不停。

閹割用之於人，原本是古代五刑中的一種，曰「宮刑」。《尙書・呂刑》載明：「宮辟疑赦」。那是一種懲治淫亂的刑罰，男子割勢，婦人幽閉，屬於讓人斷子絕孫的酷刑。隨著時代的推移，懲治淫亂倒很少用這樣的辦法了。楚漢相爭的時候，有人揭發陳平「盜嫂」，也就是叔嫂私通。劉邦對此就採取了非常寬容的態度，不但沒有割掉陳平與其嫂子交媾的淫具，還委他以重任，可見已經不怎麼把那種苟且之事當回事了。從此宮刑演變成了製造宦官的手段，大約有一千多年了，那方法卻絲毫沒有進步。還是一把明晃晃的刀，還是採用閹割牲畜的辦法，活生生將男子的睾丸摘除，破壞其實現性慾和生殖的機能。比對待牲畜稍稍不同的，就是閹割時要找一間密不透風的房子，閹割以後，還用棉紙沾上香油草藥塞進刀割以後的創口，然後在這間既不透光也不透風的密室中，不死不活躺臥一百天。眞死了的，挖個坑埋進去拉倒；勉強活出來的，送進宮裡去，從此不男不女地過一輩子。此時，軍營所在的山坡上有幢用石灰水刷得雪白的房子，在衆多帳篷中特別顯眼，那就是完成閹割全過程的手術室。

孩子們正在慌亂的時候，馬忠同另一個明軍士兵推門進來送飯。那個明軍士兵提的是一桶燉豬肉，馬忠特地給馬和端來一碗蘿蔔燉羊肉，那是他從回回的伙房裡特地給馬和取來的。馬忠已經奉命留下，照看這幫孩子。馬和把剛才聽到的話再說了一遍，問馬忠這是不是眞的，馬忠默默點了點頭，趕緊轉身出了帳篷。

一桶香噴噴的紅燒豬肉擺在帳篷中間沒有人動，這些孩子都被無故降臨到自己頭頂的厄運弄得不知所措，心裡像塞滿了爛棉絮堵得慌，誰還有心思吃飯。馬和強迫自己吃了幾塊蘿蔔燉羊肉，還挑了一塊羊肉讓梁新玉吃，那小傢伙閉上眼睛直搖頭。還是狗兒和貓兒打破僵局，他們從草地上翻身爬起來說：「吃，吃，就是死也不能當餓死鬼。」

陸續有殺豬宰羊般的慘叫聲，從山坡上那幢白房子裡傳出來，這些孩子終於明白這是什麼聲音了。他們都在家裡見過閹割牛羊，能想像出慘叫者此刻的情景。關在這個帳篷裡的，都只不過是一隻隻等待閹割的羔羊，有一把明晃晃的刀子在等著他們中的每個人。有幾個人嚷起來：「我們趕緊跑吧，再不跑就來不及了。」

那個眉心有黑痣的孩子連忙撩起自己的衣服讓大家看：「明軍狠毒著哩，這就是逃跑的下場。」他前天偷跑過一次，被抓回來抽了一頓鞭子，到現在還是滿身血痂。有幾個被打得更慘的，此時還躺在帳篷裡呻吟不止。

狗兒和貓兒堅決主張逃走，他們的父母就生他兄弟倆，倘若都被閹了，家裡連延續香火的人都沒了，父母該會多麼傷心。高娃雖然傷痕累累，也堅決要跑，他從草地上爬起來說：「我絕不當閹人。」

馬和招呼大家過來，悄聲說：「要跑也得等夜半三更明軍士兵都睡覺以後，現在大家不如先吃飽飯，睡好覺，要跑一齊跑，幾十個人，他們抓得了這個，抓不了那個……」

馬和的主意，似乎給了這些絕望的孩子一線新的希望。他們都相信菩薩老爺會站在自己一邊，每個人都想到自己可能會是逃得出去的幸運者，絕望常常會使人幻想出種種希望。只有這個時候，他們才覺出肚子真的有些餓了，雖然白米飯和燉豬肉早就冰涼了，大家還是吃得很香。連病秧秧的梁新玉，經馬和勸導，也吃了滿滿一碗飯。

這是一個雲遮月的夜晚，青的山、綠的水，還有莊稼尚未收割完的田疇，都變成了一片黧黑。整個營房靜悄悄的，只有遠處巡更者敲動的梆聲，不時打破這荒郊野外的寧靜。在帳篷外巡視的明軍士兵，覺出喧鬧的帳篷已經完全安靜下來，仔細聽聽還有此起彼伏的鼾聲傳來。他們小聲念叨：「孩子畢竟是孩子，鬧騰夠了，也就沒事了。」幾個巡邏的士兵都感到看守這群孩子，比行軍打仗還累，腦瓜裡綳緊的弦一鬆下來，立刻哈欠連天，紛紛找了僻靜地方蹲下去，眼皮沉重得再也支撐不住，都悄悄地闔上了。

孩子的確是孩子。連精明的馬和也沒有想到綳緊帳篷的繩索，掛上了報警的鈴璫。他們四散奔逃的時候，很多人都碰響了鈴璫，有的還慌張地撞到了正在蹲著打瞌睡的巡邏士兵的身上。整個營盤裡頓時喊聲大作，燈籠火把齊明，一眨眼的功夫，就出動了大批士兵來抓逃亡者。

馬和本來還算運氣，他拉著梁新玉已經偷偷過了河，恰好又趕上是馬忠守候的地段，馬忠故意視而不見，還暗自祈禱，求眞主保佑馬和能脫離這危險之地。沒想到梁新玉身體太羸弱，在一個高坎上絆了一跤，再也無力站起來。馬和轉身回來扶這可憐的同伴，就在這一剎那，被追趕過來的明軍雙雙捉住。滿身是傷的高娃也被抓回來，他乘明軍不備，猛地抓住一個士兵的腰刀，將脖子向刀口上猛撲過去，頓時血流滿地。他的小小身軀在地上掙扎了一會兒，就氣絕身亡。高娃用悲慘的方式實現了自己的願望，他沒有成爲閹人。

第二天一大早，明軍開始了對逃亡者的審訊。除了死去的高娃外，昨天帳篷裡是多少人，現在抓回來的還是多少人，連一個僥倖逃脫的都沒有。審訊者惡狠狠地讓大家交代逃跑事件的領頭人，馬和被幾個膽小怕事的孩子供了出來。審訊者一揮手，立刻跑過來幾個握著大刀的士兵將他摁住，他們要殺一儆百。這時，馬忠慌忙跑過來，向審訊者附耳低語了幾句。也是他急中生智，立刻搬出沐英將軍的交代，救下了馬和一命。

那個審訊者愣了一會兒，然後將頭往帳篷外一別，示意拉馬和去那幢製造閹人的白房子。他惡聲惡氣地說：「今天饒他祭這把刀，就讓他先去試那把刀，反正不能便宜這個可惡的小子。」

馬和被押進那個進行閹割手術的房間裡，幾個粗漢迅速扒光他的衣褲，將他摁倒在一塊厚實的案板上，一桶冰涼的水猛地向他潑過來，隨即是一把鋒利無比的刀子直奔他的兩條大腿之間。一陣萬箭鑽心的劇痛猛烈襲來，他大叫一聲，腦子裡天旋地轉，頃刻之間什麼都不知道了。

七、閹不掉的心

查一查在中國用閹人充當宮廷宦官的起源，大概始於漢武帝中興之初。據《後漢書》記載，就是打那個時候起，「宦官悉用閹人，不復雜調他士」。這是個野蠻與文明交彙的時代。帝王為了讓自己多得難以數計的女人為他保持貞節，謹防其他男人染指，不惜用最殘酷的手段廢掉一批人體的重要部位，讓這些男人不再是男人。如此殘酷的辦法，似乎也不是中國帝王獨有的發明。據《波斯人信箚》記述，幾乎是在同一時間段，古代波斯的貴族，也都大量使用閹割的奴隸，去侍候他們衆多的妻子。希臘人也在這個時候，突發奇想，把閹割者作爲奴隸出售。人們的思維模式有時會驚人地一致，做出異曲同工的事來。在帝王和貴族的眼裡，所有臣民和奴隸僅僅只是爲他們存在而已，只要能滿足他們的種種慾望，實現他們生命中每一時刻的快樂，即使以成千上萬平民百姓的生命和無休止的痛苦爲代價，都算不了一回事。

馬和終於從暗無天日的白房子回到能見到些許陽光的帳篷裡，這意味著他已經從生與死的較量中挺過來了。在那充滿肉體痛苦和精神痛苦的一百天裡，幾乎每一個被閹割的孩子都掙扎在死亡線上。作爲慘遭酷刑的無端受害者，他們痛不欲生；作爲天眞無邪的孩子，他們又有著強烈的求生慾望，害怕死神降臨到自己的頭上。因爲死神喜歡黑暗，死神便天天都在那個暗無天日的白房子裡遊蕩，尋找自己的獵物。最先被死神拘走的，是本來體弱而又正在生病的梁新玉。他在刀子捅進去的那一刻，連痛苦的喊叫聲都有氣無力，昏死過去以後，就再也沒有醒過來。接著，每天都有嚥了氣的小伙伴從他們身邊抬走。在這個充滿死亡恐怖的白房子裡，那些孩子柔弱的身軀和稚嫩的心靈，很難經受住肉體痛苦和精神恐怖的雙重折磨，熬不過的是多數，挺過來的只是少數。沐英他們到處抓孩子，想到的就是「廣種薄收」，能活下來幾個算幾個。

馬和能夠挺過來，得益於體質不錯，還有馬忠對他多少有點偏心的關照。狗兒、貓兒兩兄弟，大概是仗著天不怕地不怕的性格，陽氣太盛，死神根本不敢去招惹他們。那個眉心有顆黑痣的孩子，名叫蘇天保，他能活下來，是個奇蹟。蘇天保被閹割後，已經氣息奄奄，躺著一動不動。幾個明軍士兵將他抬到了亂葬坑邊，正要推他下去，細心的馬忠發現他鼻子裡還有一絲游氣，又抬回到白房子裡，居然就這麼活了過來。

然而，劫後餘生，並沒有使這些孩子從悲痛欲絕中擺脫出來，反而增添了一種莫名的焦躁和煩惱。不約而同出現在他們腦子裡的一個念頭，已經死過一回了，沒什麼可怕的了，他們還是要從可惡的明軍手裡逃走，回家去找父母親，向他們傾訴自己的委屈和悲傷。這些人都服了馬和，認爲他是一條漢子，一個勁兒嚷著讓他拿主意。這個令他們恐怖和痛苦的地方，一刻也待不下去了。明軍早就防範著他們，不過不再使用武力鎮壓，只是圍追堵截，不肯傷害他們。閹割的成功率實在太低，能活下來的既不能逃跑掉，也不能輕易讓其死去。這些孩子摸透了他們的心思，變得有恃無恐，成天都在吵著嚷著。還是馬忠一句話，兜頭給他們潑了一盆涼水。馬忠十分心酸地對馬和說：「好好想一想，你還能回家去嗎？身子都廢掉了，你已經不是原來的你了。」

這盆涼水的確澆醒了這些不幸的倖存者。他們下意識地去摸自己的兩腿之間，那裡已經空空如也，原來那個已經能夠勃起，令他們感到無比神秘的玩意眞的不見了，一個個都爲自己失去的東西產生了新的恐懼和悲哀。

狗兒大嚷起來，像發了瘋似的：「我們眞的不再是男子漢了，我們成了廢人了！」

貓兒也大喊道：「不再是男人，莫非變了女人不成？」

蘇天保哭道：「也不是男人，也不是女人，是不男不女的人。」

他們這個時候，朦朦朧朧都懂得了「廢人」的可怕含義，誰都無法接受也不願意接受這個無情的現實。這些小小的心靈變得更痛苦，更焦躁，都瘋了似地尋死覓活。他們有了一種生不如死的感覺。

馬和原來一直惦著回家寬慰母親和哥哥，他經歷了這麼大的變故以後，也特別想家。馬忠的話斷絕了他回家的念想，掐斷了他同家裡的牽連。是啊，即使能逃出明軍的魔掌，帶著殘廢之身回到家裡，也只會增加母親的痛苦，成爲家裡人的累贅。他日夜想念的月山和滇池，再也不屬於他，他在那裡已經無法堂堂正正做人了。現在，他與家裡唯一的聯繫，就是身上穿的由母親一針一線縫製的衣服，還有口袋裡裝著的父親和母親都撫摩過的那件青銅小玩藝。馬和從口袋掏了出來在手中擺弄，那兩個套在絞索裡的人在他面前不停地晃動。他瞅著可憐的小人兒沉吟良久，忽然發現這兩個殉難者一個像他的父親，一個就是他自己。他和父親都是這場戰爭的殉難者。兩行熱淚打濕了衣襟，他都沒有覺出來。

一個星月朦朧的夜晚，馬和偷偷溜出帳篷，悄悄來到山腳的哨兵身邊。這幾天，那個猛然將身子撲向刀口寧死也不做閹人的高娃，一直在他眼前晃動。他決心採用高娃的辦法，結果自己已經殘廢的身子，讓靈魂追隨父親而去。他實在太孤單太苦悶了，活著的母親已經不能依戀，他要去依戀死去的父親。他在那個哨兵的身後，猛地抽出哨兵的腰刀，迅疾往自己的脖子上抹去。

突然，一隻手猛地拽住了他持刀的那隻胳膊，隨即一聲斷喝：「難道閹人都只有死路一條嗎？」

馬和吃了一驚，那聲音很異樣，蒼老而又尖利，如深山中的猿猴嘯傲，每一個字都叩擊到他的心坎上。他回頭一看，不是哨兵，而是新近來的那個每天晚上都要嘯傲一陣的古怪老頭兒，正是他的嘯傲聲增添了軍營的恐怖感。哨兵到這時才反應過來，趕緊從馬和手中奪回刀子，插回刀鞘。他以爲馬和要暗地對他動刀子，飛起一腳向馬和踢來，他的那隻腳也被那個怪老頭兒攔住了。

馬和一屁股坐在地上嚎啕大哭起來，怒罵這個該死的老頭兒不該攔住他，一個閹人活著有什麼意思，還不如死了乾淨……他越哭越想哭，越哭聲音也越大，多日積聚在心裡的痛苦、悲傷、屈辱、怨恨，一齊都湧上心頭，如火山噴發，如江水滔滔，哭得地動山搖，星月蒙羞，百獸潛踪。老頭兒讓哨兵別去干涉馬和，讓這個孩子獨自痛痛快快哭一場。在馬和哭得大喘氣的時候，老頭兒冷冷地說了一聲：「閹人也不能這麼沒志氣，我要像你一樣，被閹之後也尋死覓活，這把老骨頭早就能當鼓槌打鼓了。」

馬和一愣，他沒想到這老頭兒與他一樣也是閹人。他也鬧不懂人被閹了，人不人鬼不鬼的，還有什麼志氣不志氣的問題。

哨兵趁他止住了哭，告訴他：「這是從南京宮廷裡來的高公公，是特地來軍營接你們去宮裡享福的。到了皇宮裡吃香的喝辣的，還能天天見到皇上，那有多好，何必尋死覓活想不開呢？」

馬和一聽這話又大聲哭喊起來。他經歷了家庭的變故和自身的磨難，內心深處對那個遠在南京的皇帝又怕又恨，一疊連聲嚷道：「不，我死也不去皇宮，死也不見那個皇帝……」

那位高公公拉馬和在一塊草地上坐下，撫著馬和的頭說：「別說傻話了，閹人就是專門為皇宮和皇帝製造的，我們不去那裡又能去哪兒呢？」

馬和幼小的心靈又陷入了絕望的境地，嗓子都哭啞了，還在撕心裂肺地哭泣。

高公公提高了嗓門，像深山的老猿一樣嘯嗷：「我們的身子被閹割了，志氣可不能被閹割，只要有志氣，同樣還能頂天立地做人。」

高公公的公鴨嗓子讓馬和感到很刺耳，他的話卻振聾發聵，有如醍醐灌頂。馬和抬起兩隻淚眼，望著這位與他命運相同的老人。

高公公問：「你知道司馬遷和他的《史記》嗎？」

馬和擦著眼淚聲音哽咽著說：「不知道，沒聽說過。」

高公公坐在草地上娓娓道來，講述了司馬遷扣人心弦的故事。司馬遷生活在西漢時代，在接過他父親的職務當上太史公以後，因為李陵投降匈奴的事，他為李陵講了幾句辯護的話，被皇帝降罪，慘遭宮刑之禍。司馬遷人被閹割了，可他的意志沒有被閹割，忍辱負重十多年，修著了《史記》，成了千古不朽的人物。高公公說：「司馬遷的父親也在你們雲南做過事，也算是你的半個老鄉哩。」

司馬遷的故事打動了馬和，讓他在一片漆黑中看到了一線光明，停止了哭泣。高公公繼續說：「其實，司馬遷在受了宮刑的沉重打擊後，開始也很悲傷，痛不欲生。他能夠挺直身子站起來，也是有很多榜樣擺在他面前，給了他鼓舞。」

這個老太監尖著嗓子掰著指頭，一口氣數出了許多身殘志不殘的歷史人物：左丘失明，編撰了《國語》；孫臏被挖掉了膝蓋骨，不但幫助齊國打敗了魏國，還寫出了兵書。漢朝還有一位當了太監的閹人蔡倫，是他發明了紙，歷代古聖先賢的書籍這才從竹帛轉到紙上，他後來被封爲龍廷侯，這紙也被稱爲「蔡侯紙」。高公公閉上雙眼不無驕傲地說：「從這些古人的例子中可以得出一條道理，身心受了殘害的人，都會有一股鬱結之氣，只要能把這股鬱結之氣調理好，讓其噴發到正確的生命軌道上，就能爍金石，撼山岳，做出一般人做不了的大事業來。」

一輪清冷的月亮不知不覺鑽出雲叢，將月華撒在山巒和田野間，撒在明軍的營帳上，遠遠近近顯露出一種朦朧美。山間和田野中各種鳴叫的蟲聲，此唱彼和，洋溢著生命的活力。一陣山風輕輕吹過來，溫柔地撫摩著馬和的全身，使他近些日子一直昏熱的頭腦有了前所未有的冷靜。他久久坐著一動不動，高公公的好些話他還是聽得似懂非懂，這些話卻將他引入到了另一重天地裡。

高公公不知什麼時候回自己的帳篷去了。「誠既勇兮又以武，終剛強兮不可凌，身既死兮神以靈，魂魄毅兮爲鬼雄。」一陣嘯傲聲，如猿哀，如鶴唳，從那座帳篷裡傳出來，在軍營的上空迴蕩。

第二章 崎嶇南京路

一、神機妙算高公公

穎川侯傅友德在征服梁王以後，命藍玉和沐英率部征討大理的段氏，他自己在四川和貴州交界的一帶地方，繼續平息諸蠻部落的騷亂。這些散佈在崇山峻嶺間的蠻人部落，明軍一來抵擋不住就歸順，明軍一走他們回過頭來又進行反抗，讓傅友德很是頭疼。這位三軍主帥一時還無法班師回朝，他派人送了信來，讓護送這些孩子的明軍，往貴州境內進發，在靠近湖南的鎮遠府同他的大營會合。傅友德決定，在他班師回朝的時候，這些孩子隨大營一起去南京，貢獻給朝廷，這也是他們此次出征的一份戰利品。

雲貴高原的烏蒙山區，重巒疊嶂，飛鳥難越，絕少人踪。一隊明軍士兵擁著馬和他們這些身體殘廢了的孩子，從雲南的曲靖進入貴州境內，每天都是爬山峰下山澗，山道崎嶇，路隘林深，加上天氣陰晴不定，行路實在艱難。開始，馬和等人離開那座讓他們失身的白房子，走在遮天閉日的林莽中，心情似乎輕鬆了不少。那座改變了他們人生命運的鬼房子，什麼時候想起來都心驚膽戰。他們寧願天天爬山，也不願意再看見那個山澗，那些帳篷，那幢白房子。可是，走山路的時間長了，他們剛剛受過酷刑的身子漸漸支撐不住，腳上也都磨起不少水泡，踩在石頭上鑽心地疼，以至感到那些綿延不盡的山頭同那幢白房子一樣可惡和可怕。貴州的山也眞怪，明明這座山與那座山挨得很近，兩邊的人講話有時都能聽到，可下這個坡上那個坡足足要一天工夫。他們不知何時能走盡這些大山，不由得又傷心地哭爹喊娘，情景同樣很悲慘。

率領這支隊伍的明軍頭領名叫何福，安徽鳳陽人，是朱元璋的老鄉。這些孩子心裡都清楚，就是這個滿臉絡腮鬍的何將軍指揮幾個閹匠對他們動的刀子，心裡對他都存著忌恨。有天在一個山窪裡埋鍋造飯，狗兒瞅著給何福做飯的伙夫跑到樹叢後面小解，約了馬和與貓兒，偷偷逮了一隻山老鼠放在何福的飯菜裡，被何福的幾個近侍發現，揪住他們去見何福。何福卻一笑了之，對幾個近侍說：「他們都是一些可憐的孩子，別再難爲他們了。」

高公公知道了這件事，告誡馬和與狗兒、貓兒：「這位何將軍出身寒微，心眼不錯。他奉命閹割小孩也是出於無奈，這樣的事同誰結仇都沒有用，只有同自己的命運抗爭。」

這天來到一個叫「何郎鋪」的地方，山清水秀的，人煙也還稠密。何福看這些孩子天天走路太可憐，便與高公公商量在這裡駐紮一兩天，讓這些孩子好好歇一歇。馬和他們一個個睏得連飯也懶得吃，腳也懶得洗，帳篷剛在田壩裡搭好，一個個鑽進去就和衣躺下了。他們的眼睛剛闔上不久，突然軍營的號角響了，原來有蠻人前來偷襲。何福帶著一彪人馬前去迎敵，讓高公公和馬忠等人帶領這些孩子趕緊轉移。這些人從睡夢中驚醒，爬起來就往山裡鑽。

狗兒看了看大山裡無邊的黑暗，悄聲對馬和說：「這可是天賜良機，一閃身就能逃出明軍的魔掌。」他見馬和沒有吭聲，拉著貓兒就往路邊的密林裡鑽。

馬和見狀拉著蘇天保追了過去，悄聲喊道：「不能亂跑，這山裡有狼！」

高公公和馬忠發現了，也跟著追了過來。狗兒兄弟倆在黑暗中逃到一處懸崖絕壁，不是馬忠手疾眼快將他們拉住，險些掉進百尺深淵。這群人在這麼一個陌生地方，又是夜間行動，一時慌不擇路，進入深山老箐，便迷失了方向，再也找不到何福原先指定要走的路線了。大家立刻擔心起來，如果與大部隊聯繫不上，再要遇上蠻人來打劫可就危險了。

高公公卻處變不驚，他讓大家莫要慌張，停住腳步別動。他自己卻爬上山頂，抬眼凝眉往天上瞧了一會兒，便指揮大夥翻過前邊一座山頭，在那裡的山腳下安營睡覺。

馬忠問：「那裡可不是約定的會合地點，大部隊能找到我們嗎？」

高公公肯定地說：「能，他們明天一早就會到達那裡。」

大家將信將疑，跟著高公公下山、上山，再下山，在一灣山澗小溪邊安下營帳躺了下去。果然不出所料，第二天一覺醒來，正準備埋鍋造飯，何福率領打散了偷襲者的部隊，也趕到了這裡。何福很驚訝：「怎麼會在這裡見到你們？」高公公和馬忠都笑了笑，隱瞞了狗兒兄弟逃跑的情節，何福也不再多問。

馬和對高公公有了進一步的好感，同時也感到十分驚異，這個將他們從絕望中挽救出來的高公公，爲何能將兩支隊伍的會合猜得這麼準，莫不是他會神機妙算不成？他好奇地向這位老人打聽個中奧秘。大概因爲同是天涯淪落人，這些孩子與這個古怪的老頭兒彼此有種自然的親近感。一天夜裡宿下營來，高公公看到藍天上佈滿了星斗，便帶領馬和等幾個孩子去觀察天象，他按東青龍、北玄武、南朱雀、西白虎四個方位，教他們辨認二十八宿。經過他的指點，馬和這才知道，藍天上的燦爛群星，原來還藏著牛郎織女的愛情故事、人間的祥瑞與災變，還有戰爭勝負的秘訣。高公公還唱了一首〈步天歌〉：「三星不勻近一頭，左更右更烏夾婁……婁上十一將軍侯。」這些讓馬和似懂非懂的歌詞，從他那蒼老而尖利的嗓門中迸發出來，在靜謐的夜空中迴旋，更增添了浩瀚星空的神秘。

從此，馬和對夜觀天象產生了濃厚的興趣，心裡裝下了星空似乎變得寬廣多了，不再沉溺於自身的悲哀中。此後的行軍，他總是貼近高公公走，傾聽那些來自星星的奧秘和奇蹟。

高公公告訴他，遠在唐朝的延和元年，忽然太白星在白天出現，而且整日都不隱去，這個異兆就應在當時的太上皇遜位，改換國號上。還有，唐朝貞觀年間，唐太宗讓一個名叫李淳風的大臣解釋「有女主取代李姓而有天下」的流言，李淳風夜觀天象之後，告訴唐太宗，那個女人姓武，就在皇上的後宮裡，四十年後要將聖上的皇子皇孫殺絕。唐太宗讓他設法除掉那個女人，李淳風想了想說，想來四十年後那個女人已經老了，也許心腸會變得仁慈一些，日後的天下遲早還會姓李。高公公無比權威地說：「唐朝時候武則天以女人之身躋居九五之尊，早在星象裡就有了徵兆。」

馬和最想知道的，是觀察天象與行軍打仗的關係。雖然戰爭令他痛惡，他置身的環境卻仍然閃耀著刀光劍影，瀰漫著濃郁的戰爭氣氛。

高公公說：「你要學會這門本事可不簡單，不但要會看天，還要會量天。」

馬和驚奇地問：「天這麼高，也能丈量嗎？」

高公公答應到了南京以後，要給馬和講解《周髀算經》。他說：「《周髀算經》是中國第一部量天的書，書中的『勾廣三，股修四，經隅五』，那就是量天的辦法。」

馬和是個急性子，天天糾纏著要學量天。高公公告訴他：「大學問要從小學問積累起來，不積跬步無以致千里。」這位老太監讓他拿一根筷子，每天都去丈量一次營盤，告訴他一定能從中量出學問來。馬和拿著那根筷子有些愕然，不明白用筷子能量出什麼樣的學問來。高公公又給他講了一個故事：從前有個叫曹元理的人，有天到一個朋友家裡吃飯，朋友要試驗他的本事，讓他量東、西兩個米倉裡的米各有多少。那個曹元理隨手拿起一根筷子去量，很快報出東倉米的數量，開倉一量果然分毫不差。他接著報出西倉米的數量，開倉一量多報了一升，原來有隻一升大的老鼠壓死在倉底。曹元理爲自己沒有量出這個老鼠來，誤報了西倉米的數量，直說自己臉皮太厚，不如將臉皮剝去……

馬和聽得無比神往，從此多了一件事，每到一個新的營地，都要拿根筷子量出營盤的方圓尺寸來。狗兒、貓兒一幫孩子都嘲笑他吃飽撐的，他也不罷手。

因爲這支人馬中極少回回，平時馬和吃飯都是馬忠格外照顧。這天，馬忠外出未歸，到了開晚飯的時間，他看大夥的飯菜裡有他忌諱的食物，趕緊躲到一邊去，仍舊拿著筷子去量營盤。這時，高公公找到他，拉他一起去進餐。這位老人告訴馬和：「我信奉佛教，天天都吃素，沒有你所忌諱的東西。」馬和來到高公公的帳篷，果然看到桌上擺的是一盤豆腐，一盤萵筍，一碗菠菜湯，眞是喜出望外，在高公公這裡他用不著顧忌吃到不潔的食物了。

高公公在吃飯的時候，突然問馬和：「你小小年紀，吃素行嗎？」

馬和連忙答應：「吃素沒問題，我在家裡也喜歡吃自家菜園裡種的蔬菜。」

高公公說：「你也皈依佛教吧，同是佛門弟子，日後彼此照應也會更方便一些。」

這個問題提得太突然了，馬和抬起頭來，一臉茫然，不知該如何作答。其實，高公公已經觀察馬和多時，越來越看出他天性聰慧，勤學好問，研究佛理一定會有很好的悟性。因爲當今聖上是和尚出身，非常崇佛，宮廷裡的人差不多也都信佛，日後要在宮廷裡站住腳，需要有這種信仰。這位老太監想得更深的是，按馬和的年齡，再過兩三年便漸知人事，宮廷裡滿眼都是嬌嫩的女人，四處彌漫女人的體氣，七情六欲的本能一旦衝動起來，會攪擾得他日夜不安，到那時被閹割一事會給他帶來更加難以忍受的痛苦。高公公是過來人，他知道食色兩性的饑渴都是世人最難耐的。「飽暖思淫慾，饑寒起盜心」，世間所有的罪惡根源莫不在此。他們作爲閹人，內心的苦惱又深了一層，一旦有了情慾而又沒有實現情慾的能力，唯一的辦法就是用痛苦來壓抑痛苦。他想，倒不如讓這些孩子早點進入佛門，在精神上獲得六根清淨，可以減輕日後肉體上的折磨。

馬和打從娘肚子裡出世就是個穆斯林，從未想過信奉了眞主，還要再入空門。高公公見他猶豫，並不勉強，而是諄諄善誘。這位深沉的老人，臉上的每一道皺紋都藏著人世的滄桑，使之有了一種超然物外的飄逸，對世間的一切也都有了難得的清醒。他開導馬和說：

「儘管以往不同教門經常引起紛爭，實際所有的教義都是殊途同歸，那就是催人向善。鼓吹邪惡的，那是旁門左道，成不得正果。」

高公公知道馬和的口袋裡揣著那件青銅器，他讓馬和掏出來，指著那兩個套在絞索裡的殉難者說：「過去雖然有過不少因爲宗教衝突而引起的戰爭，實際上所有的宗教都不願意有人爲戰爭殉難。你們伊斯蘭教的先知穆罕默德要求『把所有好戰的因素統一起來』，我們的佛祖倡導用悲天憫人之心去化解戰爭。漢朝時代有個僧人摩騰，在天竺附近的一個小小國家弘揚佛法，恰值侵略者來犯，他說宣講佛經就是爲了求得一方安寧，如果制止不了戰爭，宣講佛經還有何用？摩騰毅然跑到侵略者那裡用佛法勸和雙方，終於化干戈爲玉帛……」

這位宮廷太監無疑對佛學有過不少研究，肚子裡裝了很多諸如此類的故事，說話有根有據。馬和還是沒有明確表示皈依佛門的態度，不過在此後的日子裡，他跟馬忠一起吃飯的次數漸少，與高公公一起吃齋飯的次數漸多。高公公肚子裡裝的那些學問，他過去聞所未聞，深深吸引了他。

有一天，馬和又去高公公的帳篷裡用晚餐，狗兒、貓兒兩兄弟緊緊尾隨而至。馬和剛要舉筷子，他們就一頭闖了進來，嚷著要看看高公公給馬和吃什麼偏食，毫不客氣地說：「有好吃的也該讓我們嘗嘗，別讓馬和一個人吃獨食。」

貓兒最饞，隨手從菜碟裡拈起兩片萵筍葉放進嘴裡，嚼出滿嘴的苦澀，立刻「呸，呸」兩聲，將嚼碎的萵筍葉吐在地上。兩兄弟拿眼掃過桌上清湯寡水的菜肴，吐了吐舌頭，轉身就走。貓兒說：「大灶的飯菜雖然寡淡，多少還有點葷腥，比你們吃的強多了。」

高公公喝住他們，一定要讓他們跟著吃素，淸心寡欲，煞煞野性。狗兒、貓兒一聽，嚇得調頭就跑。高公公連連搖頭歎氣，閉著眼睛像說讖語一般：「這兩個孩子野性不泯，將來必有禍事臨頭。」

二、蠻人與啞泉

高公公說狗兒、貓兒野性不泯，必將禍事臨頭，並非空穴來風。這兩個孩子來自雲南江川，與馬和所在的昆陽相距甚近。他們可說是小同鄉，所謂一方水土養一方人也不盡然，彼此的性格就相距甚遠。那小哥倆出生在一家獵戶，從小跟父親趕山，在外邊野慣了，家裡根本關不住他們那兩顆跑野了的心。狗兒、貓兒被抓進軍營的那天，就是因為在田地裡發現了一隻野兔，貓兒饞了想吃紅辣椒炒野兔肉，嚷著哥哥同他一起追趕，結果野兔沒有抓到，兩人卻撞進了明軍的包圍圈裡。那隊明軍士兵沒有俘獲到梁王的人馬，便俘獲了兩個孩子去向沐英將軍交差，從而改變了哥倆一生的命運。

在被閹割以後的一些日子裡，這兩兄弟還只是心情上焦躁不安，身子還不怎麼動彈。待到身上的創口癒合了，心靈的創口也跟著逐漸平復，他們的野性便開始復萌，軍營的帳篷也難以關住他們了。他們現在雖然不再逃跑了，可也不願受軍營的約束。平時只要瞅著看管他們的明軍士兵不注意，撒腿就往山野裡跑，好幾次都是馬忠他們打著火把從深山老箐裡將他們找回來。何福幾次都嚷著軍法從事，要拿軍棍打他們的屁股，都是高公公好說歹說攔住了。

那天中午，這支隊伍來到一個叫狗場壩的地方，特地早早安營紮寨，讓大家能有半天時間歇歇腳。他們哥倆吃罷飯，趁別人不注意，一溜煙跑到對門的岩坡上去玩耍。事有湊巧，趕上那裡有兩撥人，正在為爭一個新娘子，打得不亦樂乎。他們原來遠遠地站在一旁呆看，後來看到兩撥人圍著那個新娘子，你搶過來，我奪過去，鬧不清楚是怎麼回事。眼看著有撥人力量不支，新娘子被另一撥人搶到手，一個黑大漢將新娘子扛到肩上撒腿就跑，直衝他們飛奔而來。

「路見不平，拔刀相助」，兩兄弟的腦子裡同時湧出了這句江湖豪語。不知為什麼，他們立刻判斷丟掉新媳婦的一方是好人，搶得新媳婦的一幫人是壞蛋。兄弟倆頓時血往頭上湧，氣向膽邊生，雖然身邊無刀可拔，兩雙拳頭卻認不得人了。待到背新娘子的大漢走近，他們猛地從路邊竄出來，狗兒冷不防給那黑大漢肚子上一拳，那大漢「哎喲」一聲，趕緊蹲下捂住自己的腹部，新娘子被摔在地上。貓兒乘機從地上撈起新娘子，背到背上，撒腿就朝一片森林裡跑去。

那兩夥人先是一怔，不知發生了什麼事，接著發一聲喊，兩撥人變成一撥人，一齊衝他們兄弟倆撲過來。那個新娘子也在貓兒的背上又哭又鬧，掙扎不休，見這個半大男人兩手反剪背後緊緊摟定她的屁股不放，張開嘴使勁在他肩頭上咬了一口。

貓兒痛得大叫一聲，把背上的新娘子放翻在地上。他指著新娘子罵道：

「妳這女人眞不識好歹，我是來救妳的，怎麼像狗一樣咬我這一大口？」

那女人哭著鬧著用蠻話說：「誰要你救了，誰要你救了！」

這時兩撥搶新娘的人都圍攏來，捉住他們兄弟兩個，動手就來打。狗兒、貓兒被他們鬧得莫名其妙，連忙施展最近從馬忠他們那裡學來的拳腳，進行還擊。他們哪裡知道，此地蠻人古來就有搶婚的習俗，不過演變來演變去，到現在已經不是眞搶，而是假搶。這對青年男女，本來早就在花樓裡好得如膠似漆，那女人的肚子裡都懷上了那男人的孩子，新娘子的父母也早就吃過新郎家裡的糯米粑粑，喝過他們的包穀酒，認了這門親事。只是到了結婚這天，傳統的搶婚習俗卻還不能丟，那新郎邀集本寨的一幫青年後生，到了女方家裡，虛與委蛇一番，瞅空背起新娘子就跑。女方事先也找了本寨的一幫青年男女，早早佈置在路上攔住不放，展開了假戲眞做的新娘爭奪戰。其實，最後將新娘搶到手的那個黑漢子，就是新郎本人。

這些蠻人在這塊地盤上，不知玩過多少回這類搶婚的遊戲了，萬萬沒想到今天半路會殺出一對「程咬金」來，他們眞要把新娘子搶走了，豈不要鬧出天大的禍事來？尤其是那個背新娘子的新郎，肚子上無端挨了一記重拳，到此刻還隱隱作痛，幾乎是怒不可遏，揮起拳頭重重向狗兒的腦袋砸來。幸虧馬忠帶領幾個士兵及時趕到，從中架開了。等到雙方說明原委，方知是一場誤會。那邊的人一看是官軍，一場喜事被攪和成這樣也無話可說，只好重新背起新娘子趕路。馬忠他們將狗兒、貓兒帶回營房，兩人因爲違反了軍營的規矩，挨了懲罰不說，新娘子留在貓兒肩上的深刻牙痕，多少天都沒有好俐落。

來過貴州的中原地方人，給這個高原地區編了兩句順口溜：「天無三日晴，地無三里平」。這天明軍的隊伍迤邐來到白水河，放眼一看，好大一個壩子，那平地絕不止三里，那天也是一個難得的晴天。何福當即決定在這裡停下來，好好休整一下。這裡是普安地界，離貴陽不是很遠了。白水河是個好所在，在離他們安紮營盤不遠的地方，本來緩緩流動的白水河，忽遇百丈斷崖，白花花的河水懸空跌落下去，恰如橫空噴雪，白鷺群飛，故爾名爲白水。再往前邊一箭之遙，有座望水亭，在那裡耳聞水聲如雷，眼見飛流直下，如搗珠崩玉，飛沫翻湧，煙霧騰空，蔚爲壯觀。大家在窮山惡水間轉了好多天，難得見到這般好景致。明軍士兵分配了各自照管的孩子，都在白水河周圍玩耍，將息爬山越嶺勞累了多少日子的身軀。

高公公特地帶領馬和與蘇天保輾轉數里地，過了關索橋，來到關索嶺。這裡是三國時期的古戰場，傳說關雲長的三公子關索，曾隨諸葛亮開闢蠻道至此。嶺上有大堡，據云就是當年關索的守禦之所。嶺上還有一泉，名曰跑馬泉，傳說也是當年關索開鑿的。高公公從湖廣經貴州去雲南時，曾經到過此地。他特地帶馬和他們來此故地重遊，別有一番用意，他認爲這些孩子日後要當好皇帝的近侍，一定要幫聖上把普天之下的山山水水記住在心裡。

他們幾個人從關索嶺走下來，嗓子乾渴得直往外冒煙。馬和發現山腳下也有一眼泉水，連忙跑過去捧起水來要喝，這時正趕上有當地土人在附近的一口山塘裡打水，連忙驚呼：「那水喝不得，喝了要變啞巴。」一個土人還熱心跑過來指給他們看旁邊立的一塊碑，果然上邊刻著「啞泉」二字。熱心的土人讓他們來到自己打水的地方，那是一口山塘，積的是雨水。馬和與蘇天保都跑過去喝了幾口，滿嘴苦澀，還有一股泥腥味兒，難以下嚥。

蘇天保還在惦著那啞泉，嘴裡直說：「好險，好險，差點就成啞巴了。」

馬和卻不大相信「啞泉」的說法，他過去也曾聽祖父說起過「啞泉」的事，那位老滇陽侯有次領兵經過一處山泉，士兵們也是乾渴得不行，咕咚咕咚喝完以後，才看清旁邊的石碑上有「啞泉」兩個字，當時也緊張了一陣子，結果誰也沒啞。馬和上下仔細察看，這股泉水的源頭其實就在關索嶺的跑馬泉，最終歸入到白水河裡。要眞的是「啞泉」，連當年關索的部隊和白水河周圍的人，豈不都得成爲啞巴？

他把自己的發現告訴高公公，這位老人點點頭說：「這很可能是當年諸葛亮征服南蠻的一計，蠻人看到這眼泉水不敢喝，關索在嶺上以逸待勞，自然易守難攻了。」高公公說著，捧起泉水喝了幾口，甘冽清甜沁入心脾。他感歎地說：「在宮裡皇上總嫌我話多，能變成啞巴也好，免得招人厭煩。」

這天差不多所有的人都盡了遊興，尤其是馬和與蘇天保感到所獲不少。然而樂極便生悲，狗兒、貓兒又給明軍惹下了大禍，軍營裡又是一陣吃緊。他們哥倆本來對遊山逛水就不感興趣，只喜歡追趕野物，在山林裡撒歡。可是非常掃興，追趕了大半天，連野兔、山鷄的影子都沒有見著。他們正要轉身回營盤睡覺，忽然發現半山坡上有個牧童在放羊。貓兒看見那羊群，立刻感到有股白蘿蔔燉羊肉的香味隨風飄過來，肚子裡的饞蟲直往外拱。這個從小就嘴饞的孩子，軍營伙房菜桶中的那點肉沫星子，一直無法滿足他的食慾，肚子裡一直寡淡得慌。貓兒慫恿狗兒，抓隻羊回去解饞。小哥倆迅速交換了一下眼色，不聲不響繞到牧童的背後，掏出剛剛解下的臭烘烘的裹腳布，一條塞進牧童嘴裡，一條緊緊將牧童綁在樹上。然後捉住最肥的一隻羊，順手抽出牧童的腰刀，迅速將肥羊殺翻在地，扛進林子裡去剝皮，想收拾停當拿回營房改善伙食。

這哥倆不愧是獵戶的後代，所有的動作都乾淨俐落。不巧的是，他們偷的是當地蠻族頭人的羊，正在剝皮的時候，被頭人的幾個家丁捉住，連賊人帶贓物一起送到頭人家裡。那頭人一看殺了他準備用來祭祖的肥羊，勃然大怒，把兩個偷羊賊捆了個結實，吩咐家人，不能用羊頭祭祖，就用人頭祭祖。此乃蠻荒之地，他們的祖先就曾經有過用人頭祭祖的習俗，只是後來用羊頭替代了人頭。

明軍得知這個消息，營裡頓時炸了窩，何福與高公公急得抓耳撓腮，坐也不是，站也不是。他們派人打探過情況，這個頭人是個十足的蠻子，歷來軟硬不吃，油鹽難進。登門求情吧，蠻人情理難通，他們把祭祖看得比什麼都神聖；派兵進剿吧，蠻人腦筋不容易拐彎，恐怕人馬未到人頭就落了地。他們把自己關在一頂帳篷裡，不停地來回踱步，不知如何是好。

忽然馬和一撩帳篷的門簾走了進來，朗聲說：「我願去搭救狗兒、貓兒。」

何福與高公公急忙問他：「快說，你有何良策？」

馬和與狗兒、貓兒已經是生死之交，眼看他們的人頭要被割下來祭奠蠻人的祖先，心裡也火燒火燎。不想急人有急智，他說出了自己的想法，高公公一拍腦袋，嘯傲一聲：「好主意，好主意！」

何福聽明白以後也說：「對，只宜智取，只宜智取！」

蠻寨的人也都知道明軍不會善罷甘休，他們約略估計了明軍可能採取的救人辦法，做了一些防範。可是，怎麼也沒有想到明軍會派來兩個小娃娃。馬和攜同蘇天保，大大方方走進寨門，來到頭人家裡。那頭人兩眼圓睜，桌子一拍，給他們一個下馬威：「你們兩個娃子敢來救人，連你們的頭一起砍了祭祖！」

蘇天保眉心的那顆黑痣被他唬得接連跳了好幾下，馬和不慌不忙說：「頭人要拿人頭祭祖，也得先問問貴府祖上願意不願意，他們可是多年只享受羊頭，不享受人頭了。」

頭人一愣：「你小娃娃家如何曉得我們祖宗的意思，他們又不能張口說話了。」

馬和對那頭人說：「我拿一根筷子豎立在這桌上，如果筷子倒了下來，說明你的列祖列宗樂意享受人頭；如果筷子不倒，那就說明他們不樂意享受人頭，你們得趕快放人。」

那頭人從未聽說過筷子能在桌上立住的奇事，沒有多加考慮就點頭同意，寨裡的人聽了也都圍過來看稀奇。這裡的人學會用筷子吃飯拈菜時間還不長，誰也沒見過細長的筷子能豎立不倒。蘇天保把隨身帶來的筷子遞到馬和手裡，他也有些提心吊膽，兩隻手直打顫。馬和卻胸有成竹，他經常拿這支筷子丈量營盤，發現了一個秘密，立住筷子並不難，關鍵是重心要掌握好。他熟能生巧，沒用多大工夫，筷子果然就在頭人的吃飯桌上穩穩立住。蠻人們都看呆了，無不伸舌咂嘴，表示驚歎。那頭人卻冷笑一聲，認爲其中有詐，嚷著要扭斷馬和的脖子，嚇得蘇天保直打哆嗦。

馬和衝著頭人問：「難道你眞的不知道貴府祖上爲何不願意享受人頭嗎？」

頭人又是一愣，他的確不明白。馬和接著道：「你身爲頭人連這個道理都不懂，你們的老祖宗其實是在替你們這些子孫後代著想，這『頭人』二字倒過來，不就是『人頭』……」

那頭人原本十分迷信，一聽這話立刻臉色刷白，趕緊攔住馬和的話頭，不讓他繼續說出對自己不吉利的話來。然而，官軍的兩個娃子殺了寨裡祭祖的肥羊，他餘怒未消，還是不肯輕易放人。馬和進而提出，這個寨子歷年都用苦水祭祖，人畜也都飲用苦水，他可以幫助他們把「啞泉」變成甘泉，算是賠償寨裡蒙受的損失。頭人又是一愣，問他有何法術，馬和信手從口袋裡掏出那件青銅器晃了晃，故作神秘地說：「我有法寶一件……」

寨裡的人聽了這個消息都很振奮，頭人領著馬和、蘇天保來到關索嶺下的啞泉邊，蠻人們傾寨而出，幾個家丁押著狗兒、貓兒緊隨其後。馬和故意壓低嗓門喃喃有詞，然後將青銅器上的兩個小人在水裡晃動了幾下，自己捧了泉水大口喝了下去，隨後讓蘇天保也喝，幾個家丁也逼著狗兒、貓兒灌了幾口。

馬和放開洪亮的嗓門告訴頭人：「啞泉已經不再是啞泉了。」

頭人一聲斷喝：「鬆綁放人！」

馬和他們走了好遠，那頭人還在讚歎：「官軍就是官軍，連小娃娃都這般了得，我幸虧留住了兩個人頭，否則禍事不小。」

有蠻人問他：「那個小娃娃把寶貝帶走了，這啞泉的水還能喝嗎？」

頭人也多了一個心眼，他大聲問：「誰敢帶頭先喝？」

好半天都沒有人吭聲，蠻人都擔心那娃娃人走了，法力也撤了，萬一咕咚喝下去，變成了啞巴怎麼辦？寨裡的人，終於還是沒有膽子喝那啞泉的水。

三、傅友德治軍

傅友德率部從七星關進入貴州畢節，掃平烏蒙、芒部諸部落，又回到烏撒（今四川鎮雄），平息了那裡的叛亂，斬首三萬餘級，獲牛馬十餘萬頭。別的部落都被震懾了，紛紛表示歸順，不再騷擾大明王朝的官軍。遠在雲南麗江的木氏土司，還特地託藍玉送來臣服明朝的書文，還有若干珍奇和土特產，以及二十個生得漂亮的小女孩，貢獻給朝廷。傅友德領著這支打了勝仗的軍隊和諸多戰利品，馬不停蹄，日夜兼程，翻山越嶺，進入黔東，在鎮遠駐紮下來。他要在這裡稍事休整，讓自己的軍隊能以威武之師的面貌出現在聖上面前。

這位傅友德將軍，從軍的道路並不平坦。他先是在元末義軍劉福通的手下，接著跟從陳友諒，這兩人都有眼無珠，將他冷落在一旁，沒有得到重用。後來，朱元璋攻打江州，傅友德投靠過來，朱元璋同他論兵，他侃侃而談，受到賞識，立刻拜他爲將。傅友德打仗敢於拼命，從偏裨到大將，每戰都身先士卒。而且，身上越是有傷，衝鋒陷陣越賣力，因此累立大功，深得朱元璋的器重，手下的將士也都服他。

傅友德身經百戰，深知勝者易驕的道理，打了勝仗以後，部隊更需要嚴加管束。當今聖上治軍很嚴，而且喜怒無常，不要惹得這位天子不高興。他在鎮遠重新頒佈了軍紀，安排了練兵的日程，以塡補戰事頻繁時的疏漏。但是，勝軍易驕，驕兵難管，尤其是那些戰功突出的人，他們自恃功勞在身，征戰多日連功勞簿都還沒有送到朝廷，獎賞還沒有拿到手，心裡已經老大不耐煩，誰都不怎麼把那些軍規放在眼裡。新的軍規頒佈以後，違反軍紀的事仍然屢有發生，演武場上也懶懶散散，整個部隊都提不起精神。傅友德氣得直咬牙，回到自己的營帳還是滿臉不高興。

他新買的侍妾沈涼，一個年方二八的小女子，奉上一杯熱茶勸他：「將軍打了勝仗，應當高興才是，怎麼這些天老是愁眉不展？」

傅友德還在自言自語：「治驕兵悍將必下猛藥，看看到底有誰敢往刀口上撞。」

也就在何福率領的人馬到達鎮遠的時候，傅友德終於抓住了兩個倒楣鬼。那是兩個千戶，一個叫張驢兒，一個叫宋狗子。兩個人的父母都給他們取了賤名，希望他們長命百歲，沒想到不偏不倚恰恰撞到傅友德的刀口上。這位穎川侯大筆一揮，要斬首示衆。馬和他們剛到傅友德的大營，立刻感覺到軍營裡殺氣騰騰，連呼吸的空氣裡都有一種說不出的緊張感。

張驢兒、宋狗子也是活該倒楣。他們生性愛吃狗肉，碰上一個趕場天，曉得鎮遠集市上狗肉湯鍋不錯，早早集合隊伍，在演武場上草草做完操練，就命令那些士兵回營房休息，兩人利用千戶可以出入軍營的特權，相約偷偷跑出去找狗肉湯鍋解饞。他們來到熙熙攘攘的集市上，選定一個狗肉攤坐定，一邊大口喝著包穀燒酒，一邊醮著辣子水大塊往嘴裡塡狗肉。就在這時候，有兩個身著苗家穿戴的年輕婦女，也來到狗肉攤前，遞過幾枚銅錢買了兩碗狗肉湯，想是急著趕路回家，連背上的背籮都沒有放下，就站在那兩個倒楣鬼的桌邊，一便吹著熱氣一邊溜著碗邊喝湯。張驢兒見了，立刻向宋狗子使了個眼色，兩人取得默契，便熱情邀請兩個苗女坐下來陪他們吃狗肉喝包穀燒酒。

張驢兒慷慨地說：「只要兩個苗家妹子唱幾首山歌給我們聽，吃多少喝多少都算在我們的賬上。」

兩個婦人很高興地說：「我們的山歌都裝在背籮裡，兩位大哥想聽多少有多少。」

她們的山歌唱得好，酒量也好，四個人吃著、喝著、唱著，快樂得覺不出時光的流逝。待到攤主催著付賬，他們抬頭一看，太陽早已落到西邊的山嶺背後，場上已經沒剩下幾個人了。

兩個苗婦的家在大山背後。她們看看天色不早了，怕有強人攔路打劫，堅持讓兩位官軍大哥送她們翻過那座山去。張驢兒與宋狗子也樂意陪伴兩個可愛的苗家妹子，立刻點頭答應，一人擁著一個婦人，踉踉蹌蹌就往山上走，一路還在嚷著要他們身邊的妹子唱苗歌。兩男兩女相擁著爬到山坡上，一陣山風吹來，肚裡的包穀燒酒直往上湧，一個個酒勁開始發作起來。兩個久曠的男人睜開醉眼偷偷一瞧，發現身邊的婦人不但唱歌的聲音好聽，圓圓的臉盤黑裡透紅，也很有幾分姿色。先是張驢兒按捺不住，一把抱住身邊的那個婦人，隨手摘下那婦人的背簍，就勢將她推倒在青草叢中，隨即將自己的身子壓了上去。宋狗子不時膽怯一些，這時也心旌搖動，酒壯色膽，也將自己擁著的那個婦人摁倒在草地上。那兩個苗婦此刻也是醉眼朦朧，看兩個軍官長得高高大大，心裡也極是喜愛，在草地上滾了一陣兒，親了一陣兒，便半推半就，脫衣解帶，在大樹腳下與壓在自己身上的陌生男子一起快活地呻吟，一同進入了一個無比興奮和激動的境界。

張驢兒與宋狗子很晚才歸營，都帶著滿身的酒氣，觸犯了軍紀。傅友德訊問他們時，兩人還昏頭昏腦，嘴沒有把牢，將各自與苗婦在山裡做的苟且之事吐露出來。傅友德一聽大喝一聲：「強姦民婦乃是死罪，當斬！」他們兩個立刻被捆住手腳，打進死囚牢裡。

後來瞭解到，那兩個苗婦是新婚之後回來坐家的，按照當地蠻人的風俗，需在三年之內懷上娃娃，才能回到丈夫身邊居家過日子，倘若懷不上孩子，當丈夫的還可以退掉這門親事。她們倆眼看三年的期限已經過了兩年，肚子裡還沒有動靜，正為懷不上娃娃犯愁，那天與兩個軍官發生那事，也是有意就合。這在當地習以為常，連兩個婦人的男人也不介意，屬於民不告官不究的範疇。軍中對此也議論紛紛，都說此次征南他們兩個功勞都不小，未賞先斬，似乎不公。

傅友德言出法隨，不肯輕易動搖自己的決定。高公公來自皇上身邊，德高望重，傅友德私下徵詢他的意見。高公公作為內臣也有嚴格的紀律，不能干預外臣之事，不好表這個態。他繞了一個彎子，對傅友德說：

「不久前，聖上在宮裡的屏風上特地寫了一首詩，自己每日吟誦，進行自我警醒。」

傅友德問：「是一首什麼詩，請高公公念來聽聽。」

高公公尖著嗓子，一句一頓：「南朝天子愛風流，盡守江山不到頭。總爲戰爭收拾得，卻因歌舞破除休。堯將道德終無敵，秦把金湯可自由。試問繁華何處在，雨花煙草石城秋。」

傅友德仔細玩味了這幾句詩，拍案而起：「斬首示衆！」

演武場轉眼變成了刑場，所有兵營的人都集合在那裡，包括馬和他們這些半大孩子在內。周圍的老百姓聞訊，也趕來看殺頭，人山人海，將演武場圍得水泄不通。傅友德親自監斬，午時三刻一到，他將兩支令簽往地下猛地一擲，兩顆人頭應聲滾落在地上。好多蠻民，都爭著跑進演武場去看那兩顆人頭，有的擠上去看鐵面無私的傅友德大將軍生得何等模樣。守護殺場的官兵架著刀槍，拚命阻擋，好多人的衣服被撕破，腳上的麻鞋、草鞋也擠掉了。在場的明軍將士都低下了頭，殺的畢竟是他們同生死共患難的弟兄，誰都不忍一見。那些孩子則嚇得一齊驚叫起來，都用雙手蒙住了眼睛。

兩顆人頭的震撼作用的確很大，所有違反軍紀的事立刻都被揭發出來，有私藏戰利品的，有練兵時偷懶耍滑的，有吃了老百姓東西不給錢的……傅友德堅持主動交代者從輕發落，絕大多數都既往不咎，讓人覺出他威嚴中還有寬厚仁慈，心悅誠服接受軍紀的約束。幾天的時間，軍營風氣爲之大變。

狗兒、貓兒以往天不怕地不怕，自從見到了那兩顆滾落在地上的人頭，嚇得夜裡用被子蒙住腦袋，還是無法克服內心的恐懼。他們想到了自己偷宰蠻人肥羊的事，擔心讓這位傅爺知道了是否也會「軍法從事」。他們悄悄找到馬和，求他帶他們去見那位像閻王一般威嚴的大將軍，主動交代，去掉這塊心病。他們對馬和的足智多謀、能言善辯，已經佩服得五體投地。如果有馬和幫著說幾句話，相信那位「閻王將軍」也厲害不到哪裡去。

三個人小心翼翼來到傅友德設在鎮遠藏兵洞的大將軍營帳，通報了姓名，狗兒、貓兒立即雙膝跪了下去，磕頭請罪。

傅友德聲如洪鐘：「抬起頭來！」他早就聽說狗兒、貓兒的事，放眼一看跪在地上的這兩個孩子，生得結實靈巧，兩眼閃閃發亮，心裡不由讚歎：生就一副打仗的胚子，將來若能留在身邊，必是周倉、關平。但是，他要煞煞他們的野性，板著面孔說：「把你們犯的事如實招來！」

狗兒一五一十將偷宰蠻人祭祖肥羊的事再說了一遍，並把過錯都攬到自己的頭上。狗兒話剛落地，傅友德喝令一聲：「來人，拉下去各打五十大板，以儆效尤！」

這時站在一旁的馬和趕緊趨前一揖，大聲說：「大將軍，按軍法殺頭只能殺一次，打板子也只能打一次吧？」

貓兒也大膽說：「對，我們在白水河已經挨過板子了，這回又是主動交代，應當既往不咎才是。」

傅友德冷眼觀察馬和，又是一驚，看他天庭飽滿，隆準很高，兩隻眼睛忽閃著，掩飾不住智慧的光芒。他聽何福與高公公說過馬和智賺蠻人頭領的出色表現，暗自感歎此人日後絕非將才而是帥才，前途未可限量。他眞有些後悔，不該讓何福的人匆忙將他們閹割了，糟蹋了朝廷的棟樑之材，也糟蹋了自己的左膀右臂。

傅友德雖是這些想法，臉上仍然聲色不動。他讓狗兒、貓兒站起來，板著面孔厲聲說道：「這頓板子權且寄下，從今日起必須全心習武，將功折罪。」他隨手在兵器架上取下一支長槍，讓狗兒走了幾個回合，不滿地說：「還是一些花架子！」接著取下一把大刀扔給貓兒，也讓他走了幾個回合，同樣不滿地說：「也是中看不中用！」

狗兒、貓兒都吐了吐舌頭，領教了這位大將軍的厲害。

傅友德轉身面向馬和，臉上的顏色柔和了不少。他誇獎了馬和幾句：「小小年紀就能智賺蠻人頭領，那些辦法也都符合兵書上虛虛實實的計謀，往後不但要苦練身手掌握幾樣兵器，還要熟讀兵書懂得運籌帷幄。」

馬和不亢不卑地說：「今後能常來這裡向大將軍請教兵書上的道理嗎？」

傅友德連連頷首：「好，好！這裡仗打完了，正是講習兵書、談論兵法的好時候。」

馬和又是一揖：「多謝大將軍栽培。」

傅友德很是得意，右手拈著頸下的鬍鬚，朗朗背誦起他喜愛的《孫子兵法》來：「夫未戰而廟算勝者，得算多也；未戰而廟算不勝者，得算少也。多算勝，少算不勝，而況於無算乎……」

馬和三人走出營帳，跳下石岩，來到那條名叫辰水的河邊，捧起清涼的河水，都喝了個痛快。

貓兒高興地說：「這一趟眞沒有白來，求得了大將軍的原諒，往後睡覺也踏實了。」

狗兒也說：「人都說這個大將軍是活閻王，原來還這般好親近，是個蠻不錯的人。」

馬和也很興奮：「往後好好跟著他習武論兵，一定能長出息。」

萬山叢中，空谷回音，演武場上的喊殺聲分外整齊洪亮。傅友德一聲令下，跟隨明軍行動的孩子也都進了演武場開始習武，狗兒、貓兒如魚得水，舞刀弄槍都十分起勁。馬忠也放開手腳，教了他們一些眞功夫。馬忠是河南人氏，生長在武術之鄉，他成了馬和他們這幫孩子的良師益友。

四、開往南京的船隊

明軍結束在鎭遠古城的休整，拔寨而起，浩浩蕩蕩向湖廣進發。他們沿著貴州境內的辰水，進入湖南麻陽，再沿著沅水，順流來到辰州，直下武陵。

從鎭遠出發的時候，傅友德就留馬和在自己的身邊，讓他鞍前馬後照顧他的侍妾沈涼。這樣一來，馬和也就有了很多的機會，聽征南將軍傅友德在馬背上談論用兵的諸般趣事，講述發生在沿途那些古戰場的故事。傅友德也是個積累了不少學問的人，他一路上給馬和腦袋裡裝進去的東西，一點不比那個高公公少。

明軍來到沅水的青浪灘，傅友德在馬背上望著灘頭捲起的翻飛巨浪，聽著吼聲如雷的江濤，高興地對馬和及周圍的人說：「我給你們講講漢朝馬援勇闖青浪灘的故事吧。」大家立刻都擁了過來，所有的眼睛也都不約而同注視著身邊的青浪灘。

青浪灘是沅江裡最長的灘，江中巨石嶙峋，水流湍急，江流撞擊巨石掀起的浪濤，如萬千獅虎在跳躍，亦如萬千獅虎在怒吼，讓人驚心動魄。在沅水行船，船家最怕的就是這個地方。「船到青浪灘，如過鬼門關」。東漢時期大將馬援征南，也在這裡遇到了風急浪高、船毀人亡的危險。那個馬援鎮定自若，親自指揮軍隊置身激流險灘制伏兇猛的波浪。他的無畏精神感動了天神，派了無數紅嘴紅腳的小烏鴉飛來，幫他涉險闖灘。馬援從此被封為「伏波將軍」，當地人為馬援在江邊建了伏波宮，世代奉祀香火。那些紅嘴紅腳的小烏鴉，因為護航有功，馬援允諾其享受過往船隻供應的飯食，至今不絕。

馬和遙看對岸的山上，果然有座伏波將軍廟，廟角的樹梢上也真的棲息著無數的烏鴉，都是紅嘴紅腳。他拼命睜大兩隻眼睛，想在急流險灘中尋找當年馬援百舸搶灘的情景。

傅友德領著他的將士們來到武陵（今湖南常德）。這裡是晉代大詩人陶淵明描述桃花源仙境的地方，瀕臨洞庭湖，風景很是秀美。此時正值秋水長天，湖面與蒼穹同一個顏色，水天相銜，一碧萬頃。那無邊的波浪如連天雪湧，浩淼的湖面其水湯湯，往來的舟楫怎麼數也數不清楚。所有這些，都讓走出雲貴山區的那些孩子眼界大開。馬和生性愛水、愛船，在離別滇池以後，心裡還一直裝著那湖碧水和往來在湖面上的那些船隻。好幾個月的行軍，一直都在貴州的那些山縫裡鑽來鑽去，視線總是被前邊連綿不斷的大山擋住，心胸總是被兩邊的峻嶺擠壓得連氣都喘不過來。他一眼瞥見洞庭湖，立刻欣喜若狂，不得縱身跳進去，投入這泱泱大水的懷抱。

傅友德的侍妾沈涼出生在江蘇的揚州，從小也喜歡水和船，她讓馬和與她一起策馬來到湖邊，觀看湖面上千船競發的場面。他們從貴州出來，沿著辰水和沅水行軍，一路上見過不少不同式樣的船。有如同織布梭子般的辰溪船，有船頭船尾高高翹起的麻陽船，有全身烏黑的「烏江子」，有用幾十個纖手往上游牽動的鹽船，還有在急流中起伏跌蕩的竹排和木排。在夾岸的高山和滾滾的激流中，縴夫伴著沉重腳步吼出蒼涼的縴夫謠，放排人在與險灘激流生死搏鬥中喊著悲壯的號子。這些都是他們在滇池中或長江邊上聞所未聞的，心靈都受到極大的震撼。此時到了洞庭湖邊，放眼看去，更是彙集了來自長江和湘、資、沅、澧四水的各種船舶，每個地方的船都有自己的講究，都有與衆不同的特色，兩個人的眼睛都看直了。在離他們不遠的湖面上，有漁船在張網捕魚，彼此之間漁歌互答，也讓他們聽得忘情。

沈涼回過神來問馬和：「你生長在高原之上，爲何偏會喜歡這水這船呢？」

馬和這些日子與這位征南將軍的小夫人混熟了，也調皮地反問：「夫人是閨門女子，怎麼也如此喜歡這水這船？」

沈涼說：「因爲水和船連著我的老家揚州，只要坐在船上，不論路程遠近，都會有回家的感覺。」

馬和說：「我從小就夢想去大海另一面的天方，有了水有了船就能實現我的這個夢想。」

明軍從武陵改走水路，集合了一支聲勢浩大的船隊，停泊在武陵附近的湖面，無比壯觀。朱元璋起事以後，與元軍，與陳有諒、張士誠等人，都展開過激烈的水戰，他造了不少船，也繳獲了不少船。聚集在碼頭的三桅九帆大方頭船，占了好大一片湖面。洞庭湖裡檣桅林立，舳艫蔽水，旌旗蔽空。大將軍的帥船，金漆裝點，船尾有高大的舵樓，舵樓上高高飄揚著一面帥字大旗，甚是威武。

這天拔錨啓航，在洞庭湖邊舉行了隆重的開船儀式。碼頭上大鑼大鼓擂得震天動地，大小鞭炮經久不歇地炸響。各船的領兵將校肅立船頭，穿戴整齊的士兵和水手，排列在船舷兩旁。傅友德來到充當開闢水道的先鋒船上，疾步走到船頭，幾個親兵抬出三牲貢品。他在一盆清水裡淨了手，焚香秉燭，並端起一杯酒高高舉過額頭，然後灑進湖水中，祭奠湖神和江神，祈求一帆風順。然後，一聲號令，洞庭湖裡千帆競發，浩浩蕩蕩。

馬和已經成爲傅友德不離左右的親隨，現在也被留在帥船上。他久久站立在船頭上，任湖風吹拂一動不動，欣賞洞庭湖上下天光，一碧萬頃的景致。

傅友德也來到船頭，環顧洞庭湖長煙一空的水面，拈著鬍鬚盡情享受勝利班師的喜悅。他見馬和緊貼身邊站著，一時興起，問馬和：

「想不想聽岳飛在洞庭湖與楊么進行水戰的故事？」

馬和趕忙收回自己的思緒說：「請大將軍賜教。」他喜歡傅將軍這種講故事的方式，走到哪兒講到哪兒，使他有一種身臨其境的感覺。

那是南宋紹興元年（西元一一三一年）發生在這一帶水面上的事。南宋朝廷的水師將新打造出來的車輪船開進洞庭湖，直搗「水匪」頭領楊么的巢穴。楊么率領的水軍依照舊例在湖上排開陣式迎敵。他做夢也沒想到官軍的船與以往大不相同，竟在水面上輕鬆滑動，行走如飛，彷彿有神力相助一般。這些在洞庭湖久慣水戰的農軍將士正目瞪口呆，宋軍的車輪船以迅雷不及掩耳之勢衝了過來，將他們殺得四散奔逃，損船折兵。楊么不服輸，專門派水鬼潛入宋營，偷來一條車輪船，發現原來船上有八個車輪，由水手一齊用力踏動，故爾行走如飛。楊么立刻命手下的工匠仿造車輪船，利用他們熟悉湖河港汊地理的優勢，反過來將車輪船運用得比宋軍還巧妙，官軍被他們打得大敗虧輸。朝廷也不甘心失敗，立刻派岳飛來到洞庭湖，岳飛用計在湖中必經的水道上暗暗拋下圓木及蘭草，引誘楊么的船隊駛入陷阱。此時的楊么以為車輪船天下無敵，大搖大擺闖了過來，水下的圓木和蘭草立刻卡住、纏住車輪，糾纏在輪葉上，那些車輪船再也無法動彈。這時宋軍出動平底的沙船，徹底摧毀了楊么的車輪船，楊么羞憤交加，當即投湖自盡而死。

傅友德從軍後，很長一個時期都在長江邊上作戰，對水戰並不陌生。他將曾經發生在洞庭湖上的車輪船戰，講述得繪聲繪色。馬和聽得如醉如癡，伸著脖子四面張望，似乎在尋找當年那次水戰的刀光劍影，幻想著那些車輪船能夠重新出現在湖面上。馬和過去只熟悉漢武帝在長安演習樓船的故事，然而原本打算在滇池展開的那場水戰卻沒有進行，因爲漢武帝的軍隊剛到達滇池邊上，當地的部落就聞風歸順，「漢習樓船」便永遠停留在一個「習」字上。洞庭湖裡發生的那場水戰的確是十分精彩，平底船和車輪船勝負的轉換，雙方魔高一尺道高一丈的鬥智鬥勇，充滿了戰場變化的奧妙，蘊涵了很多戰爭的哲理，讓人越琢磨越有滋味。戰爭充滿了恐怖，也充滿了誘惑，戰爭原本就是人類發明的一種殘酷遊戲。

「路漫漫其修遠兮，吾將上下而求索……」高公公的三桅船緊傍著帥船，這是他在吟詠屈原行吟洞庭湖的那些楚辭。馬和聽高公公講過屈原，從他那蒼老而又尖利的嗓門裡發出的一陣嘯傲，掠過湖面叩擊馬和的耳鼓，使他心頭受到莫大的震撼。

秋水輕波，湖面的微風鼓滿了風帆，船隊很快穿過洞庭湖到達岳州府。他們在此沒有靠岸，穿過城陵磯，出了洞庭湖口，進入了由西向東一瀉千里的長江。走水路原比走陸路輕快多了，步行的解除了腿腳之苦，騎馬的免卻了鞍馬勞頓。狗兒、貓兒習武已經入迷，他們在高公公的船上，天天纏著馬忠與他們對練，決心要超過這位師傅的武藝。馬和練的是劍，傅友德也督促他每天在甲板上練幾百個回合。他們不是習武，就是談兵，惹得傅將軍的那位愛妾都生出幾分嫉妒來。

這位出身揚州的女子年齡比馬和大不了多少，一路得到馬和的服侍，很喜歡這個相貌出衆心眼靈活的少年。她發現自上船以後，馬和再也難得到她跟前來一趟了。她在丈夫面前嘟囔道：「馬和日後要去宮裡服侍皇上，將軍老跟他談兵論武幹什麼，也不讓他歇息歇息。」

傅友德哂笑道：「妳眞是婦人見識，不懂朝廷的事變化難測，多教他一些本領，日後總有用得著的時候，藝不壓身能防身，這個道理妳都不懂。」

這位小夫人噘著小嘴不說話，卻從船艙裡搬出一張凳子，在船頭坐定，撥動絲弦，漫啓歌喉，對景生情，來了一曲《赤壁之戰》的評彈。她從小練就一手好評彈，傅友德正是慕她色藝俱全，才將她買過來納爲侍妾的。那高山流水之音，鶯啼燕喃之語，頓時把周圍的目光都吸引過來了。傅友德不由放下手中長劍，拈著鬍鬚，隨著婉轉的旋律，點頭吟詠起來。

馬和也聽得入神，他覺得十分驚奇，這位嬌小的女子，柔嫩的歌喉，竟將孫權與劉備如何建立聯盟，諸葛亮與周瑜如何鬥智鬥勇，最後如何矇騙曹操，用一把火燒掉他幾十萬人馬的戰鬥過程，描繪得出神入化。馬和聽著聽著，眼前彷彿眞的看到了三國時期的艨艟戰艦，旌旗甲兵，比明軍今日的船隊還有氣勢。

從雲南麗江來的二十個小女子也被安頓在帥船上。她們的年齡比馬和他們還小，從小又都生長在木氏土司府裡，身子養得都很嬌弱，又不習慣坐船，終於經不住長江後浪推前浪的顚簸，一齊暈起船來，吐得腹中湧出膽汁，臉色由慘白變成蠟黃。馬和與她們是同鄉，一路上相處甚歡。見她們都病倒了，跑前跑後，又是送開水，又是送稀粥，還按醫官的吩咐，拿生薑片替她們貼肚臍眼兒，可這些對她們都不管用。

傅友德一看著了急，事關木氏土司與朝廷修好，絕對不能這麼病拉拉地把她們送進宮去。船隊到達武昌府，他命靠岸稍事休息，補充一些糧米菜蔬。順便讓醫官帶著這些暈船的姑娘登岸，悉心調養，還他們如花似玉的本來面目。

武昌府知府得知傅友德大駕光臨，特地前來拜會這位征南一役大獲全勝的傅大將軍。賓主在帥船上高談闊論，細說征南戰事。他的侍妾沈涼不甘寂寞，鬧著讓馬和陪她上岸遊玩，傅友德只好點頭答應。

馬和要了一條小船，划到武昌的對岸，那裡是三國時期的夏口（今漢口）。他們讓水手領路，尋覓當年赤壁之戰中關雲長單刀赴會的地方，水手稀裡糊塗，領著他們四處亂轉。那位來自揚州的小夫人雖是貧寒出身，也經不起這麼瞎轉悠，累得雙腿痠痛，卻啥也沒有見著。他們回到帥船，知府擺好接風酒宴已經等候多時。傅友德聽了尋找關雲長遺跡的孟浪舉動，直罵他們：「荒唐，眞是荒唐。」

五、南京街頭棄兒

南京，原名應天，又稱金陵，是朱元璋早年起兵的根據地。他從這裡揮戈四方，滅了元朝，兼併了各路義軍，統一南北，在這裡稱王，也在這裡稱帝。南京可以說是明王朝的發祥地。朱元璋開國之初，確立都城，最先想到的就是這裡「飛龍在天」的瑞氣。雖然，後來仿效古代的兩京制度，以應天爲南京，以汴梁爲北京，接著還把他的老家安徽鳳陽確立爲中京。但是，他集中精力經營的還是南京。這裡原本是個故都，又經歷朱元璋十多年時間不斷的充實豐富，如今已是一派帝都景象了。

傅友德班師回朝，當著滿朝文武向天子稟報了征南的經過，呈上雲貴地方一些土司表示臣服朱明王朝的貢品，朱元璋龍顏大悅，慰勉有加，將他由穎川侯進封爲穎國公，食祿三千石，所有有功的將士也都各有賞賜。

傅友德帶回的二十個女子，朱元璋過了目都很滿意，全都送進後宮，壯大他的後宮陣容，有的後來還得到了他的寵幸。高公公帶回來的這群孩子，從閹割前的一百多人，到得南京就剩下二十來個，成活的比例實在太小。然而，他們卻被一道聖旨擋在了宮門之外。原來，執行皇上擄掠兒童聖旨充實宦官隊伍這道聖旨的將軍們太多，宮內的小宦官早已滿員，已經有不少小閹人被扔棄在街頭。現在提出要嚴加挑選，還是礙著傅友德和沐英的面子，不能拂了他們的一片忠心，朱元璋不好一概加以拒絕的緣故。這些孩子只好暫時都寄居在宮外一所空下來的院落裡，聽候選用。

朱元璋這位出身草莽的皇帝，精明過人，在征戰過程中就對治理國家的大小事情，認眞考慮得仔仔細細，周周到到。他鑒於漢唐時代的宦官之禍，對「刑餘之人」產生了莫大的成見，認爲這些人中沒有幾個善良之輩。如果用他們來做耳目，耳目會閉塞；用他們來做心腹，會成爲心腹之患；用來參與政事，會造成政事的混亂。他琢磨出駕馭宦官的最好辦法，就是不給他們提供任何立功受寵的機會，讓他們永遠做人下之人。他在建國不久，就定下了宦官不得干預朝政的制度，不許他們兼有外臣文武職銜，並在宮門上立牌警示：「內臣不得干預朝政，預者斬。」據說，一個從朱元璋稱王時就在宮中侍候他的老宦官，只因在說話時稍稍涉及到了一些政事，當天就被斥出宮門，遣送回鄉去了。

依照這個制度，朱元璋明確規定宦官在宮禁中的作用，只能灑掃庭除，聽候使喚，也就是做些無須動腦筋也無關大局的粗活或上傳下達的簡單事務。因此之故，他挑選宦官的標準與衆不同，聰明伶俐的不要，識文斷字的不要，眉眼太清秀的也不要。這後一條，大概與他自己的外表長得很不怎麼樣有關。據說，這位皇上有著一張鷹隼般的臉，下顎還特別突出，有幾分猿猴模樣。他的這副尊容，曾經讓宮裡的畫師爲難極了，畫逼眞了說是醜化他，太過文飾了又說是故意損他，好幾個畫師都因此倒了楣，掉了腦袋。自然，在他左右侍候的人，生得太端正了，會襯托出他的醜陋，那也是絕對不能允許的。因此，挑選內侍他非親自過目不可。

朱元璋對宦官的偏見，高公公心裡一直不以爲然。他自己不但識字，還有一些才學，因爲是內宮近侍中的老資格，還在危急時立過護駕的大功，朱元璋對他尚能另眼相待，讓他在宦官中有了一定的地位。他滿以爲這麼多年過去了，聖上原來對閹人的看法和原來所定下的限制宦官的規矩會有所改變，沒想到居然會越來越固執。

他立刻想到了馬和，這孩子身上所有的優點，在皇帝眼裡都會成爲不能原諒的劣跡，爲此扼殺掉一個能成大器的人才豈不可惜。他囑付馬和：

「在皇帝面前一定要收斂目光，臉上的表情越木訥越好，若是問你話，必須一問三不知！」

馬和對這位皇上仍然心存芥蒂，嘟囔了一句：「他瞧不上我，我還瞧不上他哩！」

高公公著急地呵斥道：「又說傻話了，這可是關係到今後一輩子的大事，使不得性子。」

馬和問：「莫非這個皇上專門喜歡傻子不成？」

高公公嚴肅地說：「不用多問，必須照我說的去做。」

馬和用了好幾天的時間，練習收斂目光，表情木訥，回答問題答非所問。誰知這些都白費了心思，那天他們排列在後宮的庭院裡，朱元璋龍目掃視過去，馬和端正的面相立刻引起他的不悅，再仔細注視這孩子飽滿天庭之下的那雙眼睛，雖然斂目收眉還是英氣逼人，立刻示意將其剔除。狗兒、貓兒也沒有逃脫朱元璋的銳利目光，他們兄弟倆長相算不上眉青目秀，卻一臉野氣，留在後宮也必定是禍害。

入選的孩子都被帶進宮裡去了，馬和與狗兒、貓兒，眞的像小貓小狗被攆了出來，扔到了大街之上。閹人除了皇宮，哪兒還有容身之地？皇帝不喜歡的閹人，誰還敢收留？他們被閹割本來就是大不幸，被閹割之後卻連當宦官的資格都沒有，那更是大不幸中的大大不幸了。馬和嘗到了這種苦楚，伴著狗兒、貓兒來到大街之上，面對一片完全陌生的世界，舉目無親。在路途中結識並倚爲靠山的幾個人——高公公、傅大將軍和馬忠，已經斷絕來往，不通音訊。此刻人海茫茫，要找到這幾個熟識的人，簡直比在大海裡撈針還難。他們三人蹲在一個街角裡，抱頭痛哭了一場。

還是馬和最早收住了眼淚，對那兄弟倆說：「哭有何用，我們還得活下去啊。」

貓兒哭著說：「我們還是回家吧，一路討飯回去，總比在這個鬼地方餓死爲好。」

狗兒抽噎著說：「京師距雲南好幾千里路，怎麼回得去啊，再說我們已經被他們給閹了，三分是人七分是鬼，還能回家嗎？」

還是馬和有主意，那天船在南京燕子磯的碼頭靠岸，他留神過江邊有好大一片地方都是造船的工場，正在打造的船又大又多，有好多人在那裡忙來忙去。他提議說：「到造船的工場去吧，在那裡找點事做，先弄口飯吃再說。」這其實也是他最願意幹的事情，他從小就喜歡船。狗兒和貓兒連連點頭，現在馬和是他們的主心骨。

三個人東打聽，西打聽，總算來到揚子江邊，找到了那片造船的工場。

一個長得像瘦猴一樣的管事問了一句：「聽口音你們不是本地人，是從哪裡來的？」

他們老實回答：「我們都是雲南人。」

瘦子吃了一驚：「雲南大老遠的，怎麼跑到京師來了？」

馬和知道不能再說實話，只得撒了一個謊：「是一個親戚領我們出來，在街上跑丟了，只好一邊做工糊口，一邊尋找那個親戚。」

當時那裡正缺打雜的人手，瘦猴沒再細問，就爽快地收留了他們。他們在那裡歇了一個晚上，第二天就被分派到幾個造船師傅的名下，替這些師傅當下手，也就是幫他們傳遞工具材料，端茶送水遞揩汗的毛巾，總之師傅讓他們幹啥就幹啥。

那些造船的工匠師傅，並非個個都好侍候，越是名氣大的越會擺譜。有的連夜裡拿扇子驅趕蚊子，倒臭氣熏人的夜壺，都使喚他們。狗兒、貓兒沒幹上幾天，就有些不耐煩了。貓兒侍候的那個胖子師傅，白天哼著莫愁女的歌，夜裡嚷著要去莫愁湖找莫愁女。有天晚上颳著風下著雨，他還堅持叫貓兒陪他去莫愁湖。貓兒厭煩這種事，懶得去，兩人鬧翻了，由吵而罵，由罵而打。狗兒得知消息，趕緊跑來給弟弟幫忙，那胖子怕自己吃虧，下了毒招，伸手去捏狗兒胯襠裡的要害，卻撲了一個空，那地方空蕩蕩的，什麼也沒有抓著。胖子先是一愣，緊接著大嚷起來：「這小癟三連那玩意都沒有，是個閹人，大家快來看閹人！」已經睡下去的人，一聽這話都翻身起來，圍著他們觀看，就像觀看什麼稀奇動物似的。

造船工場的那個瘦管事得知消息，立刻將他們三人找去，大喝一聲：「把褲子脫下來！」馬和他們都死死捂緊褲腰，不肯就範。那個瘦猴立刻召來幾個當勤雜工的，生拉活拽將他們的褲子扒掉，讓他們被閹割過的身軀，赤裸裸暴露在大庭廣衆之中。瘦猴冷笑一聲：「怪道雲南地界的人會跑到這裡來，原來是刑餘小人。」這個管事開始以爲他們是從宮裡逃跑出來的小宦官，命人將他們綁了起來，打算送回宮裡領取幾個賞錢。悄悄到宮裡一打聽，方知他們是從皇宮剔除出來的閹人。

造船工場頓時嘩然，很多人連呼：「晦氣，晦氣，怎麼會讓閹人混進來了？」那個胖子還嚷著說：「趕快買幾掛鞭炮來驅除晦氣，不然造出船來日後翻了，誰擔當得起。」

在這些人眼裡，閹人是最最卑賤的人，比王八、戲子、吹鼓手那些下九流還不如，讓他們混進了造船工場，似乎這裡一定就會大難臨頭。瘦猴衝三個正羞愧得無地自容的孩子怒喝道：「給我滾！滾得越遠越好。」

馬和三人在眾多鄙夷不屑的目光中，被一頓拳腳趕出造船工場的大門。狗兒、貓兒嚎啕大哭，仰問蒼天：「老天爺，老天爺，都一樣是人，你爲何對我們這樣不公平？」馬和欲哭無淚一臉的辛酸。

人的生存慾望竟是如此強烈，逼急了總能想出生存的辦法來。狗兒、貓兒兩兄弟看到南京街頭有不少人耍把式，想起他們從雲南出來，一路跟馬忠學到的武藝，雖然眼下沒有長槍、長劍和大刀可使，就憑拳腳上的功夫，比起南京街頭那些賣藝的來，也差不到哪裡去。馬和感歎道：「幸虧還學了一點武藝在身，總算天無絕人之路。」

他們選擇了離江邊很遠的一個比較冷清地方，爲的是躲避造船工場那些混賬王八蛋，怕他們再來找麻煩。他們打好場子，狗兒、貓兒開始耍弄拳腳，馬和抱拳作揖，嘴裡不停地說：「各位仁人君子，可憐我們流落京師，身無分文，有錢的請幫個錢場，沒錢的請幫個人場……」好多人見他們衣衫襤褸，著實可憐，不斷給他們扔了一些銅錢，讓他們獲得了些許安慰。

誰知此舉又惹惱了一位秦淮健兒，起了歹心，要同他們過不去。此人相貌魁梧，力大如牛，卻游手好閒，是個無賴。有一回，他到一個民戶家裡偷盜了一條牛，公開告訴那家人：「你們家的牛我騎走了！」那家人出來追，他在牛屁股上猛捅一刀，那牛負痛疾跑，牛主追趕不及，只能乾瞪眼白著急。有回他偷了人家老婆，也公開告訴那人：「我已經睡過你的老婆了！」孰不知那人也是個秦淮健兒，大水沖了龍王廟，自家人不認自家人。那個戴了綠帽子的人，頓時使出手段，打折了他的一條腿。

從此，這個瘸腿健兒威風掃地，只能在南京街頭嘯聚一夥小癟三，專門做些欺負乞丐流民的事。他見外地來的三個窮小子賺了錢根本沒有孝敬他的意思，這天特意來找碴，馬和三人剛打開場子就來拆場子。馬和挺身而出同他論理，突然十幾個人從街道兩邊圍過來，摁著馬和往死裡打。狗兒、貓兒奮不顧身去搶救，因為寡不敵眾，也都挨了一頓痛揍。那個瘸腿健兒見馬和已經皮開肉綻，氣息奄奄，這才呼嘯一聲，作鳥獸散，頃刻之間便不見了蹤影。

此時天色已晚，一片烏雲遮蓋過來，便淅淅瀝瀝落下傾盆大雨。三個人的身上都淋得透濕，雨水浸到傷口裡，鑽心地疼。狗兒、貓兒忍著自己的傷疼，輪流背著馬和徜徉在街頭巷尾，偌大的金陵鬧市，煙柳繁華，卻找不到他們落腳的地方。後來輾轉來到京師城外的鍾山腳下，已是夜靜更深，寥寥落落的人家也都關閉了門戶。狗兒、貓兒又累又餓，實在力不從心，還是咬牙硬撐。兩人輪流著背負馬和，勉強爬到一座寺廟的山門前，狗兒從背上放下馬和，三個人一起靠著緊閉的山門坐下，誰也沒力氣再站立起來……

也是馬和等人命不該絕，在這裡遇到了一個慧眼識英雄的和尚。這和尚法名道衍，應當今皇帝之詔，來禮部應試通儒書的僧者。他高中了，卻不願意受官，只接受了朱元璋賞賜的僧服。「南朝四百八十寺，多少樓臺煙雨中」。進入朱明王朝，皇帝是和尚出身，佛家於他有濟困救荒之恩，京都的佛寺因此又增添了許多，佛門香火也更為興旺，慕名來此雲遊、拜佛、講經、論法的僧人不少。

這天一大早，道衍便來到鍾山腳下的洪福寺，打算與本寺長老一敘，再去雲遊中嶽嵩山。不想在山門外見到三個渾身濕淋淋的餓殍，倒伏在門檻邊。他連忙舉起拳頭敲開了寺門，寺裡的僧人出來，見了這情形，雙手合掌連念數聲「阿彌陀佛」，將馬和三個人背了進去。廟裡的和尚揀了幾身乾淨僧衣替馬和、狗兒、貓兒換上，又撬開他們的嘴唇灌下幾碗熱乎乎火辣辣的薑湯，幫他們驅散寒氣。

這個道衍和尚，後來成了燕王爭奪帝位的得力謀士。他深通陰陽術數之學，相人也很準，據說從來沒有不應驗的。他在一旁端詳了馬和的面相，再扳開那雙緊閉的眼睛，立刻看出此人日後前程了得，囑付寺裡的僧人說：「此人非等閒之輩，你們要好生照料，不可慢待。」廟裡的僧人回答：「阿彌陀佛，善哉，善哉。」

馬和三人在寺裡將息了不少日子，外傷和內傷都慢慢好了起來。在這些日子裡，他們得到本寺住持長老與衆僧的關照，對佛門慈悲爲懷、救苦救難，講究衆生平等這些教義，有了很眞切的感受。特別是衆生平等這一條，三個淪落天涯的不幸者感觸尤深。本來，他們被高公公、傅將軍鼓起來的那一點做人的勇氣，已經在南京完全喪失了，造船工場和街頭賣藝所受的羞辱，讓他們感到這個世界容不下他們幾個閹人，一死了之的心都有了。到了洪福寺裡，沒有誰對他們另眼相待，在佛祖的目光中，「有生皆苦」。他們被閹割是一種苦難，別的人也各有各的苦難，芸芸衆生誰也逃脫不了俗界的無邊苦海。佛祖指點迷津，只有在涅槃中，去達到脫離苦海的彼岸。想到這些，他們也不由高誦：「阿彌陀佛」。

落難使他們變得十分懂事，總想著不能白吃寺裡的飯。他們每天與寺裡的僧人一樣，也砍柴挑水，也灑掃寺院，也學著念經拜佛，幾乎算得上沒有剃度受戒的佛門子弟了。只有一點不同，他們每天早晚都堅持到寺外的林子裡練習拳腳，這也許是凡心尚未了卻的緣故。過去馬忠教他們武藝，一再強調每一槍挑過去，每一刀劈過去，每一劍刺過去，每一拳打過去，每一腳踢過去，都要看到前面站著一個兇狠的敵人。他們那時很難做到這一點，何福和他手下的明軍士兵不再是他們的敵人，他們更不敢把當今皇帝當成敵人，瞪大眼睛再也看不到前面敵人是誰。馬忠老說他們的招式缺乏殺氣，弄不好眞的就會成爲花拳繡腿，中看不中用。現在他們擺開架勢，突然發現前邊有南京街頭的惡棍，有揚子江邊那些淩辱過他們的人，有人世間的種種不平，一拳一腳都奔向那些積鬱在心中的憤懣，頓時有了拳打南山猛虎，腳踢北海蛟龍的威猛。

第三章　功臣悲歌

一、多情揚州女

鍾山屹立在南京的西南邊，揚子江在山腳下滔滔流過，不捨晝夜。一江一山互為依託，呈現出虎踞龍盤的恢弘氣度。堪輿家門說，南京的帝王之氣全在這一江一山的巧妙組合之上。

這天早晨，馬和天不亮就把狗兒、貓兒喚了起來，趕早到林子裡完成習武的功課。洪福寺今天要舉行規模宏大的佛事，聚集了各地來的高僧，南京城裡虔誠拜佛的眾多善男信女也都要來趕這場盛會。如此盛典，寺裡需要照應的事情很多，他們不能袖手旁觀。三人在自己樹立的眾多木樁中閃展騰挪，悠忽來去。馬和一時興起，猛一掌劈過去，一根粗大的木樁，嘩啦啦斷成了兩截。

這時忽聽一聲嘯傲，從林子外邊傳來：「誠既勇兮又以武，終剛強兮不可淩，好功夫，好功夫！」

馬和三人愕然頓住，定格在各自斷然收住的招式上，不約而同問：「高公公？」

那似山野老猿嘯傲的聲音，的確來自馬和他們危難之時日思夜夢的那個高公公。這位老太監是虔誠的佛家弟子，又是洪福寺長老的莫逆之交，前兩天就接到住持長老的邀請要來寺裡參加佛事。他也是天不亮就從宮裡出來，坐了馬車，繞過玄武湖，很早就來到鍾山。他剛到山門前，太陽還沒有露頭，山上還有一層薄霧，老遠見到有幾個人影在那裡閃展騰挪，隱約看那身段不錯，不由叫了兩聲好。馬和他們尋聲走出樹林子，一看果然是高公公，一齊撲了過去。這時薄霧漸漸散去，高公公仔細一瞧，發現練武之人原來是那三個苦命孩子，不禁也失聲喊了起來。這時正好住持長老來到山門外迎接從宮裡來的這位至交，瞭解了這動人的一幕，一迭連聲念著：「阿彌陀佛……」

「你們讓我找得好苦啊！」老太監抱過他們三個人的腦袋看了又看，心裡有股熱流在滾動。那天，馬和三人在朱元璋過目時被刷下來，高公公在一旁看著著急，卻不敢越雷池一步。他很瞭解聖上的喜怒無常，又是千古未有的殘忍。龍顏一怒，連親侄子都敢用鞭子抽死，親外甥都忍心用毒藥毒死，登基以來沒有多長的時間，文武官員就被他殺倒了一大片。乃至朝堂成了鬼門關，每天參加早朝的人，上朝前都得與家裡人哭著訣別，退朝後回到家裡要舉杯慶賀自己又多活了一天。他當時若是開口說話，不但會送掉自己的老命，也會送掉三個孩子的小命，朱元璋要撚死他們如同撚死幾隻小螞蟻。他眼睜睜看著三個孩子被逐出宮門，好不容易等到有了機會，急忙抽身去宮外那所院子尋找，卻已人去樓空。後來，隱約聽到造船工場發生的事情，他又想辦法去打聽，結果也撲了空。傅友德來宮裡，高公公悄悄向這位喜歡馬和的大將軍通報了消息，希望他能設法找到三個孩子。然而朱元璋有很嚴厲的規定，內臣不能干預外事，外臣也不能干預宮內之事，那位潁國公也只能乾著急。傅友德也曾命馬忠等人暗地裡四處尋覓，茫茫京都，熙熙攘攘到處都是人，唯獨見不到馬和他們的影子。

這眞是「踏破鐵鞋無覓處，得來全不費功夫」，洪福寺的一場佛事，終於讓他們重逢。馬和與狗兒、貓兒見到高公如同見到了久別的親人，來到南京以後所受的委屈、凌辱和磨難一齊湧上心頭，忍不住哭訴起來。

洪福寺的長老詳細瞭解了個中原委，一個勁兒說：「這是我佛慈悲，早在冥冥中做了安排。」

高公公要帶著三個孩子下鍾山，馬和與狗兒、貓兒含著眼淚拜別長老和寺內衆僧，感謝洪福寺的活命之恩。高公公特地找了一輛用布幔圍得嚴嚴實實的馬車，十分隱密地將他們直接拉到穎國公府，交給傅友德妥爲安排。他作爲宮中太監，行動實在不自由，後來只偷得一次機會，去穎國公府看看幾個孩子，給馬和送去《周髀算經》等書籍，囑付他還是要多讀書。

這事讓傅友德也很爲難，朱元璋立國以後，爲防範帶兵的將領擁兵自重，形成尾大不掉之勢，立下了「將不專軍，軍不私將」的規定。在征南的戰事結束以後，他已經交回將印，原來統帥的軍隊也立即歸還到各自所屬的衛所，他已經成了名副其實的「光桿司令」。家裡原本只有馬忠等幾個看家護院的親兵，現在突然多出了被朱元璋剔除的三個閹人，特別惹眼，錦衣衛的人遲早會打探到，並報告到皇上那裡邀功請賞。他過去沒少領教過當今皇上對文臣武將的猜忌之心，很多人都因天子的無端猜忌慘遭不測，萬一就收留三個孩子加他一個「私蓄閹人，圖謀不軌」的罪名，說不定也會給自己招來殺身之禍。

傅友德冥思苦想，決定將三人分散開來，避人耳目。他令馬忠送狗兒、貓兒到何福所在的衛所暫時寄住，那裡離南京較遠，又很偏僻，可以隱姓埋名暫棲身。到那裡的軍營習武，也不會荒疏他們已經學得的本領。馬和有了更妥當的安排，他的寵妾沈涼早就鬧著要回揚州老家看看，還想到姑蘇城走一走，來回往返，路途曲折，路上少不了要人照應。這正好是個機會，讓馬和一路護送，離開這個是非之地，可謂各得其便，兩全其美。他與這位小妾商量，讓她認馬和作弟弟，一路上姊弟相稱，不會有人看出破綻。

那位揚州女子一聽滿心歡喜。馬和正處在體格蛻變的年齡，好久不見，不覺出息成一表人才，五官也越長越俊秀，已經是個人見人愛的美少年。一般來說，受了宮刑的人，嗓音會變得怪異，行動也會變得委瑣，性格更會變得怪誕。馬和的外表卻讓人看不出任何被閹割過的跡象，不但說話嗓音洪亮，走路也腰板挺得筆直，充滿了英武之氣，還有幾分別的男人無法擁有的少女般的純眞。沈涼有這樣一個「弟弟」陪伴在身邊，正値青春年少的她，一定登山山更青，臨水水更綠，無論到那裡都會有好心情。

馬和有此一行，也感到格外高興。他在雲貴高原的行軍路上，聽高公公講天文地理的種種奇聞逸事，曉得蘇州有塊石刻天文圖，將古人觀測到的滿天星斗都刻到了一塊石碑上；也曉得揚州出了個鑒眞和尙，六次出航日本。他現在對觀察星象有了濃厚的興趣，也對東渡扶桑的鑒眞充滿了崇敬，很樂意到這兩個地方去看一看。

剛一上路，他們就開始調整各自的角色位置。馬和說：「小夫人，請上船。」

沈涼說：「要記住是姊姊，不是小夫人。」

馬和點頭：「我記住了，小夫人。」

沈涼再次糾正：「不是夫人，是姊姊。」

這位姊姊一手搭在貼身丫鬟的肩上，一手讓弟弟攙著上了船。從南京往東一路都是順流而下，水順風也順。他們現在乘坐的是去蘇州的船，從長江進入太湖，再從太湖進入蘇州的水鄉澤國，在著名的楓橋邊登岸。在寒山寺裡，馬和在殿堂裡認識了寒山、拾得兩個佛門人物，學會了吟詠唐朝詩人張繼〈楓橋夜泊〉的著名詩句。在看過虎丘之後，那裡的種種歷史傳說，也使他興奮異常。待到找了一家酒肆坐下吃飯，夜幕已經籠罩在天地之間。小橋流水的姑蘇城很早就是煙柳繁華之地。河裡有畫舫緩緩遊動，笙簫歌舞，偎紅依翠。沿河的街上有茶樓，有酒肆，有高懸一個「錢」字的錢莊，有將大大一個「當」字寫在粉白牆壁上的典當鋪。還有不少官營和私營的妓院，點亮了紅燈，示意正在開門納客。

馬和急著要看那塊立在蘇州文廟戟門內，刻有天文圖的石碑，望著傍河而立的街巷，曲曲折折，不知該如何舉步。他走在前邊探路，沈涼和丫鬟相跟在後面。然而，馬和壓根就不瞭解蘇州地方的風俗，一頭闖入一間紅燈高掛的朱漆大門去問路，卻不知那是妓院。蘇州的妓女不僅以吳儂軟語獨具的魅力，還以訓練有素的應酬功夫出名。她們在鴇母的調教下，遇見粗魯倔強的客人，會以如水柔情克之；遇到懦弱膽怯的客人，會以柔中剛氣應對；碰到驕傲自負的客人，盡說奉承的語言；碰到失意落泊的客人，會捧出「英雄自古多磨難」的故事。總之，讓你心曠神怡，心猿意馬，不惜千金買笑。

一群穿紅著綠的妓女，抬眼見到馬和，他那翩翩風度和出類拔萃的相貌，立刻像磁石一樣將她們吸引住了，呼啦一下圍攏過來，你爭我奪。她們期望財色雙收，魚和熊掌兼得，一張張粉臉都爭相往馬和跟前湊，誰都想讓他挑中自己。等到馬和明白眼前發生的事情，急得面紅耳熱，想奪路而逃，手腳卻全都被拽住，動彈不得。

就在這不可開交的時候，他見小夫人急急進門尋他，立刻高喊一聲：「我家娘子來了！」那些妓女聽了這話一愣，馬和趁機掙脫了這群女人的陣圍，逃出了朱漆大門。「娘子」二字，是馬和白天遊虎丘時剛剛聽來的，見一些男人都這麼稱呼身邊那個嬌滴滴的小女子，揣摩這必定是蘇州地方丈夫對妻子的稱呼，不想在危急之時派上了用場。

這天夜裡，那個貼身丫鬟告假看她在蘇州的親戚去了。沈涼沐浴之後，懶懶地斜依在美人靠上，讓馬和替她搓腿，揉腰，捶背，掐肩膀，解一路風塵和遊山玩景的疲乏。馬和做這些事實在很不在行，笨手笨腳，這位小夫人卻毫不介意。她睜開微微闔上的一雙秀眼問馬和：「你剛才在那個朱漆大門裡叫我什麼來著？」

馬和一聽，臉都嚇白了，趕緊解釋：「眞對不起，是我一時心急，冒犯了小夫人。」

這位揚州女子久久瞅著馬和，輕輕歎了一口氣：「可惜喊也白喊，做不成你的娘子……」沈涼伸出纖纖玉手，充滿柔情地在馬和的臉上撫摩著，心裡埋怨老天眞是有眼無珠，竟讓這樣的美少年變成了閹人。然而，回頭一想，馬和若不是閹人，他們此生恐怕連見面的機會都不會有，更不要說用自己的手去觸摸這張漂亮可愛的臉蛋了。人世間就這樣，萬事古難全，總要給人留下那麼多的惆悵和遺憾。她心裡想著這些，情不自禁將馬和的一雙手緊緊壓到自己隆起的胸脯上。馬和倏忽之間，有了一種從未有過的感覺，兩隻手麻酥酥地，心裡升騰起一股激流，也不覺將自己的臉挨緊那張烏髮如雲的嫩臉，心裡怦怦地跳著。房間內一陣沉寂，只有一顆女人的心和一顆男人的心在跳動。馬和突然省悟過來，輕輕喊了一聲「姊姊」，悄悄地從那對高聳的乳峰上抽出自己的手來。

沈涼眼裡含著淚珠，拉著馬和的手說：「我們兩個都是天涯淪落人，往後就做眞正的姊弟吧。」

馬和知道，這位小夫人也是苦命之人，父親是個賭子無法養家，送她去學評彈，很小就登臺賣藝，只因被傅將軍看中買了過來，待她不薄，才算有了依靠。他緊緊抓住沈涼的手，從內心深處呼喚一聲：「姊姊……」

三月的江南，桃紅柳翠，鶯歌燕語，滿目都是金黃的油菜花。煙花三月的揚州，風景最是宜人。

馬和在揚州很是住了一些日子，沈涼帶他去過不少地方，他最喜歡的卻是大雲寺和光孝寺。這兩所寺院，一個是鑒眞法師頓悟佛門的聖地，一個是他剃度出家的地方。馬和在洪福寺多次聽僧人們提到鑒眞和尚，在揚州的僧人說起這位大法師的故事來，更是無不懷著景仰的神情，在他面前展現出佛門的另一重境界。

唐代高僧鑒眞大師出生在揚州，剃度出家後，一心鑽研佛學，取得很高的成就，名播天下。日本僧人榮睿、普照慕名遠來，十分誠懇地邀他去日本講經說法。鑒眞和尚欣然應允，不顧路途遙遠，滄海淼漫，堅忍不拔地去實現東渡的願望。他乘坐的海船頂不住大洋的颶風惡浪，經歷幾次失敗，卻都沒有灰心。尤其是第五次，在去日本的海路上經歷了多少波折，眼看離成功已經不太遙遠，不料卻被海風推回到瓊州的海邊。這回歷時三年多，漂泊萬餘里，鑒眞大師的一雙眼睛都在暑熱的煎熬下失明了。一直到天寶十二年第六次進行東渡，這位大法師已經是六十六歲的高齡，且成了「盲聖」，還是咬牙堅持，終於到達了日本的薩摩秋屋浦。鑒眞大師在奈良東大寺建戒壇，傳授戒法，成爲日本律宗的始祖。他在這個東洋島國歷時十年，最後面向大洋遠處生他養他的中華聖土瞑目而逝。

那天，走出光孝寺的大門，馬和還一直沉浸在鑒眞大師感人肺腑的事蹟裡。從眼眶裡湧出的激動淚水模糊了雙眼，腦子裡滿是這位大師在海上漂泊的情景，連姊姊什麼時候領他回的家，都不知道。

二、馬忠血泊的洗禮

洪武二十年（西元一三八七年），蒙元首相納哈出，率衆二十萬窺伺遼東，企圖捲土重來，復辟元朝政權。朱元璋命馮勝爲征虜大將軍，穎國公傅友德和永昌侯藍玉爲副將，以步騎二十萬前往征討。傅友德將馬和及狗兒、貓兒及時召回，納入軍中，隨侍左右。自從他的小妻沈凉認馬和作了兄弟，傅友德對馬和又有了一種新的親近，格外看顧，想讓他在征戰中有所作爲。

馮勝是明朝開國諸多將領中的佼佼者，據說立國之後，朱元璋曾經開出一個勳臣望重者的名單，馮勝位列第三。馮將軍領兵打仗，歷來講究兵貴神速，接到詔書後，立刻以迅雷不及掩耳之勢，出了松亭關（今河北盧龍），在大寧（今內蒙境內）等地築城，作爲堅守的防線，留兵五萬把守。旋即揮戈北上，兵至金山（今遼寧境內），形成大軍壓境之勢。在納哈出還沒有來得及對此做出反應的時候，他又命傅友德所部突入敵陣，這時便與納哈出的蒙元步騎短兵相接了。

遼東大地沃野千里，荒草萋萋，人煙稀少，戰雲密布。傅友德派馬忠充當先鋒，利用黎明前的黑暗做掩護，出其不意殺向敵陣。馬和與狗兒、貓兒騎著戰馬，同他一起衝到了前線。幾年的工夫，他們三個都長大了，武藝也練精了。只是初次上陣，戰場的沉悶空氣壓得他們喘不過氣來。馬和那件精巧的青銅器，出征前特地讓姊姊用絲繩穿起來，貼身掛在胸前。此刻騎在馬背上，不由自主想掏出來看一眼。

馬忠一眼瞥見他這個婆婆媽媽的動作，十分嚴厲地說：「兩軍對陣只能有一個信念，殺死敵人，保全自己，因爲只有殺死敵人才能保全自己。」

馬和沒有吭聲，不過馬忠的這些話，他也沒眞正裝進心裡去，只是順從地將那件青銅器重新塞進戰袍裡。馬和來到戰場上，想起了父親和自己在戰爭中的遭遇，內心深處對戰爭有了一種本能的厭惡。他之所以奮勇來到戰場上，完全是爲了報答傅友德大將軍和馬忠兩人的知遇之恩。他之所以要下定決心練好武藝，最先想到的是防身，對付那些欺負他的惡人；後來想的是要在戰場上保護好自己的兩個恩人，不能讓他們也成爲戰爭的殉難者。

天剛大亮，兩軍已經混殺到一起。明軍面對的是納哈出手下大將觀童所率領的精銳之師，他們早有防範，明軍的偷襲沒有成功，反倒陷入了敵圍，眼下的陣勢只能拚個魚死網破了。蒙元的馬隊在相持中漸漸占了上風，馬忠的先鋒營倒下去的人越來越多。馬和與狗兒、貓兒原來約定，在廝殺中要相互照應，特別要保護好先鋒官馬忠。沒料到亂軍中廝殺起來，只能人自爲戰，誰也顧不上誰了。

馬和遇到的對手是個久經沙場的蒙古騎兵，他馬不如人家高大，人也不如人家高大，什麼都壓他一頭，讓他有了一種出師不利的感覺。那個蒙古人是吃牛羊肉長大的，身粗力壯，又是居高臨下，手持一桿長柄大刀，舞弄得天旋地轉。幾個回合下來，馬和體力有所不支，劍法突然出現錯亂，蒙古人抓住破綻，一刀橫劈過來，直逼馬和的頸項。

此時，恰好馬忠與一個蒙元將領廝殺過來，一眼瞥見馬和命繫千鈞一髮，猛然轉過身來，搶先一刀劈下了那個蒙古人的腦袋。也就在這一剎那間，那個蒙元將領手中的長槍猛力一晃，從馬忠的後背穿透到他的胸前。馬忠一聲淒厲的慘叫，用手捂住血如噴泉的胸口，轟然從馬上倒下來，頓時氣絕身亡。

馬和在那個蒙古漢子大刀逼近的時候，急忙順勢滾鞍落馬，躲過了那一刀，躺到了草地上。一眨眼的時間，看到馬忠回身救他，一刀劈下那個蒙古人的頭，那個蒙元將領又一槍挑死了馬忠。頓時渾身的熱血直沖腦門，一聲撕心裂肺的怒吼，山搖地動，滿腔的悲憤立刻變成了一股神力。他猛然翻身從地上躍起，恰遇那個蒙元將領從馬背上躬身來擒他，迅疾將全身的力氣都集中到右手上，一劍猛刺過去，正中蒙元將領的咽喉，那個高大的身軀像一棵大樹從馬背上倒了下來。

狗兒、貓兒也得知了馬忠陣亡的消息，三個人都殺紅了眼睛，嘴裡一個勁兒高喊：「殺盡蒙元賊子，爲馬大哥報仇！」貓兒手舞大刀，狗兒手持長槍，馬和揮舞長劍，在陣圍中左衝右突，只要見到蒙元騎兵就砍，就挑，就刺，連自己的命都不想要了。俗話說得好：一人拼命，百人難當。三個人一起拼命，那就千人難當了。高大的蒙元騎兵被他們砍傷砍死不少，連觀童的坐騎都吃了馬和一劍。三員殺紅了眼的小將，誰見了都有些發怵。這時傅友德聞訊也率領援兵趕到，裡應外合，先鋒營殺出重圍，雙方都有不少傷亡。

馬忠的死，給馬和與狗兒、貓兒都帶來了莫大的痛苦。他們雖然殺死了置馬忠於死地的仇人，砍下了幾十個敵人的頭顱，還是難釋心中的悲憤。打從在雲南結識以來，馬忠一直悉心照顧他們的生活，教他們學習武藝，在他們最痛苦，最絕望、最危險的時候，給了他們莫大的同情、撫慰和幫助，世上難得找到這樣的好人啊。

尤其是馬和，馬忠與他情同手足，不是親哥哥，勝似親哥哥。他在出發偷襲敵營時就暗自下了決心，在戰場上別的事情可以不做，一定要保護好這個情同手足的大哥。萬萬沒有想到，馬忠卻爲保護他丟掉了性命。廝殺了一天，夜裡卻怎麼也睡不著，敵我兩軍的金柝聲攪擾得他心緒不寧。馬和想起了馬忠在馬背上對他說的那幾句話，他當時真的沒有認真去思索，現在馬忠卻用自己的鮮血和生命讓他有了新的理解。的確不假，在戰場上不拼命殺死敵人，就很難保全自己。戰場本來就是一塊人類自己毀滅自己的墳地。戰神的胃口又是諸神中最大的，他需要用戰爭製造出無數的殉難者，擺放到他的祭壇上。馬和痛悔這個殉難者爲何會是馬忠，而不是他自己！

第二天，馬和與狗兒、貓兒主動請戰，要親手殺死觀童。觀童是敵營的頭領，要讓他替馬忠償還血債。傅友德同意這一仗要盯住觀童來打，「射人先射馬，擒賊先擒王」，不過不是取他的頭，而是要生擒活捉過來。先鋒營領教了蒙元馬隊的厲害，要制伏觀童，先得想辦法制伏他的馬。他們偷偷在草地裡挖了很多深坑，將士兵藏在裡邊，埋下了絆馬索。一切安排停當，三員小將一溜煙前去叫陣，指名道姓要與觀童交戰。觀童也是個血氣方剛之人，昨天這三個乳臭未乾的南蠻子，殺了他手下一員得力戰將，還傷了他的坐騎，也想著報仇雪恥，恨不得像捏螞蟻一樣捏死這幾個小小的南蠻子。觀童拍馬前來，手持一對銅錘，直奔三員小將，面對一刀、一槍、一劍，毫無懼色，越戰越勇。

馬和接受了戰場上血的洗禮，陡然有了打仗的靈感。他們三人纏著觀童，讓他進也不是，退也不是，只能在你來我往中隨著他們且戰且走。待到接近絆馬索，馬和三人佯裝不敵，突然落荒而走。觀童立功心切，緊追不捨。不料誤入重重疊疊的絆馬索中，兩邊埋伏的明軍一拉繩索，他和他的馬立刻人仰馬翻。馬和眼疾手快，還沒等觀童從地上爬起來，回身下馬，將一把長劍架到了觀童的脖子上，生生擒獲蒙元一員大將。對方主帥被擒，挫動了蒙元軍隊的銳氣，明軍趁勢風捲殘雲般衝殺過去，敵人望風而逃。

朱元璋派馮勝出兵後，隨即又派遣原來俘獲的納哈出部將乃剌吾，帶著一封蓋了皇帝玉璽的詔書去進行勸諭。納哈出見乃剌吾竟然沒有被明軍殺掉，又聽乃剌吾講述了洪武爺的許多恩德，有些喜出望外，攻擊明軍的心思也就鬆懈了下來。他特地派左丞和探馬赤給馮勝獻馬，順便探聽明軍的動靜。恰在這個時候，觀童被五花大綁，送到馮勝的大營。左丞和探馬赤回營報告這一消息，納哈出大吃一驚，度量此次交戰自己占不到什麼便宜，立刻告訴乃剌吾，他願意投降。

馮勝此役大獲全勝，卻沒有得到好的結果。他派自己的女婿常茂隨藍玉去納哈出那裡受降，這兩個人都有些得意忘形，做了一些不尷不尬的事。藍玉在納哈出的營帳裡飲酒，你一杯我一盞，一時興起，莫名其妙地解下自己的衣服逼著納哈出穿上。納哈出認爲受了莫大的侮辱，環顧左右隨從，暗示大家趕緊逃離營帳。常茂當時在座，看到這種情形，不分青紅皂白，跳起來一劍，砍傷了納哈出的一隻胳膊，把受降變成了抓獲俘虜，犯了兵家大忌，險些喪失了到手的戰果。

馮勝切責藍玉的輕狂，自然連帶也要指責自己的女婿一番。這本是領兵之道，換了誰也會這麼做。那兩人卻懷恨在心，在朝廷內外散佈諸多謠言，說馮勝私匿良馬，派人灌醉納哈出的妻子強索異寶，還強娶一個蒙元王子的女兒爲妾，說得有鼻子有眼的。別人的誣陷不可信，他自己女婿的話不出人不信。朱元璋立即收了馮盛的大將軍印，令他到鳳陽閉門思過，不久便賜死，留了一個全屍。這算是朱元璋念及過去的情分，給了他一點特殊待遇。

明軍打掃戰場，掩埋了犧牲將士的遺體。馬和與狗兒、貓兒為馬忠戴了孝，守候在馬忠的墳塋邊，久久不肯離去。他們不斷用小鏟往墳堆上培土，每一鏟土上都有他們的眼淚，有他們對這位大哥的一片深情。

三、大漠飛雪

朱元璋在除掉馮勝之前，還殺掉了藍玉，受藍玉一案牽連而被殺害的人數以萬計。到這個時候，朱明王朝僅僅二十多年的時間，功臣宿將幾乎都被殺光。這位和尚出身的皇帝大開殺戒，比宋太祖趙匡胤的杯酒釋兵權厲害多了。傅友德因為處世比較謹慎，不大顯山露水，到這時候腦袋還能長在脖子上，已經很不容易了。朱元璋命他為大將軍，受燕王朱棣節制，出征漠北。當時有消息說，蒙元丞相咬住、平章乃兒不花不甘失敗，正準備擁兵南下，與明軍決一死戰。朱元璋登基以後，最擔心的就是江山不能永固，他不惜濫殺無辜，也是因為這塊心病。如今蒙元殘餘勢力還想死灰復燃，在邊陲地方公開進行反叛，他豈能容忍。

燕王朱棣是朱元璋的四子，卻是二十六個兄弟中最傑出的一個。有史書這樣描寫他，「姿貌秀傑，目重瞳子，龍行虎步，聲若洪鐘」，一看就不是等閒之輩。他雖然在洪武三年（西元一三七一年）就被册封爲燕王，可他在父皇面前還沒有能夠引起足夠重視的功績，如今正值而立之年，建功立業的心思很是急切，幾乎是迫不及待率傅友德等部出了古北口，去進行征討。

馬和與狗兒、貓兒已經是傅友德手下的得力戰將，緊隨大將軍左右，跟著旌旗飄動的大隊人馬來到塞外。馬和幾次偷眼打量燕王，覺得這個皇子並非他想像中的靑面獠牙，反倒是器宇軒昂，對人十分和氣。朱棣從傅將軍那裡瞭解到這幾個小將的身世，雖然沒有說話，眼裡流露的卻是同情和惋惜。馬和看到了這種情形，不覺消除了對燕王的隔膜。

傅友德過去多在雲南、貴州、四川一帶征討，來北方的機會不多，這也是頭一次直接受燕王節制。燕王同他相處了一段，對他的印象還不錯，感到他的爲人不像藍玉那樣張狂，也不像藍玉那樣奸詐。那個藍玉曾經讓他很反感，不久前，藍玉從遼東征戰還朝路過北平，硬要將俘獲的良馬送進燕王府。燕王嚴加拒絕，他說：「戰爭的繳獲應當獻給朝廷，我怎能接受呢？」藍玉對此不滿，便在朱元璋面前進讒言，說了燕王不少壞話。藍玉被殺實屬罪有應得，皇上不殺此人，朱棣找到機會也會除掉他。傅友德與藍玉同爲都督府領兵的大將軍，兩相比較，朱棣覺得傅友德忠厚謹愼多了。這位開國老將多年連續征戰，鞍馬勞動，所到之處屢立奇功，聖上屢敕奬勞，卻並無咄咄逼人的氣焰，很是難得。

從傅友德來說，仔細觀察諸王，唯燕王氣度不凡，是個能成大器的。因此，儘管自己身爲大將軍，在疆場上是叱吒風雲的將帥，仍然很樂意接受這位年輕王爺的節制，持禮謙恭。他們兩人一路上議論用兵之道，評論歷史上的各種戰例，彼此相處非常投契與融洽。馬和跟隨左右，從他們的談吐中得到不少收穫，他偷偷對傅友德說：「燕王胸懷豁達，氣度不凡，是個很了不起的人。」傅友德沒有說話，只略略點了點頭。

時令已經進入陽春三月，在江南應是雜花生樹，鶯飛草長的季節。可是，塞北荒漠，還是北風呼嘯，飛沙走石，苦寒未退，不時還飛雪如棉。馬和生長在四季如春的雲南，從未見過這樣的冰冷世界，撒泡尿立刻會凍成冰柱，兩隻腳塞在厚實的馬靴裡，擱在馬鐙上，就像沒有穿鞋襪擱在冰水裡一般，都凍得麻木了。臨行前，姊姊沈涼將一塊毛茸茸的狗皮縫得十分精緻，讓他白天塞在胸前，夜裡墊在背脊上，給他帶來了無限的溫暖。

在空曠無垠的大漠行軍，馬和新奇地感到天穹離地面似乎近多了，好比一頂大帳篷罩在大家的頭頂上一樣。白天的太陽，夜裡的星星、月亮，都貼著帳篷頂運行，彷彿一伸手就可以摘下來似的。他們越往前走，所到之處更顯淒涼，除了荒草、沙石，天空見不到飛鳥，路徑看不到人蹤。偶爾有孤獨的野駱駝蹣跚走過，增添了明軍將士的孤獨；悠忽而來悠忽而去的黃羊，也讓他們感到了前進道路的渺茫。

燕王騎著一匹青驄馬，環顧四野，頓時警覺起來。他對緊跟在側的傅友德說：「大漠中地闊人稀，耳目閉塞，如果不能及時探明敵軍的動靜，就會犯兵家『少算不勝』的大忌。」

傅友德連連點頭稱是：「這正是兵書上說的，不知彼而知己，勝負難料，只有知己知彼，方能百戰不殆。」

他們當即決定同時往幾個方向派出人馬，打探敵人動靜。

那些被派去的人，快馬加鞭，向著大漠的深處馳騁而去。馬和與狗兒、貓兒在這些人中是跑得最快的，有些人夜裡不敢輕易往大漠深處馳進，生怕迷失方向，找不到歸路。馬和用上了高公公傳授的看天本領，根據東方青龍、西方白虎、南方朱雀、北方玄武「四象」的二十八星官，在夜間準確判別方向，儘管四顧茫茫，也不致迷路。他還通過觀察星星位置的移動，來判定夜間的更次，把握時間的尺度。這就使得他們有恃無恐，可以大膽挺進，很快深入到接近敵軍駐紮的地方，探聽到乃兒不花的軍隊屯駐在迤都，那地方已經是現今內蒙古的邊沿了。

燕王和傅友德站在營帳外面，以手加額，四處張望，盼著那幾哨探馬能儘快帶回消息，以便準確判斷軍情，掌握戰爭的主動權。正在他們心急火燎的時候，遠遠看見三騎快馬從天際間奔過來，沒有多少時間就飛馳到中軍帳前。燕王一看，原來是傅友德身邊的那三個少年隨從。他們滾鞍下馬，連水也沒來得及喝一口，就向燕王和傅將軍稟報了直接獲得的重要消息。馬和的講述，內容非常詳實具體，口齒也特別清楚，燕王一邊聽一邊抹著胸前的鬍子，這是他表達滿意和高興的一個習慣動作。

朱棣求勝心切，很快同傅友德一起醞釀出了出奇制勝的戰鬥方案。他命全軍將士當天飽飽吃上一頓飯，夜裡好好睡上一覺，讓大家養足精神，打算第二天一大早就拔營起寨，向乃兒不花盤踞的迤都挺進。

沒想到天公卻不作美，就在這天晚上，紛紛揚揚飄起漫天的鵝毛大雪，一夜之間荒荒大漠變成了一片銀白的世界。氣溫也驟然大幅下降，帳篷裡都變成了冰窖，很多將士夜裡都被凍醒，他們連覺都不敢睡了，爬起來不停地跳動，生怕稍稍停頓下來，血液就會被凝住，身子很快會凍僵。有的士兵睡得太死，穿的蓋的卻又很單薄，他們在夢鄉中永遠凝固在自己的夢境裡。帳篷外邊的馬匹，有的在風雪酷寒中被凍僵，轟然倒在地上。

第二天清早，傅友德的幾個副將就來到中軍帳求見燕王。

朱棣問：「你們有什麼事？」

這些人說：「這場大雪人馬都受了很大損失，大家都在叫苦不迭，軍心已發生動搖，籲請燕王停止進軍，找個地方暫時避避風雪嚴寒。」

燕王看了看這些人，他很理解將士們此刻的心情，其實他自己也在經受嚴寒的襲擊，連呼吸都成了一件讓他痛苦的事情，冰冷的空氣吸進鼻孔裡，兩個鼻孔就像刀割一樣，疼得鑽心。此時，他卻板著面孔對大家說：「軍令如山，違令者斬！」

傅友德這時也走進中軍營帳，呵斥那幾個副將：「速速起來冒雪前進！」

朱棣這才放緩口氣，耐心解釋道：「我們此時在經受風雪的煎熬，蒙元軍隊此時也在經受風雪的煎熬，他們絕不可能想到明軍會在這時候出兵，我們正好出其不意，攻其不備。」

明軍冒著大風雪拔寨而起，在一片銀白中馳進，艱難跋涉到達了迤都。果然乃兒不花毫無防範，明軍到達與他們營帳僅隔一個沙丘的地方，還沒有覺察。燕王示意暫且按兵不動，儘管是大軍壓境，形成了包圍圈，他還是想智取，爭取兵不血刃。燕王先將被擒歸順的觀童召來說：「你去面見乃兒不花，告訴他『識時務者為俊傑』，趕緊投降歸順，免得生靈塗炭。」他又召來辦事機靈的馬和，令其扮作觀童的隨從陪同前往，附耳對馬和說：「到了那裡要眼觀六路，耳聽八方，一切見機行事。」

觀童與馬和不打不相識，兩人騎著馬相跟著來到蒙元軍隊的大營。

乃兒不花與觀童是故交，他見已經被明軍俘虜的觀童突然來到他面前，大吃一驚，一把抱住觀童的肩膀：「你是從天上掉下來的？明軍沒有把你怎麼樣？」

觀童敘說了他被俘以後，如何受到燕王的優待，兩人都沒想到今生還能見面，抱頭痛哭起來。就在他們敘說離別之情的時候，燕王的軍隊已經將蒙元的軍營圍困得鐵桶一般。乃兒不花發現帳外情況有變，大吃一驚，拔腿就想往外衝。馬和立刻抽出長劍，攔住他的去路。乃兒不花這時才注意到觀童的這個親隨原來是個明軍，有那把長劍橫在面前，他無法邁出自己的帳篷一步。觀童趕緊向乃兒不花陳述了燕王勸降招撫之意，希望免動刀兵，避免殺戮無辜。觀童說：「燕王胸懷寬廣，不計前嫌，且思賢若渴，你不必害怕。」乃兒不花心裡安定下來，痛快答應投降。

觀童陪著乃兒不花來到燕王營帳，燕王設宴款待，優禮有加。乃兒不花很是感激燕王的恩德，自告奮勇地說：「若是燕王殿下信得過，我這就去勸丞相一起歸順。」

燕王高興地說：「那再好也沒有了。」

不幾天，乃兒不花就陪著咬住來到燕王跟前，主動請降。燕王第一次出征，不戰而勝，讓他大喜過望。他放眼冰封雪凍的漠北，對傅友德說：「殺牛宰羊，犒勞三軍。」

回師的時候，漠北荒原漸漸有了暖意，將士們輕快地走在大漠戈壁中，一路談笑風生。眞可謂鞭敲金蹬響，人奏凱歌還。馬和在這次征戰中經受的磨練很大，對燕王的用兵之道非常佩服。一路上，他與狗兒、貓兒興奮地議論：

「燕王很了不起，大將軍與他又很投緣，我們總算找到了一棵遮風擋雨的大樹。」

朱元璋聞聽四子朱棣初戰告捷，降服了蒙元頭領乃兒不花，帶回羊馬無算，橐駝數千，非常高興。他在早朝時喜滋滋地對文武百官說：「日後掃清漠北，就指靠燕王了。」朱元璋特地命人帶了一百萬兩銀子作爲獎賞，要求趕在燕王回到北平的時候，即刻送到這位皇子手裡。

燕王很看重父皇的這次獎賞，因爲那意義遠在一百萬兩銀子之上。他清楚這次征討，傅友德幫了很大忙，功不可沒。他回到北平，在燕王府專門爲他擺酒慶功，並將父皇的賞賜偷偷給了傅友德一大半。傅友德再三推辭，當時朱元璋明文規定，不允許藩王自行賞賜，避免他們以此拉攏軍隊，生出後患。燕王說：

「這次勞師遠征將士們吃的苦不少，此事你知我知，天知地知，拿去賞給有功的將士吧。」

馬和在這次征戰中功績突出，所獲的獎勵最多。傅友德將馬和的事情告訴自己的愛妾，著實誇獎了一番。馬和也將自己獲得的賞賜，都交到姊姊手裡，姊弟倆都高興不已。

四、碣石山疑雲

大概因爲朝中能征慣戰的元勳宿將已經寥寥無幾，朱元璋此時對傅友德十分倚重，封他爲征虜將軍，備邊北平。傅友德從此與燕王多有過從，交往愈益密切。馬和作爲征虜將軍的親隨，與燕王見面的機會也日益增多。

這一天，傅友德到燕王府稟報遼東軍情。談完邊關的軍情，燕王仍然興味盎然，留下傅友德與他縱論用兵之道。朱棣一時興起，還搬出一罈子家藏老酒，兩人推杯換盞，以助談興。正是「酒逢知己千杯少」，不覺大半天時間就這麼過去了。

馬和在燕王府的庭院裡等候大將軍，坐在樹蔭下的石凳上，抱著一本書在讀，也忘記了時間。已經進了燕王府的道衍和尚，這時也信步來到院子裡。他是在馬皇后去世後，特地由朝廷派到燕王府的高僧，替這位聖母念經祈福的。道衍和尚一雙鷹隼般的眼睛，看見馬和一眼就認出是洪福寺裡見過的那個落難少年，趕緊上前打招呼。馬和也認出他來，連忙起身感謝搭救之恩。道衍接過馬和手裡的書，一看是《周髀算經》，很奇怪他年紀輕輕竟有興趣沉醉在這類書裡。

道衍和尚說：「這書一般人都看不懂，你為何有興趣讀它？」

馬和回答說：「有人告訴我，從這本書裡能找到量天的辦法，我想以後行軍打仗肯定用得著。」

道衍誇獎說：「有志氣，有志氣。」他們正談的熱鬧，趕上燕王送傅友德出來，道衍很高興地向燕王介紹了馬和的情況。

燕王也接過那本《周髀算經》，很驚異地看著這個年輕後生。他原來只知道這個年輕人在戰場上很機靈，不曾想到他還能苦讀一般讀書人都不一定讀得進去的書。他撫摩著胸前的鬍鬚笑著對馬和說，「本王府藏書頗多，有空儘管來看」，接著轉身向傅友德：「穎國公的親隨，個個年少有爲。還有那兩兄弟叫什麼來著，打仗也是年輕人中出類拔萃的，眞讓人羨慕。」

傅友德笑著回答：「那兩兄弟喚做狗兒、貓兒，倒都是衝鋒陷陣的角色。」

燕王感歎說：「穎國公很會搜集人才，什麼時候也給我找這麼幾個人來，我身邊就缺這樣當用的人。」

傅友德趕緊說：「只要燕王不嫌他們魯鈍，就將他們三人留在身邊使喚吧。」

燕王連忙搖頭笑道：「豈敢，豈敢，君子不掠人之美。」

他們的這番笑談，不想後來都成了事實。人生際遇無常，世事白雲蒼狗，誰也難以逆料自己身後的事情。

果然，遼東的軍情又變得緊急起來。洪武二十四年（西元一三九二年），傅友德再次奉旨隨燕王出山海關，征討哈者舍利，追擊蒙元的遼王。遼東和漠北這些年從來沒有平靜過，這撥蒙元殘餘剛壓下去，那撥蒙元殘餘又浮了出來，征不勝征，討不勝討，讓朱元璋惱怒不已。

燕王從小熟讀諸家兵書，深通兵不厭詐的謀略。他率部剛出關不久，來到遼東荒草莽莽的遼闊平原，突然又一聲號令，急命班師退回山海關裡去，前軍變成了後軍，後軍變成了前軍，白走了好些天的冤枉路。很多將士感到愕然，相互詢問，不知燕王為何如此朝令夕改，徒勞往返。不過軍令如山倒，他們只能在心裡納悶，誰也不敢不往回走。

整個隊伍行進在波濤澎湃的渤海之濱，經久不息的濤聲成了催動他們腳步的戰鼓。馬和已經是第二次來到海邊了。頭一次出征因為軍情緊急，又是初次上戰場，心情多少還有些緊張，沒有顧得上好好看大海一眼。那次班師的時候，又一直沉浸在失去馬忠大哥的悲痛裡，大海擺在他面前居然視而不見。他小時候，聽祖父和父親講朝覲天方的事，描繪所經歷的海洋，不過那時候無論他怎樣馳騁自己的想像，大海也就是滇池的模樣。現在才知道大海如此浩大恢弘，洪濤瀾汗，萬里無際。他騎在馬背上，兩眼一直注視著大海，領略那波如連山，濤聲如雷的磅礴氣勢，感受大海蒼蒼茫茫，地老天荒的古樸。有些生活在海邊的將士告訴他，海底還有水怪鮫人，海中還有仙山瓊閣，所有這些都讓他嚮往不已。

他正在馬背上浮想聯翩，燕王突然低聲問馬和：「此次用兵不戰而返，你能知道是什麼用意嗎？」

傅友德連忙提醒馬和：「殿下這是在考你哩，行軍打仗隨時都得用腦子。」

馬和回過神來，眨了眨眼睛悄聲回答：「殿下大概是想『出其所不趨，趨其所不意』吧？」

燕王撫摩著胸前的髯鬚，笑而不語。

正在遼東黑嶺一帶加緊迎敵準備的哈者舍利，突然接到探馬密報，明軍業已轉身向關裡撤軍。他猜測朱明朝廷內部一定發生了什麼緊急的事情，說不定是朱元璋的那一群兒子又發生了齟齬，那個燕王已經無心顧及遼東。他把一顆懸著的心放了下來，撤回了部署在週邊的軍隊，並在營裡擺酒勞軍，慶賀不費一兵一卒退了明師。酒闌人散之時，他醉醺醺地對那些蒙元將領說：「這些天讓明軍鬧的雞飛狗跳，寢食難安。現在好了，想睡覺的回去安心睡幾天好覺，想找女人的儘管去找女人，我知道你們都有好些日子顧不上親近女人了。」

就在他麻痹鬆懈的時候，燕王突然命令明軍又由後退改爲前進，直奔遼東。在一個月黑風高的夜晚，命傅友德率部潛行，抄近路去端哈者舍利的老窩。傅友德對部屬下了死命令：「戰馬卸去蹄鐵，士兵嘴裡含根筷子，不許出一點聲響。」他們迅速深入到黑嶺，有如神兵從天而降，出其不意地發起攻擊，喊殺之聲四起。周圍遠遠近近的狗都驚慌失措，吠成了一片。此時，哈者舍利還在營帳裡倚紅偎翠，飲酒作樂。他左邊摟著一個女人，右邊也摟著一個女人，讓她們輪流往他嘴裡灌酒。不知是呼嘯的風聲掩蓋了喊殺聲，還是哈者舍利此刻的心思全都集中在兩個女人身上，竟然一點也不知道外邊的動靜。有個使女走出營帳小解，發現帳外盡是明軍，驚慌失色跑回去，大喊一聲「明軍來了」，就暈倒在地上。哈者舍利推開圍擁在左右的兩個女人，來不及披掛就倉皇迎敵，結果損兵折將，只有領著殘兵敗將逃之夭夭。

燕王戰果空前，心裡甭提有多高興。在回師的路途中，他特地邀請傅友德同登碣石山，去領略秦始皇曾經巡海、魏武帝曾經揮鞭的地方。他們兩人的親隨策馬緊跟在後面。馬和登高一望，秦皇島一片汪洋，在朦朧薄霧的籠罩下，碧水無涯，天地悠悠，激發了他胸中從未有過的一種豪情。

燕王也來了精神，在馬上揚著鞭子，高談闊論道：「當年秦皇在此巡海，曹公在此賦詩，可謂珠聯璧合，留下了千古佳話。」

傅友德聽到「珠聯璧合」四個字，在秋風蕭瑟中凜然打了一個冷噤，萌生了一種高處不勝寒的感覺。他覺得這是一個很不好的兆頭，沒敢附和燕王的宏論，只說天氣太涼，謹防傷風受寒，催燕王趕緊下山。

果然，燕王率部剛回到北平，就有密報到了朱元璋手裡。那份密報說，燕王與傅友德同登碣石山，高談一帝一相「珠聯璧合」，兩人已有異心，正在圖謀不軌。朱元璋龍顏大怒，惡狠狠地將那份密報摔在龍案上。這位皇上雖然此時對燕王有所倚重，然而他最放心不下的也就是這個老四。他的大兒子朱標早逝，册封朱允炆爲皇太孫。正式立儲以後，有天夜裡他曾經夢見二龍飛入殿中搏擊，左邊的黃龍勝而得勢，右邊的白龍大敗，躲在牆角上如一隻可憐的小壁虎。第二天早朝，朱元璋恰好看見皇太孫朱允炆恭身側立在大殿的右邊，燕王挺胸直立在大殿的左邊，所站的位置也比皇太孫更接近他的那把龍椅。他當時猛然覺出朱棣很可能藏著奪嫡的野心，當即就下令將燕王禁閉起來。好在當時仁慈的馬皇后還在，她偷偷給燕王送吃送喝，並且極力勸解皇上不要把夢裡的事當成眞事來辦，這才釋放了燕王。

「秦始皇」、「曹丞相」，還有「珠聯璧合」，這是多麼敏感的話題。本來生性就很多疑的朱元璋立刻認定，老四在加緊與功臣宿將的勾結，不等他嚥氣就要搶奪皇位了。朱元璋好不容易從和尚熬成了皇帝，怕人奪位已經成了一種心病，常常假借一些捕風捉影的事大開殺戒。在他看來兒子與人聯手篡逆更是彌天大罪，依他的脾氣一刻也不能容忍。不過，這位老皇帝此時已經懂得玩弄戒急用忍的權術。他不動聲色，只是將傅友德從燕王身邊調離，讓他到山西和陝西屯田，還加封了太子太師。讓傅友德走得高興，燕王也不會有所覺察。

傅友德有了一種不祥之感，覺出了這次調離和晉升都有些異樣。他考慮這次赴任吉凶未卜，原來連家眷都不想帶，想隻身赴任。傅友德的結髮妻子前年已經病故，身邊只有小夫人沈涼。沈涼執意相隨，要一路照顧他。臨行前，傅友德要遣散馬和與狗兒、貓兒，他對他們說：

「燕王是個很不錯的人，你們去投奔他吧，日後也好博得一個前程，再跟隨我不可能有什麼出息了。」

馬和聽了這話，流下了眼淚。他說：「我就跟著大將軍，別的地方哪兒也不去。」狗兒和貓兒也堅決表示，願意跟定傅將軍。難得他們這麼真心，算是給了傅友德一些安慰。

他們輾轉來到土地乾涸、黃塵滾滾的西北高原，生活環境的變化很大。好在這些年忽南忽北跑慣了，大家也都不以為意，都在盡力改變自己的習慣，入鄉隨俗，儘快適應住窯洞，喝老醋。然而，傅友德到了晉、陝任上，練兵的事還沒有來得及展開，連冷板凳也還沒有坐熱，朝廷又是一紙詔書，將他遣送回鄉。此時正值六月天氣，太原也熱得如同火爐，傅友德的一顆心卻像掉進了冰窖裡。

傅友德老家在安徽的宿州，後來遷移到安徽的碭山。馬和與狗兒、貓兒護送傅友德和小夫人沈涼從太原府回碭山。所謂遣送，就是皇帝派了專人押送，昔日堂堂的穎國公、大將軍傅友德，轉眼之間已經變成了一個罪臣。他一輩子處世謹慎，生怕獲罪，還是免不了獲罪，眞是伴君如伴虎啊。

馬和背著欽差悄聲問傅友德，皇帝到底怪罪的是什麼事情，傅友德默然不語，只是低垂著頭。只幾天的時間，傅友德的頭髮就全白了，臉上的皺紋也增添了不少，完全沒了戰場上那位大將軍的威武氣概。他們一行人走在黃土高原上，車輪和步履，都十分沉重。馬和極目四顧，滿目裸露的黃土，被雨水沖刷出千溝萬壑，那似乎是悠悠蒼天留在人世間的淚痕。

五、大將軍的毒酒

碭山在安徽省的東北角，與江蘇和河南交界，是一個貧瘠的山區。這裡離漢高祖劉邦的老家沛縣很近，劉邦發跡之前，就曾隱逸於芒碭之間。傅友德出身寒微，在碭山的祖屋原本就很簡陋。他的父母早在兵荒馬亂中去世，老家也沒有別的近親，這房子一直空著，只是拜託鄰里關照一下。一來，他多年南北征戰，自從軍之後就沒回過老家，無暇大興土木整修擴建。二來，這裡離朱元璋祖上居住的泗水很近，皇帝的耳目甚多，他也不敢在自己的老家興師動眾找倒楣。這也就是說，他還沒有來得及圓那衣錦還鄉之夢，朱元璋卻讓他以待罪之身回了老家，而且他還不知道自己待的是什麼罪。

碭山的鄉親見傅友德回鄉來了，都跑來看望這位當了大將軍的老鄉。傅友德怕惹禍，抱拳領謝了鄉親們的好意，謝絕了所有的來客，他可不能再招惹是非了。

好在碭山的自然風景還算不錯。傅友德祖屋所處的位置依山傍水，環境幽靜，是個閉門思過、讀書養性的好地方。他命人從南京的穎國公府搬來了不少書籍，過去戎馬倥傯，很少有集中讀書的時間，現在閒了下來，正好依靠讀書打發時光，同時也可以幫助馬和他們增長學問。他的這位小夫人沈涼，不僅溫柔嬌媚，也十分善解人意，經常用絲弦和歌喉替他排解心中的苦悶和煩惱。傅友德讀范仲淹的〈岳陽樓記〉，反覆吟誦「不以物喜，不以己悲」這些千古名句，掩卷沉思，設身處地，發現一個人要做到「寵辱皆忘」有多麼不容易。他在戰場上生活慣了，離開了馬背，離開了盔甲，離開了手中那桿長槍，離開了沙場那種緊張的殺伐氣氛，心裡總覺得空空蕩蕩，沒著沒落的。

馬和試圖寬慰他：「離開戰場的血腥場面，也是一件好事，人與人之間的相互殺戮實在太慘不忍睹了。」

傅友德聽了直搖頭，對馬和感歎：「你還理解不到，一個置身戰場之外的將軍，心裡會是什麼滋味。」眼下邊關未寧，漠北之亂沒有平息，作為一個大將軍，最大的痛苦莫過於對此袖手作壁上觀，眼睜睜看著別人在疆場上拼殺。

從回鄉那天起，傅友德的心情就一直處於十分矛盾的狀態。一方面，他天天盼著有聖旨來，召他重新回到邊關去報效朝廷。他想，聖上也進入遲暮之年了，身邊的老人已經所剩無幾了，也許有那麼一天懷念舊事會想起他來。他畢竟在聖上麾下浴血征戰這麼多年，自己也一直小心做人，不敢有所衝撞冒犯。聖上一時的惱怒，說不定會消失下去，重新啓用他；另一方面，他又十分害怕有聖旨到來，會進一步加害於自己。他深知這位皇帝喜怒無常，從當朝宰相胡惟庸一案開始，朝廷勳宿以及受株連者，已經殺掉好幾萬人了。僅藍玉一案就殺了一萬五千餘人，很多人都死得莫名其妙，午門之外不知有多少屈死鬼。「狡兔死，走狗烹」，這是歷代開國元勳幾乎都難以逃脫的悲慘下場，他自己能倖免嗎？

這天一清早，門前那株大樟樹上的老鴰窩，裡裡外外聚滿了老鴰，「鴰」呀、「鴰」呀叫個不停。狗兒、貓兒趁馬和尚未起床，拿著竹竿在捅那個老鴰窩。打從搬來那天起，沈涼與狗兒、貓兒，就要毀掉這個老鴰窩，只因馬和受佛家不許殺生的影響，擔心那窩裡有羽毛未全的小鳥無辜遭殃，而千方百計加以阻攔。傅友德知道他們的用意後也說了句「人生禍福自有天定，與這些扁毛畜生何干」，這才讓那個老鴰窩保留到了今日。今天，狗兒、貓兒兄弟倆特地起了個絕早，趁馬和尚在睡夢之中，三下五除二將那老鴰窩捅掉了，枯枝敗葉落了一地。那些老鴰卻還聚在樹上不散，「鴰」呀、「鴰」呀，叫得更加毛骨悚然。中國南方很多地方的人，都偏愛喜鵲，厭惡老鴰，嫌老鴰是不祥之物。那「鴰」呀、「鴰」呀的叫喚聲，不是給人報喪，就是給人報災。尤其是當人們處在禍福難料的時候，對老鴰的叫喚似乎也特別敏感。

也不知是偶然的巧合，還是人生禍福眞有什麼徵兆，這天上午就有快馬從徐州趕來，特地告知朝廷有聖旨下來，要傅友德在家裡等候接旨。來人是徐州知府衙門的，他沒有透露那聖旨是「福旨」還是「禍旨」，大家也不便打聽，心裡更加惴惴不安。午飯做好了，誰都不肯動筷子。還是傅友德比較沉穩，他讓大家都穩住神，「是福不是禍，是禍躲不過」，自己帶頭就著醬黃瓜，扒了一碗開水泡飯。

午後不久，一匹快騎在門前滾鞍落馬，大家一看來者是進宮當了宦官的蘇天保。他氣喘吁吁跨進大門，見到傅友德雙膝一跪，一迭連聲說：

「高公公請穎國公趁聖旨尚未到來，即刻從屋後避走，遲一步恐怕都來不及了。」

原來高公公前來宣讀的是朱元璋賜傅友德「自裁」的聖旨，這位老太監從京師起程一路上都特別難受。他不忍心見到老友無辜受戮，卻又想不出搭救的辦法來。昨天到了碭山縣，他住在縣衙裡，一夜也都沒有睡著覺，最後出此下策，想用自己的老命換下傅友德的一條命。他來到離傅友德祖屋還有十幾里路的地方，故意放慢了腳步，並藉口防止傅友德聞訊逃跑，打發蘇天保改騎快馬前去穩住他，實則是想給他一個機會，隱遁到芒碭山區去。

大禍從天而降，傅府一片惶然。沈涼一聲撕心裂肺的哭喊，頃刻便手腳冰涼，暈死過去。

到了這份上，傅友德反而十分鎮定，不論馬和他們怎麼著急地催促，他就是堅持不走。他說：「『君叫臣死不得不死』，這是爲臣之道，更不能因爲自己的苟且偷生而貽害那位可憐的高公公。」馬和還要說什麼，他呵斥道：「生爲人傑，死爲鬼雄，大丈夫何懼一死！」

高公公一行緩緩來到這幢依山傍水的老屋前，傅友德命馬和：「敞開院門，擺好香案，老夫要跪接聖旨。」

高公公見了傅友德，心裡一驚，他已經明白這位將軍是要爲殺他的皇帝盡忠到底了。他用顫抖的手展開聖旨，接著用顫抖的聲音如猿聲嘯傲般宣詔：「奉天承運，皇帝詔曰……」

傅友德對朱元璋在聖旨中給他羅列的罪名，沒怎麼聽進去，彷彿其中提到了數年前他曾經請求「賜田」，說是「侵奪民利」，還有「結黨營私，圖謀不軌」云云。他特別關注的是，後邊有「念及多年隨朕征戰，身冒百死」之類的話，因而僅僅「賜」他個人自盡，沒有波及家人的性命。這大概是因爲他的兒子娶了壽春公主，女兒也嫁到了皇家，傅友德的兒子、女兒，孫子、外孫子，都同朱元璋有了瓜葛，因而法外施恩，沒有受到株連。傅友德心裡感到，這與一些同僚的遭遇比起來，聖上待他還算不薄，在叩頭時額頭都碰到了地上，誠惶誠恐地高喊三聲：「謝主隆恩。」

高公公給了這位老友允分的時間，讓其從容交代後事。傅友德先坐下來修書，對遠在南京的兒子和女兒叮嚀囑付，主要意思是不要忘了「皇恩浩蕩」，子孫後代要詩禮傳家，永遠報效朝廷，忠心莫二。他筆落之處，一言一辭都很哀切，心情卻很平靜。隨後，他命馬和喚醒小夫人，與她作最後的訣別，沈涼一頭扎進他的懷裡大哭起來，生離死別，衷腸寸斷，心腸再硬的人見了這一幕，也忍不住會要落下淚來。

傅友德老淚縱橫，也把持不住放出了悲聲。他隨即招呼馬和過來，一手持著這位愛將的手，一手持著沈涼的手，一雙淚眼怔怔地看著他們兩個，一句話在喉嚨裡轉了好多轉，最後才吐了出來：「馬和，今後小夫人就託付給你了。」

馬和說不出話來，只能使勁點頭，眼淚刷刷往下掉。狗兒、貓兒，還有蘇天保，也走過來與他們的大將軍訣別，一個個痛哭失聲。

傅友德交代完後事，一把推開衆人，將自己關進臥室裡。他先向南面一揖，算是向當今聖上作別，幾十年爲朱家王朝效盡了犬馬之勞，今後想當犬馬也不能了。然後，他轉過身來向北面一揖，他家的祖墳就在北面的山坡上，默默請求祖上寬宥他的不孝，獲罪賜死，有辱門庭，愧對列祖列宗啊。朱元璋賜給他一條白綾，一杯毒酒，給了他選擇死亡方式的小小自由。他兩眼來回逡巡了一下，毅然端起了那一杯酒，猛地一口灌下去，隨即躺到臥榻上，緊緊地閉上了雙眼。

屋外樟樹上的老鴰又是一陣亂叫，「鴰」呀，「鴰」呀，分外淒厲。沈涼趁大夥沒注意，一頭撞在臥室那扇緊閉的門上，頭破血流，又暈死在地上……

因爲是皇帝賜死的罪臣，爲傅友德舉行的葬禮，非常簡單草率，也非常淒涼冷清。在朝的同僚，有不少生前友好，可趕上一個多疑的聖上，這種事連躲避都來不及，誰還敢來奔喪？

燕王要算膽大的了，卻隱約知道傅友德的死與那次登碣石山有關，聽到消息以後，也只能在北平的王府裡兀自唉聲歎氣。碭山老屋周圍的族人，也被朝廷動不動就株連九族弄得驚恐不安，家家戶戶都把大門關得緊緊的，唯恐劃不清與罪臣的界限，惹來殺身之禍。他們只敢在家裡暗地爲族中出的這個大人物祈福，因爲還得感謝他沒有犯株連九族的罪過，總算爲族人留下了一條活路。傅友德的兒子、女兒，一個是駙馬，一個是王妃，還得顧及自己日後的前程，也只是匆匆趕來，在新墳上培了幾鏟土，磕了幾個頭，連祖屋都沒有進，就甩下沈涼他們走了。沈涼在他們眼裡，也同這祖屋一樣，是不祥之物。他們認爲她給父親帶來了晦氣，壓根就不認她是傅家的人。

傅友德走了，皮之不存毛將焉附，聚集在傅家祖屋的人也該散了。高公公臨離開碭山時，曾經將馬和與狗兒、貓兒找到一起，一個個問他們：「日後有什麼打算？」

他們一時都很茫然，沒有說話。

高公公長歎一聲，「你們三個人怎麼就跳不出這苦海來……」話沒說完便老淚縱橫。

馬和知道高公公對他們的事力難從心，不能太難爲這位好心的老人。他說：「高公公，你老人家這些年爲我們的事把心都操碎了，我們不能再給添麻煩了。你老人家自己多保重，我們現在也都長大了，一定會想得出過日子的辦法來。」

高公公一個個撫摩著他們的頭，看了又看，無可奈何地帶著蘇天保回宮裡覆命去了。馬和看著高公公在遠處消失的背影，心裡一陣空虛，彷彿連五臟六腑都沒有了。自雲南落難以來，他們遇上了幾個賴爲依靠的人，沒想到眨眼之間都遠離而去，他們又只剩下了孑然一身。這個世界給了他們一個殘廢的身體，還要給他們一個飄零的身世，如雨中的浮萍。狗兒、貓兒幫助馬和侍候小夫人養好了傷，也慢慢從茫然中平靜下來。死者已矣，活著的還要活下去。他們兄弟倆思考了多日，悄悄找馬和商量，決心要去投奔燕王。

馬和聽了說：「好，眼下也只有投奔燕王這條路了。」

狗兒說：「你跟我們一起走吧，比起我們兄弟倆，燕王更賞識你。」

馬和悄聲對他們說：「我不能走，我走了留下姊姊一人怎麼辦？」

貓兒說：「讓她同我們一起走。」

馬和搖頭：「那算怎麼回事啊。」

這是一個陰雨綿綿的早晨，沈涼天不亮就起來爲狗兒、貓兒準備了早飯，讓他們吃了好趕路。馬和還特地打了一壺酒，給小哥倆餞行，他們相依爲命這些年，從今往後就要天各一方了。狗兒、貓兒吃了飯，收拾了一個小包袱，拜別了小夫人，朝著徐州的方向上了路。馬和送他們走出老遠才回轉身來，他走近老屋立刻覺出了這裡的冷清。家裡別的用人也早就走光了，現在就剩下他與他的這個苦命的姊姊了。他剛剛進門，沈涼就撲過來緊緊抱住他，把頭埋在他的胸脯上，嗐嗐地哭泣不止。

第四章 追隨燕王浴血戰

一、小夫人失蹤了

狗兒、貓兒出了碭山來到徐州，從這裡北上，經濟南到德州，再到北平。他們一路打聽，迤邐前行，小夫人和馬和給的盤纏不少，他們卻捨不得多花。小哥倆不清楚這麼遠的路程要走多久時間，到了北平是否還會出現意外，生活中的曲折和磨難在促使他們成熟，原來的粗野性格已經磨練得穩重多了。狗兒知道貓兒嘴饞，堅決控制每天只能吃個半飽，衣衫已經破得不能遮蔽身體了，也一直將就著，到達燕王府的時候，兩人已經如同乞丐一般。燕王的一個貼身近侍，好不容易認出他們，大吃一驚，趕忙安排他們吃了飯，洗了澡，換了乾淨衣服，領著去見燕王。

此時恰逢朱元璋駕崩，皇太孫朱允炆即了皇帝位，說是奉先帝臨終遺命，不許諸王去京師奔喪。燕王到了長江邊上，江那邊布了重兵，只好怏怏而返，至今悶悶不樂。

這天，他約了道衍和尚在書房裡縱論時局，兩人談得投機，不覺又對起對聯來。

燕王出了一個上聯：「天寒地凍，水無一點不成冰。」

道衍稍加思索，就對出了下聯：「世亂民憂，王不出頭誰作主。」

燕王看罷大驚，悄聲問：「先生此話怎講？」

道衍也悄聲說：「我想送頂白帽子給燕王戴。」他一邊說一邊用手指醮了茶水，先在茶几上寫了一個「王」字，然後在「王」字上邊加了一個「白」字，燕王看了用衣袖一拂趕緊擦了。

就在這個接骨眼上，狗兒、貓兒被帶了進來。燕王和道衍見了他們兩個，相視一笑。燕王想起了傅友德生前為輔助自己戍邊立功所付出的努力，對來自這位已故大將軍身邊的人，表示出一種格外的感情。他在戰場上見識過，這兩兄弟身手不凡，立刻決定留在身邊做近侍。

道衍想起了馬和，忙問狗兒、貓兒：「那個馬和呢，他怎麼沒有一起來？」

狗兒介紹傅友德臨終前如何託付馬和照顧那位小夫人，馬和如何不肯辜負重託不肯離開碭山，燕王聽了一陣唏噓。

在狗兒、貓兒退出去以後，道衍立刻對燕王說：「如今正是用人之際，馬和此人堪當大任，一定要設法將他找回來，不能失之交臂。」

燕王點頭說：「先生所言極是。」

那是洪武三十一年（西元一三九八年）的五月，朱元璋一病不起，儘管他覺得還有很多事沒有做完，不怎麼想死，無奈天命難違，終於一命嗚呼。他遺詔讓皇太孫朱允炆即位，立即登基，改元建文。朱元璋臨終前擔心自己的眾多王子不服小皇帝，怕他的那些兒子到南京來爭奪這把龍椅，特地另外起草了一道遺詔，不許諸王來南京奔喪，將他們隔離在京城之外。這算是他撒手人寰之前，最後為皇太孫做的一件事。不料也正是他辦的這件有違人間常情、常理的事，立刻便引起了諸王對新皇帝的反感。建文帝即位，最擔心的也是自己的皇位坐不穩，在齊泰、黃子澄等人的慫恿下，立刻動手削藩，向他的諸多叔父動刀子了。可是，朱允炆生性柔弱，想削藩又不敢碰硬，老太太吃柿子先揀軟的捏，讓燕王有了暗中準備的時間，著手搜羅人才，積蓄實力。

馬和身處世外桃源，對朝廷發生的這些事全然不知，一心與沈涼相依度日。他們漸感積蓄不多，不能坐吃山空，過日子需要從長計議。馬和本來打算用賞賜的那筆錢買幾畝水田，由自己學著耕種，讓姊姊能過上吃穿不愁的安穩日子。沈涼堅決不答應，她要去碭山縣城重操揚州評彈的舊業，供應兩人的衣食，好讓馬和安心讀書習武。這些年她也看出，馬和是個有出息的，自己一定不能拖累他，要幫他掙個好的前程。馬和卻無論如何不允許她去拋頭露面，眼前他只有這麼一個最親近的人了，豁出自己多吃些苦，也不能委屈了她。最後終於想出了兩人都能接受的辦法，由馬和招收一些弟子習武，既能賺錢養家，又不會荒廢這些年學得的功夫。

日子長了，馬和也曾婉轉提起過大將軍臨終前的話。他笑著說：

「我一定要爲姊姊掙一份好嫁妝，風風光光找個像樣的人家，盡到當弟弟的一份責任。」

沈涼一聽這話，柳眉一皺，雙眼含怨：「你這是怎麼啦，想攆我走不是？」

馬和一臉惶惑不安，話都說不出來。沈涼傷心地哭訴道：「我已父母雙亡，在這個世界上就剩下你這麼一個可以親近的弟弟了，眞要攆我走，我就不活了。」

馬和緊緊抱住這位苦命的姊姊，兩個人的眼淚流在一起，濕透了他們的衣衫。

馬和從此不敢再提那話，只是拼命多收弟子教習拳棍，好多積攢一些錢，讓姊姊的日子過得舒坦些。沈涼對馬和也更加溫存體貼，白天爲他準備了他喜歡吃的飯菜，夜裡主動侍候他捧讀大將軍留下的諸多書籍，累了困了還撥動絲弦爲他來一曲鶯啼燕囀的評彈。外人不瞭解內情，無不羡慕馬和「紅袖添香夜讀書」，過的是金不換的日子。

這一天，馬和教罷習武的弟子，匆忙往家裡趕，老遠就發現屋前的大樟樹下坐著幾個人，姊姊正在忙前忙後，招待他們。馬和走近一看，幾位不速之客，原來是狗兒和貓兒。還有一個不認識的人，狗兒起身引見，此人姓袁名忠徹，是燕王所封的鴻臚寺序班。袁忠徹年齡不算大，卻仙風道骨，一看就是個奇人。他盯住馬和仔細打量了一會兒，兩隻眼睛透出兩股深邃的光，彷彿能穿透人的五臟六腑。他是著名術士袁珙的兒子，相術也是出了名的，道衍和尚特地讓他來此相一相馬和。他一看馬和果然非等閒之輩，暗暗下定決心，一定要設法將他帶回到燕王那裡去。

馬和與狗兒、貓兒是患難之交，三人分別了這些日子，有說不盡的話。袁忠徹與馬和雖是初次見面，知道他口後必會得到燕王的重用，也表現得很熱情，有相見恨晚之意。

馬和與沈涼爲三個遠道而來的客人擺酒接風，在喝酒喝得酣暢的時候，袁忠徹端起酒杯對馬和說：

「這杯酒要祝你苦盡甘來，燕王很看中你文武雙全的本領，要召你去北平共圖大業。」

狗兒也說：「燕王思賢若渴，特地派我們三人來接你。」

馬和聽了這些話，幾乎未加思索，就堅決地把頭搖了幾搖，一口回絕道：「今生今世，我就在這碭山，哪兒也不去了，請你們回去替我在燕王面前美言幾句，實在不能從命。」

沈涼聽了他們的談話，沉默良久，終於也來勸馬和：「難得燕王如此愛才，你不能拂了他的一番好意。」馬和抬眼看著她，沈涼低聲說：「別爲我操心，我們這些日子積蓄了一些錢，我一個人在這裡也能過好日子。」

馬和著急道：「姊姊，妳也不能這麼攆我走啊。」他曾經對天發過誓，這輩子不再離開這個姊姊，這不僅是因爲他忘不了大將軍的託付，自己也對這個知冷知熱的姊姊萌生了無限的依戀。

這天晚上，狗兒、貓兒與袁忠徹商量：「馬和的心思都在他這位姊姊身上，是否可以接她一起去北平？」

袁忠徹堅決搖頭：「日後是一場混戰，殘酷廝殺，可不能讓他有拖累，一定要絕了他的這個念頭。」

狗兒說：「那怎麼辦？你可不瞭解他的脾氣，他決定了的事是很難動搖得了的。」

袁忠徹很有把握地說：「你們別急，我自有辦法。」

第二天起身以後，袁忠徹不經意地對狗兒、貓兒說：「芒碭山區，乃藏龍臥虎之地，出過漢高祖那樣的開國雄主，聽說風景也不錯，我們去逛逛碭山的風物景致再回北平如何？」

馬和見他們不再催他上北平，很是高興，熱情地說：「今天我去武館安頓一下，明天陪你們登碭山。碭山還有碭石，很是珍貴，看看我們的運氣怎樣，能否揀到好的。」

狗兒、貓兒聽說武館的事，手腳就癢癢，一齊說：「那我們今天陪你去武館，看看你的那些弟子功夫學得如何。」

馬和說：「那再好不過了，我本來就想勞動你們，幫我指點指點，教他們幾路拳腳。」

狗兒對袁忠徹說：「你也同我們一起去吧。」

袁忠徹忙說：「我這人是『君子動嘴不動手』，於武術一竅不通。還是你們去吧，我想在這老屋附近轉一轉，看看這一帶的風水究竟怎樣。」

貓兒打趣道：「我們都忘了你是相面先生和風水先生了，趕緊給馬和哥和沈涼姐找塊風水寶地，日後也好發達發達。」

馬和說：「那就有勞袁先生了。」

袁忠徹說：「都是自己人，講這客套話就見外了。」

這天似乎大家都很高興。吃晚飯的時候，狗兒、貓兒興奮地講起馬和招收的那些弟子，都誇馬和眼力不錯，個個都是可造之材。袁忠徹也談起這一帶的風水，誇這老屋是個很不錯的宅基，出了傅將軍這樣的人物一點也不奇怪，只是後山的山嘴從東邊伸出來，形成了「天狗吞月」之勢，最終「妨」了屋主。

馬和連忙問：「是否有禳解的辦法？」

袁忠徹說：「那好辦，將這個山嘴剷平，此宅基就成『日出東山』，妙不可言。」

馬和十分感謝袁忠徹的指點，特地起身爲他敬了一杯酒。這天的晚餐，沈涼也破例喝了幾杯酒。她舉杯挨個敬了袁忠徹、狗兒、貓兒，也敬了馬和。馬和莫名其妙，趕緊站起來說：「姊姊，今天怎麼把我也當客人了？」

山區的夜晚比別的地方來得早。他們吃罷晚飯，門外已經伸手不見五指，遠處的碭山隱沒在無邊的黑暗中。幾個客人都早早睡下了，沈涼款款來到馬和的臥房裡。她顯然不勝酒力，面頰上兩朵紅暈艷若桃花，那一顰一笑就會出現的小酒窩，彷彿眞的盛滿了酒似的。她坐在馬和跟前，眼裡汪著一泓秋水，緊盯著馬和，目不轉睛，好像看不夠似地。她囑付了馬和好多事情，彷彿也有說不完的話。她還幫助馬和整理好了衣服，一一作了交代，連前些年在塞外打仗她替他縫的狗皮護心都拿出來了，讓他天寒地凍時別忘了穿上。

馬和說：「姊姊，妳今天不該喝那麼多酒，瞧妳都說酒話了，碭山這地方根本用不著狗皮護心。」

沈涼柔聲說：「今天姊姊是高興的，也不知怎麼的，就一杯一杯喝起來了。」她嘴裡說是高興，眼裡卻湧出了兩汪淚水，在油燈下晶瑩透亮。

馬和說：「姊姊，妳醉了，也累了，我扶妳回房歇息吧。」

馬和剛起身，沈涼回過身來緊緊摟住他，在他的懷裡嚶嚶哭了起來。馬和不知所措，只得緊緊摟住她，支撐著她那嬌柔無力的身子，一動也不敢動。也不知過了多少時候，沈涼終於收住了眼淚。他們依偎著來到她的臥房門口，沈涼抬起頭來，深情地注視著馬和，又從馬和的胸前掏出那個青銅器，輕輕撫弄著那兩個套在絞索裡的小銅人，久久不肯放下。馬和只得輕輕抱起她，邁過門檻，進了房間。沈涼忽地摟過馬和的脖子，在他的臉上深深親了一口，然後一把推開他，自己躺到床上，把頭埋進被窩垛裡。

天明醒來，馬和急忙起身，他惦著陪客人上碭山，也惦著不勝酒力的沈涼。沒想到沈涼比他起得還早，已經給幾位登山者張羅好了早飯。大家吃罷飯，登山的人要出發了。沈涼說：「我也想到外邊走走，順便送大家一程吧。」

馬和攔住說：「妳昨天酒喝多了，還是在家歇歇吧，這地方什麼時候想逛都能逛。」

這回沈涼卻無比固執，堅持要跟大家一起走走。她一路上嘴角都含著微笑，還說了一些逗大家高興的事。她說：

「唐朝開元年間，有一批發給邊防守軍的棉衣，是由皇宮裡的宮女們製作的。有個邊防兵士在棉衣裡面得到這樣一首詩，『沙場征戍客，寒苦若爲眠，戰袍經手作，知落阿誰邊？蓄意多添線，含情更著綿。今生已過也，結取後身緣。』後來唐玄宗知道了這件事，查出了那個寫詩的宮女，並將她嫁給了那個得到詩的士兵，後世緣變成了今生緣……」

袁忠徹著實誇獎了一番沈涼的才學，急忙將話題岔開。馬和見姊姊一切都恢復到了往常的樣子，這才放下心來，再次催她趕緊回家歇息。這回她順從了，卻不時停住腳步，回過頭來看著馬和越離越遠的背影。

江南的天氣，說變就變。上山的時候，天氣還很晴和。登上了碭山的主峰，尋覓了一會碭山石，太陽就躲進雲層裡，不久就風雨交加，滿山遍野都成了雨水的世界，將他們一個個淋得渾身透濕。馬和提議趕緊回家，袁忠徹卻說雨中看山別是一番情景。果然，山雨有山雨的特點，沒多長時間，那些山水匯合一處，從懸崖上跌宕下去，蔚爲壯觀。不過，冷颼颼的山風也令人招架不住，袁忠徹卻還是不肯回去，提出到山裡找戶人家躲雨，等雨停了再往回返。

他們來到一戶人家，又等了很久很久，風雨的勢頭還是毫無減弱的跡象。好在那戶人家有不少非常好的碭山石，馬和挑了幾顆花紋色彩都很奇異的碭山石，請他們帶回去送給燕王和道衍和尚。袁忠徹接過來說：「碭山是漢高祖劉邦起家的地方，這石頭不但好看，還是很好的兆頭，燕王見了你的這份禮物一定會很高興。」馬和還精心挑了一塊狀如荷花的碭山石，打算帶回去給姊姊，她特別喜歡荷花。

眼看天上根本沒有雲散雨收的意思，馬和擔心姊姊在家裡等得著急，袁忠徹看到天色也的確不早了，這才莫可奈何地說：「看來也只能冒著雨下山了。」

馬和進了家門，捧著那塊碭山石，就去找姊姊，連濕透了的衣服都沒顧得上換。他推開沈涼的房門，大吃一驚，那房間裡已經空蕩蕩的，連衣服被褥都沒了。馬和再回到自己的房間一看，他的冬夏衣服也都收拾整齊，在替他收拾好的行李上，還壓著一封書信。他一切都明白了，來不及看那信，大聲呼喚著「姊姊」，衝出了大門，冒著風雨去追尋。狗兒、貓兒見狀，瞪了袁忠徹一眼，明白了這一切都是他的安排，也趕緊跑出去幫著馬和尋找。

天氣本來已經很晚，他們跑了好多地方，在河汊裡問過不少船夫，在馬車驛站打聽過來往的馬車夫，那些人都搖頭說，今天的風雨太大了，雨濛濛的，沒有注意是否有這麼一個人。

馬和十分頹喪地回到家裡，淚眼模糊地捧起那封信來讀：

「姊姊走了，原諒姊姊的不辭而別吧。我原是江湖賣藝之人，天涯淪落，很相信緣分。五百年修來同船渡，八百年修來共枕眠。想我姊弟兩人，萍水相逢，相依為命這些時日，不是親姊弟勝似親姊弟，不是一家人勝若一家人，總算緣分非淺了。弟乃有志有為之人，燕王又如此錯愛，建功立業正當其時，切莫錯過，等閒白了少年頭。人非木石，孰能無情？不過若為我這一輕如鴻毛小女子，苟安一隅，貽誤了你的前程，此心何忍？天意難違，你我姊弟的緣分，只能就此卻步。弟萬勿尋覓姊姊，徒勞往返，空耗光陰。姊是無家可歸之人，處處無家處處家；姊腳底無路，流水落花，山重水複，乃姊日後之路……」

馬和讀著這封信，想起姊姊早上臨別時講的那個故事，眼前看到的不再是白紙黑字，而是姊姊的身影，彷彿正在向他喁喁傾訴。嫋嫋鶯聲，哀而無怨，抽刀斷水，欲說還休。他淚如泉湧，手中捧著的那一頁信紙都濕透了。

袁忠徹這時過來解勸。他說：「眼下唯有一條路，就是趕緊投奔燕王，建功立業，切莫有負沈涼姊姊的一番苦心。」

馬和將碭山帶回的那顆狀如荷花的碭山石埋葬在老屋的院子中，把自己的一顆心永遠留在這裡。

二、小母鹿與老婆婆

又是一個秋天。北平的氣候，春天風沙瀰漫，夏日炎熱乾燥，冬日滴水成冰，都不是人們喜歡的季節。唯有秋日，天也高了，風也柔了，霜葉如江南的春花，草原如江南的綠水，最是宜人。古代詩人「嗟秋日之可哀兮」，那種悲秋的感覺，在北平壓根兒找不到。

燕王從小就喜歡打獵，這麼多年樂此不疲，已經成了一種嗜好。每年的秋天，他都要來到八達嶺外的草原，縱馬放犬，攆兔逐鹿，不少野物都被撩倒在他的弓箭之下。今年這個秋天，雖然北平的風聲有些吃緊，謠言蜂起，都說削藩馬上就要削到燕王頭上，然而他田獵的興致絲毫未減。

馬和來到北平，當了燕王的近侍，頭一樁事就是跟隨出獵。第一次出來，馬和真還露了臉，顯出身手不凡。那是燕王單騎追趕一頭野鹿的時候，突然有兩匹餓狼從他身後的草窩裡躥出來，躥到燕王馬後進行偷襲。馬和遠遠發現了，策馬飛奔過去，挽弓一箭，其中的一匹狼嚎叫一聲，倒在地上。燕王聽到身後的狼嚎，猛然轉過身來，抽出配劍，斬殺了另一匹向他撲過來的狼。因此，這一日的圍獵，燕王還讓馬和跟著，剛吃罷早飯就催他趕緊上路。此次圍獵的場面比以往的陣勢都大，燕王所有的近侍和他的三個兒子都來了，幾十隻獵犬跑前跑後，浩浩蕩蕩。

八達嶺外的草原，秋草離離，秋風和煦，秋陽高照，讓人神清氣爽。

這樣的好天氣，卻提不起馬和的精神來，他參加打獵只不過是例行公事而已。馬和來到燕王府，時間不算短了，可人在北平，心還留在碭山，確切一點說，心還在他的那位已經不知去向的姊姊身上。現在還是初秋，太陽還暖暖的，他早早把那個狗皮護心貼到自己的胸口上，似乎只有這樣，才能讓他感到離那個音信杳無的姊姊並不遙遠。

燕王與道衍和尚將這一切都看在眼裡，都被馬和的一往情深所感動。他們也都怪袁忠徹這事做得太絕情，硬將一個弱女子趕出家門，流落在外，於心何忍。燕王對道衍和尚說：「瞧他這事辦的，既讓我覺得對不起馬和，也讓我覺得對不起死去的傅友德將軍，更讓我覺得對不起那個識大體、顧大局的弱女子。」

道衍和尚說：「這件事就交給我來彌補吧，用人之道必須先得其心，否則誰會願意冒死賣命？」

燕王說：「一切都拜託先生了。」

袁忠徹這人來到燕王府，也是得力於道衍和尚的推薦。袁忠徹相術高超，能從一個人的相貌特徵，探究這個人的心地與品格，預測他的前途禍福，可以說無不應驗，人稱「一口準」。他初來燕王府時，燕王有意要試他一試。有一次府裡設宴招待新皇帝派到北平的文武大臣，燕王派了自己的一些人陪坐，暗中囑袁忠徹相一相在坐諸公的面相如何。袁忠徹拿眼一掃那些人，立刻點出其中有幾個「日後必定開刀問斬」。燕王一聽他點的人，都是朝廷派來監視自己的，打心眼裡高興，非常稱道他的相術，也堅定了起兵靖難的決心。打這以後燕王也很喜歡袁忠徹，引為心腹，不過就是覺得他性情古怪，有時會辦出一些讓人莫名其妙的事來。

燕王府有很多這樣的奇人，他們思維奇特，行事古怪，做些事情經常讓人哭笑不得。燕王身邊還有那麼一個顛士，名叫金忠，平時有不少瘋話，就讓人覺得好笑。有一天，他從城西歸來，高興得一迭連聲地說，西山腳下有塊風水寶地，誰能葬在那裡其子孫後代日後將貴不可言，直問燕王：「殿下府上有無可埋葬的人？」如此不吉利的話，不是瘋話就是惡毒話。燕王當時聽了心裡很不高興，眼看就要發作，還是道衍和尚趕快出來打圓場，提醒燕王：「殿下不是有個乳母兩年前過世了嗎，將這位乳母改葬到那裡去不是很好嗎？」燕王想想也只能這樣，目前正是用人之際，可不能隨便得罪人，便順水推舟，讓人收拾那位乳母的屍骨，埋到那塊風水寶地。金忠很高興燕王能採納他的意見，後來成了永樂皇帝當政時期的得力大臣。不拘一格選用人才，確實是燕王一生事業的成功之道。

草原上人喊馬嘶，獵犬歡騰，燕王的圍獵正進入高潮，撒開的包圍圈正在收縮，被圍困的獵物感覺到了危機的降臨，開始左衝右突。馬和卻對此無動於衷，這些日子道衍和尚一直在給他講佛學，替他解脫情感的羈絆。此刻他腦子裡還在琢磨道衍和尚講的南宗六祖慧能的故事。

那故事就發生在離碭山並不很遠的黃梅，當年南宗六祖慧能羨慕五祖弘忍佛法精深，特地充作火頭僧到黃梅拜師。有一天，五祖讓諸弟子各出一偈，想試試他們的悟性。弘忍的高足弟子上座神秀搶先說道：「身是菩提樹，心如明鏡台。時時勤拂拭，莫使有塵埃。」這時慧能正在廚房舂米，聽了這偈語批評道：「美則美矣，了則未了。」他隨即也口占一偈：「菩提本非樹，明鏡亦非台。本來無一物，何處染塵埃？」

馬和一時還弄不明白道衍所述這個故事和那些偈語的含義。他人在馬背上，手也挽著弓箭，腦子裡卻在琢磨菩提爲何不是樹，明鏡爲何不是台……

這時燕王的第二個兒子朱高煦追趕著一隻母鹿，正拼命逃竄，直奔馬和而來。大家齊聲大喊馬和：「趕快放箭，趕快放箭！」馬和從「菩提樹」、「明鏡台」裡回過神來，兩眼剛好碰上那母鹿絕望的目光，心裡一動，挽著弓，引而不發，眼睁睁看著那隻母鹿漏網了。朱高煦跑過來直埋怨他，燕王忙過來替馬和解圍。他說：「那分明是一隻懷孕的母鹿，本來就不該射殺。守獵與打仗一樣，殺與不殺很有分寸。爲將之道，絕不能一味嗜殺。」

燕王還有一個習慣，那就是每次行獵之後，都要到附近的農家走一走，跑到他們的灶房裡揭開鍋蓋看一看，瞭解民生疾苦。朱元璋出身寒微，小時候還要過飯，當了皇帝還能記住這事，曾經將朱棣等人送回鳳陽老家，去體驗老百姓的疾苦。燕王有時發現一些人家鍋裡的飯食粗糲，總要解囊周濟一二，並把獵獲的野物分一份給他們，與民共用。馬和對逐鹿撵兔不怎麼感興趣，對訪問山野人家倒是興味很濃。走進那些人家的大門，他有一種回到碭山老屋的感覺。

這天的圍獵，收穫頗爲豐富，各人都把自己的獵獲或拴在馬背上，或挑在槍尖上，如同樹立起勝利的旗幟。那群獵犬也跑前跑後，不時回過頭來對著馬背上的獵人使勁搖尾巴，有時還狺狺幾聲，在提醒這些洋洋得意的人們，別忘了今日的獵獲有它們一份功勞。燕王的狩獵隊伍騎的都是快馬，奔跑起來風馳電掣，不覺過了八達嶺，很快就來到了北平城裡。燕王進了城，放鬆了韁繩，緩緩而行，兩眼不停地環顧街道兩邊的住戶。這些都是他的子民，他有責任關注他們，看看他們日子到底過得怎樣。

燕王忽然在一條棚戶街停住了腳步，他發現周圍的人家都在生火煮晚飯，唯獨一所低矮的茅屋冷鍋冷灶，不見炊煙。他翻身下馬，走進這戶人家，馬和也立刻跟了進去。那黑暗的茅屋中只有一個老婆婆，家裡的麵缸空了，已經揭不開鍋了，正坐在灶房裡抹眼淚。燕王問及斷炊的緣故，她說膝下原來有兩個兒子，先後都死在塞外連年的征戰中，而今無依無靠，只能替別人漿洗衣服度日，可掙了上頓的飯食，掙不來下頓的飯食……燕王忙命馬和從馬背上取來一隻野兔和一隻野鷄，還掏出自己身上的散碎銀子，讓老婆婆趕快去買糧食好升火做飯。老婆婆同馬和一個姓，也是回民，她用穆斯林的禮節，將右手擱在胸前，感謝眞主，也感謝燕王的活命之恩。燕王扶著她的肩膀，一時不知說什麼好。老婆婆退回了野物，收下了那些散碎銀子。雖然饑餓在折磨著她，還是堅持不吃那些不是以眞主名義宰殺的野物。

在回王府的路上，燕王向跟隨左右的人感歎道：「幽燕之地接近蒙元殘餘勢力，連年征戰，殺伐不斷，鬧得這裡的百姓衣食不濟。今後邊亂平息，一定要偃武修文才好。」

馬和回到王府，心情還沒有平靜下來。他頭一眼看見那個老婆婆，心裡就咯噔了一下。發現那老婆婆臉模子很有幾分像自己的母親，得知她也是回民而且也姓馬，更有了一種親近感。他離家十多年了，母親大約也到這個年齡了。這個馬婆婆讓他想起了自己多年不見的母親，一夜都沒有睡好覺。

第二天，他特意向燕王告了假，從自己的包袱裡拿出一些錢，到糧鋪裡買了兩袋麵粉，還在街上割了幾斤牛羊肉，雇來一輛馬車，送到老婆婆家裡。

那個老婆婆一看，眼裡立刻滾出眼淚來，連聲說：「燕王是好人，你們都是好人，讓眞主保佑你們吧。」

馬和告訴她說：「我也是回民，也姓馬，老家遠在雲南，十多年不見母親的面了，如今生死不明，很是想念。」

馬婆婆抹著眼淚說：「原來，你也是個苦命的孩子。」

馬和說：「天下穆斯林是一家，從今往後，我就是您老人家的兒子了。」

馬和在碣山失去了一個姊姊，在北平找到了一個媽媽。一個遠離母親的孤兒，又有了一個母親。燕王府的人發現，馬和的心情在不知不覺平靜下來。

三、深入龍潭虎穴

燕王府是元朝的舊皇宮，規模宏偉，氣勢不凡。城裡的老百姓經常議論，那裡住的雖然是一個藩王，卻經常是雲從龍，風從虎，一派帝王氣勢。這些民間的傳言，早就傳到南京那座眞正的皇宮裡，引起了建文帝的高度關注。朱允炆在兩位親信大臣齊泰、黃子澄的慫恿下，不斷從朝廷派人前來監視，將這些人分佈在北平的軍隊和官府中，有的還打入燕王府內，一旦抓住燕王謀反的把柄，就要對他動手。北平城山雨欲來風滿樓，人心惶然不安。

這天，燕王在自己深邃大院一個十分隱蔽的角落裡，召集身邊的謀士磋商應對的辦法。朱元璋開國後執意敕封諸子爲王，有個叫葉伯巨的人曾上書力諫，還被砍了腦袋。可敕封之後，他又擔心藩王坐大，危及朝廷，不讓他們直接控制軍隊和地方官員，平時直接掌握在藩王手裡的只是人數很少的護衛兵。此刻能幫助燕王謀劃大事的，就是道衍和尚及其暗中招募的袁忠徹、金忠這樣一些術士，並無像樣的智囊班子。他身邊的人也還沒有明確的分工，連馬和這樣一些貼身護衛，也經常參與謀劃。

這些人似乎都左右爲難，整個議事廳裡氣氛非常沉悶，幾乎讓人透不過氣來。有人提議：「還是以靜待變爲好，待南京先動手我們再起事也不遲，正所謂『後發制人，棋高一著』。」

燕王不同意：「眼看南京已經步步緊逼，現在還按兵不動，到時候就只能坐以待斃了。」

有人提出：「乘新皇上在龍椅上還沒有坐熱，儘快出手，打他個措手不及。」

燕王也不同意：「新皇帝只是立足未穩，我們卻是兩手空空，現在下手無異於以卵擊石。」這眞是一隻燙手的山芋，捧在手裡不行，放進嘴裡更不行，不知該如何對付。燕王沉默多時，終於拍案而起：「還是我去南京走一趟。」

他的話讓四座都感到吃驚，連忙都搖頭說：「這太危險了，這不是虎口投食嗎？」

這話不無道理。朝廷裡的一些人日思夜想就是抓住燕王，他們都知道秦王和晉王相繼去世之後，燕王已是諸王之首，勢力最強大，只要抓住了燕王，別的這王那王都不在話下。現在南京的網都張到北平了，豈敢再去南京自投羅網？

燕王分析道：「現在雖然已經劍拔弩張，卻還不到撕破面皮的時候，我若親身前往，就堵住了嚷嚷我們謀反的那些人的嘴巴，消除聖上的疑慮，順便還可以看看朝廷的虛實，南京的人心向背。」

在座的人還是不敢苟同，都怕燕王遭遇莫測，很多事不怕一萬，就怕萬一。道衍和尙一直沒吭聲，這時開口說話了：

「殿下親赴南京，這是一步險棋，也是一步好棋，古來成大事者無不具有深入龍潭虎穴的膽識，劉邦赴鴻門宴就是一例。不過，得派一個得力的人跟著，在龍潭虎穴中能保證殿下平安歸來。」

議事廳裡關注的焦點，集中到了跟隨燕王闖南京的人選上來。大家面面相覷，不約而同把目光集中到了馬和身上。還是道衍率先提議：

「我看馬和是個不錯的人選。他相貌斯文，表面看不出是員武將；頭腦靈活，可以協助殿下隨機應變；身手不凡，危急的時候可以保護殿下。」

大家都贊同：「馬和堪當此任。」

燕王也高興點頭認可，並讓狗兒也跟隨前往，遇事多有一個人照應。

馬和曾經視皇宮為虎狼窩，隨即又被攆出皇宮，遭遇不堪回首的屈辱和痛苦。這次跟隨燕王大搖大擺進了皇宮，讓他心裡百感交集。他強迫自己鎮定下來，不知為什麼他對燕王有朝一日入主皇宮，充滿自信，跟在燕王身後，亦步亦趨，神態自若。

燕王主動進京朝覲，而且僅僅帶了兩個隨從，讓那位少年天子感到高興，消釋了原來的一些疑慮。燕王想試探一下滿朝文武的態度，故意擺出皇叔的架子，昂首從皇道上殿，到了殿上也沒有下跪。許多本來就疑心燕王要謀反的人，此刻都怒形於色。那位監察御史當即出班彈劾燕王：「此乃大不敬之罪，請聖上傳旨加以懲戒。」

建文帝龍袖一揮，說：「至親骨肉，無須太過拘禮，誰也不要再提這事了。」

這天回到館驛歇息，燕王因為發現滿朝文武實際都還站在新皇帝一邊，心中悶悶不樂。夜已經很深了，馬和與狗兒正準備安歇，蘇天保卻偷偷跑來找他們，他帶來高公公的口信。

「朝廷諸多大臣都在議論，燕王謀反是早晚的事，不如趁早除掉以絕後患。兵部尚書齊泰和國子監祭酒黃子澄等人，已在暗中醞釀除掉燕王的辦法，要你們多加小心，別遭了暗算。」蘇天保轉達了高公公的口信，還悄悄告訴他們：「京城有首童謠，也是同燕王有牽連的，好多小孩都在唱。」

馬和忙問：「什麼童謠？」

蘇天保念道：「莫逐燕，逐燕日高飛，高飛上帝畿……」

馬和連夜將這些情況稟報燕王，燕王聽了焦躁不安，那童謠讓他心裡一動，也增加了他待在京城的危機感。燕王問：「這個高公公爲何敢冒這麼大的風險派人來通報消息？」

馬和介紹了他們與高公公及蘇天保的關係，仔細分析道：「我想是因爲建文帝待宮裡宦官很刻薄，高公公羨慕王爺能善待宦官，願意親近王爺。」

燕王說：「看來還有他們與你們的親近關係，這條線可別斷了。」

馬和與狗兒都點頭稱是。燕王沉吟良久，突然說：「這次親赴京城，看來對新皇帝已經產生了影響，暫時不會對北平動武，我們不如就此抽身，離開這龍潭虎穴。」

燕王決定返回自己的封地，前去宮裡辭行。建文帝極力挽留道：「請皇叔在京城多住一些日子，留下來參加先帝逝世一周年的吊祭吧。」

燕王說：「臣來南京的當天就去先帝和母后陵前拜祭過，今天又去先帝、母后陵前辭過行了。」

建文帝見留他不住，在便殿賜宴，還命兵部尚書齊泰前去館驛餞行。

燕王聽說齊泰要來，心裡感到極大不安，眼皮子也直跳。在他心目中，一個齊泰，一個黃子澄，是兩個最可惡的傢伙。他們都是高祖的舊臣，被新皇帝倚爲股肱，同參國政。就是他們兩人充當了削藩的急先鋒，尤其是將他燕王視爲眼中釘，肉中刺，一心想置他於死地。馬和也提醒燕王：「此人前來送行是黃鼠狼給鷄拜年，沒安好心，高公公暗中傳遞的消息，指名道姓提到他們幾個，不能不防。」

燕王說：「你們一定得多長幾雙眼睛，多長幾個心眼。」

齊泰奉旨來到館驛，馬和與狗兒立刻進入臨戰狀態，寸步不離燕王身邊。

齊泰的確沒安好心，他和黃子澄多次勸建文帝抓緊機會下手，切莫放虎歸山，養癰遺患。建文皇帝一直游移不定，遲遲不肯答應。如今燕王匆促離京，說明他心中的確有鬼。兩位削藩的積極分子，除掉燕王的心思也變得更加迫切了。他們早在暗中商量：新天子性情優柔，當斷不斷，鬧不好要壞大事，與其消極等待坐失良機，不如來個先斬後奏。他們也知道明目張膽捕殺不行，因爲至今沒有抓到燕王謀反的把柄，師出無名。而且，讓他死在京城裡也不好，會引起諸王懷疑，容易激起兵變。恰在此時，建文帝命齊泰去館驛餞行，眞是天賜良機。

齊泰說：「我剛好得到一種毒酒，只要一杯下去，那毒性就會慢慢發作，正好讓燕王死在渡長江的時候。」

黃子澄說：「還可以在長江裡安排一些人，扮成江洋大盜，毒酒結果不了他，就用江水結果他。」

齊泰得意地說：「這就天衣無縫了。」

燕王心裡有數，席間一直小心翼翼，齊泰不舉杯他不舉杯，齊泰不下箸的菜他也不吃。

馬和貼身立在燕王的椅子後面，兩隻眼睛放出兩道銳利的光芒，緊緊盯住齊泰的一舉一動；狗兒也聚精會神，跟著齊泰的隨從，他們到哪兒他到哪兒。齊泰也非等閒之輩，他有意讓燕王和他的兩個隨從都看清楚，他們輪番把盞的那酒，都是從一個酒罈裡倒出來的，也總是由他搶先端起杯來灌進嘴裡。他還滿臉堆笑，敘說先帝在世之日對他的恩寵，也說了許多奉承燕王的話，似乎在有意跟燕王套交情。燕王臉上也強作歡顏，搜索出很多話來虛與委蛇。

已經是酒酣耳熱了。燕王喝出滿頭大汗來，眼睛也有些眩眩的了。燕王喝酒也算是海量，顯然還是敵不過齊泰。轉眼之間，馬和發現斟到燕王面前的一杯酒有了些微變化，號稱是瓊漿玉液，斟在杯子裡，卻不如前邊喝過的酒那麼透明，但看看齊泰杯中卻也一樣，心裡有些疑惑不解。馬和兩眼死死盯著齊泰的舉動，齊泰抬手舉杯時，猛然發現他的衣袖裡多了一條絲巾。馬和急中生智，也趕忙掏出一條絲巾，去擦燕王額頭上的汗，一不留神，將燕王舉到嘴邊的酒杯碰到地上，哐啷一聲，酒也灑了一地。燕王看了看齊泰的神色，情知有變，順勢將身子靠在椅背上，閉著眼睛，一醉不起。

齊泰悻悻離開了館驛。馬和料想他們絕不會就此罷手，很可能還會在城外有所佈置，等著他們去跳陷阱。他對燕王說：「一動不如一靜，我們乾脆在京城裡多住一些時候。」

燕王想了想，說：「既然叫我參加先帝的周年祭奠，那就乾脆將高熾、高煦、高燧也接來。」

馬和與狗兒都沒料到燕王會走這麼一步險棋，狗兒脫口而出：「那不是正好讓他們一鍋端……」

燕王苦笑著說：「身臨險境只能走險棋，這就叫捨不得孩子打不到狼。」

第二天，燕王以身體不適爲由，向新皇帝轉達了要留在京城多居住一些時候的意思，並提出要接先帝的三個皇孫來參加先帝的周年祭典，並已經指派自己的隨從狗兒起程回北平接人去了。燕王此舉大出朝廷文武官員的意外，特別是他的三個兒子到達南京以後，很多原來懷疑燕王謀反的人，都鬆了一口氣。按他們的思維邏輯：燕王眞要想謀反，絕不會如此自投落網；即使他自己能大著膽子來鑽網，也不可能讓三個兒子一齊落入網中。建文帝也是滿心歡喜，他想只要這個咄咄逼人的叔父暫時沒有覬覦皇位的舉動，多給朝廷一些準備的時間，他也就有恃無恐了。

朱元璋的周年祭奠，是在一種祥和的氣氛下進行的，別的藩王見燕王在這裡，他們也大著膽子來了，有這些皇子、皇孫參加，顯得比葬禮還隆重。朱棣當著滿朝文武的面，跪在父皇陵前痛痛快快哭了一場，在場的人見他哭成了一個淚人，誰也無法懷疑他對先帝的那份孝心。建文帝見狀，也陪著哭了好一陣子，還拉著這位叔父的手，勸他節哀。兩個人親暱地站在先帝的陵前，讓那些文武大臣感到，他們之間的關係的確有了微妙的轉變。

燕王要離開南京返回北平，齊泰勸建文帝：「可將燕王的三個兒子留下來，給他留下這麼一個後顧之憂，今後即使有謀反之心也不敢有謀反之舉。」

他的這個餿主意，不但新天子不答應，連黃子澄也表示反對：「既然看不出他有謀反的意思，那就不要逼他鋌而走險。」

那位少年天子也衣袖一拂，很不高興地對齊泰說：「得饒人處且饒人，今後不許再議這件事。」

眼看就要走出龍潭虎穴了，不想又生出枝節來。朱高熾三兄弟的舅舅徐輝祖到館驛來送行，見到姊夫朱棣，提出了留下三個外甥的要求。他對燕王說：「親戚越走越親，我們甥舅幾個多年都難得見上一面，這回到了南京一定要讓他們去家裡多住些日子。」

燕王再三推辭說：「這三個孩子，高熾身子弱，高煦、高燧性子野，不敢給府上添麻煩。」他心裡明鏡似的，這個徐輝祖雖是徐妃的親弟弟，是至親骨肉，他們之間卻一向都是面和心不和。徐輝組是建文帝的鐵桿保皇派，留下三個外甥，實際就是想爲朝廷留下人質，讓他不敢造次。

徐輝祖掃視了三個孩子一眼，見老二朱高煦長相、脾氣和武藝同乃父如出一轍，認定這個孩子必定是朱棣日後謀反的得力幫兇，便說：「那就將高煦留下好了，他舅母最喜歡這個外甥，很是想念他。」

燕王要繼續推辭，覺得於情於理都說不過去，必定會重新引起朝廷的懷疑。他眼珠一轉說：「恭敬不如從命。馬和，你陪高煦在他大舅家住些日子，好好看著他，別讓他在京師裡撒野，給舅舅添麻煩。」

馬和會意，立刻說：「殿下放心，我一定會全力照顧好的。」

徐輝祖領著朱高煦與馬和來到他的府邸，立刻將他們軟禁起來，輕易不讓邁出徐府的大門。朱高煦憤怒異常，對馬和說：「徐輝祖這個烏龜王八蛋太可惡，偏與老子過不去，今晚我去宰了他，你去放火燒了他這鳥屋。」

馬和悄聲勸告他：「『忍』字頭上一把刀，慢慢等待機會，不能有半點急躁。」

高煦焦急地說：「那我們怎麼脫身啊？」

馬和冷眼觀察，那位舅母虔誠拜佛，經常去洪福寺燒香。他悄聲對朱高煦說：「看來，這機會就在你舅母身上……」

這天徐輝祖的夫人又要去洪福寺進香，剛好徐輝祖也上朝去了，朱高煦攔住舅母眼淚嘩嘩地說：「甥兒昨夜夢見母親在去潭柘寺進香的路上，突被山中躥出的一隻猛虎叼走了，驚出一身冷汗，再也睡不著覺。甥兒想要隨舅母去洪福寺求支籤，問問母親的吉凶。」

這位舅媽見這個外甥有心向佛，喜歡得什麼似的。這些日子她看這個外甥並不像丈夫說的那麼野，在府裡吃得也高興，玩得也高興，已經樂不思蜀了，連想都沒有多想，就答應了外甥的要求。她乘轎子，讓高煦和馬和自己到馬廐裡挑兩匹馬騎上，帶了幾個隨從，一路去了洪福寺。

也是天隨人願，這天來洪福寺進香的善男信女摩肩接踵，擁擠得不得了。那位徐夫人又有個習慣，逢佛必下拜，遇殿定焚香，不厭其煩，心誠得很。馬和領著朱高煦，隨著那位舅母轉了幾個殿，在佛祖面前抽了一支籤。他乘機向大雄寶殿的幾個年輕和尚打了個招呼，借解釋籤語的機會，拉開了與那位舅母的距離。在那幾個和尙的掩護下，兩人披上袈裟戴上僧帽從寺後的山門出去，騎上拴在樹林子裡的快馬，翻過鍾山，一溜煙走了。那位舅母轉眼不見了高煦和馬和，當時心裡並不著急，以爲是兩個年輕人求完籤，在寺廟的正門外候著了。她的幾個隨從都把守著這座正門，他們怎麼著也不可能離開這寺院。她從容拜完佛，到處找不到外甥，這才知道大事不好。等她回到家裡報告徐輝祖，派出人馬去追，馬和與高煦已經過了長江，如魚入水了。

兩騎快馬日夜兼程回到燕王府，燕王見了高煦和馬和，一顆懸著的心立刻放了下來。他兩手抱拳，兩眼望著邈邈藍天，衝老天爺一揖：「我們父子還能相聚，眞是上蒼保佑。」

高煦詳細介紹他們出逃的過程，燕王拍著馬和的肩膀說：「還要感謝上蒼，給我添了一員智勇雙全的虎將……」

四、火燒鄭村壩

這是建文元年（西元一三九九年）七月五日的午後。太陽的萬道金光釋放出火辣辣的熱氣，連樹上的知了都熱得受不了，「知了，知了」地叫喊不停。那位馬婆婆卻冒著暑熱，拖著瘦弱的身子，從城北來到城南，走進燕王府，慌張地要找馬和。馬和拿來板凳，她不肯坐。馬和端來涼開水，她也不肯喝，只急著說：

「快，我有急事要向燕王稟報，再遲一步，恐怕你們這裡的人腦袋都保不住了。」

馬和聽了一驚：「什麼事這般嚴重？」

原來，這天早晨馬婆婆到街上買菜，發現鄰居家一個當兵的小子正在磨刀石上磨刀，喀哧喀哧地，特別刺耳。那個士兵已經把刀子磨得無比雪亮鋒利了，還不肯歇手，不斷拿手指試那刀刃，試了磨，磨了試，從沒見他這麼勤快過。馬婆婆不經意問了一句：「你這刀磨個沒完沒了，到底要幹啥？」那小子大大咧咧說：「今兒晚上要殺燕王，這刀不快，怎麼能砍下燕王那個大腦袋來！」馬婆婆聽了這話，吃了一驚，連菜也顧不上買，飯也顧不上做，就往燕王府趕。燕王於她有一飯之恩，馬和於她有母子之情，她可不願意眼睜睜看著這些好人的腦袋被那把快刀割下來。

馬和領著馬婆婆見了燕王，馬婆婆顧不上喘口氣，將自己看到的聽到的一五一十告訴燕王。燕王雖然早有風聞，聽了這迫在眉睫的消息也不免有些吃驚。他們父子回到北平不久，就有朝廷佈置的耳目到南京密奏，說他正在招募勇士，馬上就要起兵謀反。他好不容易從朝廷控制的鎮守兵裡拉攏了幾個人，這幾個人還沒來得及有所動作，很快都被召回南京殺了頭。建文帝已經敕令燕王府周圍的軍隊準備行動，並直接給北平都指揮僉事張信下了逮捕燕王的密旨。這個張信內心傾向燕王，他偷偷溜進府裡，也將這個重大機密稟報了燕王。馬婆婆報告的消息，恰好與張信泄露的機密相吻合。

「朝廷都把刀子架到我們的脖子上了，此時不反，更待何時？」燕王是個很果斷的人。

就在這天，他誘殺了朝廷軍隊幾個冥頑不靈的首領，奪佔城內九門，拿下了北平。他當即打出清除朝廷奸臣的旗號，誓師「靖難」。這天誓師的時候，忽然來了一陣雷雨，幾響炸雷炸塌了燕王府的一角，道衍和尚趕緊當衆宣佈說：「這是上蒼示意，王爺不能再住燕王府，馬上就要進皇宮了。」大家聽了非常興奮，士氣高漲。

燕王起事的頭幾個月，他原來統領過的軍隊都聞風歸順，通州、薊縣、懷來、滄州等地很快被他拿下。朝廷有些慌了神，立即命明太祖時期的老將耿炳文率三十萬南軍，前來進剿。建文皇帝還發表了〈興師北伐詔〉，歷數燕王的「罪惡」，要同他算總賬：

「昔先帝時，棣包藏禍心，為日已久。印造偽鈔，陰結人心，朝命窮極，藏匿罪人。先帝因怒，遂以成疾，至於升遐。海內聞知，莫不痛恨。今不悔過，又造滔天之惡。雖欲赦之，而獲罪宗社，天地不容。已告太廟，廢為庶人。遣長興侯耿炳文等率三十萬往討其罪。」

燕王看了這詔書，見把先帝的死都嫁禍於他，說是被他氣死的，不禁勃然大怒，雙方在山東德州一帶展開了激戰。燕王每戰都帶頭衝鋒陷陣，身先士卒，士氣越戰越旺盛。耿炳文累戰累敗，損兵折將，潰不成軍，倉皇逃竄。燕王出師順利，他的兩員大將張信、朱能，還有他的次子朱高煦，都功績卓著。幾個近侍馬和、狗兒，貓兒也都建了奇功。

朝廷得到耿炳文失敗的消息，又發五十萬兵馬，拜曹國公李景隆爲大將軍前來征討。李景隆進駐德州後，趁燕王精銳在外邊作戰，北平城內兵力空虛，親自率領大軍來攻北平，企圖一舉端掉燕王的老窩。留守北平的是燕王世子朱高熾，協助守城的是道衍和尚。他們不斷發來告急文書，守城的幾乎都是老弱病殘，無法經受幾十萬大軍的衝擊，請求趕快馳援。此時的燕王兵力十分有限，他原來攻下北平周圍的一些地方，卻派不出兵力把守，朝廷的軍隊趁虛而入，包括永平、大寧在內的諸多要隘，又都掌握在朝廷鎮守兵的手裡。燕王陷入兩難的境地：他若置北平於不顧，一旦城池失守，連自己的立足之地都沒了；若回援北平，弄不好會腹背受敵，連自己手裡的這點兵力都會搭進去。

燕王思之再三，命令朱高熾繼續死守孤城，他自己率領所有將士繞過北平，以迅雷不及掩耳的速度，重新攻佔永平和大寧，先行解除後顧之憂。李景隆見這情勢，急令攻城部隊接連發起猛攻，務必儘快拿下北平。北平情勢岌岌可危，朱棣的王妃徐氏帶領城內婦女登上城牆嚴防死守，連那個馬婆婆也都扛著家裡的門板來到城牆上。大約真的是天不滅燕，這時天氣驟然變得奇冷，城外的南軍經不住這樣的嚴寒，叫苦連天。朱高熾聽從道衍和尚的建議，充分利用天寒地凍的條件，在城牆的外側不斷潑水，凍成冰牆，斷絕了南軍攀沿登城的念頭，暫時緩解了危機。

李景隆見北平久攻不下，自己率領十萬精銳之師，集中到北平城東的鄭村壩（今北京大興境內）。想用圍點打援的辦法，在此一舉殲滅燕軍的主力。他料定燕王必然回師來解北平之圍，這裡是他馳援北平的必經之地。果然不出李景隆之所料，燕王不論走到哪裡，心裡都一直惦著自己的老家。他掃蕩了北平東面和北面朝廷鎮守兵的幾個據點，擴充了一些隊伍，立即回師援助危在旦夕的北平。他的部隊經過艱難的跋涉，在一個寒風凜冽的夜晚，踏著冰雪來到通州附近的白河邊。李景隆早已在白河對岸部署了重兵，準備迎擊燕王。燕王率領將士偷偷從冰上跨過白河，繞開河邊的敵軍，迅速來到鄭村壩，潛伏在李景隆的鼻子底下。

這是一個十分難熬的夜晚。漫天的飛雪將所有的將士都變成了雪人，呼嘯的北風穿透將士們的衣衫，他們的手凍得連刀槍都握不住，只能將兵器抱在懷裡。燕軍剛剛前進到此地，連遮風擋雪的帳篷都沒有，如此寒冷的夜晚，大家只能和衣而臥，露宿在風天雪夜裡。

燕王帶領馬和等親隨來到靠近城牆的地方，借著清冷的月光遙望北平城。他離開北平僅幾個月的時間，戰局卻發生了如此天翻地覆的變化。他此時特別想念城內的軍民，想念他的妻子和兒子朱高熾，在如此衆多的敵人面前，能夠堅守到今天，眞難爲他們了。馬和睜大雙眼尋找城牆上的守軍，那些老弱婦孺在城牆上遭受風雪的襲擊，要比城牆下邊厲害多了，高處不勝寒，心想就是敵人打不垮他們，嚴寒也很快要將他們打垮了。他再注視遠處圍城的南軍，他們來自南方，在千里冰封萬里雪飄的北國，顯然更加耐不住寒冷，帳篷裡哀怨欲絕之聲，在冷漠的夜空中傳得很遠。老天爺似乎在有意考驗各路人馬，究竟誰能在冬日的嚴寒中，堅持取得最終的勝利。

燕王回到自己的駐地，一個叫火眞的部將找來幾隻破舊的馬鞍，在避風的地方點上了一堆火，讓燕王暖暖身子。在雪地裡凍得難以入睡的士兵，一見到火光，翻身而起，呼啦圍了過來，湊到火堆前取暖。在這個時候，可以說沒有什麼能比火苗更讓人親近的了。火眞立刻呵斥那些跑來烤火的士兵：「你們趕緊走開，不要妨礙殿下暖身子。」

燕王看到在風雪中凍得瑟瑟發抖的士兵，心裡很不忍，連忙制止火眞，無比動情地說：「這些人都是跟著我來回征戰的壯士，對我忠心耿耿，不是饑寒徹骨，誰會跟我來爭這堆火？我恨不能讓所有的將士都能烤上火，千萬不要把他們趕走……」

馬和看了這動人的一幕，心有所動，腦子裡忽然冒出了一個大膽的戰鬥設想，急忙附耳稟報燕王。燕王聽得頻頻點頭，興奮地從雪地上站立起來說：「好主意，好主意！」馬和隨燕王觀察戰場敵我態勢的時候，就曾想到如此嚴寒天氣對軍心的影響，誰能在此時贏得軍心，誰就能取得眼前這場戰爭的勝利。他看到剛才因爲烤火所發生的一切，立刻想到此刻誰擁有火，誰就擁有所向無敵的軍心。

燕王低聲問他：「引火之物呢？」

馬和很有把握地說：「我來想辦法。」還是在渡白河的時候，他就注意到河邊有不少乾枯的蘆葦，那便是最好的引火之物。

燕王當機立斷，立刻決定對南軍發起火攻。他對將士們說：「我們怕冷，敵軍比我們更怕冷；我們疲倦，敵軍勞師遠來，曠日持久，比我們更疲倦。與其躺著挨凍，不如連夜出擊。」

燕軍將士早就不願意躺在風雪地裡挨凍了，聽了燕王的話，都一躍而起。

北風仍在勁吹，棉絮一般的雪花仍在漫天飛舞，「燕山雪片大如席」，名不虛傳。李景隆在大營裡也是夜不成眠，他身上壓著好幾床棉被還是冷得睡不成覺。住在帳篷裡，最怕的是火，他寧願挨凍也不讓在軍營中生火，一顆火星有可能毀了這十萬人馬，攻佔北平也會功虧一簣。南軍將士有生以來從未經歷過這樣的嚴寒，很多人臉上都凍開了裂口，一些人的手指頭和腳指頭都被凍掉，不少馬匹也耐不住寒冷在雪地裡痛苦地嘶鳴。李景隆的心情很沮喪，原本以為北平唾手可得，沒想到擺在眼前的一塊肥肉，就是吃不進嘴裡。這鬼天氣也故意同他作對，如果遲遲進不了北平城，他的幾十萬大軍，很可能會被北國的風雪嚴寒拖垮。他現在進退兩難，就此撤兵有違朝廷令其迅速消滅燕軍的旨意，可這麼拖下去又能有什麼結果呢？李景隆正在胡思亂想，突然傳來人喊馬嘶的聲音，他的親兵惶惶然跑進來報告：

「大將軍，大事不好，燕軍大隊人馬舉著火把殺過來了！」

李景隆趕緊披上鎧甲跑出營帳，不由「哎呀」一聲，他們的很多帳篷已經燃燒起來了。這時火借風勢，風借火威，餘下的帳篷根本用不著燕軍再點火，那些漫天飛舞的火鴉主動幫他們的忙，一路熊熊燃燒過來，整個南軍的營帳很快就成了一片火海，將夜空照耀得如同白晝。南軍將士在冷如冰窖的帳篷裡，經受了苦寒的煎熬，很多人好不容易才進入夢鄉。他們絕對沒有想到帳篷會著起火來，都驚慌失措，不戰自亂。李景隆本來領兵的經驗就不足，這時沒了主意，慌忙下令往南撤退，一應輜重都棄之不顧，連在城牆腳下圍城的那些將士都扔下不管了。

馬和、火眞、趙彝、徐忠等一批年輕將領衝在最前面，他們扔掉火把，抽出兵器，指揮他們帶領的人馬向前衝殺。連營大火一掃燕軍身上的寒冷，全軍的士氣隨著火勢大振，舉起刀槍一路揮舞過去，如砍瓜切菜一般，鮮血染紅了白雪皚皚的荒原。南軍慌著逃命，人馬自相踐踏，死在自己馬蹄下的也不少。來不及逃跑的數萬人都成了燕軍的俘虜，來不及帶走的數萬匹馬也都成了燕軍的戰利品。

這時天已放亮，燕王大聲命令：「鼓足餘勇，乘勝奔襲圍城的南軍！」

那些圍城的南軍將士日夜攻城本來就很辛苦，士氣已經嚴重受挫，得知大營慘遭擊潰的消息，軍心立刻動搖。燕軍衝殺過來，只能倉皇迎敵，連招架之功都不足，更談不上還手之力了。城裡的守軍看見援兵到來，齊聲歡呼起來，迅速打開城門，老弱婦孺一齊衝殺出來。南軍陷入絕望的境地，誰都無心戀戰，很快便土崩瓦解，活著的都歸降了燕王。

燕王進了北平城，連忙去撫慰兒子和妻子。聰明賢淑的徐妃出身將門，知道燕王此時最要緊的不是敘說兒女之情，趕忙提醒道：

「殿下，此刻最盼著得到安慰和鼓舞的是活著的和死去的將士們。」

燕王趕緊轉身犒勞三軍，並讓清點陣亡的將士。馬和來到鄭村壩戰場，只見屍橫遍野，血染沙場。也不知從哪裡飛來那麼多的烏鴉，把裸露在雪地裡的屍體當成了難得的佳肴。它們啄食不動被冰雪凍僵了的軀體，專門尋找死不瞑目者，啄食他們仍在遙望蒼天的眼睛。馬和禁不住接連打了幾個寒顫，心裡湧出一陣莫名的不安。他回到城裡報告燕王，燕王下令不但要好好安葬燕軍的陣亡將士，也要收葬南軍十餘萬將士的遺骨，植樹封山，不允許有人再來踐踏這些爲戰爭殉難的人。

燕王對屬下說：「這些南軍將士都是跟著高祖立過功的，看到他們死於戰陣，我的心裡也不好受。兵乃不祥之器也，古來聖人都是不得已而用之。」

這幾句話說到了馬和的心坎上，深深銘刻在心裡。他對燕王的感情，從知遇之恩，發展到了對其雄才大略的無限敬慕。

五、笑退昆帖木兒

燕王沒有在北平城裡久留，很快揮師南進，攻城掠地，直奔山東，以圖擴大戰果。

就在這個時候，從西北方面傳來了一個於他很不利的消息，阻撓著他繼續進軍。那威脅還是來自蒙元的殘餘勢力，這些年蒙元內部也出現了紛爭，一些勢力弱的立足不住，都南下投靠燕王。那些實力強一些的，對此感到惱怒，企圖進行報復。其中，韃靼可汗昆帖木兒，瞅準朱明王朝禍起蕭牆，立刻率師寇邊，並有大舉南侵的意圖，這實際是在抄燕王的後路。

燕王憂心忡忡，在軍營中坐立不安。他對身邊的幾個謀士說：「倘若南軍與韃靼形成前後夾擊的形勢，將對我軍構成莫大威脅，這如何是好？」

隨軍來到德州的道衍和尚審時度勢，對燕王說：「依貧僧之見，北邊宜和不宜戰，以免分散兵力，需要有人去穩住那位昆帖木兒才好。」

朱棣琢磨也只有這個辦法，便問：「先生看誰能擔此重任？」

燕王和道衍和尚同時在心裡掃瞄了軍中的將領，不約而同都看中了馬和。燕王已經發現這個賽典赤・詹斯丁家族的後裔，與狗兒等出身一般農家的子弟有很大區別，論其知識、智慧、能力和修養，再也不能只把他當成一介武夫放在沙場上衝殺。燕王召馬和面授機宜，很嚴肅地說：

「此舉關係靖難成敗，你一定要說服昆帖木兒罷兵修好。萬一他不肯就範，也得說服瓦剌部落的頭領猛哥帖木兒，讓他牽制昆帖木兒。」

燕王提筆分別給韃靼的昆帖木兒和瓦剌的猛哥鐵木兒寫了信，措辭柔裡有剛，綿裡藏針，曉以禍福，許以利害，總之一句話不能讓韃靼來此搗亂，阻礙他南下。

戰爭催人長大。馬和不覺已經接近而立之年，他修長的身軀發育得更加偉岸，兩隻寬大結實的肩膀，彷彿能承受住大山的壓力。他那張略具阿拉伯人特徵的臉，打下了十多年風風雨雨磨練的印記，額頭和鼻子比原來更突出了一些，兩隻眼睛便凹了進去，顯得更加深邃，有如兩潭秋水，既明亮又深沉。他的嘴角微微上翹，也突顯出性格的堅毅和不亢不卑的神態。更難得的是，嗓音更加圓潤渾厚，說話像黃鐘大呂，分外洪亮。

這是他頭一次獨立承擔靖邊的重任，肩上的擔子分量不輕。臨別時道衍和尚也主動幫他謀劃，主要叮囑他：「臨危不亂，隨機應變。」袁忠徹還給他卜了一卦，竟是上上大吉，這些都增加了馬和不辱使命的信心。

漠北戈壁地老天荒，坦蕩千里，大漠孤煙，長河落日，有一番很別致的景色。馬和對漠北並不陌生，他在這裡留下了縱橫馳騁的很多記憶。不過，前後兩次的使命有很大不同。前一次只是靠手中的長劍去衝殺，這一次卻要「不戰而屈人之兵」，達到化干戈爲玉帛的目的。他知道這位昆帖木兒崇尙武力，僅靠兩片嘴皮子很難說服他，長期在馬背上過日子的蒙元將領，都瞧不起只會耍嘴皮子的人。

估摸著離昆帖木兒營地還有兩三天的路程，馬和留下了一部分隨從，讓他們帶著一些馬匹、帳篷和旌旗，在遠離駝隊來往大道的荒原上安營紮寨，打出燕軍的旗號，欲藏還露，若隱若顯，布下一支疑兵。他也有意在這裡停留兩天，好讓那些經過此地的駝隊先把燕軍來到漠北的消息，帶到昆帖木兒的營帳裡去。他從容洗去身上的征塵，睡了兩夜好覺，養足精神換上戎裝，這才帶著十幾個護衛上了路。

昆帖木兒的營地，帳篷林立，旌旗招展，戰馬嘶鳴，在廣袤的草原上很是醒目。雖然是蒙元的殘餘力量，瘦死的駱駝還是比馬大多了。馬和與他的十幾個隨從在馬背上挺直了腰桿，穩穩勒馬前行，透露出凜然不可冒犯的氣概。昆帖木兒騎著高大的蒙古馬，帶著幾個貼身近侍，將馬和一行擋在遠離營帳的草場上。他見到燕軍使者也不搭話，從腰間的箭筒裡抽出雕翎，挽弓如滿月，颼颼三箭，不偏不倚，都牢牢釘在百步之外箭靶的紅心上。馬和知道這是一種武力的威懾，想給他來個下馬威。他明白當年的成吉思汗，就是靠一匹黑駿馬和一張射天狼的硬弓縱橫天下的，射箭是蒙元將士的擅長，自己不但不能示弱，還一定要在氣勢上壓倒他們，否則後面的事情就無法進行下去了。他一眼瞥見遠處一根旗桿上高高飄揚的蒙元旗幟，來不及多想，彎弓搭箭，颼地一聲，那面蒙元旗幟被射斷了繩索，嘩啦啦掉在地上。

這一箭太出人意料了。昆帖木兒的人，有的被馬和的箭法驚得張口結舌亂了方寸，有的怒目圓睜拔出了腰間的刀劍，只等昆帖木兒一聲令下就要猛撲過來。馬和的十幾個護衛也都驚出了一身冷汗，射下對手的旗幟，如此公開的蔑視，明目張膽的挑戰，不是故意要激怒昆帖木兒嗎？他們趕緊抽出各自的兵器，有幾個緊緊靠攏馬和，有幾個迅疾靠近昆帖木兒準備擒拿他，迎接一場敵我懸殊的惡戰。

萬沒想到，這一箭卻射出了燕王軍隊的凜凜虎威，震撼了昆帖木兒。那個燕王歷來是蒙元軍隊的剋星，前些年對遼東和漠北的連續征討，無不所向披靡，乃兒不花、咬住，以及哈者舍利，都敗在他手裡。他們都無形中患了「恐燕症」，昆帖木兒心裡很清楚這些往事，也不能不受「恐燕症」的傳染。他惱怒無比，卻沒敢輕舉妄動。他原以為中原的內亂很可能把燕王的兵馬消耗得差不多了，想乘機報仇雪恨，洗刷蒙元軍隊屢戰屢敗的恥辱。馬和的這一箭如此有恃無恐，說明他昨天獲得的情報準確，燕軍確有大隊人馬埋伏在附近。眼前這個人，曾經在戰場上捉拿過觀童，闖進乃兒不花營帳逼著那位蒙元大將乖乖投降，絕非等閒之輩。他在心裡估量了眼下的局面，後邊有伏兵，前邊有驍將，鬧不好會重蹈那些前輩的覆轍……

昆帖木兒正在躊躇，不知這件事該如何進行下去，身後傳出一聲怒喝，一員女將策馬來到馬和的面前。

「大膽明將，竟敢如此放肆，欺我韃靼無人。快放馬過來，同本公主比試三百回合，讓你知道蒙元軍隊的厲害。」那是昆帖木兒的妹妹，一位武藝高強的蒙元公主。

馬和剛才走了一著險棋，心裡也一直在打鼓。他兩眼迅速在蒙元將領的臉上掃過一遍，見他們表情複雜，昆帖木兒態度猶疑，現在這位公主提出的是比武，而不是拼殺，知道自己的頭一步棋走得不錯，擊中了蒙元軍隊的痛處。他示意護衛們各歸原位，從腰間抽出自己的長劍，擺開了迎接挑戰的架勢。

那位公主自幼習武，弓馬嫻熟，劍術也很精湛。她的鴛鴦雙劍使得如同雙龍出水，金蛇狂舞，在漠北很少有人敵得過。兩位對手面對面，公主抬眼看看馬和，不免暗自吃了一驚，沒想到這位箭法高超的燕軍將領還生得這麼標致。她兩眼直直盯著，從馬和的眼睛、鼻子、嘴，到寬肩緊腰，打量個沒完。還是馬和一聲「有請」，使她從心猿意馬中回轉神來。兩個人放馬草原，一個出招如鴛鴦戲水，一個接招如蛟龍出洞，你來我往，各自賣弄自己的劍術。蒙元將士與馬和的護衛也都坐在馬背上，遠遠地圍著觀看。

這位蒙元公主想在馬和面前顯露自己，吸引他對自己的注意，使出了渾身解數。兩把劍一雌一雄上下翻飛，左右盤旋，直逼馬和的身前身後。馬和心裡盤算，這場比試不能贏她，贏了這位公主沒了面子，昆帖木兒也下不了臺，難以形成雙方和解的氛圍。但是，也要讓她知道自己的厲害，不敢小瞧燕軍將領。他一把劍對付兩把劍，公主的兩把劍刺向哪裡，他的劍跟到哪裡，不露任何破綻，滴水都灑不進來。周圍的人只見雙方劍影晃動，有如閃電在空中悠忽，也像月裡嫦娥亂舒廣袖，將兩人兩騎罩住在中間，但見兩團影子晃動，別的什麼也看不清楚。那三把劍，隨著他們的手腕翻轉，虎虎生風。劍鋒迎擊劍鋒，撕金裂帛，尖銳激越。

兩人戰了百十來個回合，那位公主兩頰飛紅，比桃花還艷，額上也沁出汗珠來。馬和瞅住一個空隙，嘎然收劍，兩手抱拳向對手一揖，連聲誇讚道：「公主的劍法眞是名不虛傳，讓人佩服。」

公主聽了這話，滿心歡喜，也連忙收了劍說：「豈敢，豈敢。」她回馬轉身的時候，還面帶笑容向馬和一點頭，感激這位對手善解人意，給了她很大面子。

昆帖木兒也露出了笑臉，邀請馬和進了他的營帳。馬和奉上燕王的信件，昆帖木兒拆開來讀了，臉上一陣紅一陣白，知道這燕王的確不好惹，且對他早有防備，隨即打消了舉兵南犯的念頭。

馬和命隨從搬出從北平帶來的禮物，告訴他這些都是燕王給他的賞賜。昆帖木兒一看，有杭州的絲綢，景德鎮的瓷器，雲南的茶葉，四川的窖酒，還有送給王妃和公主的金銀首飾、織錦衣裙。王妃和公主收下了燕王送給她們的禮物，拿起織錦衣裙、金銀首飾，便試穿試戴，掩飾不住內心的喜悅。

昆帖木兒十分感動地說：「燕王如此仁德，本王盼著他能夠一統山河，今後永熄邊境烽火，共用太平之福。」

馬和回答：「這也是燕王的意思，刀兵之災，於國不祥，於民不幸，何必知其不可而爲之呢？」

昆帖木兒在草原上擺開了規模盛大的晚宴，用蒙古部落最隆重的禮節款待馬和。草原上架起熊熊篝火，一隻隻烤全羊在火焰中翻滾。奶茶也在篝火中煮得滾燙，香氣四溢。昆帖木兒親自挑選了一隻最肥的羊，拿刀割下一條裡脊肉，送到馬和的盤子裡，表示對他的尊重。公主起身端起滿滿一碗酒，來到馬和面前，唱起了勸酒歌。按照蒙古人的禮俗，女主人的歌聲不停，客人這酒就得一碗接一碗喝下去。馬和本來是不飲酒的，想到此行關係燕王靖難的成敗，只得破了例。他接連十幾碗，公主的歌聲還沒有打住的意思，他還算是有點酒量的，卻難以招架這位韃靼公主奔放的熱情。

草原的夜，天籟無聲，格外靜謐。馬和雖然酒喝得多了一些，還是保持了高度的警惕。他在帳篷裡和衣而睡，隨身的佩劍也擱在枕邊。他剛閉上眼睛，突然感覺到帳篷的門簾動了一下，立刻翻身躍起。借著從窗口透進來的月光一看，讓他吃了一驚，原來是公主邁著輕盈的腳步走了進來。她手無寸鐵，端來的是一杯香氣撲鼻的奶茶，一聲「將軍請用茶」，充滿了柔情，全然沒了白天比武時的那種巾幗豪氣。

馬和點燃一支蠟燭，接過奶茶，連忙讓座。公主說：「白天比武，將軍劍術實際強我好多倍，卻一再相讓，眞是愧殺我了。」

馬和連忙說：「哪裡，哪裡，公主的武藝的確不讓鬚眉，馬某確是衷心佩服。」

公主此來並非爲了深夜談兵論劍，而是想對馬和表達自己的一片愛慕之情。她畢竟具有蒙古人的直爽，立刻順著馬和的話說：「如果將軍眞的看得起我，那我就隨將軍去中原，我的父母都去世了，隻身一人，正好侍候將軍……」

馬和一聽這話嚇了一跳，兩手急得亂搖，連忙攔住她的話頭說：「公主金枝玉葉，馬和哪有這麼大的福氣！」他羞於在公主面前說出自己的隱情，忽然想起了那個沈淙姊姊，順嘴撒了一個彌天大謊，告訴這位多情的公主：「再說，馬某在家已經有了妻室……」

公主卻不以爲然，仍然十分固執地說：「大明的藍玉將軍妻妾成群，還在這裡娶走了已故元主的妃子哩。」這話很明白，她傾情於他，連名分都可以不計較。

馬和急得大聲咳嗽，這是他與隨從約定的暗號，幾個護衛應聲進來，忙問：「將軍有何吩咐？」

馬和說：「我與公主正在切磋劍術，快些奉茶，要西湖龍井。」

公主見人多嘴雜，不好再說什麼，品嘗了一杯西湖龍井，便怏怏走出了馬和的帳篷。

第二天一大早，馬和就去辭行。昆帖木兒讓人趕來一大群牛羊，那是送給燕王的禮物。他還騎著馬送燕軍的使者走出老遠，臨別時請馬和轉告燕王：「若需我們韃靼充當後援，派人來打個招呼就是。」

馬和在馬上一揖：「燕王的意思，主要還是兩家修好，永罷刀兵。」

馬和沒有想到的是，那位公主也在另一個路口等候他。公主見了馬和，臉上立刻陽光燦爛，分外嬌嬈。她抽出鴛鴦劍中的那把雄劍遞給馬和，柔聲地說：「將軍此去，不知何時還能見面，這把劍請留作紀念吧。」

馬和連忙說：「這劍是公主的防身之物，我怎麼好接受呀！」他再三推託，堅辭不受，公主一急臉也漲紅了，杏眼也瞪圓了，無比嬌艷的嘴角噘了起來。馬和一看這陣勢，只得接過劍來，卻無可奈何地說：「我身無長物，拿什麼給公主作交換呢？」

公主露出一臉笑容，從背後抽出一支箭來說：「將軍這支箭，就是最好的紀念。」那是馬和射落蒙元軍旗的那支箭，不知何時被這位癡情的公主珍藏在自己的箭囊裡。馬和見了很受感動，在馬上深深一揖，拜別了公主。

後來，這位公主極力慫恿她的王兄忠心歸順燕王，幫助燕軍在靖難之役中做點事情。昆帖木兒也曾經出兵遼東，有意牽制建文帝的兵力。燕王成了永樂皇帝以後，他也一直主張與大明朝廷修好，不肯興兵犯邊。這些友好的表示，都包含了那位公主的一片癡情。

六、千里奇襲南京城

馬和離開昆帖木兒的領地，趕緊派了兩名隨從繞道去給瓦剌部落的首領傳遞信件，留下幾個人趕著那群牛羊緩緩而行。他自己在馬屁股上加了一鞭，將漠北荒原甩在馬蹄後面，急急回來向燕王復命。

燕王聽了，高興得仰天長嘯：「從此可以一心向南了。」馬和帶回的大批牛羊，正好用來犒勞輾轉戰鬥疲於奔命的將士。燕王誇獎馬和道：「你這幾年歷練得越來越有出息了，用些絲綢、瓷器換來了振奮軍隊士氣的急需物資。」的確，在戰爭時期，牛羊遠比絲綢、瓷器寶貴，一頓好的飯食常常可以換來一場惡仗的勝利，乃至整個戰爭局勢的轉變。

但是，燕軍南下卻仍然很不順利。燕王在打敗李景隆的五十萬人馬以後，本想從山東長驅直下，一路攻城掠地，步步逼向南京。沒想到，他碰到了一個強硬的對手，那就是據守濟南的鐵鉉。燕軍出河北，到德州，這一路還算順利，每攻必克。在圍攻濟南時，卻屢屢受挫。燕軍先是強行登城，鐵鉉放火燒了他們的登城器具，很多將士從雲梯上掉下來，摔死摔傷在護城河裡。燕王接著使出狠招，堵塞河道，企圖用水灌城。這時，鐵鉉故意裝出十分害怕的樣子，派人出來詐降，引誘燕王進入濟南城裡。朱棣求勝心切，不知敵人用的是計，兩耳灌滿「千歲，千千歲」的歡呼，昏昏然跨上馬就要入城。就在他進了城門的那一瞬間，一塊鐵板從城門樓上猛砸下來，剛好砸在他的馬頭上。幸虧久經征戰的燕王反應還算敏捷，趕緊換了身邊近侍的一匹馬，拼命往回跑。也虧得燕王命大，埋伏在吊橋邊的南軍慌亂間沒有能夠將吊橋及時拉起來，燕王及其隨從迅速衝過吊橋。真是好險，燕王返回營地之後，心還蹦蹦的老高。隨即雙方在東昌(今聊城)展開激戰，燕軍又遭受了出兵以來最慘重的失敗。他倚爲左右手的虎將張信，戰死在東昌，燕王傷心得捶胸大哭，差點沒暈過去。

用兵之道，貴在因時因地因勢而變。朱棣見付出如此慘重的代價，山東的城池還是久攻不下，便改道河南，去那裡攻城掠地。條條大路通南京，改個方向進皇宮。然而，到了河南的彰德(今安陽)，又碰了一個軟釘子。當時燕王見彰德硬攻拿不下來，便寫信勸彰德都督張清歸順。

張清回信話很客氣，態度卻很堅決：「燕王殿下如果是在京師，憑一張二指寬的條字，我不敢不聽。現在，我可不敢啊……」

朱棣奈何他不得，只得改攻林縣，好在林縣守將給了他面子，舉城投降。但他還沒有來得及高興，守衛北平的朱高熾卻又來信告急。朝廷派出兩路人馬正進犯北平，那裡的情況十分危急。朱棣一看這次率部進犯北平的一個是平安，一個是房昭，分別從山東和山西兩路來夾擊，憂心忡忡。

道衍和尚悄聲對他說：「北平是燕軍的根基，保住了根基總會有枝繁葉茂的時候。」

燕王聽罷點頭，咬著牙說：「留得青山在，不怕沒柴燒。」

朱棣回師，進犯北平的南軍猝不及防，平安和房昭的兩路人馬很快都被打垮了，燕王的心裡卻仍然悶悶不樂。燕王的愛妻徐妃危機時剛毅果敢替他分憂，平常時候溫柔賢慧相夫教子，一直很受丈夫的尊重。現在可不行，丈夫動輒就發脾氣，弄得家裡的氣氛都很緊張。燕王妃作為明朝開國大將徐達的女兒，個性也很強，此時卻一句重話都不敢對丈夫說，只能倍加溫存體貼。也難怪燕王心緒不好，從起兵靖難以來，已經快兩年的時間了，他經歷了很多艱辛，折損了不少將士，結果還是回到了原來的出發點。他的謀士們也都替他著急，紛紛在絞盡腦汁出主意。

這一天，馬和去馬婆婆家裡，幫她買了糧食和柴火，還在那裡吃了晚飯。他從馬婆婆家回燕王府，一路信步走著，發現有幾個人東張西望，正在打聽燕王府的所在。他走近仔細一看，竟然發現了其中的蘇天保。

蘇天保也很快認出馬和，一把抱住他哭了起來：「馬和兄，總算找到你們了。」

馬和也驚奇地問：「你這是怎麼了，成了這副模樣？」

蘇天保拉住他細說根由，原來他們都是從宮裡逃出來的，特地到北平投奔燕王。

馬和急忙問：「高公公呢，他現在怎樣了？」

蘇天保又哭了起來，說：「高公公只因有天說話不慎流露出羨慕燕王待宦官寬厚的言詞，被皇帝知道了，大發雷霆。有人又乘機告發高公公向燕王通報消息的事，皇帝怒不可遏，就立刻下令將他處死了。」

馬和想起了高公公對自己的種種好處，大恩未報斯人卻已長逝，也傷心地哭了。他將蘇天保等人領進燕王府，詳細詢問了宮裡的近況。蘇天保說：「高公公臨死前，讓我們來北平告訴燕王，朝廷將重兵都調到外邊來了，南京城裡非常空虛，勸燕王火速直取南京。」

高公公臨終前的這幾句話，如陰霾漫天時的一道閃電，在黑暗中撕開了一道口子，讓馬和看到了跳躍的火花。他不顧天時已晚，趕緊領著蘇天保連夜去見燕王。馬和闖入寢宮的時候，兩個宮女正在侍候朱棣洗腳。燕王這些日子一直在為今後這仗該怎麼打，寢室難安，人都憔悴了不少。聽人通報馬和有要事求見，立刻推開宮女，趿拉著鞋就跑出來了。蘇天保重新向燕王敘述了從宮裡逃出來的過程，燕王對高公公的遭遇也唏噓不已。高公公「京城空虛」、「火速直取南京」這些話，更引起了他的高度重視。他伸出右手，不斷捋著下顎上那把濃黑鬍鬚，反覆沉吟這兩句話。有人曾經說過他的這部鬍鬚貴不可言，預言到他四十歲的時候，這部鬍鬚長到齊腰長了，極富極貴就會得到應驗。時光似閃電，歲月如流水，他眼看就要進入不惑之年了。

馬和在他耳旁輕輕說了一句：「如此看來與其攻城掠地費時費力，不如繞城而過直下南京。」

燕王眼睛猛地一亮，黑暗中也有一道閃電從眼前劃過。他忙命馬和趕緊找道衍前來商量軍機大事，同時著實安慰了蘇天保一番，讓人好好侍候從宮裡逃出的這些人安歇。

道衍和尚此時也在床鋪上輾轉反側，馬和一叩門，便披著衣服趿拉著鞋子趕來了。

燕王向他扼要介紹了從南京宮裡傳來的消息，隨即問他：「先生有何高見？」

道衍自從回到北平，也一直在回顧和思考前些時間的勝負得失，想擺脫山重水複的困惑，走出柳暗花明的道路。燕王這些年，一直遵循歷代兵家慣常的用兵之道，先攻城掠地，最大限度擴大勢力範圍，消滅對手的有生力量，到拿下京城之日，已經是全面獲勝之時。可是，歷代兵家的這條成功道路，燕軍卻處處受阻怎麼也走不通。從南京宮裡帶出來的消息，也給了道衍和尚很大的啓發，立刻回答：「看來拿下南京也許比拿下濟南容易。」他馬上聯想到彰德張淸所說的話，繼續說道：「我一直在琢磨，張淸那話其實說出了南軍衆多將領的心思，他們在王爺與皇上之間，並無特別的偏向，誰當皇帝都是朱家自己的事情，朱家的人誰坐上了南京宮廷的那把龍椅，他們就會聽誰的。」

燕王說：「我也曾經這麼想過，只是不知南京的虛實，一直在猶豫不決。」

道衍說：「宮裡來的消息太及時了，那幾個宦官功不可沒。」

燕王府裡計時的更香，快要燃燒到盡頭了，報曉的公鷄都開始放開歌喉。這時，袁忠徹和金忠也叩門求見，看來他們也是多少日子夜不成眠了。

燕王臉上露出了多日不見的笑容，主動打招呼：「兩位先生天不明就登門，必然有了打破眼前僵局的高見。」

袁忠徹與金忠遞上一張紙，上邊寫著一行字：「得南京者得天下」。

燕王縱聲大笑說：「眞是英雄所見略同。」他向兩位謀士述說了蘇天保從南京帶來的消息，他兩人都抱著拳仰天感歎：「天助殿下也！」

朱棣從座椅上站立起來，很決斷地說：「這次出兵直奔南京，臨江決戰，絕不再有猶疑。」

大家告辭的時候，燕王留下馬和，再三囑付道：「到了南京，一定要去高公公的墳上好好祭掃一番，代我燒一份紙錢，感謝他傾心襄助靖難之役。」

馬和問：「從宮裡來的幾個人怎麼安排？」

燕王說：「蘇天保留在我的身邊，其他人都留在王府聽用，不能虧待他們。」

朝廷派駐河北、山東、河南的守軍，利用燕軍返回北平的空隙，大興土木堅固城池，準備迎擊燕軍的再次進犯。建文帝在耿炳文和李景隆遭受慘敗的時候，眼看數十萬大軍土崩瓦解，曾經憂心如焚。他幾次找燕王求和，請求罷兵，都遭到拒絕，當時如熱鍋上的螞蟻，坐臥不安。現在眼看濟南、東昌、彰德等地，都讓燕軍栽了跟頭，趾高氣揚的朱棣不得不縮回北平，使他對自己的實力有了一定把握，心情稍安。這些日子他也有心思同大學士方孝儒一起研究改革朝政，推行一套旨在復古的制度，朝廷的官職都改了頭銜，南京的城門也改了名稱，連周朝時候的井田制都被搬出來了。

就在南京城裡復古改制日益熱鬧的時候，燕王繞開德州、濟南這些朝廷重兵把守的城市，帶領自己的隊伍間道而行，長驅南下，一直到達徐州附近，南軍都還沒有察覺。燕王在那裡打了幾仗，南軍猝不及防，待到朝廷醒悟過來，趕忙調兵遣將進行堵截。燕軍又突然迂迴到了安徽，神出鬼沒地在那裡與尾追的南軍周旋。

馬和緊隨燕王從徐州進入安徽境內，回到了碭山附近。他向燕王提出，要去碭山看看傅友德將軍的墓地，燕王對他不忘舊主的耿耿忠心非常讚賞，讓他快去快回。馬和在碭山祭掃了傅友德墓，雇了當地人將荒草萋萋的墓地修葺一新，並拜託他們長期照應。然後來到行將傾頹的老屋，睹物思人，想到他那可憐的姊姊，此刻不知流落在什麼地方，不禁黯然傷神，眼裡滾出了大滴的淚珠。

七、三年一覺揚州夢

燕軍隨即在淝河與南軍展開激戰，斬敵數千，獲得了不小的勝利。接著在靈璧又打了一場大勝仗，活捉了南軍大將平安，燕軍士氣爲之大振。他們很快由安徽進入江蘇，到達泗州。泗州的守將占了一卦，心裡默默念誦：「是降還是守，請諸位過往神靈幫助末將下個決斷，陰卦堅守，陽卦降燕……」他閉著眼睛打卦，結果得的是陽卦，立刻打開城門投降。泗州是朱棣祖上的老家，朱元璋的父親由這裡遷居濠州（即鳳陽），朱棣特地來到老家所在的那個村莊，重整衣冠，焚香秉燭，祭掃祖墳，請求列祖列宗體諒他興兵靖難的一番苦衷。他在這裡似乎獲得了一種新的信念，馬不停蹄，乘勝南下，很快就到達揚州，耀兵於長江之上。放眼江北，南京的紫金山已經遙遙在望了。

揚州是燕王沒有用兵就拿下來的。揚州衛指揮王禮聽說燕軍一路南下，所向無敵，自知不是對手，便秘密逮捕了主戰的守軍將領，開門納降。這個長江北岸的重鎮，是進入南京的咽喉要地，能夠不戰而降，燕王喜出望外。他在衆多戰將和謀士的簇擁下，來到長江岸邊，察看燕軍渡江的準備。

六月的揚州，綠樹蔥蘢，繁花似錦。萬里長江滔滔西來，浩浩東去，氣勢分外磅礴。此時江面上風帆高張，戰船密布，佔據了好大一片江面。燕王的一雙眼睛越過滾滾江水，南岸的村廓和遠山，盡收眼底。他看到南京已在自己的掌握中，心中感慨萬千，對聚集在身邊的這些功臣，還有在征戰中倒下去的將士，懷著很深的感激之情。他從道衍和尚起頭，一一數著身邊每個人的重大建樹，對隨侍的秉筆待從說：「諸位將領隨本王出生入死這些年，能有今天實屬不易，每個人的功勞都要記錄清楚，進了南京立刻論功行賞。」

燕王的眼睛很快落到馬和身上，忽然想起了什麼，看了看道衍和尚，又招手將狗兒叫到身邊，附耳低言，「如此，如此」。狗兒笑著看了馬和一眼，馬和不知他們在嘀咕什麼，卻作聲不得。

這天吃罷晚飯，狗兒找到馬和，很神秘地說：「燕王要我帶你去一個地方。」

馬和忙問：「是什麼地方，這麼神神秘秘的。」

狗兒眨著眼睛賣關子：「那可是個好去處，到了那裡你就明白了。」

馬和滿腹狐疑，緊緊跟隨狗兒，邁步在揚州城裡。那時的揚州城雖然已經很繁華，卻是小巧玲瓏，規模並不算大。當年馬和跟隨他的姊姊沈涼在這裡住過一些日子，對這裡的街道還不陌生。只是物是人非，令他不敢多想。

他們進入瘦西湖，來到二十四橋附近，在一幢曲徑通幽的房屋面前停了下來。馬和抬頭觀看，這幢房子外邊有高高的粉白圍牆，朱漆院門緊閉，只露出院內幾株大樹和綠竹的枝葉，還有黑色瓦片的屋頂。院內有清悠婉轉的簫聲傳出，曾經有詩讚美這裡的幽雅意境：「二十四橋明月夜，玉人何處學吹簫」。馬和駐足傾聽那簫聲，是《蘇武牧羊》的曲子，有淒涼，有哀怨，有思戀，有期盼……斷腸之音，催人淚下。

狗兒直奔院門，舉起拳頭，將兩扇朱漆大門擂得山響。馬和兀自站在那裡，沉醉在簫聲中。簫聲卻戛然停了，不一會兒，兩扇大門輕輕打開，門外的人和門裡的人一下都怔住了。馬和大喊一聲「姊姊」，猛地撲了過去。狗兒長長歎了一口氣，趕緊告辭，他告訴馬和：「燕王爺說，他三年前欠下你的這筆債，今天總算如願償還了。」

「這莫不是在做夢麼？」沈淙緊閉眼睛依偎在馬和的胸前，喃喃地說。

「這的確是一場夢，我們都在夢境中。」馬和也閉上了眼睛，嘴裡喃喃著。他們當年在那樣一種情況下分別，三年的時間，一直處在戰亂中，到處兵荒馬亂，兩人都以爲此生再也無緣相見了。彼此都把思念之情強壓到心底，不敢輕易翻開這傷心的一頁。今天意外重逢，都無法控制情感的閘門，一任淚水長流。眼淚是人類表達複雜感情的一種寶貴液體，悲也是淚，喜也是淚，相別是淚，相逢也是淚……兩人久久相擁在一起，朦朧淚眼對著朦朧淚眼，彷彿眞的都在夢境裡。三年的時光，好長一個夢。

庭院裡晚風吹拂，竹葉簌簌，月光清冷，樹影婆娑。無比激動的情緒終於稍稍平靜下來，他們相依著走進屋裡。馬和迫不及待地說：

「姊姊，妳當年爲何不辭而別，這三年的日子是怎麼熬過來的，妳讓我找得好苦，想妳想得好苦。」

沈涼娓娓道來，聲音哽咽。原來三年前袁忠徹來到碭山替燕王求賢的時候，眼看只要有沈涼在，馬和就絕不會離開碭山。他便趁馬和不在的時候，同沈涼作了一次長談，講了燕王求賢若渴的迫切心情，講了馬和的才智埋沒在深山野嶺中有多麼可惜，把話說得很絕：「馬和一生的前程就握在你這位姊姊手裡，現在只能由你來決斷了。」沈涼本來深明大義，當時什麼都沒有多想，就對袁忠徹說：「請你們放心，我會讓他跟你們走的。」袁忠徹進而說道：「馬和是個很重情義的人，一定要斬斷他的情絲，不能讓他心掛兩頭。」沈涼便流著淚寫了那封信，毅然隻身走進茫茫人海，決心孑然一身支撐今後的日子。

她離開碭山以後，孤身一人在安徽走了好多地方，卻找不到一個落腳地。輾轉來到江蘇的徐州，迫於生計，找到當地一個草台班子，想重操舊業，登臺獻藝，求得溫飽。不想那個班主欺她是個獨身女子，又羨慕她的姿色，還做過將軍夫人，逼著她給他當小老婆。一天夜晚，她偷偷離開那個班子，回到揚州老家，去投靠一位叔伯兄長。那位兄長是個沿街叫賣的小販，日子過的很艱難，加上嫂嫂又不賢慧，處境十分尷尬。開始見她有些金銀首飾，那位嫂子還能笑臉相待，等到她爲貼補家用把那些金銀首飾送進當鋪裡，對待她的態度，就鼻子不是鼻子，臉不是臉了。

就在燕軍長驅南下之際，沈涼已經到了走投無路的地步。她閱盡人間冷暖，世態炎涼，一咬牙去了大雲寺，找到那位住持長老，求他引薦一家可以託付終身的尼姑庵，她要削髮爲尼，了卻紅塵。事有湊巧，這位住持長老恰好同道衍和尚是師兄弟，受過道衍的囑託，也在四處打聽沈涼的消息，不曾想她自己送上門來。長老送了沈涼一些銀子，讓她耐心等候他的消息，卻讓一個小徒弟帶信給道衍，道衍報告燕王，燕王便託大雲寺長老作了這樣的安排。只是當時那位長老說得含含糊糊，只說將她暫時安頓在這裡，今後再作打算。也是她倆天緣未盡，命裡注定還要走到一起來。

馬和在燈下仔細打量姊姊，只見她雲鬢依然烏亮，牙齒依然那麼潔白，臉色依然那麼滋潤……天生麗質，依然是那麼楚楚動人。她經歷了這麼多的風霜歲月，經受了那麼多顛沛流離之苦，只有修眉之下的兩汪秋水，隱約增添了幾分憂鬱，卻也增添了無比的嫵媚，具有了女人的成熟美。沈涼見到馬和的頭一個印象，就是身子更加高大魁偉了，她踮起腳尖捧住馬和的臉，仔細審視著。這張生得非常好看的臉，經歷了戰場風雨的洗刷，如重新斧削過一般，褪盡了原有的稚氣，多出了幾分堅毅與沉著。尤其是那兩隻眼睛，目光銳利，而又深不可測。她的這個弟弟已經成了一個威風凜凜的將軍。

馬和提起那封訣別信，幾乎一字不漏背了出來。他也情不自禁抱住沈涼，深情地說：

「往後再也不許說那種決絕的話，就是天坼了，地裂了，我也不會離開妳。」

沈涼聽了，將身子緊緊貼在馬和的胸前，感覺到自己靠住了一座山，嘴角上又有了許久未曾有過的笑容。

沈涼牽著馬和的手，屋裡屋外看了大雲寺長老替她租住的這幢房子，小巧玲瓏，十分清雅。馬和不由雙手合十感激佛爺的庇佑，十分感慨地說：

「大雲寺到底是誕生過鑒眞高僧的地方，佛光普照四方，佛恩都施及到了我們這兩個芸芸眾生的頭上。」

沈涼說：「我們可得知恩圖報，長老給我的銀子也得加倍還他才好。」

第二天，他們一早來到大雲寺，拜了佛祖，謝了長老，掏出銀子還長老。長老卻笑呵呵地拒絕道：「我可不能無功受祿，那些銀子其實都是燕王花的，那一切都是燕王安排的。」

他們這才徹底弄明白了個中原委，將那銀子捐給廟裡做了功德錢，走出寺門，一路都在感念燕王。沈涼說：

「燕王眞是個好人，他戰事那麼緊張，天天出生入死，還關照到我們的事情。」

馬和頓時感到有一股激流在胸間湧動，他要去爲燕王赴湯蹈火，即使粉身碎骨，也萬死不辭。

滾滾長江東逝水，浪濤洶湧，捲走了一代風流人物，又擁來了另一代風流人物。寬闊的江面上桅檣林立，旌旗蔽天，金鼓齊鳴。燕王和他的文武要員雄立江邊，正在舉行拜祭江神的典禮。銀盔銀甲，龍行虎步，把酒臨江，朗聲祝禱：

「棣自舉義以來，天地眷佑，江河鼎力，皇考有靈，將士同心一德，始有今日。今艨艟齊發，金陵克復，肅清奸党，匡正綱紀，重振大明，功追漢唐，雄踞萬邦，山河永固。維天維大，惟堯是訓，周公吐脯，謹慎戒懼。耿耿此心，日月可鑒，敬甚至哉，伏維尚饗。」

燕王剛剛祭罷江神，忽然頭頂上的雲層撕開一道裂縫，露出一片朗朗藍天，金色霞光灑滿江中。道衍和尚雙手合十連聲說道：「好兆頭，好兆頭。」岸上、水上的將士，目睹上蒼顯示的吉兆，也歡聲雷動。

燕王縱身登舟，萬船競發，南軍水師審時度勢已經降了燕王，幾乎沒有遇到什麼阻擋，燕軍的船隊很快就到達南岸的浦口。馬和騎著一匹快馬緊隨燕王身後，迅速向南京城躍進。南京畢竟是建文帝盤踞的地方，近日他還發出了勤王詔書，呼籲天下：「燕兵勢將犯闕，中外臣民，坐視余之困而不余救乎！」因此，燕王對攻打南京高度重視，不肯掉以輕心，務求必克。他根據探馬獲得的情況，選擇金川門為突破口，將精銳之師調集到這裡。沒想到守衛金川門的是他的弟弟谷王和李景隆，他兩人不戰自降，大開城門，恭請燕王入城。

就在這時皇宮起了火，烈焰騰空而起。這把火是建文皇帝命人放的。燕軍逼近南京，他詔告各地迅速出動勤王之師，儘快趕到京師救駕，卻如石沉大海，一點動靜也沒有。朱允炆明白大勢已去，他以建文為年號的王朝樹倒猢猻散了，只好用這一把火來結束自己的時代。

馬和與燕王趕到那裡，皇宮的許多地方都成了一片瓦礫，火勢卻還在蔓延。燕軍趕緊組織滅火，清理現場。馬和想到此刻最要緊的，是找到建文帝，活要見人，死要見屍。他翻身下馬，帶人四處找尋，火堆裡的屍體都燒焦了，黑糊糊的，無法辨認。在宮裡四處搜尋，也沒有看到建文帝的影子。他撞見幾個從雲南來的宮女，她們發現燕軍中的這位同鄉，如同遇到了救命的菩薩，圍著他哭了起來。馬和趕忙向他們打聽皇帝的下落，她們也都處在一片慌亂中，不很清楚。有的說看見他同皇后一起跳進火裡去了，有的說見有人攙著皇帝從後門走了，衆說紛紜莫衷一是，不知該聽誰的好。

馬和靈機一動，讓她們附耳過來，叫她們衆口一詞，都證實皇帝跳進火裡自盡了。他帶著一個叫金花的宮女去指認建文帝的屍體，那個金花心領神會，當著衆多燕軍將士和圍觀者的面，選定了一具已經焦糊得男女不辨的屍體，大聲說：「這就是建文皇帝的龍體。」

其他幾個雲南姑娘過來，也一口咬定：「沒錯，這就是建文皇帝。」

馬和當衆大聲宣告：「建文皇帝已經跳入火中自盡了。」

燕軍將士也跟著高呼：「建文皇帝被燒死了，建文皇帝被燒死了。」

燕王明白了馬和的用意，非常滿意地點了點頭，立即命人以天子之禮好生安葬那具屍體。他面對大火之後餘煙未盡的宮室廢墟，掉下了幾滴眼淚。他感到自己也像在做夢一般，三年的時日，彈指一揮間，卻恍如隔世。

第五章 永樂皇帝之夢

一、大覺寺裡求大覺

建文皇帝的死訊不脛而走，很快便天下皆知。燕王原來要避免篡逆的罪名，一直以「周公輔成王」自命，打的是「肅奸黨，清君側」旗號。現在「君」已化為灰燼，朝中不可一日無主，燕王便在群臣的擁戴下，祭過太廟，正式登基，成了新皇帝。有人建議改元永清，他將「清」字改成「樂」字，人稱永樂皇帝。中國歷史上用年號稱皇帝，大概就是從他開始的。登基的第一天，這位新皇帝就命宮裡的畫師摹仿唐代畫師顏師古的《王會圖》，重新畫了一幅，掛在他的寢宮裡。這幅圖畫，描繪的是唐太宗在長安接見諸多番邦國王和使者的盛大場面。漢武帝著手開拓的絲綢之路，到唐太宗的時候，達到了鼎盛時期，出現了中國歷史上少有的「萬邦來朝」的繁榮景象。燕王在就寢以前，總是久久凝視畫中文采風流的唐太宗被遠方諸國國王和使臣環繞的盛況，心潮難平。在歷代的帝王中，明成祖最佩服的就是漢武帝和唐太宗。漢唐盛世四海升平、萬邦賓服的局面，也是他心裡無比嚮往的。不過在漢武帝與唐太宗兩人中，他從感情上比較傾向唐太宗。這也許是因為他們兩人有一塊共同的心病，都是「以庶奪嫡」，同病容易相親吧。唐太宗有長安的玄武門之變，從自己哥哥手裡奪得了龍椅。他在南京有金川門之役，從自己侄子搶得了寶座。因此，朱棣也期望自己在位的時候，能像唐太宗那樣成為萬國仰慕的英主，以大瑜而掩微瑕。

醒時有所思，睡時有所夢。這天晚上，朱棣在龍床上躺下不久，剛迷迷糊糊閉上眼睛，唐太宗就出現在他的夢裡。那夢卻是奇怪，他遠遠看見唐太宗攜著一個和尚的手朝著西邊的方向往前走。他在後面跟著，呼喚唐太宗等等他，唐太宗卻頭也不回。他獨自在懸崖絕壁中攀緣了許久，正累得氣喘噓噓，突然發現腳下是一片汪洋大海。這時那個和尚撐著一條船來救他，等他縱身跳到船上時，卻發現那人不是和尚，而是自己身邊的馬和。他正在奇怪那和尚爲何變成了馬和，侍寢的愛妃王氏見他驚出一身大汗，知他被夢魘纏著，輕輕將他推醒了。

第二天，朱棣在宮中大宴群臣，犒勞靖難中功勳卓著的人員。他開懷暢飲的時候，回頭看見馬和站立在他的身後，立刻想起了昨天夜裡的夢，接著也想起三年前齊泰的那一杯毒酒，北京大興鄭村壩一戰的場面，還有南京皇宮的那場大火，這些都是依靠馬和的勇敢和智慧扭轉了危局，有了今天的大場面。他感歎馬和跟隨他幾年，屢建奇功，實在難得。立刻命人拿來文房四寶，懸腕運筆，寫了一個斗大的「鄭」字，賜給馬和爲姓。皇帝當著文武百官的面賜姓，這是何等榮耀的事情，在場的人無不羨慕。馬和屈了雙膝跪接，馬和從此成了鄭和。永樂帝還當場宣佈，敕封鄭和爲內官監太監，身居後宮各監之首。

宴罷，鄭和特地去向聖上謝恩，朱棣笑著向他講了自己夢裡的遭際，鄭和聽得莫名其妙，唯唯而退。

隔了一天，鄭和約狗兒、貓兒和蘇天保幾個去祭掃高公公的墳墓。這是朱棣在當燕王時就交代過的，同時也是他們幾個的心願。在鄭和受到封賜以後，狗兒、貓兒也御賜姓白，還賜了名，不過大家叫狗兒、貓兒叫順嘴了，還是照叫不誤。這兩兄弟也都在後宮的十二監裡有了名位，那個蘇天保同樣深得新天子的倚重。他們都想到自己能有今天的出頭之日，離不開高公公生前對他們的呵護，知恩必須圖報，可是斯人已逝，現在只能去墓前多磕幾個頭了。

鄭和一路上同他們談起聖上給他講的那個夢，幾天時間都沒琢磨透是什麼意思。這幾個生死與共的朋友聽了，都爭著替他「析夢」。蘇天保在朱元璋的宮廷裡待過，因爲皇帝是和尚出身，宮廷裡信佛的風氣非常濃厚，他進宮不久就受了菩薩戒。他對鄭和說：「高公公過去就勸你進入佛門，現在皇帝都夢見你當和尚了，這分明是趕緊叫你去剃度受戒。」

狗兒、貓兒這幾年在戰場上衝衝殺殺，信佛的心思慢慢淡了下來。狗兒提醒鄭和道：「當今皇上最相信的可是眞武帝，一直說是眞武帝讓他取的天下，這中間可沒有和尚的什麼事兒，因此夢裡那個和尚並不理他，救他的那個人不是也由和尚變成了你？」

貓兒也說：「虔誠向佛，也不見得都要出家當和尚，寺廟裡的香火錢，不是還得靠衆多善男信女來供奉嗎？」

蘇天保見說不過這兩兄弟，對鄭和說：「你抽空去見洪福寺的長老，請他解析一下這個夢，看看究竟誰說得對。」

狗兒、貓兒不服：「那還用說，和尚當然會替和尚說話。」

閹官在洪武和建文兩個時代本來一文不值，高公公又是以犯上和通敵的罪名被朱允炆處死的，那時埋葬他與埋葬一條狗幾乎沒什麼差別，抬到荒郊野外草草了事。蘇天保當時特地暗中留了一個記號，在荒草叢中帶著鄭和與狗兒、貓兒轉了好久，好不容易才找到掩埋高公公的地方。僅一年多的時間，墳頭上就長出一人多高的蒿萊，一幅淒涼落寞的景象。他們請來民伕，花了幾天時間，重新修葺了墳墓，高高地立了一塊碑。那天在祭拜高公公的時候，鄭和雙膝久久跪在墓前新安放的拜石上，還從自己胸前掏出了那件青銅器，默默撫摩那兩個套在絞索裡的殉難者。他想起了世人常說的一句話，「一將成功萬骨枯」，他們幾個「刑餘之人」，能在奇恥大辱中活到今天這個份上，不也是眾多枯骨堆砌起來的嗎？這其中就有高公公，有馬忠，有傅友德將軍……

鄭和遵旨辦完高公公的事，又與狗兒、貓兒約了個時間，來到鍾山腳下的洪福寺。時隔幾年，洪福寺一切依然，佛門之內眾多佛家弟子還在重複誦念著昔日的經文，佛門外的樹木仍然像過去那樣蒼翠，連他們熟悉的那兩扇山門也還是那樣朱漆斐然，一切都恍如昨日。但是，鄭和他們的命運卻有了很大的改變，這叫作今非昔比，連寺裡的長老和眾僧都對他們刮目相看了。他們首先是答謝洪福寺的活命之恩，在大雄寶殿的功德箱裡，重重捐了一筆銀子。然後同寺裡的眾僧見面，鄭和這才向那位長老講述了新天子登基的當夜所作的那個夢，請長老幫助解析聖上的那個夢境。他說：「聖上的夢裡涉及到了我，不知道究竟是什麼意思。」

長老聽到是新天子的夢，一聲「阿彌陀佛」，立刻緊閉著雙眼，兩手慢慢撚動垂掛在胸前的念珠，認眞推算起來。靜默良久，長老突然睜開雙眼，兩撇長壽眉在他的額頭上猛然跳動了幾下，朗聲說道：「唐太宗身邊那個和尙，就是當年去西天取經的唐三藏，他們在指引當今的萬歲爺走向通往西方的路。」

鄭和聽了頻頻點頭，鶴髮童顏的長老，臉上露出親切的笑容，對他說：「你若及早成爲佛門受戒弟子，將來必定是那個替本朝天子走向西天的唐三藏。」

長老的話，讓鄭和有所心動，其實在他心裡一直銘記著佛門的恩典，也打心眼裡喜歡佛家的經典，佛心即是善心。然而，要正式受戒出家，他卻仍然心存猶豫。過去高公公勸過他，道衍也再三在引渡他，他一直沒有下定這個決心。這不爲別的，就爲祖祖輩輩都信奉伊斯蘭教，他從小就是穆斯林。即使這些年顚沛流離，在征戰中出生入死，他每天都不敢忘記對眞主的祈禱。他拿不定主意，一個穆斯林同時信奉佛教，成爲剃度出家的佛門弟子，眞主是否會答應，他遠在雲南的家人是否會應允。他不能做眞主不高興的事，也不能傷母親和哥哥的心。此生也許難得再有機會與母親和哥哥重逢，能與他們連在一起的，也就是這顆穆斯林的心了。

這是一個穆斯林的齋日。鄭和一早起來，就奔赴大覺寺。大覺寺是南京城裡最大的一座清眞寺，鄭和三年前在徐輝祖家裡陪伴朱高煦的時候，就設法抽身來這裡作過禮拜。南京城裡雖然算不上回回聚居的地方，信奉伊斯蘭教的人還是不算少。這天鄭和到得並不晚，偌大一個禮拜堂已經擠滿了人。衆多信徒的宣禮聲，匯集在禮拜堂裡，如雷貫耳。他做完禮拜，正想擠到前面去找那位掌教的阿訇，忽然眼前一亮，他在人叢的縫隙中發現，跟大覺寺阿訇在一起的，還有久別的哈三阿訇。他高喊一聲「哈三阿訇」，迅疾撥開人群擠了過去。

哈三也吃了一驚，好不容易認出眼前的這個人，做夢都沒想到會在這裡見到雲南故友的兒子。

鄭和急忙問：「哈三叔叔，我家裡的人怎樣了，你跟我哥哥有聯繫嗎？」

哈三搖頭說：「我也早早離開了那裡，現在的情況也渺茫得很，只知道當初你失踪之後，你母親都急出病來，你哥哥請了人四處尋找，萬沒想到會在這裡見到你，你是怎麼來到這裡的？」

鄭和歎了一聲氣，眼睛裡湧出了晶瑩的淚珠，一時說不出話來。大覺寺的掌教與鄭和已經很熟悉，連忙向哈三介紹了鄭和現在的情形。

哈三也是在那個兵荒馬亂的年月離開雲南的。他再次去了天方朝覲真主，還在那裡用了幾年的時間，研習伊斯蘭的經文，成了一位既精通伊斯蘭教義又精通阿拉伯語的阿訇。他學成歸來後，特地選擇了西安，在那裡的一座清眞寺裡當掌教。他看中西安是中國回回的一個重要聚居地，且年深日久，伊斯蘭文化的氛圍比較濃郁，可以在那裡繼續鑽研伊斯蘭的學問。這次應大覺寺阿訇的邀請，到這裡傳授《古蘭經》，他聽人說有個名叫馬和的內官被新皇帝賜了姓，當時還不敢相信此鄭和就是彼馬和，現在看到他喜歡的那個滇池邊的孩子，歷經人世的大苦大難，彷彿成了隔世的人，不禁潸然淚下。

鄭和與兩位德高望重的阿訇，談及自己信仰方面的猶豫。大覺寺的老阿訇說：

「至尊至敬的安拉胸懷寬宏，並不排斥其他教門中人，從南京來說，回回與漢人雜居日久，一些風俗習慣也在相通相融，在信仰方面也不相互排斥。」

哈三突然問道：「你既然在皇帝身邊，也得揣摩一下皇帝的意思，當今天子不是連道衍和尚都想讓其還俗嗎？」

鄭和點了點頭，這是的確的事。燕王即帝位以後，論功行賞，所有跟隨他靖難的謀臣戰將，都得到了與自己功勞相稱的封賜。道衍是靖難第一功臣，朱棣想重重賞賜和敕封他，還特地恢復了他的俗姓，賜名廣孝，自此稱爲姚廣孝。但姚廣孝只接受了僧錄司左善世這一個僧官的名號，別的都堅辭不受。朱棣想讓他還俗，盡情享受人間福祿，在宮裡精心挑選了兩個模樣非常標致的宮女賜給他，安頓到他的府裡。那兩個宮女都知道，只要能讓這位大和尚動了凡心，同她們如膠似漆過起日子來，將來就是誥命夫人的命。她們想方設法在道衍面前顯露女人能夠吸引男人的種種妙處，甚至把年輕女子的羞澀藏到心底，夜裡趁道衍睡著以後，偷偷躺到他的懷裡，將自己嬌嫩的身子緊緊貼過去，用無比溫存的小手撫摩他的光頭，將櫻桃小嘴湊到道衍鬍子拉雜的臉上……她們知道自己是聖上御賜的尤物，道衍不敢慢待她們，更不敢冒犯她們，可以盡情施展女人所有的本領。但是道衍的佛心卻堅如鐵石，冷若寒冰，任憑兩個小美人爲所欲爲地挑逗，始終坐懷不亂。朱棣眼看榮華富貴和美女的身體都無法從佛門中拉回這位愛卿，只得由了他，召回了那兩個福淺命薄的宮女。

大覺寺的老阿訇若有所悟，輕聲說：「這麼說，外邊紛傳當今聖上崇道抑佛，也許是眞的？」他接著又肯定地說：「將道衍和尚的事與皇上剛一登基就下旨在五當山爲眞武帝大興土木建廟相對比，至少說明他的內心深處，對眞武帝的尊崇遠在佛祖之上。你是他身邊的人，對此不能不加以考慮。」

鄭和聽得直點頭，他仔細回顧跟隨燕王這些年，說他抑佛倒未必，崇道卻是毫無疑義的。哈三設身處地替鄭和想了想，給他出主意：「以你現在的處境，很多事情都由不得自己，倒不如伊斯蘭和儒釋道都加以注意，增加一些各個教門的知識不會有什麼害處，眞主也不會怪罪的。」鄭和談到剃度受戒的事，哈三說：「那倒不必如此性急，按佛門的規矩，男子在十五歲以上，需要背誦經文一百紙，或讀通經文五百紙，方能剃度受戒。你眞要虔誠向佛，也得先把工夫下在研究佛學上。」

鄭和從大覺寺出來，感到自己在信仰方面，有了一些新的領悟。

二、追索建文帝

明成祖雖然坐了龍廷，仍然有一塊揮之不去的心病，那就是他的侄子朱允炆是死是活仍並未水落石出。這些日子，建文帝還活在世上的消息，不斷從四面八方傳到京城，送進他的耳朵裡，很多都說得有鼻子有眼，不由他不信。他知道，只要他的這個侄子在人間存活一天，過去擁戴建文皇帝的人就不會死心，自己這把龍椅就不能算是坐穩了。

然而，處理這事，還得特別謹愼小心，不能明目張膽派人追捕，只能差遣心腹之人悄悄查訪，如果鬧得沸沸揚揚，天下也許又會亂了起來。前些日子，來自貴州、四川、雲南方面的這類謠言最多，他以尋訪道家活神仙張三丰的名義，派胡濙去南邊暗訪。最近北邊也不時有這樣那樣的消息傳來，說是建文帝要到番國去搬救兵，企圖捲土重來，看來也得找個名義派人去查訪。

這天，朱棣退朝以後，突然想起了自己已故的乳母馮氏。自從那個癲士金忠讓他改葬了這位乳母的墳塋，果然得到應驗，使他位居九五之尊。他運動神思，立即敕封馮氏爲「保聖貞順夫人」，並提筆寫了「聖夫人墓」的碑文，委派鄭和赴北平代天子進行祭掃。

臨行前，朱棣悄聲交代鄭和：「此行還有兩個重要的使命，一個是暗訪朱允炆的下落，民間到處都在傳播此人還活著的消息，你得多加留神，可不能讓他成了漏網之魚；另一個是替朕體察民情，務求看到什麼聽到什麼都如實奏來。」

鄭和答應道：「一切謹記，請聖上放心。」

朱棣看了看鄭和，忽然想起這位親信所認的揚州姊姊和北平母親，還格外開恩，在宮外賞了鄭和一處住宅，特地提醒他說：「你還可以順道將你的沈涼姊姊和那個馬婆婆一起接來，現在不是兵荒馬亂的時候了，可以將他們在南京安頓下來。」

鄭和無限感激，趕緊謝了恩，並建議道：「那位廢帝眞的要去番國搬兵，必然走海道，此行可否主要在沿海一帶查詢？」

皇帝龍顏大悅，帶著開玩笑的口吻說：「怪不得人家都說你是屬蛤蟆的，哪兒水多就想往哪兒蹦。」皇帝金口玉言，從此社會上就有了三寶太監是蛤蟆精轉世的說法。

朱棣傳旨都督海運的總兵官宣信，護送鄭和隨運糧的海船沿岸航行，到了直沽再轉道北平。鄭和從南京出發，先到揚州去接他的姊姊沈涼。他乘船來到揚州，沿著瘦西湖來到沈涼寄居的那座綠蔭掩映的庭院，姊弟倆在這樣一種時候見面，別是一番情致。沈涼聽說要帶她坐海船去北平，然後再回南京，歡喜得不得了。她自從知道鄭和喜歡大海以後，也經常站在揚子江邊，想像著連接在那一頭的大海是什麼模樣。這時拍著手說：「我也可以領略大海的風采了。」

鄭和笑她：「皇上說我屬蛤蟆喜歡水，我看妳也是只喜歡水的蛤蟆。」

沈涼動情地說：「往後，我們兩隻蛤蟆就去玄武湖裡蹦達吧。」

鄭和想起了兒時見過的抗浪魚，斬釘截鐵地說：「不，玄武湖太小了，我們要弄潮戲浪，成為大海中的抗浪魚。」

第二天，他們特地去大雲寺拜謝長老，長老知道鄭和的來歷，不敢慢待，臨別還送他一幅鑒眞東渡的水墨畫，鄭和感激不盡。他們登上船順江而下，不用揚帆也行走如飛。兩岸的青山、田疇、村廓、城市，不斷從他們的眼前掠過。沈涼坐在船裡，想到當年鄭和陪伴她去蘇州，臉不由一紅，心裡熱乎乎的。

鄭和來到太倉瀏河口，宣信在此專候。瀏河口是個大碼頭，他們棄了在江裡行駛的沙船，換了適合在海裡行駛的福船。鄭和見福船不但比沙船大多了，船上配備的兵丁也多了不少，如臨大敵一般。他問宣信：「何以如此戒備森嚴？」

宣信悄聲回答：「沿路倭寇猖獗，不得不防。」

鄭和沒敢讓沈涼知道這個消息，卻把那位元蒙古公主遺贈的那把精巧的寶劍給了她，在船上還教她舞劍，以防不測。

船出長江口，波瀾壯闊的東海展現在眼前。宣信率領的這一隊海船，運的是遼東的軍糧，前後都有戰船巡弋，頗爲壯觀。那時航海都還是傍岸而行，鄭和他們乘坐的船比糧船多出一桅兩帆，搖櫓的人數配備也比糧船多，而且又是輕載，在海上行走得更快。他們在一些重要港口停留，奉旨訪查建文帝的下落，卻還能跟上船隊的行程。

鄭和與沈涼都是頭一次領略乘坐海船的滋味，海風遠遠大過河風，海浪遠遠超出河浪。船在海浪中的顛簸，在海湧中的晃動，的確有些厲害，他們卻能夠支撐住。沈涼不時走出船艙，觀看沿岸的景致，海風吹動她的衣裙和滿頭的秀髮，飄飄欲仙。鄭和與船家談起海上航行的種種要訣，他沒想到他們的航海知識竟然那麼豐富。那個舟師名叫林貴和，福建泉州人氏。他向鄭和講起看天的要訣，什麼占霧法，「晚霧即收，晴天可求，三日霧蒙，必起狂風」，什麼占潮法，「月上潮長，月落潮漲，大汛潮光，小汛月上」，還有「北看北辰、東看織女……」的牽星術，一套接一套。林貴和平常不苟言笑，講起這些便眉飛色舞，鄭和也聽得興趣盎然。

船到江蘇境內的松江，鄭和領著沈涼同宣信一起登岸。他們剛離開港口，就聽到附近一個漁村傳來一片哭聲，仔細一聽，那哭聲也奇怪，哭的都是女兒、媳婦、妻子、嫂子、姊姊、妹妹，還有小孩哭娘，總之哭的都是女人。他們急忙前去打聽，村裡人見來了官軍，立刻都圍上來哭訴，撕心裂肺，甚為悲慘。

原來，昨天夜晚這個漁村又來了倭寇，因為是深更半夜，村裡人都睡熟了，等聽到動靜爬起來要跑，倭寇已經將村子包圍住了。這個村子不久前已被倭寇洗劫過一次，當時人逃得快，沒有受什麼損失，只是家裡的財物被搶劫一空。昨夜這夥倭寇見村裡沒有什麼值錢的東西可搶了，便專搶婦女，年輕女人見一個抓一個，捆緊手腳就送到船上。村裡的男人鑒於以往的教訓，在村裡抵抗，這些強盜見人殺人，見房子燒房子，損失會更慘重。他們暗裡合計，趁黑夜倭寇不熟悉這一帶的情況，到海上把裝載婦女的船奪過來，開到別的地方去。萬沒想到這夥倭寇喪盡天良，他們見有人來奪這些婦女，立即掀翻船隻，將那些捆住手腳的女人嘩啦嘩啦都倒扣在茫茫大海裡……

沈涼曾跟隨傅友德將軍出征過，見過沙場殺伐的場面，卻從未聽過見過這樣的慘狀，眼淚像泉水一般往外湧，渾身直打哆嗦。鄭和與宣信，心情也非常沉重，他們將自己船上的口糧拿出來，自己口袋裡的銀子掏出了，沈涼連自己的金銀首飾也摘下來，全都送給村裡人，卻絲毫也減輕不了漁村人們的悲痛。

鄭和氣憤地說：「那些水師都幹什麼去了？眼睜睜看著老百姓遭受這樣的罪孽，聖上若是知道輕饒不了這些混賬東西。」

宣信唉聲歎氣：「現在幾乎整個海岸都成了倭寇的攻擊點，官軍疲於奔命，防不勝防啊。」

鄭和好幾天時間都沉著臉，悶著頭不說話，心裡老忘不了那些被捆住手腳在海底掙扎的婦女。船隊快要到達成山頭了，巍然壁立的龍須島遙遙在望，他想到當年秦始皇三次來這裡巡海的壯舉，心情才有所好轉。鄭和給沈涼講述當年那位始皇帝來這裡巡海祭日的動人故事，心潮如海潮一般洶湧澎湃。那是秦始皇第三次巡海來到碣石港的時候，在芝罘島附近遇到一條大魚擋著他的船頭，秦始皇一怒之下，挽弓搭箭將那條大魚射殺了。不想秦始皇就此一病不起，死在巡海的路途中。據說芝罘的「罘」原來不是這個字，後來這個地方的人想念這位千古一帝，特地改用了這個字，十分惋惜他不能第四次來到這裡。秦始皇在一千年前的航海壯舉，令鄭和十分嚮往。

鄭和正講得高興，突然運糧船隊金鼓齊鳴，號角聲急，宣信走來報告說，發現遠處有倭寇的船隊，正朝這邊開過來。鄭和一躍而起，迅速披上戰袍，跳上戰船。他心中充滿了憤怒，大膽倭寇竟倡狂到如此地步，敢於藐視大明的國威，公然來搶軍糧，是可忍孰不可忍！宣信熟悉海況，龍須島正是南北黃海交界的地方，南黃海的水北上，北黃海的水南下，兩股海流在這裡交彙，形成了很多洶湧的旋渦。再加上海底暗礁密布，海盜船進得去出不來，是個殲滅海盜的好地方。宣信知道鄭和是位有勇有謀的將軍，兩人迅速交換了全殲來犯倭寇的部署。鄭和大聲說：「好，就讓這裡成爲這些蟊賊的墳場。」宣信一聲號令，十幾艘戰船從兩邊分散開來，將糧船故意暴露在倭寇的眼皮底下。這群倭寇仗著船多勢衆，全不把明軍的那些戰船放在眼裡，爭著搶著直奔糧船而來。待他們進入急流漩渦中，明軍的戰船迅速包圍過去，殺向那些黑衣黑褲黑套頭的倭寇。

鄭和眼明手快，瞧準倭寇船上的那個頭領，使盡平生積蓄的神力，一箭射了過去。那傢伙剛發現自己的船隊一不留神陷入急流暗礁中，心裡正在發急，抬起頭來尋找退路，不想一支帶著呼嘯聲的箭，直奔其咽喉而來，應聲落入海裡。那些倭寇眼看自己的船隊進入了一個大陷阱，轉瞬之間又失去了頭領，頓時不戰自亂。明軍戰船上的將士趁機將火鴉和利箭齊射，敵船很快就成了血池火海。那些著了火的倭寇船，有的在暗礁上撞得四分五裂，有的陷進漩渦頃刻倒扣過來。船上的倭寇紛紛往海裡跳，不少被漩渦吞沒，僥倖躲過急流漩渦的，也被明軍放出的小船追著斬殺。鄭和腦子裡裝滿了松江漁村那些慘死的婦女，將滿腔的憤怒都集中到手中的那把長劍上。在鄭和戰船上一個叫唐敬，一個叫周聞的兩員副將，一個持刀，一個持搶，也是見到水中手腳能活動的人就砍就刺。他們都不知道自己砍下了多少倭寇的頭顱，只知道自己那條船所經過的地方，在波濤中起伏著一片倭寇的屍體。沈涼也提著劍來到甲板上，可鄭和交代舟師林貴和看住她，只能讓她當龍須島血戰倭寇的旁觀者。

當地老百姓聞訊趕來，焚香秉燭，感謝官軍殲滅了一股窮凶極惡的倭寇。幾個白髮蒼蒼的老人，撲通一聲跪倒在鄭和與宣信的面前，將頭碰到了地上：

「你們爲民除害，好人啊。父老鄉親要爲你們立長生牌位，永遠給你們燒高香。」

鄭和與宣信急忙將他們扶起，羞愧難當地說：「折殺我們了，折殺我們了。」

龍須島的鄉民攔著道挽留，一定要讓斬殺倭寇的英雄在他們那裡歇息一個晚上，他們要犒勞將士，表達一方百姓的感激之情。沈涼親眼目睹了鄭和在激烈的海戰中，智勇超群，也親眼目睹了當地百姓對他的感戴，內心無比激動，回到船艙深情地對鄭和說：「我的大將軍，你眞了不起……」

龍須島一戰，倭寇聞風喪膽，從此見到大明的糧船隊都躲得遠遠的。從威海到直沽，一路平安。鄭和與沈涼在直沽告別了宣信，棄船登岸，乘上馬車，不日便到了北平。北平已經沒有靖難時期那樣緊張，也比前些年冷清了不少，燕王府更是人去樓空，迎接鄭和他們的只是幾個留守的宮人。鄭和原來住的那間房子，都結上了蜘蛛網。鄭和拿起拂塵正要拂去那些蛛網，沈涼抬頭看見了卻說：「那都是喜蜘蛛，你可千萬不要掃掉那些蜘蛛網。」

鄭和去看了駐守北平的狗兒，兩人相見非常親熱。狗兒將鄭和與沈涼請到自己的府邸，略盡地主之誼，他們一起回憶跟隨傅將軍以及後來在碭山的那些日子，都感慨萬千。北平的官員，早就得知鄭和奉旨前來祭奠聖夫人，已經做了妥善安排，聖夫人墓也重新修整過。祭掃那天，本地的文武官員傾城出動，鄭和捧著聖旨走在最前面，旌旗鼓傘浩浩蕩蕩。好多北平市民都跑來觀看，可謂萬人空巷。他們紛紛議論：「連皇帝死了多年的乳母都這麼風光，眞是一人得道，鷄犬升天啊。」

鄭和辦完了皇上交代的大事，立刻攜沈涼來到馬婆婆家裡。馬婆婆不知道鄭和奉旨改了姓，那天也去看熱鬧來著，人家都說從南京來的欽差名叫鄭和，她遠遠盯著沒敢認，不知道鄭和就是馬和。馬婆婆到這時候也還不知道鄭和是閹人，見他和沈涼雙雙到來，左手抓著鄭和的手，右手抓起沈涼的手，瞅著他們看了又看，高興地裂著嘴說：「看你們這一對，郎才女貌的，十分般配，我老婆子這顆心這回算是踏實了。」

沈涼臉一紅，趕忙低下了頭。鄭和正要分辨，馬婆婆快人快語，沒有容他張嘴，把話題轉到了燕王身上。馬婆婆對鄭和道：「不怕你是燕王鞍前馬後的人，我也敢說，燕王進南京當了皇帝，就把北平幫他守城的老百姓忘到腦背後去了。」

鄭和聽了這話，吃了一驚，連忙問：「這話從何說起？」

馬婆婆掰著指頭說：「前些年，南軍幾次攻打北平，北平的老百姓豁出身家性命守城，把家裡積存的糧食拿出來了，棉被衣服拿出來了，有的連門板、磚頭、瓦片都拆來用了，現在好多人家都還空蕩蕩的，朝廷卻這個稅那個稅徵起來沒完，這日子還叫大家過下去嗎？」

鄭和兩眼迅速打量一下馬婆婆家徒四壁的景況，心裡一陣酸楚，趕忙說：「皇上一直沒忘記您幫助靖難的功勞，我這次來還奉了一道旨意，就是要接您去南京。」

馬婆婆卻將頭搖得像貨郎鼓，十分堅決地說：「我可不是怪皇上忘了我這老婆子，是求他體恤這裡百姓的難處，別進了南京就忘掉了北平，坐了龍庭就忘了咱們老百姓。」

沈涼也來說服馬婆婆：「您苦了一輩子，也該享幾天福了，我來幫您收拾，明天跟我們一起走。」

馬婆婆還是搖頭，拉著沈涼的手說：「我都成棺材瓤子了，黃土埋到脖梗上的人，還享什麼福啊。看著你們能把日子過得好好的，我就心滿意足了。」

鄭和與沈涼無法說服馬婆婆，鄭和悵然回到燕王府。狗兒來王府看他們，鄭和便將馬婆婆託付給了他。

狗兒說：「我倆誰跟誰呀，你的義母就是我的義母，你放一百二十個心好了。」在沈涼收拾行囊時，狗兒發現了那把韃靼公主的雄劍，立刻拿過來把玩，問鄭和：「這劍是昆帖木兒妹妹送給你的吧？」

鄭和點頭答應：「是啊，你是怎麼知道的？」

狗兒說：「昆帖木兒在韃靼的內訌中被殺了，聖上派我去漠北吊祭，在那裡見到那位公主，她向我打聽你的下落來著。我看她腰間佩帶的鴛鴦劍缺了一把，就覺得奇怪，原來她把雄劍送給你了。」

鄭和歎道：「當時眞沒辦法，差點脫不了身。」

狗兒笑著對沈涼說：「鄭哥長得太英俊了，漂亮女人見了都喜歡，像我們這些醜八怪，就沒這些煩惱。」

沈涼聽了，嫣然一笑，沒有說話。鄭和要把那劍給狗兒，託他找機會退還給那位蒙古公主。狗兒死活不答應，他說：「解鈴還需繫鈴人，我可辦不了這件事。」

鄭和在回南京的路上，仔細看了河北、山東一帶老百姓的生活情形，馬婆婆述說的那些情況，這些地方也都存在。他回到南京立即向朱棣奏明一路的所見所聞，還直述了馬婆婆那些充滿牢騷的話。

朱棣即位之後，繼承了乃父的遺風，心裡很在意老百姓的疾苦，聽了這些話，自責地說：「朕怎麼就忘了那些打過仗的地方，還需要朝廷幫助他們醫治戰爭的創傷呢，難怪馬婆婆要罵朕了。」他飭令戶部立即賑濟河北、山東、河南等近年戰事頻繁的地方。北平、保定、濟南等城市，在靖難之役中幫助守城或攻城的百姓，還另有報償。朱棣後來還專門發了一道〈免北平錢糧詔〉，滿懷感情地說：「念爾將士人民，飲食夢寐，時刻不忘……」可惜馬婆婆沒有活到那天，沒有等到北平改成北京，也沒有聽到永樂爺那些感念北平老百姓的話。

三、造訪足義利滿

馬和將沈涼安頓在南京太平巷的宅子裡。沈涼見這裡院落非常寬敞，很是高興。她請人買來一株金桂，親手植在庭院裡。還在池塘裡種了蓮藕，盼著夏日能開出滿池的荷花。她彷彿回到了碭山老屋，又可以同弟弟安安靜靜過日子了。

然而此時的鄭和，不再是原來的馬和。他的北方之行剛結束不久，朱棣要他出使日本的聖旨接著就下來了。這次的使命非同一般，命他去同日本政府交涉，從根本上解決倭寇騷擾中國沿海的嚴重問題。

沈淙笑著同他說：「你這人眞是心想事成，在揚州向往鑒眞東渡，如今你也要去東渡了。」

鄭和滿臉憂愁地說：「我就擔心有辱使命，辜負了聖上的信任和重託。」

鄭和的北方之行，不見建文見倭寇，令朱棣十分惱火。他自登基以來，不斷接到沿海各地倭寇肆虐的消息，從北到南萬里海疆幾乎沒有寧日。這些來自東瀛的倭寇與來自其他地方的海盜勾結在一起，殺人越貨，殘害當地百姓，並且同官軍對抗，嚴重損害大明的國威。對於一心要功追漢唐盛世的朱棣來說，這是奇恥大辱，絕對無法容忍。他已經幾次派人去日本協商，至今沒有得到日本方面聯合平定倭寇的肯定答覆，只得將自己的得力幹將鄭和派出去。這位內宮監太監處理危急問題的能力，在朱棣的心目中已經有了很深刻的印象。鄭和值得他信賴。

沒有更多的時間用來做準備，鄭和從宣信那裡得到了肅清海盜必要的戰船，迅即登船起航。他經過奏請得到恩准，特地帶了蘇天保同行，還要來了舟師林貴和，以及那兩員斬殺倭寇的勇將唐敬和周聞。林貴和熟悉海路，唐敬和周聞有與海盜作戰的經驗，蘇天保已經剃度受戒，這次去日本打交道的主要對手，乃是已經出家衆僧的老幕府將軍足義利滿。

鄭和認眞掂量過，此次日本之行，肩上的擔子確實不輕。在很長一段時間內，中日的關係一直很不順暢，疏通起來難度不小。早在元朝開國之初，甚至是在蒙古軍隊征服大宋趙氏朝廷以前，忽必烈大汗就發動過征服日本的大規模行動。忽必烈當時被稱爲「萬王之王」，把整個世界都當成了他放開馬蹄奔馳的草原，在他馬鞭所及的地方，不允許有不肯歸順他的國家存在。有意思的是，忽必烈幾次組織陣容強大的水師遠渡東瀛，征討那個彈丸小國日本，一開始都在軍事實力的較量上取得了勝利，最後卻都被日本海的颶風狂浪打敗了。最後一次，元軍已經攻下日本的壹歧島，在九州也有很多的斬獲，取得了不小的勝利。然而，就在陸上戰鬥進展順利的時候，日本方面派出一些小船對元軍停靠在海邊的艦船放起火來，元軍匆忙登上船，剛要撤退，再次遇到了更加猛烈的颱風，將近四千多艘船隻沉沒在九州外海的淺灣，十三萬蒙元將士葬身在日本海裡。

朱元璋稱帝以後，曾經就倭寇問題多次派使臣去日本，經過反覆溝通，好不容易消釋了蒙元時期籠罩在兩國之間的陰影，建立起正常的關係，日本國在平定倭寇方面也有了一些積極的配合。沒想到，洪武十三年（西元一三八〇年）當朝宰輔胡惟庸謀反一案爆發，其中揭露出他與日本有關人員勾結的內幕，朱元璋一怒之下，誅了胡惟庸的九族，也斷絕了大明王朝與日本的交往。這位出身布衣的皇帝從中覺出與「蠻夷之邦」打交道的麻煩，制訂了嚴格的禁海令，並列入子孫誰也不許違反的「祖制」，關緊了中國對外交往的國門，特別將日本列入「十五不征之國」。他始料不及的是，兩國政府間斷絕交往，恰恰為倭寇的再度猖獗提供了廣闊的空間，這些年倭寇犯邊已經到了肆無忌憚的地步。

中日兩國間的地緣關係被稱為「一衣帶水」，那是文學的誇張，兩國之間隔著的水域還是非常寬廣。鄭和的船隊行駛在四顧茫茫的洋面上，後面看不見已經離開的陸地，前面看不見要去的海島，悠悠天地間，唯他們的船隊，如有人抓了一把小棗撒落在無垠的碧波中，載沉載浮。

鄭和屹立在帥船的甲板上，兩眼注視著遙遠的海平線，任海風舞動他的紅色披風在身後獵獵飄動，也任自己的思緒隨著蔚藍色的波濤起伏。他先後三次去揚州，都去過大雲寺和光孝寺，對唐代的鑒眞大師不屈不撓六次東渡，充滿了無比的景慕和嚮往，怎麼也沒想到自己也會有這麼一天，踏上鑒眞大師東渡的航程。他想像，鑒眞當年東渡的時候，船隊的規模比這小多了，船隻也不會有他乘坐的這麼大，航海的條件也沒有現在這麼好，在寂寞無涯的淼茫中，只能任憑狂風巨浪將他的坐船飄打過來，飄打過去。這位高僧歷經多次失敗，連雙眼都失明了，仍堅持第六次東渡，需要承擔多大的精神壓力和意志的考驗啊。他極力搜尋這位鑒眞大師在海上百折不回的航跡，可惜過水無痕，在他面前只有萬千年來不息的海濤。

蘇天保也來到甲板上，走到了鄭和的身邊。鄭和突然轉過身來問蘇天保：「你能找出當年鑒眞大師六次東渡的航路嗎？」

蘇天保作爲佛家的受戒弟子，也十分景仰鑒眞大和尚，不假思索說：「鑒眞大師的航路就是他的心路，只要我們用心去領悟，他的航路也就存在於我們的心中。」

鄭和點了點頭，蘇天保的佛語對他頗有啓發，鑒眞大師東渡的航路，的確是用大師虔誠的信念、無比的毅力和捨身精神構築起來的，無影無形，只能到自己的心靈中去追尋。

蘇天保問鄭和：「見了那位日本和尚，你打算怎麼同他打交道？」

這是鄭和頭一次出使番國，心裡還有些茫然，不過還是很有把握地回答：「我想只要堅持兩國修好，沒有什麼事情會談不攏。」

蘇天保兩手合掌：「我佛慈悲，還是仰賴鑒眞大和尙的在天之靈吧。」

船隊在風浪中揚帆前進，晝夜兼程。這天夜幕已經降臨許久，鄭和還是一點睡意也沒有，他又信步踱出船艙來，觀看船舶在夜晚的航行。他有過一次沿岸航行的經歷了，從此岸到彼岸的橫渡這還是頭一次。他發覺這兩者有很大不同，沿岸而行有很多參照的地形地物，不會迷失航向，也不容易感到孤寂。橫渡可不一樣，滿眼都是天連水，水連天，連東南西北都容易攪糊塗。尤其是夜裡，整個大海一片墨黑，凸起的波峰如同一座座墳丘，向自己的頭頂壓過來，似乎要將他裝進那些冷漠的墳墓裡。此時，唯有天上的星斗，在不斷眨動眼睛，默默與孤舟遠行的海客爲伴。鄭和突然明白，在海上航行的人和在沙漠裡跋涉的人，爲何都會那麼喜歡天上的星星了。因爲星星不但能幫助人們在大海和沙漠中辨別航向，還是人們排除大海和沙漠寂寞孤獨的無聲伴侶。

鄭和來到船頭，發現林貴和兩手端著牽星板，正在查看天上的星座，校正帆船的航向，測算到日本本州島的距離。鄭和當年在出雲貴高原的路上，高公公就同他講過看天與量天的知識，沒想到這些在航海中全都能夠用上。他沒有敢驚動林貴和，悄悄站在這位舟師的身後，仔細觀察他如何「牽星過洋」。他也不時抬起頭來，觀察藍天之上那些在行軍打仗中已經諳熟於胸的星座，彷彿感到自己也飄飄蕩蕩融入到了那一片星海中。

林貴和轉過身來，突然發現欽差大人就站在自己身邊，趕緊肅立一旁問安。鄭和突然問林貴和：「在海上航行，最可怕的是什麼？」

林貴和想了想，躬身回答：「依小的看，最可怕的就是在大海中迷失了航向。」

鄭和又問他：「你體驗過海上的孤獨嗎？」

林貴和回答：「是的，孤獨對航海者來說也很可怕。」

鄭和喃喃地念叨：「迷失航向可怕，耐不住海上的孤獨更可怕……」

明王朝派出的這支船隊，經過了九州島和四國島，日本國京都所在的本州島距離已經不遠了。鄭和派出的前往日本官方下書的快船，已經返回來，他們帶來了日本方面的回覆，同意中國船隊在京都的港口靠岸。這第一道關口，總算能闖過去了，鄭和的臉上有了一絲自信的笑容。到了日本近海，順風順流，船隊很快就進入京都的港口，大小船隻在港池裡排列整齊，甚是威武雄壯。那時日本國的造船技術遠不如中國發達，那裡的人還從來沒有見過這麼大的船隻，驚奇得不得了，大呼小叫跑來觀看。當地的官員卻吃了一嚇，臉都白了。元世祖忽必烈龐大船隊幾次進犯日本，雖然是百餘年前的事了，日本人一直心存芥蒂。他們看到鄭和船隊的陣容也不算小，誤以爲又是來征服他們的，臉上露出了敵意，也表現出緊張不安。鄭和再三解釋：「這回帶來的船隻稍微多一些，實因倭寇太過猖獗，需要有戰船開路，肅清海道。」所謂倭寇，主要就是來自日本這個國家的海盜，這一點那些日本官員都很明白，勉強點頭表示了他們的理解。

幾天時間過去了，雖然不斷有日本地方官員前來應酬，鄭和請求面見足義利滿的信函，卻遲遲沒有得到答覆。鄭和知道，這個足義利滿是當今日本的實權人物。此人十歲就繼任日本國的幕府將軍，三十四歲結束了南北分治的局面，統一了這個島國。也就在他三十六歲那年，主動讓位給他年幼的兒子，自己避位為僧，住進一座幽靜的寺廟裡，專心向佛。然而，他在日本人的心目中，仍是一個神一般的人物，朝政大事還得他點頭才能算數，有點兒垂簾聽政的味道。前幾次派來的使臣，就因為沒有見到他，結果功虧一簣，什麼事也沒辦成，無功而返。

心急吃不了熱糍粑，解決疑難大事需要有足夠的耐性。鄭和徵得日本地方官員的同意，在港口附近專門闢出一塊市場，與當地的日本人展開以物易物的交易。他們將船上所有杭州的絲綢、景德鎮的瓷器、武夷山的茶葉，以及來自滇藏的藥材、紹興的黃酒、湖廣的鞭炮、南京的板鴨，統統擺到市場上，琳琅滿目。日本人從未見過這麼多新鮮物事，看得眼睛發熱，紛紛拿出當地的土特產，與中國人進行交換。鄭和與蘇天保、唐敬、周聞等人，還熱情款待那些前來應酬的日本官員，請他們吃中國的珍饈佳肴，臨走還送他們從中國帶來的精緻瓷器和綢緞。

唐敬和周聞心領神會，悄聲說：「這些人中說不定就有足義利滿派來的人，讓他們吃了嘴軟，拿了手軟。」

蘇天保進而發揮：「這是打發灶王菩薩，讓他們『上天言好事』，多說些有利於兩國交好的話。」

眼看時期成熟了，鄭和讓蘇天保以自己的法號，給日本那位天字第一號的和尙寫了一封信，稱對方也不用足義利滿這個尊號，而用他的法名「源道義」，強調「以佛會友」，讓他沒有藉口可以推拖。這些招術果然都湊了效，很多日本人都在足義利滿面前說了鄭和船隊不少好話，都說明朝派來的使者誠懇待人，很講禮節，做買賣也很公平，看不出有什麼圖謀不軌的意思來。足義利滿看了第二封信函，抬頭和落款用的都是法號，知道要來見他的兩個人，原來還是佛祖的虔誠信徒，有相互切磋佛學的意思，再也無法將他們拒之於門外。

鄭和與蘇天保見了足義利滿，遠遠地就合掌行禮，進了寺院先到禪堂行香，表示對佛祖的尊崇和對主人的敬意。足義利滿頻頻頷首，臉上露出十分滿意的神色。這位地位特殊的日本和尙讓他們在齋堂裡坐定，讓小和尙奉了茶，擺好了與大明使者談判國事的架勢。

鄭和開口卻說：「晚輩在國內曾經三次去揚州大雲寺、光孝寺，潛心領悟鑒眞法師在自己家鄉傳播的佛學精義，此次來日本還望源道義法師對鑒眞大師在貴國所弘揚的佛法多加闡釋，以豐富晚輩的佛學知識。」

蘇天保接著說：「日本高僧榮睿和普照在中國與鑒眞大師結下了深厚友誼，他們在中國的佛事活動，也受到我國佛門子弟的敬重。」

這些話出乎足義利滿的意料，又很投他的緣，胖胖的臉上頓時放出光彩來。他高興地說：「這眞是三生有緣，我們都是鑒眞大師的追隨者，我這些年去奈良參佛的次數已經無法記算清楚了，只是無緣去鑒眞大法師的故土進而領會他鑽研至深的佛理，你們這一來彌補了我的這個遺憾。」

鄭和一聽這話，趕緊拿出大雲寺方丈送給他的鑒眞東渡的水墨畫，轉送給這位崇拜鑒眞的日本僧人。足義利滿更是喜出望外，捧著畫看了又看：「這麼貴重的禮物，我是受之有愧，卻之不恭啊。」

足義利滿珍重地收起那幅畫，隨即轉過話頭說：「佛法博大精深，不是一時半會兒談得完的，還是先談貴國遣使前來要商談的事情吧。」

鄭和趕緊說：「大明皇帝此次派我們前來，主要是表達兩國重修舊好的意思，相互友好往來，開展正常貿易。」

足義利滿這時轉換了政治家的口吻：「開通兩國的貿易，本來也是敝國的願望，只是貴國已經嚴令禁海，我們也無可奈何呀。」

蘇天保馬上解釋道：「本朝先皇嚴申海禁也是出於不得已，實在是因爲我國沿海地區海盜橫行，人民生命財產都得不到保障，國家之間的正常貿易根本無法進行。」

足義利滿一看這陣勢，知道這兩人的嘴巴都很厲害，自己有可能陷入「舌戰群儒」的被動，立刻轉過話鋒說：「那就談談兩國如何開展正常貿易吧。」

鄭和還是緊緊扣住海盜的話題不放：「眼下妨礙兩國正常貿易往來的主要就是海盜肆虐，海盜不除，海無寧日，我們此次奉旨前來，主要是想在肅清海盜方面能得到貴國的通力合作，閣下大概不會不知道騷擾中國的海盜絕大多數都出自貴國。」

鄭和說到這裡，立刻將皇帝的詔書遞交過去。足義利滿接過來，笑著問：「你們的意思是說，只要肅清了海盜，兩國間的貿易就可以正常進行了？」

鄭和有意將了他一軍：「那是理所當然、順理成章的事，只不知貴國是否能騰出一些兵力來，同我們一起鏟除海盜，這可是殃及兩國財富來源的一條禍根啊。」

足義利滿一聽這話，往日武士道的勁頭上來了：「你們不要小瞧了我們日本國的實力，消滅區區海盜，對我們來說不過是舉手之勞而已。」

蘇天保眼看水到渠成，立即笑著說：「我們與源道義法師很有佛緣，共同剿滅海盜也是一種善舉，佛祖有知也會非常高興的。」

他們緊接著商量如何具體實施，鄭和提出了進一步完善「勘合」的辦法，兩國間的貿易以「勘合」為憑，此外一律作走私論處，嚴懲不貸。

足義利滿點頭：「這是個好主意，就這麼定了。」

鄭和與蘇天保趁機命隨從抬進來永樂皇帝賞賜給日本天皇與足義利滿的豐厚禮物，看得足義利滿眼花撩亂，心花怒放。他問鄭和：「你們是否還要面見幕府將軍？」

鄭和及時送上一頂高帽子：「大將軍一言九鼎，再去面呈幕府將軍，那就是畫蛇添足了。」

蘇天保說：「我們還是接著談論佛學吧，有不少問題還要向法師求教哩。」

足義利滿貞還是個言出法隨的人，在鄭和的船隊回國以後，來中國沿海搗亂的倭寇頁的被日本國抓了不少，也殺了不少。他們還把一些倭寇的首領，解送到大明的官府處理，兩國之間的貿易往來自此也持續了好多年。

四、海禁的緊箍咒

鄭和出使日本成績卓著，永樂皇帝非常滿意，慰勉有嘉。然而，這件事卻在朝廷裡掀起了軒然大波，這是連朱棣也始料不及的。

那天早朝，朱棣有意讓鄭和當著滿朝文武的面奏明出使日本的情況，他想趁此機會宣佈自己一整套開放海禁，溝通外邦的打算，著手實施「功追漢唐」這一夢想。朱棣即位以來，私下裡認眞琢磨過朱元璋在位二十多年的得失，對乃父推行休養生息，大興水利，扶植農桑的做法非常佩服，對由此帶來的民富國盛的局面尤爲高興。但是，先帝在世一再宣稱「海外蠻夷多詐，絕其往來」，多次嚴申海禁，對番國來貢百般限制，卻不以爲然。雖然當時事出有因，導致的後果卻很嚴重。他即位以後，眼看大明皇宮「門前冷落車馬稀」，番國來往的使臣寥寥無幾，心裡很不是滋味。在永樂元年，國內局勢稍稍平靜下來，他就派出身邊的一批內臣，分陸路與海路，遍訪海外諸國，向他們宣示新帝即位的消息，以期儘快打開這種作繭自縛的局面。

朱棣卻不知道，他的這些違反洪武帝祖訓的行動，建文時期的一批舊臣，早就看在眼裡，急在心裡，只是苦於找不到合適的機會，向這位新皇帝犯言直諫，痛陳違反祖制的嚴重性。他讓鄭和出使日本已經引起了很多人的不滿，今天還要這個太監在朝堂上賣弄他的日本之行，正好給了他們一個機會，可以拿這個太監作靶子，痛快淋漓地把他們憋在心裡的話都說出來。

南京的宮殿是朱元璋在位時經營的。這位開國皇帝不喜豪華，卻崇尚威嚴，宮殿建得很簡樸卻很巍峨，氣勢不凡。這天，鄭和穿上了皇帝特許太監穿的金孔雀服，六隻嘴含寶珠的孔雀圍繞他的全身，襯托出他的英俊瀟灑，與朝堂上那些只允許穿常朝便服參加朝會的文武百官適成鮮明對照。鄭和是頭一次來到這樣莊嚴的場合，也是頭一次當著文武百官的面說話，但他並不怯場。他充分展示自己的口才，面向皇帝奏事，實際要把話說給滿朝文武聽，朗朗而言，聲震朝堂，將在日本與足義利滿的交涉過程，以及兩國共同出力蕩平倭寇，開展正常貿易的好處，條分縷析，說得清清楚楚。

朱棣坐在龍椅上，頻頻點頭，表示讚許。不料，鄭和的話剛一落音，不滿和反對之聲便如同打開閘門的水，傾瀉而來。

「臣請陛下三思，日本是個不可交往的國家，先帝與其斷絕往來是有道理的。」帶頭反對的是文淵閣學士楊榮。此人素來敢於說話，是個炮筒子。朱棣攻克南京後，當時頭腦中一直琢磨的是登基當皇帝，壓根就沒有想到要去祭太廟。楊榮當時作爲一個「降臣」，卻敢攔住朱棣的馬頭大聲說：「殿下是先謁陵還是先即位？」應當說，這很掃朱棣的興，但朱棣只是愣了一下，就很高興地接受了他的這番直諫，還立刻讓他進了文淵閣。

朱棣聽了他今天的這番話，卻不怎麼高興，問他：「何以見得？」

楊榮侃侃而談：「日本區區小國，小肚鷄腸，不重信義，爲蠅頭小利什麼事都做得出來。而且有元世祖三次興師征討，至今他們還懷有餘恨，圖謀不軌之心不可不防，千萬不能引狼入室。」

鄭和眼看能夠領會聖上心意，且能站出來說話的姚廣孝等人都不在，只得挺身向前，站出來爭辯道：「其實，在忽必烈大汗那個時候，大宋朝廷和日本同時都處於被侵略的地位，日本若是以此記恨我國毫無道理。他們現在主要是藉口兩國之間沒有往來，對倭寇肆虐採取放任縱容的態度，致使我東南沿海沒有寧日，朝廷和百姓損失都很慘重，如果能用兩國的正常交往換來倭患的平息，不是更好嗎？」

左中允楊士奇是個碩儒，覺得鄭和說的話完全不對儒學的胃口，馬上進行反駁：「孔子曰，『道不行，乘桴浮於海』，而今躬逢盛世，聖上又是英主，還在鼓吹乘桴浮於海，是何意思？堂堂神州華夏物產豐厚，地域遼闊，又何必興師動去與宵小之輩周旋？」

鄭和也以孔孟的道理作答：「聖人也曾提出『懷遠人』、『柔遠人』，還說『有朋自遠方來，不亦樂乎』？倘若孔聖人活到今天，相信他也會高興看到出現同遠邦交往的局面。」鄭和如此善辯，是很多朝臣沒有料到的。

接著站出來說話的，是戶部尚書夏原吉：「臣以爲同番國交往的事需要統籌考慮，從長計議。近日朝廷頻繁派人出使海外，給予番國的賞賜也日益增多，長此以往，臣恐國庫將會不堪重負。」他是管錢糧的，換了一個角度提出問題，提醒皇帝注意營造萬邦來朝的局面將要付出很大的經濟代價。

朱棣聽了這話更不高興，不得不加以駁斥，口氣卻很平和：「作爲泱泱大國，不主動與外邦交往，一味閉關設防，大國威嚴喪失殆盡，遺患無窮。先帝在世時，爪哇國就無端殺害我取道該國去三佛齊的使者；先帝辭世以後，安南區區小國竟然興兵侵佔我大明朝廷保護的占城國領土，還北向犯我廣西、雲南疆土。長此以往，豈不更是堪憂？」

夏原吉沒想到自己的話，會引出聖上這麼一大篇議論來，唯唯而退，嚇出一身冷汗。

朱棣登基的時候，對建文時期的舊臣，凡是與他作對的死硬派，幾乎用盡各種極刑，殺了一大批。在方孝儒身上，還開了滅十族的先例，九族之外，連方孝儒的朋友、學生也列爲一族給滅了。這些「罪臣」的妻妾和女兒則被送到教坊司當娼妓任人踐踏，或送進軍營讓士兵輪姦。其手段之殘忍，怵目驚心，這是朱棣在歷史上留下的一個很大污點。不過，他也有他的道理，如今是朱家王朝，他和他的侄子，誰當皇帝都是他們朱家的事情，用得著你們這些人說三道四嗎？也因爲如此，他對待先帝時代的舊臣，只要忠心歸順，絕對不計前嫌，一律按照他們原有的職銜和才幹，做出妥善安排。夏原吉、蹇義、解縉、楊榮、楊溥、楊士奇等人，在建文時代都高官厚祿，現在也都成了永樂皇帝的股肱之臣。這一點朱棣著實像唐太宗，氣度恢弘。但是，也因爲這些人都是朱元璋時代的老臣，習慣了朱元璋制定的內外方略，新帝即位，連龍椅都還沒有坐熱，就要如此大刀闊斧改變國策，他們的腦筋實在轉不過這個彎子來。

眼看形勢急轉直下，文武大臣中很多人都著急起來。他們想到，如果拿不出更加過硬的理由來，皇帝一下結論，金口玉言，打破海禁就將成爲定局了。但是，皇帝的話似乎無懈可擊，而且在這樣的場合直接頂撞皇帝，就是再借一個膽子，他們也不敢。只能你看著我，我瞪著你，不知所措。

鄭和眼看聖上扭轉了朝堂說話的氣氛，乘機就開放海禁的經濟得失發表意見，他朗聲說道：「本朝開國以來嚴厲實行海禁，市舶司幾乎都被廢除，堵塞了正常貿易渠道，致使走私猖獗，海盜橫行，朝廷蒙受的損失不可勝計。前車之鑒，極宜三思，開放海禁，中外通好，實乃興國之道。」

這話說得本來十分在理，反映敏捷的吏部尙書蹇義，卻抓住鄭和鼓吹廢除海禁的話柄，從文臣隊裡站出來厲聲說道：「海禁乃先帝在世時確立的祖制，先帝曾經說過，『後世敢有言更祖制者，即以奸臣論』。而今，先帝屍骨未寒，能輕言廢除海禁嗎？」

蹇義是朱元璋時代的重臣，先帝在世之日，他幾乎每隔一兩年就要奉旨重申禁海令，還曾多次到海邊督察禁海令的實行情況，因此一語能夠擊中要害，噎得鄭和一時不知該說什麼好。那些舊臣聽了卻都喜形於色，一個個把頭點得像鷄啄米粒似的。

朱棣本來打算接著鄭和的話，宣佈放開海禁，重現漢唐四方來朝的盛況，但蹇義的話連他的嘴也給堵住了。朱棣淸楚記得，他的父皇專門爲《皇明祖訓》寫了一篇序，以斬釘截鐵的口氣囑付他的皇位繼承者和所有後人：「凡我子孫，欽承朕命，勿作聰明，亂我已成之法，一字不可改易……」朱棣的胸懷抱負不在乃父之下，要他甘心默守一字不可改易的祖制，當然不可能。然而，祖訓裡就有警告諸王「不得覬覦皇位」這一條，輿論上對他極爲不利，他推翻自己的侄子，不得已也打起了「維護祖制」的旗號，在〈即位詔〉裡就曾指責建文皇帝「秉心不孝，更改憲章」。奪義的話很不中聽，他也只能嚥進肚子裡。

朱棣沉默了一會兒，只得替鄭和打圓場，微微笑了一笑，不偏不倚地說：「諸位愛卿所言，都是爲朕排憂解難，忠誠可嘉。今日所說之事，不作定論，容後再議。」

他正要宣佈退朝，楊榮又急忙站了出來說：「臣還有一言，不知當講不當講？」

朱棣有點不耐煩了：「有話就快說吧，不要吞吞吐吐，欲說還休。」

楊榮看到鄭和深受聖上寵愛，連穿的衣服都比朝臣光鮮，心裡老大不舒服，故意瞥了鄭和一眼說：「陛下近些時候派往海外的使者，多爲內臣，臣以爲不妥……」

朱棣還沒等他說完，不高興地打斷他說：「是否又是事關祖制？」

楊榮橫下心來要一吐爲快，立刻答道：「祖制中的確有不許宦官干政一條。」

楊士奇見老圍繞祖制問題，已經惹得皇上有些不高興，立刻站出來補充了一條理由：「宦官乃刑餘小人，聲音怪異，身形猥瑣，出使外邦，有損天朝威儀。」

那些舊臣都打心眼裡鄙夷宦官，立刻都隨聲附和，朝堂上一片嗡嗡。

文武大臣裡也有一些沒有跟著起哄的。錦衣衛指揮使紀綱、都察院御史陳瑛，他們善於察言觀色，知道皇帝不高興聽這些話，正在仔細觀察朝臣們的言行，暗地裡記著他們的賬。成國公朱能、淇國公丘福跟隨朱棣行軍作戰，知道宦官在靖難之役中的作用，尤其不願傷害鄭和這樣的有功之臣，然而他們只會打仗，不善辭令。舊臣中的楊溥爲人耿直，不願隨聲附和。禮部的李至剛、呂震等人，則是看皇上臉色行事的，不過舊臣們都一邊倒，他們也不好吭聲。

鄭和聽了這些話，一股熱血猛然竄往腦門心。他是個自尊心很強的人，難以承受如此的人身侮辱，不是咬著牙強自鎮定，幾乎暈倒在朝堂上。這時有的人還在掰著指頭數落宦官出使海外的人數：「侯顯使西域，李興使暹邏，尹慶使滿剌加，海童、李達、馬琪、鄭和……」

朱棣忽地從龍椅上站起身來，指著鄭和說：

「你們好好看看他，是聲音怪異，身形猥瑣，有損天朝威儀的人嗎？」

皇帝不等宣佈退朝，便拂袖而去，將群臣晾在大殿裡。

五、女人的滋潤

鄭和回到自己在宮外的府邸就病倒了。那天他不知道自己是怎樣下的朝，也不知自己是怎樣回的府，進了家門和衣倒在床上就沒有起來。沈涼見他臉色鐵青，腦門上不斷湧出豆大的汗粒，吃了一驚。她用手摸了摸他的額頭、手心和腳心都是冰冰涼涼，急忙問他：「這是怎麼了？」

鄭和卻緊閉雙眼，一聲也不言語。她親手替他熬了稀粥送到床邊，他也不吃。當天晚上竟發起高燒來，昏昏沉沉，一隻手死死捏著胸前那件青銅器上的小銅人，嘴裡不停地喃喃著一些不容易聽清楚的話語。

沈涼著急了，趕忙派人請了太醫院的人來，把了脈，開了藥方，迅疾將藥煎好。那藥服下去，遲遲不見效果，好幾天時間，燒都退不下來。鄭和的嘴唇上燒起了好多燎泡，人也一直昏昏沉沉，嘴裡也仍在不斷說著胡話。沈涼與聖上賞賜給鄭和的宮女金花，在床前守候了好幾個晚上，連衣服也不敢脫。

俗話說：「人怕傷心樹怕剝皮。」鄭和多年跟著傅友德和朱棣沙場征戰，風餐露宿，晝夜奔波，出生入死，從來沒有生過病。在大海上來回顛簸，風吹浪打，日曬雨淋，也是吃不耽誤，睡不耽誤，病魔根本不敢沾他的身。但是，「刑餘小人」那一句話，卻如五雷轟頂，將他擊倒了。鄭和從小心性很高，家裡人也都認爲他日後一定有出息，十分看重他。沒想到在平息梁王的那場戰爭中，他被無端抓走，野蠻地進行閹割，殘暴地剝奪了他做一個正常人的權利。這些年的鄭和，隨著歲數的增長，蘊蓄在體內的男性意識也在躁動不安，增加了他內心的痛苦。多虧當今聖上對其恩寵有加，給他創造了建功立業的條件，讓他有機會將那種終生無法醫治的創傷壓到心底，用自己事業上的建樹去封存這種羞與人言的痛苦。可是，那些大臣們偏要在朝堂上殘酷地捅開他的隱痛，撕開他的傷疤，叫他時刻不要忘記自己是「刑餘小人」，讓他自己明白不能與他們這些堂堂七尺男兒比肩而立。

鄭和的滿腔悲憤，不知該怎麼發泄。他讀過不少史書，並非不知道漢唐以來不少朝代宦官作亂的事情，但是古往今來甘願捨身當宦官的究竟能有幾人？孔子早就有言，身體髮膚受之父母，很多人連父母生養的頭髮，都捨不得拋棄，何況父母所給人之所以為人的無價之寶呢？他在幾天的昏迷中，唯一能記住的就是青銅器上那兩個套在戰爭絞索裡的人。他痛惡戰爭，是戰爭剝奪了他堂堂正正做人的權利。他是戰爭的殉難者。

沈涼俯身下去，將耳朵湊近鄭和喃喃不停的嘴唇，斷斷續續聽出來，他一直在傾訴自己心裡的隱痛。沈涼的眼眶裡也湧出了傷心的淚水，滴在鄭和憔悴的臉上。

朱棣聽說鄭和病倒以後，特地打發御醫匡愚前來診治。匡愚的醫術高明，在朝廷裡是出了名的，鄭和的病經過他的精心調理，雖然燒退了，也不說胡話了，卻仍然離不開病床，神情十分委頓。

沈涼背地裡問匡愚：「他這病何時才能好徹底？」

匡愚歎了口氣說：「他的病，心病為主，身病為次，我的藥方治得了身病，可治不了心病，心病還得心藥醫啊。」

匡愚起身告辭，沈涼送他到院子裡，嘴裡還在喃喃著：「可急死人了，該怎麼辦呢？」

這位年齡不大的御醫，回過頭來半吞半吐地說：「他雖然是個殘廢了的人，同樣會有過正常人的生活願望，這一切長期都壓抑在他心裡，受了朝堂上那場無情的打擊，一時猛烈爆發出來。現在藥物只能暫時抑制病的勢頭，眞要調理好恐怕僅憑藥力是不行的。」

沈涼聽了默然低下頭來。她十分明白匡愚那些話的意思，人之大欲誰都阻擋不了，包括強迫喪失性能力的那些人在內。因此，即使在規矩森嚴的後宮裡，也允許宦官與宮女相互配對，做形式上的夫妻。他們在一起親親密密，同吃同宿，雖然不能盡男女之歡，卻也可以耳鬢廝磨，聊以宣泄男女之間互相渴求的慾望。宦宮與宮女的這種關係，在宮裡稱爲「菜戶」，這個「菜」字不知是誰發明的，大意是「瓜菜代」，也就是萬般無奈之下，聊勝於無的意思吧。沈涼在傅友德的府中，曾經聽過不少有關宦官的議論，都是關於這個群體的人性格如何乖戾，行爲如何乖張，心性如何殘忍的惡評，對宦官本來也存在一種厭惡之感。但自從認識了鄭和，不知不覺激起了對這類人的同情，開始感覺到這些人即使乖戾甚至殘忍，也並非完全是他們自己的過錯。這個世界上本來只應該有兩種人：一種是男人，一種是女人。可人類自己卻偏偏要製造出另一類人來，這本身就是一種乖張的行爲。在沈涼的心目中，她萍水相逢的鄭和，儘管失去了做男人的權利，依然還是一個頂天立地的男人。他保留著男人的雄偉氣度，做的是男子漢大丈夫轟轟烈烈的事情，有著一般男人並不具備的魅力。她深知男人離不開女人的溫存，男人的雄風是需要由女人來滋潤的。

沈涼想到了金花，當今聖上在遣散後宮原有的宮女時，特地將金花打發到鄭和在宮外的宅第來，是否也有這層意思？金花是隨傅友德的軍隊從雲南過來的，當今聖上佔領南京後，隨即清理了後宮，雲南來的那批宮女年齡已經不算小了，發下善心，允許她們出宮成家。只有金花留戀雲南，不願在南京嫁人，因而來到了鄭和府上。畢竟鄭和是她的雲南老鄉。金花剛來的時候，沈涼就悄悄同她談過宮裡的那個規矩，這個雲南姑娘帶著幾分羞澀，默默表示出願與鄭和朝夕相伴的意思。鄭和是在青春期之前就被去勢的，這在宮裡被稱爲「童淨」，即純淨無暇之意，特別受到宮女的喜愛。加之鄭和人又生得魁偉，相貌出衆，全無一般宦官的怪異性情，早在燕王府裡，就有很多宮女愛上他了。只是因爲他心裡早就有了一個沈涼姊姊，完全沒有把別的女人放在眼裡。金花在從雲南來南京的路上，就熟悉鄭和，這些年鄭和的作爲也耳聞目睹，對他很敬佩，也很同情。她傾心嚮往鄭和，她沒有理由拒絕他。

沈涼也早就在鄭和面前挑明過，講了金花的溫柔、賢淑，會體貼人，是個終身可以依託的人。鄭和聽了直搖頭，他也誇金花是個很不錯的姑娘，然而金花既然從宮裡出來了，有了給別人當妻子和生兒育女的權利，他可不能耽誤她一輩子的大事。金花曾經主動像妻子一樣照顧鄭和，夜裡去幫他撤換不時被尿液浸濕的內褲，鄭和竟然臉紅了，死活不讓。那是被閹割者另一種難言的隱痛，那把閹割他們的刀子，不但破壞了他們的生殖功能，也破壞了他們的排泄功能，小便常常無法控制，內褲得經常換洗。沈涼以女人心眼的縝密，在與鄭和的接觸中，也發現了他的這個難言之隱，曾多次主動提出替他擦洗身子，換洗內褲。鄭和也總是羞澀地臉一紅，堅決不答應。在他的心裡，只願意讓這位姊姊分享他的歡樂，不願意讓她分擔自己難言的痛苦。

沈涼聽了匡愚的話，更加感覺到鄭和受到嚴重傷害的心靈，需要有一個眞正屬於他的女人去撫慰。她來到鄭和的床邊，撫摩著鄭和略顯消瘦的面頰，十分懇切地說：

「還是讓金花搬過來同你一起住吧。你的身子還這麼弱，讓她夜裡照顧你。她人很不錯，一定會照顧得很好的。」

鄭和還是一個勁搖頭：「那可不行，我還惦著給金花趕快找個好人家，她年齡也不算小了，可別讓她耽誤在這裡。」鄭和平時對沈涼言聽話從，就是這件事油鹽不進。

鄭和的身體還是一天天在好轉，只是心靈的創傷難以癒合，總也打不起精神來。這天，狗兒從北京回到南京，知道鄭和病了，也知道了他生病的緣由，夜裡由貓兒和蘇天保陪著，一起來看他。這幫患難與共的兄弟，談起了那天發生在朝堂的事情，一個個無比憤懣。當年他們被閹割的時候，都還懵懵懂懂，只是無端害怕。到了今日，涉世深了，內心的鬱悶和痛苦也在不斷加深。他們不願意有人來揭開自己的隱痛，卻偏偏有那麼一些人要抓住他們的隱痛不放。

貓兒說話粗魯，憤恨地說：「老子們靖難出生入死，他們都來做現成的官，還要說三道四，有什麼了不起的，不就是褲襠裡多一個那玩意嗎？」

蘇天保勸道：「你們還是剃度受戒吧，當佛門弟子，六根清淨，免卻諸多煩惱。」

狗兒堅決反對：「這會兒可千萬別去當光頭和尚，鄭哥現在這模樣萬裡難挑一個，就用這模樣氣一氣朝廷那些人模狗樣的文武官員。再說，還有一位蒙古美人在等著見他，可別讓人家太失望了。」

蘇天保和貓兒不知道什麼蒙古美人的故事，狗兒繪聲繪色向他們描述了一遍。貓兒也為鄭和自豪：「別看那些人成天用酒肉養著，有紅顏翠袖偎著，沒有哪一個的容貌、身姿和氣度，有我們鄭哥這衆出色。」

鄭和連忙讓沈涼拿出那把雄劍給狗兒：「請你帶到北京去，找機會還給那位元公主，向他如實說明情況，斷了她的那個無法成為現實的念想，公主的年齡也不算小了。」

狗兒開始還是不肯答應，見鄭和頗為著急，再看看沈涼和金花，若有所悟，這才勉強將那把劍接了過來，嘴裡還在為難地說：「我怎麼對那位蒙古公主開口呢？」

鄭和連忙岔開話題說：「病了這些日子，也不知朝廷的情況怎樣了，聖上開放海禁的想法是否還能繼續推行？」

蘇天保說：「聖上下了決心的事，豈是他們能阻擋得了的，你趕緊養好身子吧，我聽道衍師傅說，聖上還有大事等著你去辦哩。」

狗兒、貓兒不約而同看了看沈涼和金花，一臉壞笑地說：「鄭哥的身子還得靠妳們來照料好，可不能讓他垮下去了。」狗兒、貓兒這時也都有了自己知冷知熱的女人，建立了各自的「菜戶」，他們多少從女人身上得到了一些溫存和慰藉，體會到了女人對男人的重要。雖然，那也給他們帶來了莫大的煩惱和痛苦。

男人的一半是女人。沒有女人的似水柔情，根本不可能有男人的剛勁雄風。

已經夜深了，鄭和府邸所在的太平巷萬籟無聲，忙碌了一天的人們都進入了甜蜜的夢鄉。只有天上的銀河在無聲地流淌，銀河兩岸的牛郎、織女在相對無語。沈涼在搖曳的燭光下，面對一面擦拭得放光閃亮的鏡子，仔細梳妝打扮著自己。一顆心卻在怦怦地跳，久久無法平靜。她這些天一直為鄭和的身體焦急、苦惱、寢食不安，最後終於省悟，支撐鄭和重新站立起來，成為一個頂天立地的男子漢，那責任實際就在她自己身上。她不應該逃避，也無法逃避。沈涼終於發現，這些年她一直在欺騙自己，現在再也不能欺騙自己的感情了。她與鄭和之間，實際從一開始就遠遠超出了姊弟之間的情分。傅將軍去世這麼些年，她一直依戀著鄭和，明知兩人難以成就世人所嚮往的那種姻緣，卻怎麼也不願意離開他。在那些分別的日子裡，最大的痛苦就是對鄭和的思念之苦。她作為一個情感敏銳的女人，也清楚鄭和對她的依戀。其實也正是他的這份癡情打動了當今聖上，在茫茫人海中將她拉回到鄭和的身邊。兩情相依，誰個能來取代啊？

沈涼仔細看了看鏡中的自己，兩腮飛紅，眼睛裡湧出了兩顆說不清是幸福還是哀傷的淚珠。她毅然站起身來，穿上了她初當嫁娘時的那套紅色衣裙，使勁壓住自己砰然直跳的心，悄悄來到鄭和的房間。此時鄭和尚未入睡，見沈涼今夜特別光彩照人，心裡也怦然一動，招呼她在自己的身邊坐下。

沈涼款款走到他的床邊，俯下身子捧住鄭和的臉，含情脈脈地說：「還是讓姊姊與你終身為伴吧，姊姊願意成為你的人。」

鄭和目不轉睛地看著這位仍然十分嫵媚動人的姊姊，臉刷地紅了，卻緊緊捏住了沈涼的手不放，眼裡也閃爍著激動的淚花。他們默默對視良久，心情稍稍平定下來。沈涼緩緩解開衣帶，脫下羅裙，裸露出自己的胴體，將女人的一切隱秘都展現在鄭和的眼前。鄭和刹那間產生了前所未有的衝動，猛然抱住沈涼柔弱的身子，翻身壓了上去，兩隻手一把握住那兩座高聳的乳峰，將自己乾澀的嘴唇咬住了那兩片嫣紅濕潤的嘴唇。沈涼也緊緊摟住馬和光滑的身子，輕柔地撫摩著，撫摩著，發出一陣呻吟……

此時的窗外，一勾彎月凌空，清冷的月輝，像水一樣，潑灑在他和她的床前。

六、寶船廠奇遇

在鄭和生病期間，朱棣就接連發出幾道聖旨，讓南京、福州等地的船廠，大批製造遠洋航行的帆船。同時要求沿海各地，還有沿江各地，大量改造平底船，以適應海上航行的需要。南京的寶船廠，按照聖上的要求，除了製造一般規格的海船外，還要製造宣揚大明國威的寶船。皇上提出寶船的船身要求比歷朝歷代的都大，遠航的能力要求比歷朝歷代的都強，寶船的造型要體現中華上國的繁榮和強盛。聖旨如山，寶船廠的壓力眞的就像山一樣沉重。

鄭和的身體恢復得差不多了，朱棣立刻讓他去坐落在龍江關的寶船廠督察造船，務必抓得很緊，不許有絲毫鬆懈。狗兒、貓兒得知寶船廠就是曾經給過他們莫大侮辱的那個造船工場，嚷著要同鄭和一起「舊地重遊」。鄭和很重朋友感情，尤其是狗兒、貓兒這樣的生死至交，更是難卻其請，非常痛快地答應了他們的要求。

秦淮河清悠悠的河水，在大街小巷中緩緩流淌，帶走了金陵流逝的歲月。兩岸的秦淮人家，茶樓酒肆，青樓妓館，撫琴吹笛，一派歌舞升平。河灣裡華麗的遊舫，載著衆多的紅男綠女招搖過市，展現出今日南京清平世界的歡樂。鄭和一行人騎著馬沿著秦淮河迤邐而行，順著秦淮河流入揚子江的河口，再往右邊一轉，沒有走出多遠，就來到了寶船廠。

時間的流水沖洗了這裡的一切，昔日的造船工場已經面目全非，連那個給他們留下屈辱記憶的工場大門也不見了。原有的造船工場，顯然已經無法容納明代造船工業的發展，造船場地的範圍數倍於前。最顯眼的是增加了七個巨大的作塘（即船塢），排列在揚子江岸邊，高大的閘門將滔滔江水擋在江堤之外，這些作塘裡都是一片繁忙景象。此時的寶船廠已經擴充到三萬多人，按專業分成木作、鐵作、舵作、篷作及索作四廂，比起原來那個小作坊式的工場，又是一番格局。

宮裡早就派來了一個監督造船的內監，名叫王景弘。他得知消息，老遠就出來迎接。鄭和作爲內官監太監，統管皇宮的採辦、建造以及宮廷管理的大事，可以說是王景弘的頂頭上司。但是，王景弘還在建文帝時候就被派來督造皇家船舶，很少去宮裡，此前一直沒有與鄭和打過照面，但鄭和這個名字在宮廷裡非常響亮，他的很多出色表現也被傳得神乎其神。王景弘甚爲仰慕，見了面對鄭和執禮甚恭，連說：「久仰，久仰！」

鄭和卻沒有什麼架子，抱拳說：「你可別客氣，這造船的事，我一竅不通，全都仰仗你了。」

他向王景弘介紹了狗兒、貓兒兩兄弟，隨即讓王景弘帶路，實地察看建造遠洋海船的情況。狗兒、貓兒不耐煩跟他們一起談那些公事，要自己隨意溜達，同他們分道而行，各得其便。鄭和與王景弘先去看從各地採辦來的木材，打造航海的帆船，採辦和運送木料是最重要的環節。在堆放木材的場地上放眼看去，江中運木料的航船絡繹不絕，岸上運木料的馬車前可見頭，後不見尾，可謂船如流水車如龍。鄭和讓王景弘仔細算來，造一百八十三艘大型遠洋船，其中還有四艘特大號寶船，木料的缺口還不小。

王景弘說：「最著急的是，造大型寶船的桅桿和舵桿，需要特大號的栗木或櫟木，至今還沒有著落。」

鄭和記下了木材的事，又問王景弘：「皇上交代要造的寶船，進展如何？」

王景弘搖頭說：「一個是寶船的式樣還沒有著落，這是從來沒有過的船型，匠人心裡都沒有底，不知該怎樣下手；另一個是寶船的鐵錨，要錨住這麼大的船，那錨至少得有上萬斤的重量，所有船廠的鐵作坊都從來沒有鑄造過這樣的大傢伙，誰也不知該怎麼辦。」王景弘出身福建的船家，來南京寶船廠以前，就在泉州和福州督造過江船和海船，對造船並不陌生。然而寶船面臨的難題，是前所未遇的，他一時也拿不出好的辦法來。

他們兩人談得正熱烈，忽然後面傳來一陣喧嘩聲。鄭和與王景弘回頭一看，只見狗兒、貓兒氣勢洶洶押著兩個人走了過來，後邊還尾隨著一大群看熱鬧的人。那兩個人剛走到鄭和跟前，狗兒、貓兒順勢一推，乖乖地跪倒在鄭和的腳下。鄭和命他們抬起頭來，一個胖出一身肥肉，一個瘦得似猴精。他認出來了，這兩人就是當年在造船工場凌辱他們的那個胖子師傅和工場管事。

「冤家路窄」，這話不知是誰總結出來的，眞的很靈驗。狗兒、貓兒兩人著錦衣遊故地，本來只想到這個倒過楣的地方揚眉吐氣一番，吐盡那次可恥遭遇積鬱到胸中的悶氣，讓這裡的人懂得「三十年河東，三十年河西」的道理，什麼時候也不要「狗眼看人低」。他們開始並沒有刻意要去尋找當年的仇人報仇雪恥，那倒楣的仇人卻偏偏自己撞上門來，就在當年那片匠人居住的棚戶區，不偏不倚碰到了這個可惡的胖子。說也奇怪，時間過去那麼多年了，他們一眼認出了胖子，胖子也一眼認出了他們，眞是仇人相見分外眼明。胖子一看他們的穿著打扮，知道來頭不小，扭轉身子撒腿就跑。貓兒一個箭步竄上去，像拎小雞一樣將他拎了回來。

胖子爲了減輕自己的罪責，連忙說：「兩位元老爺，那年發生的事我是有嘴無心，沒有那個管事橫插一槓子，也不會鬧成那個樣子。」

狗兒忙問：「如今那個管事在哪兒？」

胖子說：「當年的那個工場管事，現在是鐵作的管事，管理打造船錨的事情。」

狗兒、貓兒便讓胖子帶路，將這個瘦猴也一起抓了過來，押到了鄭和與王景弘面前。

王景弘連忙問：「他們什麼事得罪了這兩位將軍？」

狗兒、貓兒分別踢了跪在地上的兩個倒楣鬼一腳，異口同聲說：「讓他們自己如實招來吧。」

胖子趕緊將那次如何同這兩位老爺打架，如何發現他們是閹人，又如何將他們扭送到管事那裡，如實述說一遍，連連磕頭求饒。瘦猴也趕忙將自己開始想抓他們回宮邀功領賞，後來組織工場裡的人痛打了這三位老爺，將他們一腳踢出工場大門的事，如實說了一遍，也連連叩頭求饒。

鄭和見了他們，頓時想起因為當了閹人過去受辱現在還受辱的情況，心裡也升起了一股無名火。他向王景弘述說了當年他們被踢出工場大門，在街頭賣藝又慘遭毒打，在風雨中流落鍾山幾乎喪命的情形，眼裡噴射出憤怒的火花。

王景弘也是無端遭受閹割的人，聽了這些話，同病相憐，惺惺相惜，也是氣憤異常。他厲聲說：「兩個該死的東西如此欺人，眞是可恨，聽憑兩位將軍發落吧。」

貓兒說：「我們也懶得治他們，乾脆送錦衣衛吧。」

那兩個人一聽要送錦衣衛，立刻嚇破了膽，跪在地上磕頭如搗蒜。一個說：「求幾位老爺開恩，只要不去錦衣衛，但憑怎樣處置都行，」一個說：「可憐我們家中上有老，下有小，進了錦衣衛就是死路一條啊。」

南京人誰都知道，錦衣衛是出了名的閻王殿，到那裡的人差不多都是豎著進去橫著出來。

以至南京小兒夜裡哭鬧，只要爹娘說聲「錦衣衛來了」，立刻就會噤聲，不敢再哭再鬧。鄭和心裡也清楚，錦衣衛的紀綱是有名的酷吏，到他那裡的人求生還不如求死，動了惻隱之心，對狗兒、貓兒說：「錦衣衛就不要去了吧？」兩兄弟歷來對鄭和言聽計從，鄭和這麼一說，他們也就罷了。胖子和瘦子聽了如釋重負，跪在地上又磕了好幾個頭。

王景弘說：「那就重責一頓，逐出寶船廠，永不錄用，讓你們也嘗嘗流落街頭的滋味，這叫『以其人之道還治其人之身』，懂不懂？」

胖子和瘦子連連點頭說：「我們懂，我們懂，我們甘願受此懲罰，多謝幾位老爺的恩典。」

王景弘在寶船廠一呼百應，他的話剛落音，打屁股的板子就搬來了，隨即連他們的包袱也都有人捆了送過來，等著將他們踢出寶船廠的大門。兩個跪在地上的人，眼裡噙著淚水，匍匐下去，準備挨板子。在那個時候，打板子雖是輕刑，也得皮開肉綻。那板子還沒有舉起來，兩人高高抬起的屁股就篩糠似地顫抖不止。

鄭和輕聲問：「他們兩個如今在船廠都幹什麼活？」

王景弘指點著他們回答：「一個是木作的大師傅，一個是鐵作的管事。」

鄭和說：「現在正是用人之際，我看饒了他們，讓他們好生爲朝廷出力造船吧。」

在場的人聽了這話都不由一愣，誰也沒有想到眼前這位威風凜凜的鄭將軍，會如此寬宏大量，這麼輕易饒了欺侮過自己的人，發出嘖嘖稱讚。只有胖子和瘦子沒有聽清楚鄭和說的什麼，還跪在地上「篩糠」，等著承受板子。

狗兒、貓兒走上前去，衝著他們的屁股又是一腳，怒喝一聲：「老跪著幹什麼，還不起來謝恩。」

胖子和瘦猴這才明白，天大的禍事已經過去了，剛站起來，又撲通一聲跪了下去，悔恨與感激攪和在一起，止不住眼淚汪汪，給鄭和連連磕了幾個響頭。

狗兒、貓兒總覺得太便宜了那兩個傢伙，嘴裡還在恨恨地罵那兩個勢利小人。鄭和勸解道：「得饒人處且饒人吧，連皇帝身邊那些飽讀詩書的大臣都把我們看得無比下賤，又何況這些無知無識的人呢。」

狗兒說：「怪不得人家都勸你剃度出家，你這菩薩心腸眞是修煉到家了。」

貓兒說：「鄭哥，聖上把造寶船這樣的美差給了你，往後別忘了提攜我們，掙個腰纏萬貫之身，看他們誰還敢小瞧我們！」

王景弘經歷了這場風波，更加佩服鄭和，他在心裡說：「能夠不計前嫌的人，可以成爲生死相託的朋友。」

鄭和此時想到的，是沈淙在他耳邊說過的話：「要讓別人不敢小瞧，只有自己頂天立地。」

第六章 天下第一船隊

一、出使西洋總舵手

姚廣孝回到南京，朱棣立刻在御書房召見他。當皇帝的不像一般人，心中有了苦悶可以隨便找個什麼地方發泄，他只能在這位能夠直接吐露心聲的老友面前，訴說自己的心事。

朱棣這些日子心情一直不好。西南方面，安南黎氏掠奪占城、進犯廣西的侵略行爲，屢禁不止，絲毫也不把他這位大明皇帝的勸諭當回事；西北方面，蒙元殘餘不時前來騷擾，邊陲之地民無寧日；尤其是東南海域，不但有逃亡海外的反明勢力勾結海盜危害沿海地方，還有海外一些番國也藐視大明朝廷的聲威，多次發生扣留貢使、劫奪貢物的事情。他登基之後已經難得見到幾個外國使臣，與番國的朝貢貿易也因此凋零，一些招待外國使臣的驛館門可羅雀。

姚廣孝不愧是朱棣倚重的醫國聖手，聽罷皇上的傾訴，立刻下了診斷。他懇切地說：「所有這些無一不與現在大明聲威不振有直接的關係，聖上衝破海禁的決心不可動搖，要採取非常的舉動到海外宣示中國的富強，讓四方賓服，才有可能贏得邊境的安寧。」

這些話句句都說到朱棣的心坎上，他自己也經常感歎：「萬邦無不歸順者，聖人之統也。」他一心想做的，就是這樣的聖人。可是，他的父皇在位三十多年，同他的想法大相逕庭，總認爲開門就是引鬼揖盜，不時都把海禁掛在嘴邊上，而且寫進「祖制」裡，一個字也不許更改，將他的手腳都捆綁住了，無法動彈。他對待祖制，可不能像對待建文時代的舊臣一樣，誰不順從就除掉誰。他要給人留下唯有自己能繼承先帝意志的印象，不能在什麼事情上，都給人留下「篡改祖制」的把柄。

姚廣孝聽罷朱棣的敘述，十分灑脫地說：「先帝不讓改動祖制一個字，陛下一字不動就是，豈不省事！」

朱棣一聽這話，急了：「謹守禁海祖制，何以溝通萬邦？」

姚廣孝隨手拿起一支御筆，在龍硯中醮了墨，拿過一張紙揮灑了四個字，呈了上去。

朱棣接過來一看，那四個字是：「不宣而行」。他用手拈著下巴上的龍鬚，連聲稱讚：「好主意，好主意，從今往後不說改制的話，卻可以實實在在去做改制的事，先生眞是『四字師』。」

姚廣孝進而解釋：「其實，新帝即位派人宣示海外諸番國，本來就是一件很尋常的事情，用不著怕別人反對。還有人傳說建文帝流落海外，派人去海外尋找也是名正言順。」

朱棣頻頻點頭，高興地說：「先生所言合情合理，盡釋我心中的疑慮。」

姚廣孝繼續沿著自己的思路痛陳國是：「聖上剛才所言西南、西北邊陲不寧，東西兩洋海路不暢商旅阻絕，都是關係國家安危盛衰的大事情，需要有長治久安的謀略，統籌規劃。以愚臣之見，對蒙元殘餘旨在復辟舊朝的反撲，必須堅決予以迎頭痛擊，絕對不能有所猶疑。至於遠近蠻夷之國，即使有所冒犯，也不要輕易動武，取主動溝通的姿態，廣施德化。臣深知聖上的心思，欲展鴻圖大業，興我中華，必須改弦易轍，將中華大地的安定擴展到海外，眞正實現天下太平。」

朱棣點頭：「知朕者，莫若先生。朕的意思，東洋海域包括朝鮮、日本等國在內，派出使臣頻繁交往，建立彼此友善的關係，以求得東南沿海的寧靖。西洋則耀兵示強，厚往薄來，令海外番國誠心賓服。如此一來，朕便可以集中力量經營西北邊疆，到那時就不只是追漢唐，而是軼漢唐了。」

姚廣孝連連點頭：「聖上眼光遠大，胸懷寬闊，就是漢武帝、唐太宗再世，他們也會佩服的。」

道衍剛從江南各地雲遊歸來。他將自己一路看到的情況，十分詳實地向朱棣奏明。朱元璋即位之後，堅持休養生息，藏富於民，且大興水利，扶植農桑，國庫日益充盈，民間的財富也在迅速增長。朱棣繼位以後，在國內繼續實行朱元璋的一套辦法，士農工商安居樂業，再加上這些年大多數地方風調雨順，少數發生災情的地方也及時採取了補救的措施，出現了歷史上少見的國強民富的局面。他親眼看到好多地方糧食堆積如山，老百姓根本吃不完，好些都黴爛了。各地錢庫裡的錢也都裝得滿滿的，有些地方連串錢的繩子都腐爛了。姚廣孝興奮地說：「先帝創下了一個好的基業，陛下登基以來又拓展了這個基業，國強民富前所未有，想辦大事正當其時，天賜良機不可錯過。」

朱棣聽了這話，手撚胸前的鬍鬚，一臉燦爛。「想辦大事正當其時」，這句話說到了他的心坎上。他這一兩年也不時外出巡查，瞭解民情，並且通過各方面的渠道不斷彙集各州各府的消息，對姚廣孝所說的這些情況，心中還是很有數的。他曾經專門叫戶部尙書夏原吉匯報各地錢糧的數目，得到的數字連處世謹愼的夏原吉也驚喜不已，他這個專管天下錢糧的尙書都沒想到天下已經變得如此殷實。

朱棣站起身來，背著手在御書房裡來回不停地走動，腦子裡在琢磨著要辦的大事，頭一件就是派人出使西洋，走出海外已經刻不容緩。雖然這兩年他也不斷派出一些人去西洋，可人單船少，影響甚微……朱棣突然停住腳步，右手高高舉起，猛地從空中劈下來，斬釘截鐵地說：「要幹就幹大的，組織歷朝歷代都沒有過的巨型船隊，示大明富強，震驚海外，讓萬邦踴躍歸順。」

姚廣孝附和道：「如今海道不寧，海寇猖獗，多帶一些兵船，肅淸海道，這也是溝通萬邦所必要的。」永樂爺好久沒有這麼高興過了，十分感謝這位道衍先生支援他做出了這個決斷。他又提出對這位靖難第一功臣的敕封問題。姚廣孝連連搖手說：「臣乃閑雲野鶴，懶散慣了，坐不慣朝堂，還是掛個僧錄司左善世的閒職，爲聖上拾遺補缺最好。」

朱棣不好勉強，只得說：「這事以後再議吧。」

姚廣孝急忙岔開聖上對自己的關注，把話題又拉回到下西洋的事情上來：「聖上考慮過下西洋的人選嗎，誰領這個頭最合適？」

朱棣實際也在思考這件事，此人旣要能夠顯示大明的威儀，又能與海外諸國交好，才能不辱使命。他腦子裡將朝廷大臣都過了一遍，要找出一個性格剛柔相濟，態度和順又不示弱，知兵而不好戰，且能受到西洋各國歡迎的人，也實在難得。他思考再三，問姚廣孝：「鄭和此人如何？」

姚廣孝首肯道：「此去西洋不是佛國，就是伊斯蘭國，鄭和身為回教徒，又與眾多高僧過從甚密，也肯於鑽研兩教的學問，僅就這一點來說，大概也是別人比不了的。」

朱棣下了決心：「朕也琢磨，數他合適，那就是他了。」

姚廣孝建議道：「聖上還是揀個機會，讓想去的人都展示一下自己的能耐，這樣挑出來的人才能夠服眾。」

朱棣覺得這話有道理，點頭應允。

這一天早朝，朝臣們得知聖上將要宣佈組織龐大船隊下西洋的旨意，並要確定領軍下西洋的人選，都變得活躍起來。這是曠古未有的大事情，很多人都躍躍欲試。這些大臣也都摸準了永樂爺的脾氣，他讓你直言陳事，你想順著他揀好聽的說可不行，好多人都因為拍馬屁栽了跟頭；硬著頭皮講眞話、實話，甚至說出與他心裡意思針鋒相對的話，只要他覺得對的，他會很高興，因此而升官的人也不少。但是，這位萬歲爺一旦定下來的事情，誰站出來反對都不行，那也會自找倒楣。他們都拿定主意，要在下西洋的人選上爭一爭，改變這兩年光派內臣出使海外的局面。這些文武大臣雖然知道前次早朝說的一些話，引起龍顏不悅，但是他們對宦官的鄙夷，並不是輕易就能動搖的。

淨鞭三下響，鴻臚寺卿宣佈朝會開始。朱棣目視朝堂之下，首先開言：「朕的決心已定，組織強大船隊出使西洋，溝通海外諸番國，營造太平盛世。現在需要選拔率領船隊下西洋的統帥一人，諸位愛卿看看誰最合適，如實奏來，待朕定奪。」

還是楊榮首先出班啓奏：「臣保舉吏部尚書蹇義，他乃洪武十八年進士，原名是個瑢字，先帝重他信義第一，特賜一個『義』字，蠻夷之邦都是化外之人，不識禮義廉恥，正需要用信義去感化他們。」

朱棣聽罷略爲點了點頭，表示知道他說的意思了。

夏原吉見聖上對蹇義沒有明確表示贊成的態度，立刻站出來說：「臣也保舉一人，乃英國公張輔。他是河間王張玉的長子，將門之後，治軍整肅，處變不驚，出兵安南，威震海外。此去西洋，海道不寧，衆番邦居心難測，需要武力征討，英國公足堪大任。」

朱棣聽了，只稍稍點了點頭，便衝衆臣說：「還有可以堪當此任的人嗎？快快奏來。」

平心而論，楊榮和夏原吉推薦的這兩個人，也是文武兼備，出類拔萃。無奈在這件事上，不中皇上的意，因此一個勁兒讓人繼續推薦。這時姚廣孝走了出來，他今天脫去僧衣，換上了朝服，衝上面一揖：「臣保舉內官監太監鄭和，他的文韜武略，博辯機敏，在征戰和外交中多有表現，無須多言，僅就諳熟和尊奉西洋諸國的信仰，也是最合適的人選。」這位道衍和尚在朝中的職位不算高，實際卻享有國師的地位，他的話極具分量，別人不敢輕易反對。

袁忠徹也站出來說：「鄭和姿貌才智，無與倫比，臣察其氣色，誠可任也。」

滿朝文武也都知道此人相術過人，連皇上都很信服。朝堂上再也沒有人站出來說話，都拿眼睛瞪著皇帝，看他如何表態。

朱棣仍然不動聲色，他朗聲道：「此次率大明船隊出使西洋關係重大，衆位愛卿推薦的人，都得當堂殿試，先將鄭和宣上殿來。」

鄭和大病一場之後，比原來瘦了一些，卻顯得更加精明幹練。他經過沈凉的精心修飾，往朝堂的中央一站，氣度不凡，光彩熠熠照人。滿朝官員都忍不住瞅他一眼，彷彿今天才發覺此人的確體貌出衆，絲毫也沒有一般宦官的委頓，很覺奇怪。

朱棣對他說：「鄭和仔細聽著，姚先生保舉你領兵下西洋，你能掛這帥印嗎？」

鄭和用洪亮的聲音回答：「託萬歲爺的齊天洪福，十分願意立功海外，揚大明之威於萬方，雖難酬蹈海，萬死不辭。」

朱棣又問：「你可知此去西洋的要旨？」

鄭和又答：「前往西洋番國宣示當今聖上的德能，敦睦邦交，溝通貿易，萬國誠服，使我大明追三代而軼漢唐。」

朱棣撚著鬍鬚讚賞道：「這話說得極是，只是溝通貿易，務必遵循漢唐以來的朝貢貿易，厚往薄來，不與番邦小國計較錙銖小利，不可做有損大明威儀之事。」鄭和連連點頭稱是。

朱棣接著說：「朕再問你，出使西洋遇有阻力如何對待？」

鄭和接著回答：「示強而不逞強，擁兵而不濫用，除怙惡不悛者給予痛擊外，餘者曉之以禮，情來情往。聖上有言，兵乃不祥之器，不到萬不得已不可用兵。」

朱棣朗聲問：「那如何能使西洋番國心悅誠服歸順中國？」

鄭和朗聲回答：「聖人說過，『以德服人者王，以力服人者霸』，所到之處定當盡力宣示大明天子聖德，讓西洋諸國懂得堂堂中華，是王者，不是霸者。」

朱棣聽了面含微笑，沉吟一會兒，接著又問：「所率船隊，如何應付遠洋航行中的浪急風高？」

鄭和立即呈上自己同王景弘、林貴和等航海能手多次研究的「飛燕掠海圖」。朱棣接過來一看，二百多艘遠洋船排列組合成一隻巨型飛燕，由前哨和前營組成燕子的頭，左哨列、右哨列組成燕子的翅膀，戰船組成燕子的尾巴，帥船和中軍營組成燕子的脊樑，馬船、水船、糧船，則緊湊爲燕子的身軀。首尾相銜，左右聯動，上下呼應，在海上形成一個動靜有致的整體，既可抗拒風浪，也可隨時出擊來犯之敵。在鄭和心目中，這是他的「海洋抗浪魚」。

朱棣看罷欣喜不已，他命身邊的宦官將這個航海船隊巧妙排列組合的圖形出示群臣。大家看了都咂舌，他們壓根就沒想到海上航行居然這般複雜，學問多多，不得不暗暗佩服，鄭和的確才智超群，人所不及。

朱棣轉聲問騫義：「朕就考你一個問題，你想到過這麼大的船隊在海上如何航行嗎？」

騫義也是個至誠君子，老實回答：「在航海的知識方面，臣實不如內官監太監鄭和，甚感慚愧。」

朱棣又問張輔：「張愛卿，你呢？」

張輔是個直腸子，他拱手說：「人貴有自知之明。臣歷來只習陸戰，不諳水戰，即使聖上委派臣去西洋，臣也不敢接旨，臣以為還是鄭和適合當此大任。」

朱棣抬眼看著衆文武百官：「委派鄭和為下西洋船隊的總兵正使，衆卿還有異議嗎？」

大家齊聲回答：「臣等沒有異議。」

散朝的時候，很多人都拱手向鄭和表示佩服。

二、國法撞擊鄉情

鄭和被正式委任為領軍出使西洋的總兵正使後，立即推薦王景弘為副使，也很快得到了朱棣的認可。鄭和看中王景弘出身航海世家，有比較豐富的航海和造船經驗，辦事也勤謹小心。王景弘佩服鄭和的傳奇人生，且文武雙全，胸懷寬廣，是個帥才。他們兩人靈犀相通，志氣相投，在以後幾次下西洋的驚濤險浪中，生死與共，榮辱相隨，成了刎頸至交。

朱棣是個急性子，組織龐大船隊下西洋的決心一定，各個方面的準備，頃刻之間成了火燒眉毛的事情，在大半個中國範圍內雷厲風行地展開。擺在鄭和與王景弘面前的事，可謂多如牛毛，顧首難顧尾。鄭和讓王景弘在寶船廠繼續督造遠洋船隻，他自己去督促採辦寶船急需的特大木料，還有巡查開展朝貢貿易所需要的上萬件瓷器和上萬匹絲綢，以及大量鐵器、布匹、茶葉、蠟燭、白酒、菜油等物品的採辦。這些東西數量太巨大了，時間不容有絲毫的耽誤。貓兒得知這個消息，曉得這是個發財的好機會，一定要鄭和向聖上推薦與他同行。

鄭和思考再三，婉言拒絕道：「朝廷的官員都在拿眼盯著這件事情，瓜田李下需要避嫌才是。」

貓兒卻神通廣大，他與尙寶司太監王虎，活動到了出宮採辦的差使，就獲取好處而言，更強似同鄭和一起去當督辦。

鄭和將江西作爲自己此行的重點，那裡既是採辦大木的地方，也是瓷器生產的重鎭。他水陸兼程，一路上見到運往南京的木材，水路、陸路聲勢浩大。有來自雲南、貴州，四川的，也有來自江西、湖廣等地的。很多人不堪其苦，頗多怨言，都在說當今天子勞民傷財，不體恤民情。這在鄭和的興頭上澆了一盆涼水，他沒有想到，下西洋這件事牽扯這麼大，民間的怨氣也這麼大。

這天，鄭和與他的隨從來到江西吉安縣，微服而行，住進了一家普通客棧裡。他想冷靜看一看，這其中到底出了什麼問題，好回去向聖上如實奏明。南方的夏天氣候極其悶熱，吃罷夜飯以後，住店的客人全都聚在院子裡搖著蒲扇納涼。客人們來自天南海北，也就天南海北神聊，聊著聊著就扯到朝廷造遠洋船的事情上來。

有個客人說：「萬歲爺金口一開不要緊，不知有多少人借造船發大財，又有多少人成了船底下的屈死鬼。」

另一個客人馬上搭茬：「老兄這話所指爲誰？」

前邊那個客人說：「遠在天邊，近在眼前。」

客棧老闆娘是個快嘴，忙說：「客人講的可是監察御使彭百煉下了錦衣衛大牢的事，那眞是天大的冤枉。」

那個客人說：「是啊，這位彭大人就因爲揭露本縣一些人借徵集木料中飽私囊，被本縣一些奸人串通一氣，反咬一口，想要懲治貪官的人反倒成了貪官。」

鄭和聽了大吃一驚，故意問道：「不會吧，當今天子聖明，朗朗乾坤之下會發生這樣顚倒黑白的事情？」

衆多客人聽了議論紛紛，有人嘲諷地說：「嗨，十八殿閻王，哪個殿裡沒有幾個屈死鬼！」

第二天，鄭和在吉安縣四處瞭解這件事的來龍去脈，前因後果。原來朝廷指令每縣分派三家富戶爲寶船桅桿、舵桿和長櫓採辦大木，如若拿不出大木，必須拿出價値相當的銀兩相抵。吉安縣一些奸人勾結吏胥通同舞弊，將三戶的名額擴大到二百八十戶，將多收的銀子拿來私分，裝進了他們自己的腰包。監察御史彭百煉來縣衙檢索案卷，指使當時主理縣政的縣丞加以糾正，不想那些參與其事的奸人勾結在一起，來了個惡人先告狀，聯名反誣彭百煉貪贓枉法。錦衣衛的紀綱不分靑紅皂白，將彭百煉下了大獄。鄭和義憤塡膺，立即寫了密摺，派隨從快馬進京，敬呈御覽。他要爲彭百煉辯冤。

鄭和在江西林區逗留了一些時日，落實了寶船桅桿、舵桿和長櫓需要的大木。那位隨從很快從南京趕來，朱棣捎來口諭，說某地徵集五花石也發生了借機敲詐勒索老百姓的情事，要鄭和嚴加訪察，一旦人贓俱獲，一定要砍掉幾個腦袋，以儆效尤。鄭和感受到了當今天子的英明，心裡稍稍舒了一口氣。

鄭和告別了盛產林木的吉安，走向盛產瓷器的景德鎮。一路山清水秀，他的心情好了許多，步履也輕快多了。景德鎮在昌江的南岸，原名新平，宋朝改稱景德，是當時全國的四大鎮之一。一方水土養一方人。這裡的泥土種糧食不怎麼樣，燒瓷器卻天下第一，皇宮御用的九龍九鳳諸器，都在這裡燒造，賞賜番國王室的瓷器主要也取自這裡。鄭和來到景德鎮，感覺到此地的瓷窯同南京寶船廠一樣忙碌，到處都有人牽著黃牛在踩瓷泥，到處都有工棚在脫瓷坯，到處都有瓷窯在冒煙，好一番熱鬧情景。

當時景德鎮還沒有設官窯，由朝廷派人在此專門監督民窯的生產，就地收購，統一裝船運往南京。鄭和來到收購和囤積瓷器的棧房，負責瓷器保管和運輸的宦官洪保接待了他。鄭和匆忙洗了把臉，拭淨身上的塵土，趕緊就去倉庫察看已經採辦到手的瓷器。

洪保說：「要收購的瓷器數量太多，時間又太緊，一時難以滿足需要。」

鄭和著急地說：「那怎麼辦啊？聖上要辦的事都是火燒眉毛的事，一點也耽誤不得。」

洪保說：「我們也在給那些窯主施加壓力，窯主派了人到民間搜羅一些上等瓷器來抵數，我看這也是一條路。」

鄭和說：「讓我看看，他們從民間收來的怎麼樣？」

洪保悄聲說：「不過，我們從中發現一件怪事，有些明明是已經收購過來發往南京去了的，現在卻又賣到這裡來了。」

有個小宦官指點剛收購上來的一批青瓷雙耳瓶、青瓷蓮瓣碗和黑牡丹紋瓶說：「這些都是王虎和貓兒兩位太監前些日子從這裡提走的，一個窯主卻又拿來賣給我們，問他這批貨是從哪裡來的，他說是從昌江下邊一個縣城收購上來的，豈不是咄咄怪事？」

鄭和問洪保：「王虎和貓兒能辦這種事嗎，你們沒有看走眼吧？」

那個小宦官說：「怎麼會看走眼呢，凡是收購來的上等瓷器，我們都暗中留有記號的。」他趕緊將他們做的記號一一指點給這位總兵太監看。鄭和看了心裡一沉，說不出話來。

鄭和爲這件事一夜沒有睡好覺，打算盡快趕回南京去勸阻貓兒，於朝廷這是擾亂聖上下西洋的總體部署，於他自己這是貪贓枉法，弄不好要掉腦袋。沒想到，他還沒有起程，蘇天保就從南京趕來見他，匆匆來到鄭和歇息的房間，慌張地告訴他一個驚人消息：「貓兒被錦衣衛逮起來關進大牢了。」

鄭和吃了一驚，連忙問：「是盜賣瓷器的事情吧？怎麼會犯在錦衣衛手裡？」

蘇天保說：「錦衣衛的紀綱平時就嫌貓兒對他不恭順，心存嫉恨，這次揪住他從這裡提走瓷器進行盜賣的事，立刻稟告聖上，要問他的死罪。」

鄭和問：「還有那個王虎呢？兩人合夥辦的事，怎麼單抓他一個人？」

蘇天保說：「紀綱這人就這德行，想整誰就逮住誰不放，貓兒在大牢裡著了慌，託人帶信讓我來求你幫忙。聖上知道你到了江西等著你回去查問這件事，如果你能替貓兒遮蓋一二，或許能救他一命。」

鄭和感到了莫大的悲哀和痛苦。他自從掛了下西洋的帥印，不知為什麼宮裡不少宦官也都覺得他們自己長了臉。當今聖上本來一向比較倚重內官，現在更是愛屋及烏，一切下西洋的物資採辦，都交給了宮裡的宦官。鄭和在南京的時候就感到奇怪，幾乎是所有的內臣不論原來的職守是否與採辦沾邊，一個個都爭先恐後外出跑採辦，連皇上身邊侍候飲食起居的幾個小宦官也都在宮裡待不住了，多次想走他的門子。他這次到地方走了一趟，也隱隱約約聽說了一些宦官在悄悄盜賣採辦物資的事，什麼木材、瓷器、絲綢，還有造船用的桐油、麻布等等，什麼都敢盜，什麼都敢賣。開始，他還不太相信，當今聖上有恩也有威，今天可以誇你，明天也可以殺你，誰有那麼大膽子敢在下西洋這樣一件大事上謀私？現在看來宦官中見利忘義者眞不少，下西洋的船隊還沒有出發，他們就著手「發西洋財」了。一想到這些，他又急又惱，此風煞不住，下西洋的壯舉不是就要敗在這些人的手裡嗎？可現在偏偏是貓兒撞進了這張法網裡，該怎麼辦？他在心裡抱怨：「貓兒兄弟，你怎麼會幹出這種事來？」

從青藏高原奔騰而來的長江水，捲走了渾濁的泥沙，卻無法捲走鄭和心中的苦悶和煩惱。蘇天保同他一起乘船回南京，一路都在問他：「貓兒的事怎麼辦？」鄭和一言不發，腦子裡卻一直離不開貓兒的身影。他掰著指頭數了數，當年在雲南被明軍抓來的一百多個孩子，在閹割之後僥倖活下來的，不過二十來個人，這些年在宮裡又陸續死去不少，眞正能活出人樣的，也就只有他們這幾個了。他和狗兒、貓兒兄弟打從在滇池邊那輛密封的馬車裡相遇以後，到流落南京，再到沙場征戰，然後又重新回到南京，那些出生入死相依為命的往事，都出現在他的腦海中。鄭和非常痛恶紀綱和他的錦衣衛，這些人為虎作倀，横行朝廷，不知陷害了多少無辜。然而，在這件事情上，偏偏紀綱是對的。

「貓兒的事你說該怎麼辦？」沉默了很長時間，鄭和輕輕反問了蘇天保一句，他眞的拿不出一個萬全之策來。

蘇天保注視著鄭和，眼看他這幾天消瘦了許多，也憔悴了許多，知道他此刻內心存在著極大的矛盾和痛苦，囁嚅地說：「貓兒現在也沒有別的辦法了，將刀下留人的希望，全寄託在你的身上。」

鄭和反問：「這樣的事若不問罪，那會是什麼樣的後果？」

蘇天保也十分為難，長歎了一聲：「王法難容，鄉情難卻，也眞難為你了。」

江風徐徐吹來，鼓滿船上的檣帆，兩岸的青山連綿不絕，這一撥剛消失在船尾，那一撥又湧現在船頭。鄭和本來也是個性急的人，現在卻希望這船在水上走得慢些再慢些，一輩子都在水上飄著，永遠回不了南京更好。可是從江西到南京，都是順水行船，想慢也慢不下來，很快就看到了蒼茫的鍾山，燕子磯下的碼頭眨眼就到了。

鄭和回到府裡，沈涼迎住他說：「狗兒派人從北京帶信來，說是貓兒的事全仰仗你了，請你無論如何得救他一命。」

鄭和聽了緊皺雙眉，沒有說話。沈涼聽說貓兒犯了殺頭之罪，也是好幾個晚上都沒有睡好覺。她在鄭和面前提起貓兒的往事，眼淚撲簌簌流了下來：「這貓兒兄弟也太不懂事了，怎麼能幹出這種事來？可是救人一命，勝造七級浮屠，貓兒兄弟可比自家親兄弟還要親！」

在回南京的路上，鄭和心裡那桿衡量王法與鄉情的秤，本來已經向王法那一頭傾斜了，沈涼這番拌和著眼淚說出來的話，又使他發生了動搖。是啊，人非草木，孰能無情？何況他與狗兒、貓兒之間，那是一種生死之情……

決此疑難可問誰？鄭和終於想到了能指點迷津的道衍和尚。他來道衍的府邸，這位得道高僧也早就知道了貓兒的事，他沉吟很久反問鄭和：「昔日舜帝命、皋陶首創刑法，你知道當時制定刑法的目的是什麼嗎？」

鄭和回答：「舜帝說，刑期於無刑，也就是說要通過執行刑法來杜絕那些觸犯刑法的事，國家由此而長治久安，人民由此而享受太平之福。」

姚廣孝點頭說：「當今天子一心在追漢唐，那個唐太宗就十分憎惡官吏的貪濁，有犯贓者必繩之以法，這才有了貞觀之治。」

鄭和歎了一口氣道：「只是貓兒這輩子活得太不容易了，又爲聖上出生入死了這些年。」

姚廣孝也歎了口氣：「監守盜乃貪贓枉法六罪之首，有罪不誅，雖堯舜無以治天下啊！」

鄭和聽了默默點頭，痛苦地下定了決心：鄉情，不，即使是手足之情，也大不過王法。

他辭別姚廣孝，立刻去皇宮見聖上，生怕時間一長，自己的這個決心又會動搖；更怕有人再來動之以情，那樣他連到宮裡面見皇帝的勇氣都有可能會消失。

在皇宮門口，明晃晃的太陽地裡，那對石獅子張牙舞爪地瞪著他。奇怪，鄭和過去從來沒有感覺到這對石獅子面目竟然如此兇狠，彷彿正在等待一口吞噬那個蹲在大牢裡的貓兒。鄭和的耳旁彷彿傳來貓兒熟悉的聲音，那是貓兒被閹割之後絕望的哀叫，那是貓兒流落南京街頭悲傷的哭泣，那是貓兒在風雨中背著他上鍾山的喘息，那是貓兒在馬忠戰死沙場時憤怒的吶喊……

鄭和從馬車裡出來，兩眼一黑，一頭栽倒在皇宮門口。

三、寶船廠大挑戰

南京寶船廠打造寶船，可說萬事皆備，就是寶船的式樣還沒有琢磨出來，寶船需要的大鐵錨如何鑄造也沒有人能夠拿出辦法。這兩樣東西難都難在太大了，按照朱棣的要求，寶船應當是前無古人的大船，與之相匹配的錨自然也是普天下還沒有過的大錨。大，確有大的難處。

拿船來說，中國的木帆船，秦始皇時候徐福尋找仙山仙草所乘坐的「神船」，能夠載著三千童男童女及隨行人員，遠涉東洋去到扶桑，可以想見船的規模就不小了。漢武帝時代的樓船，高達「百尺」，稱爲「百尺樓船」，可以乘坐好幾千人。唐朝的海船，在波斯灣裡航行的時候，想進入幼發拉底河口居然進不去，因爲體積太大，吃水太深。元朝時候，史籍記載，「海舶廣大，容載千餘人，風帆十餘道」。到了雄心勃勃的朱棣，按他對寶船的要求，長度需達到四十四丈，寬度需達到十八丈，當時在滄溟中有誰見過如此規模的大船？而且那個時候造船還不興畫圖紙，也不像現在一樣，有專門設計的工程師，全憑那些大字不識的造船工匠先用小模板拼出個模型來，然後大家再比照著模型去放大。王景弘原想重賞之下，必出高手，早就貼出了兩千兩紋銀重獎的榜文，好多匠人也都躍躍欲試。但擺弄了一些時候，那些人都說自己的道行還沒修煉到家，紛紛打了退堂鼓。

還有那船錨，從最早用砂袋、碎石袋當錨，到用石碇子當錨，再到單爪鐵錨和多爪鐵錨，所有這些類型的錨，分量都比較輕，都得一船多錨才能保證船在停泊的時候不會溜錨。如此龐大的寶船，沒有上萬斤重的錨深深抓住海底，輕錨再多也不行，一旦溜了錨後果不堪設想。

王景弘同樣派了人到沿江、沿海所有的船廠張貼招賢榜文，也是至今無人敢揭此榜。

南京的老百姓街談巷議，都說當今萬歲爺好大喜功，什麼都喜歡大。在南京城東北角的陽山，有朱棣爲他父親朱元璋準備打造石碑的一塊碑石，長達十丈零八尺，寬一丈二尺，厚八尺，其色墨黑如漆，無比光澤，好得不得了。可是，如此巨碑沒有誰能有辦法從陽山移到明孝陵去，只好讓那塊碑石一直躺在陽山睡大覺，成了朱棣好大喜功留下的一個笑柄。一些好事之徒到陽山看了那碑石，又到寶船廠來瞧熱鬧，心裡都在說這位好大喜功的萬歲爺，大概還得留下一個好大喜功的笑柄。皇上的好大喜功，旁觀者可以偷著看笑話，當事者卻無論如何笑不起來，他們陷入了苦惱、憂愁、困惑，焦慮的漩渦中。

自從朱棣下令斬了貓兒，鄭和好幾個夜晚都沒睡成覺，一合上眼貓兒就鮮血淋漓站在他面前，呼喊著「還我頭來」！沈涼在他身旁也一直默默流淚，不斷念叨著他們與貓兒共過的患難，那無聲之淚，乃是哀極之淚，鄭和見了心裡更不好受。狗兒則從北平帶信來，罵鄭和是趨炎附勢、背信棄義、賣友求榮的小人，與酷吏紀綱沆瀣一氣。他放出話來：「鄭和你就等著瞧吧，不算清這筆血債，狗兒就不是狗兒。」

鄭和提出徹查宦官在採辦中貪贓枉法的事情，無奈紀綱這個錦衣衛的總頭目頂著不辦，他想巴結上王虎在宮裡給他做內應，堅持只讓貓兒一個人充當替死鬼。鄭和向皇上稟報因為徵調財力、物力過急過多，各地已經出現不滿情緒。朱棣壓根就不把那些「小事」放在心上，他吩咐鄭和：「你只管加緊下西洋的準備，莫負朕望。」

鄭和萬沒想到貓兒一條命換來的，僅僅是這麼一個結果，心情非常沉重。這時又趕上寶船的建造如此不順，眞是內外交困，身心疲憊到了極點。沈涼的溫存體貼，金花的細心照料，都無法將他從精神的困頓中解脫出來。沈涼帶著金花特地去洪福寺求了一支籤，卻是一支中籤，說不上是吉是凶。沈涼將竹籤上的四句話拿回來給鄭和看，鄭和看了也很茫然，琢磨不透佛爺的意思：

「如來觀盡世間音，遠在靈山近在心。

禍福古來相倚伏，何需問卜與求神。」

這天，鄭和來到寶船廠，同王景弘一起掰著指頭算日子，離聖上指令的時間，不到一年半，再也不能耽擱了。他們正商量著要派人四出尋訪高人奇士，解決製作寶船模型和鑄造大鐵錨兩大難題，木作的那個胖子和鐵作的那個瘦猴，急匆匆闖了進來。他們雙膝跪倒在地，高聲說道：「二位總兵老爺容稟，小的兩人願領製作寶船模型和鑄造大鐵錨的軍令狀。」

鄭和與王景弘連忙將他們兩人扶起來，不約而同問：「你們兩人是否有了現成的辦法？」

他們兩人都搖頭：「不，並無現成的辦法。」

鄭和說：「那你們怎敢立軍令狀，豈不知軍中無戲言？」

胖子說：「小的何嘗不知軍中無戲言，只是想到總兵老爺的寬厚仁慈，對我們有活命之恩。而今總兵老爺有了難處，小的理應知恩圖報，雖肝腦塗地，也在所不辭。」

瘦子說：「聽到那位貓兒將軍被斬的消息，小的幾天夜裡都沒有睡著覺，照理說同他相比奴才們連螻蟻都不如，總兵老爺卻將國事、私情分得如此清清楚楚，小的們不知該怎樣表示對總兵老爺的敬重，只想豁出這條命來，為造寶船分一點憂。」

鄭和聽了這些話，一股熱流湧上心頭，扶著他們兩個的肩膀說：「兩位是至誠君子，只請二位多為寶船出力就是，軍令狀就不必立了。」

胖子卻拍著自己胖胖的腦袋說：「小的們都是賤骨頭，只有刀架到脖頸上，這死腦筋或許能開出竅來。」

王景弘聽了無比激動地說：「非常之事必有非常之舉，我與你們一起立軍令狀，就請總兵正使來監督。」

鄭和也熱血滿腔：「我們一起來立這軍令狀，造不出寶船來，這七尺之軀也無顏再立於天地之間。」

重賞出勇夫，厚德出勇士。

南京有個莫愁湖，相傳有位又漂亮、又溫柔、又多情的莫愁姑娘，曾經居住在那裡。莫愁常常用她動人的歌聲，驅除人間的憂愁，帶來人世間的歡樂。有歌云：「莫愁在何處？莫愁石城西。艇子打兩槳，相送莫愁來。」那個胖子特別喜歡哼唱這首「莫愁」歌，心中有了愁事，就用莫愁女的歌來化解自己的煩惱。他還一直想有個莫愁女陪伴在自己的身邊，天天快快活活，永遠心寬體胖。此刻，他正悶著頭拼寶船的模型，在工棚裡又是鋸，又是刨，又是斧削，將魯班師爺的十八般本領全使出來。南京正是六月天氣，又悶又熱。寶船給他帶來的苦惱與這炎熱的難耐內外夾攻，使得胖子光著膀子，渾身還直冒油汗，只有用「莫愁」之歌，來驅除心頭的沉重壓力和天氣給他帶來的煩悶，反覆詠歎的是那一句：「相送莫愁來，相送莫愁來……」

胖子姓林，名冠群，福建泉州人氏。在木作這個行當的衆多魯班弟子中，數他腦子最靈光，心竅最多，只是以往不大肯用在正道上，從他那心竅裡出來的都是一些花花點子。據說還在十二歲當學徒的時候，他有次同師傅去一大戶人家蓋大宅院，一幫泥瓦匠仗著人多勢眾，處處排擠他們。這小子瞅準他們砌煙囪不注意的時候，偷偷在煙囪裡蒙上厚厚幾層紙。等到大宅院落成，主人家裡大宴賓客「喛居」，誰知升火做飯的時候，那煙囪裡的煙不往屋外冒，專往屋裡灌，嗆得那些男女賓客眼淚鼻涕直流。泥瓦匠們慌了神，卻怎麼也找不出毛病出在哪兒。

此時，這個小木匠站出來，故作神秘地說：「我看見這些泥瓦匠在砌鍋灶爐臺的時候，拉屎拉尿都不洗手，準是因此得罪了灶王菩薩，才有此報應。」

主人忙問：「小師傅，有禳解的辦法沒有？」

林冠群說：「讓這些泥瓦匠人磕頭謝罪，我去求求灶王爺試試看。」

主人情急之下，拱手作揖請他幫忙。他讓那些泥瓦匠跪倒在灶台前，自己不慌不忙爬到房頂上，口中念念有辭，將一遝紙錢點燃，扔進煙囪裡，煙囪裡蒙著的紙立刻被引燃燒盡，那煙囪很快便突突冒煙了。他在主人面前無比風光得意，那些泥瓦匠卻羞愧得無地自容。

林胖子的老家泉州，很早就是中國溝通海外的港口，元朝時候，義大利人馬可波羅就是從這裡乘船回歐洲的。林冠群從小喜歡站在泉州的港口邊，看雲集的萬國船舶落帆而來，揚帆而去，心裡早就裝著各類西洋船舶的模樣。打從嚷嚷造寶船以來，他就惦著要報總兵老爺的恩德，一直琢磨著要弄出寶船的模型來。前些時候，他一心想到的是下西洋，腦瓜裡出現的都是曾經見過的那些西洋船。可是，那時的西洋船都很小，無法從小型的西洋船中幻化出龐大的寶船來。自立軍令狀以來，兩位總兵老爺同他多次合計，造前所未有的大明寶船，一味模仿西洋船不行，憑空亂想也不行，最好的路子就是把歷朝歷代中國船的優點都集中起來。

那是一個雨聲淅瀝不停的夜晚，他們在一盞油燈下勾畫寶船的輪廓。林冠群擺脫了西洋船的糾纏，腦子開始活躍起來，最先提出：「可否將福船『尖如刀』的外殼，與沙船『長、闊、平』的船身結合起來？」

王景弘擊節讚賞：「這是個好主意，福船的『尖如刀』適宜在海上乘風破浪，沙船的『長、闊、平』可以把船的規模做大。」

鄭和點頭認可將福船與沙船的長處結合，定爲寶船的基本格局。他進而提出：「漢代樓船驕燕高棲，雄視四方；宋代車輪船船幫很高，便於隱蔽；西洋船靈巧輕便，進退自如；所有這些船的優點，也都應該考慮進去。」

王景弘受到啓發，興奮地補充：「要揚唐船體積龐大之長，又要克服其吃水太深，不利於進入河口的弱點。」

有個曾經到過阿拉伯海的木作匠人，也特地跑來進言：「我曾經在那裡見過一種大肚子船，汲取大肚子船的優點，可以增加船體的容量。」

王景弘有過多次海上航行的經驗，說出自己的擔心：「寬肚船在航行中容易打橫，偏離航向。」

鄭和「佛至心靈」，立刻有了主意：「在船的兩邊加上浮板，是否能避免航向的偏移？」

山重水複，柳暗花明，林胖子感覺到那寶船在他心裡已經呼之欲出。他平時每天夜裡都嫌覺不夠睡，中午還得好好補上一覺，此刻白天黑夜都不出工棚，連吃飯都讓人送進工棚裡來。「草鞋沒樣，邊做邊像」，他獨運匠心，一鋸一斧，將大家的設想轉化到眼前的船模上來。在中國造船史上留下光輝一頁的鄭和寶船，就這麼著在他的手中慢慢擺弄出模樣來了。

胖子難以抑制自己內心的興奮，嘴裡不停地哼唱著：「莫愁在何處？莫愁石城西。艇子打兩槳，相送莫愁來……」

就在寶船模型即將出來的時候，瘦猴張興也風塵僕僕回到了寶船廠。他千里跋涉歸來，塵垢滿面，那張本來又黑又瘦的臉，彷彿又染了一層黑，蛻了一層皮，兩腮更爲凹陷，顴骨也更顯突出，那形象很像一隻被猴王攆出猴群的孤獨老猴。他卻一臉興奮，見到鄭和與王景弘雙膝一跪，高聲說道：「鑄造大鐵錨，小的有辦法了。」

這個張興出身在山西的煉鐵之鄉，相傳春秋時候，晉國就在他們家鄉鑄出一個碩大無比的鐵質刑鼎，還將范宣子的刑書鑄在上邊。這次他特地趕回老家，尋師訪友，瞭解古晉國澆鑄刑鼎的「秘方」。他回來時又繞道安徽的秋浦，在那裡觀看煉銅和煉銀的技術。從唐朝時候開始，秋浦就是銅和銀的重要產地，當年詩仙李白遊歷到這裡，看到煉銅煉鐵的熱烈場面，一邊喝酒一邊搖頭晃腦吟出了美麗的詩句：「爐火照天地，紅星亂紫煙，赧郎明月夜，歌曲動寒川。」

張興如此這般向鄭和與王景弘一介紹，他們聽了有如醍醐灌頂，王景弘拍著手說：「太妙了，太妙了。」世間的事，本來就是難者不會，會者不難，鑄造大鐵錨的要領已經在他們的掌握中。鄭和不由兩手合十，念了一聲：「阿彌陀佛！」王景弘接著來了一句：「善哉善哉！」他們好長時間都是愁眉苦臉，此時臉上總算展開了一些笑容。

王景弘屈指一算，興奮地對鄭和說：「離聖上指定交出寶船的日子，還有整整十四個月。雖然時日無多，只要大家都加把勁，不會違旨。」

鄭和轉身對張興說：「到交船的時候，一定要重獎你和林冠群兩人。」

張興又跪了下去：「那就折殺小的兩人了。人常說『滴水之恩，當湧泉相報』，總兵元帥於我們可是活命之恩啊！」

王景弘感歎：「知恩圖報造寶船，眞是千古佳話，千古佳話！」

時令已經進入伏天，揚子江上的江風無法驅除人們身上的燥熱，江邊的柳樹和楊樹上知了聒噪不停，吵得人昏昏欲睡卻又無法入睡，這就是人們所說的苦夏。在南京寶船廠，寶船的建造同這天氣一樣，也是如火如荼。前一段時間，在忙著設想寶船模型和探索鑄造鐵錨奧秘的時候，廠裡集中力量建造遠航的馬船、水船、糧船、坐船、戰船，這些船相繼建造齊備，集中到了江蘇太倉的瀏河口，現在騰出大、中作塘，又可以開工建造寶船了。打造寶船非同小可，總共調集了三萬多人，四艘大型寶船同時展開製造，每艘船上都有上千的匠人，還有數千人圍著這些工匠忙著這樣那樣的雜活。

林胖子成了建造寶船的權威，不光要指點技術，監督質量，還要解決疑難。他一輩子也沒有這麼風光過：汗流浹背的時候，用不著吱聲，就有人替他打扇；口渴了，用不著吭氣，有人及時遞上茶水；偶感風寒，太醫院的太醫也會熬了湯藥，送上門來。兩個總兵都有交代，他是寶船之寶，得好好照顧著點。張興領導鐵作的人鑄造大鐵錨，可比他辛苦多了。那裡通宵達旦爐火熊熊，鐵水沸騰，將炎熱的天氣燒烤得更加炎熱。若是李白此時來到這裡，一定會這樣改寫他的詩句：「赧郎歎酷暑，熱浪滿江天」。鄭和讓匡愚拿出宮廷秘方，爲數萬造寶船的人清火解毒。沈涼和金花也在一天到晚煎一種消暑解熱的甜茶，讓人源源送到揚子江邊的工地上。沈涼在這種甜茶中，添加了不少薄荷、甘草，格外甘甜，船廠的人都親切稱之爲「涼茶」。

四、媽祖上寶船

南京玄武門的城牆上，貼出招兵買馬下西洋的榜文，把整個南京城都轟動了。在那張蓋有皇帝玉璽的榜文前面，每天都是摩肩接踵，萬頭鑽動，男女老幼都來爭看天下第一新鮮事。多少天了，人們看榜文的興致，都還沒有消退的意思。

大明皇帝飭令籌組空前規模的船隊出使西洋諸國，路途遙遠，海路不寧，面向普天之下招賢納士。兵要精兵，將要強將，馬要良馬，還有種種隨船而行的能工巧匠、水手舵工、奇人異士，都要天下第一流的。可是，聖人造那「海」字，從「水」從「晦」，本身就營造了一種神秘恐怖的氛圍。見過海的人，以爲海天相連之處定是萬丈深淵，從那兒掉下去，必然萬劫不復；沒有見過海的人，想像海上愁雲慘澹，日月昏蒙，陰風怒號，不知有多少可怕的妖魔鬼怪藏身其間。南京人雖然天天伴著一條揚子江，離海也不算遠，也把大海看成蛟龍出沒、海怪橫行的地方，都將西洋之路視爲把性命交給海龍王的畏途。因此，在榜文面前，看熱鬧的多，動嘴巴的多，眞正動手揭榜文的人少而又少。

鄭和在解決寶船製造難題以後，席不暇暖，趕忙騰出自己的精力，轉到了人馬的招募上。自從聖意定下出使西洋這件事，鄭和就委託統帥過水師的朱眞、王衡、唐敬、周聞等人，精心謀劃遠洋船隊的人員配置。朱眞等人也是遠洋航海的熱心人，他們斟酌再三，給鄭和詳詳細細開出了一份名單，永樂爺看罷也點頭應允。那張出使西洋船隊人員配備的名單，所有看到過的人，都無不爲其規模之大而咋舌。計有：欽差正使太監七人，副使監丞十人，少監十人，內監五十三人，都指揮二人，指揮九十三人，千戶一百零四人，百戶四百零三人，戶部郎中一人，陰陽官一人，教喩一人，舍人二人，醫官、醫士一百八十人，此外還有通事、買辦、陰陽生、書手、官校、軍旗勇士、水手舵工共二萬七千六百八十人。紀綱得知這份名單後，還死乞白賴、軟硬兼施，要求添加錦衣衛的二十五人。錦衣衛的原則是，凡有人群的地方，就得有錦衣衛。可謂「水銀瀉地，無孔不入」。紀綱還帶了那頭目來與鄭和相見，那人名叫棗木釘，一聽名字就會讓人產生如芒在背的感覺。

身爲總兵元帥，自有見地和主張。鄭和把招募人的重點放到了福建、廣東、湖廣等沿海、沿湖的地方，那裡往來海上、湖上的人多，同水親近。王景弘被及時派回老家福建去挑選樂於在海上冒險的勇士，洪保被派到湖廣地方招募水手和能工巧匠。買馬的重點放到漠北，從草原上買回的馬都及時送到太倉水邊，訓練牠們見水不驚。陰陽官定了林貴和，由他選定和訓練海上觀星相測航向的陰陽生。醫官選了匡愚，由他選擇確保此行人馬無虞的醫師。都指揮和指揮通過演武場演武，朱真、王衡、唐敬、周聞等人都憑自己的本事，分別取得了都指揮和指揮之職。他們匯集到了瀏河口，在那裡召集士兵，開展在戰船上進行水戰的演練。

王景弘回到福建，也算是衣錦榮歸。地方官員對這位欽差遠迎高接，對他來此招募下西洋的人員也傾力襄助。自從朱元璋禁海以來，泉州的市舶司撤了，朝廷及地方官府與西洋番國的貿易往來斷了，福建沿海走私販私甚囂塵上，撐死了膽大的，餓死了膽小的。在這塊地方廣置田產、房產，不斷擴展街頭鋪面的，妻妾成群、享盡榮華富貴的，花天酒地、整天在青樓妓院大把大把花錢的，都是那些敢於結黨營私泛海通番的人。地方官府裡也有人眼紅心癢，同走私者暗裡勾結，想從中撈取一些好處，可是架不住朱元璋和朱棣嚴刑竣法，抓一個殺一個，家產籍沒，家小充軍，甚至剝皮充草擺在大街上示衆。即使僥倖撈到一點錢，也是心驚膽顫，半夜都怕鬼敲門。因此，這裡的地方官員對開通西洋航路，正是求之不得，打心眼裡擁護當今聖上的英明舉措。他們心裡都在想，同西洋諸國聯繫多了，海外貿易發達了，地方富起來了，他們的錢櫃子自然也會充實起來。

福建與臺灣，在中國古時同屬越地。生長在這裡的越人近海喜海，據說很多人世世代代吃住在船上，夫妻結合在船上，生兒育女在船上，養老送終在船上。一句話，從生到死不離海。到得後來，他們上岸居住，還是成天不離船，即使死了也得躺進船棺裡才算踏實。武夷山懸崖峭壁上的那些船棺，裝載的就是這個海洋民族對大海的無限依戀。福建人的想法同南京人不一樣，他們認爲只要虔誠崇奉海神，求得海神的庇佑，履海即如履平地，沒有什麼值得可怕的。他們崇奉風神通遠王，可以祈風得風。他們崇奉伏波將軍馬援，祈求海上行船波瀾不驚。不過，在諸多的神靈中，他們最崇拜的還是海神媽祖，在這些越人的心目中，媽祖成了萬應靈驗之神，位居所有海上神靈之上。福建沿海地方到處都有媽祖的廟宇，很多船家還在船上設了神龕，請媽祖陪伴他們出海。

相傳，媽祖名叫林默，原來是福建莆田地方一個純潔善良的姑娘，還十分熱心助人，對鄰里有求必應。有一次，她和父兄在海上遇見海盜，父親被海盜殺死，哥哥身負重傷，船翻落海。林默冒死將哥哥救上岸，自己不幸遇難，觀音菩薩被她捨己救人的精神所感動，超度她成了海神娘娘。從此以後，這位媽祖往來海上，專門救助遭遇狂風惡浪的人，保護往來船舶不受海盜的侵犯，維護海上航路的安寧與平靜。福建沿海的老百姓，最初尊她爲「湄州女神」，她後來逐漸走向沿海沿江各地，並受到歷代帝王的不斷加封，從「天妃」至「天后」，且到處都有廟宇供奉香火。王景弘招募的人，很多就是在祭拜媽祖的寺廟裡找到的。在這裡，與海有緣的人，都與媽祖有緣。

這一天，王景弘來到長樂港口，遇到一艘遠航的船舶剛停靠碼頭，正在燃燒紙錢香燭感謝媽祖一路對他們的保佑。其中有個粗黑的漢子，讓他眼前一亮，他憑經驗看出這是個難得的好舵手。船上的人祭奠媽祖的儀式剛結束，他迅即跳上船去同他們攀談，說明自己的來意。那漢子一聽去西洋番國，眼睛也是一亮：「此話當眞？」王景弘將當今天子開通諸番國水道以期四方賓服，以及委任三寶太監率領巨型船隊下西洋的事，詳細敘說了一遍，反過來問他：「你敢去嗎？」沒想到那漢子連半點猶豫都沒有：「我敢，我去。」四個字聲如洪鐘，鏗鏘有力。

這戶海上人家姓李，那漢子名叫李海。王景弘環顧船上的這家人，心裡卻不免有些犯嘀咕。李海的父母已經上了歲數，年輕的妻子頭戴尖頂斗笠，正敞著懷，讓一個一歲多的孩子叼著奶頭亂拽。顯然，李海是這條船的頂樑柱。

王景弘擔心地問：「你一走這船還怎麼出海？」

那位鬍子已經花白的父親，此時正在虔誠收拾媽祖的神龕，聽了這話，主動搭腔說：「這麼大的事，幾輩人也難得趕上一回，讓他去吧，家裡有我哩。」這位父親是一家之主，他的話一錘定音。

那天晚上，李海回去將家事草草安頓了一番，安慰了從來沒有離開過他的妻子。第二天一大早，他就背著他們那艘船上的媽祖神像，來找王景弘。

王景弘頗感奇怪：「這是……」

李海說：「我家船上這尊媽祖神像最是靈驗不過，父親特地讓我背來，日後安放在總兵元帥的座船上，護佑總兵老爺下西洋風順水順，船到功成。」

王景弘身在老家，心裡還惦著寶船廠正在建造的寶船。他在福建長樂、泉州、漳州等地招募了大批航海人員，搭乘了海船立即往回趕。他們的船進了長江，在瀏河口稍事停留，將招募來的人配備到已經停泊在這裡的船上，卻帶了李海到南京，他舉薦這條漢子當總兵帥船的舵手，想讓鄭和親自過目，看看是否合適。來到熱火朝天的船廠，李海見了鄭和雙手抱拳一揖，算是行了見面禮。鄭和從頭到腳打量李海一番，見他個頭不高，渾身肌肉緊緊的，兩隻手特別粗大，兩隻大腳板上的腳指頭叉的很開，一看就是一條海上行船的硬漢子。

他有意考一考這位未來的寶船舵手：「請你說說，海上航行最要緊的是什麼？」

李海又抱著拳，衝天上一揖：「虔誠敬奉媽祖。」

王景弘立刻介紹：「李海將自己家裡世代供奉在船上的媽祖背來了，他的父親讓他一路背過來，要供奉在總兵老爺的帥船上。」

鄭和這才注意到，李海的背上果然背著一尊菩薩，天氣這般炎熱，他還把衣服穿得十分周整，不敢絲毫褻瀆神靈。鄭和連忙說：「趕快讓李海將菩薩放下，大熱天的，也該寬衣鬆快鬆快。」

李海搖頭說：「我打聽過了，眼下南京城裡還沒有媽祖廟，菩薩沒有安身的地方，寶船上媽祖神龕也還沒有建好，我只能這麼背在背上了。」

鄭和說：「請媽祖暫時寄居在別的寺廟不行嗎？」

李海又搖頭：「媽祖是海神，與南京寺廟供奉的菩薩不是一路神仙，不能進錯了廟門。」

鄭和問：「晚上怎麼辦，也這麼背著？」

李海說：「這些個晚上，小的一直是閉目打坐，已經習慣了。」

李海對媽祖如此虔誠，鄭和與王景弘很是感動。有虔誠信仰的人，必定是十分可靠、值得信賴的人。可白天黑夜背上總是背著一尊菩薩，也太難為他了。鄭和想起了南京城外那個水仙庵，沈涼經常去進香，那裡專門供奉觀音菩薩。他試探著問：「可否請媽祖暫時去城外的觀音庵歇息幾天？」

李海沉吟了一會兒，臉上綻出憨厚的笑容，高興地說：「那敢情太好了，媽祖就是觀音菩薩點化成為海神的，弟子寄住在師傅的廟裡，再妥當不過。」

鄭和陪著李海回到太平巷的府邸，請沈涼陪伴媽祖去水仙庵。李海偷眼看了看沈涼，她那姣好的面容透出的都是善良和慈愛，同他心目中的媽祖十分相像，也很像他在一些廟宇裡見過的觀音菩薩，心裡非常高興。他端起金花遞過來的一杯熱茶，一邊喝著一邊向鄭和與沈涼講起了在他心目中無比神聖的媽祖。

那是好多年前，有一次，他們家的船載運一批珍貴貨物從福建到臺灣，不幸被一艘海盜船攔截，他們全家人無計可施，一齊跪倒在媽祖的神像前高呼：「媽祖娘娘救命，媽祖娘娘救命！」那夥海盜靠過船來，正要往他們的船上跳，突然漫天陰霾中透出銀亮的閃電，像天上伸出的一根神鞭，猛烈地向海盜船抽去。緊接著一串滾雷在海盜的頭頂上炸響，那些海盜嚇得屁滾尿流，慌忙掉轉船頭逃跑。在隨之而來的海濤滾滾中，那艘海盜船差點翻進海裡，他們家的船卻安然無恙。

還有一次，他們夜間在海上行船，突然狂風大作，巨浪滔天，連收帆都差點沒來得及。原來滿天的星斗，也在剎那之間被烏雲遮蓋住，船在海浪中顛來簸去，一會兒就分不清東南西北了。全家人在失去控制的船上正驚恐不安，他的祖父喝令全家人都用手捫住胸口，閉著眼睛在心裡不斷默念：「媽祖保佑，媽祖保佑……」說也奇怪，沒過多久大家的心情就都平靜下來，彷彿眞的看到了媽祖，也看到了活命的希望。這時他祖父緊緊把穩舵，朝著夜空中隱約出現的一星亮光駛去，雖然經歷了九死一生的危險，卻平安地走出了風暴區。他祖父說，黑暗中在他們前面出現的那一星亮光，就是媽祖給他們升起的一盞救命神燈。

沈涼和金花聽著如此扣動心弦的故事，眼裡湧出激動的淚水，不斷唏噓。鄭和聽了這些故事，深刻領悟到了媽祖在航海中穩定軍心無可替代的作用。那時的航海者對付海路迷茫和狂風巨浪的能力還很弱，人到了海上就等於把身家性命等等一切都交付給大海。面對茫茫海水中命運不定，生死難料，前途未卜，在他們空落落的心裡不能沒有一種倚賴，不能沒有一種寄託，不能沒有一種憧憬。鄭和的心中開始有了媽祖的地位，媽祖是大海的和平之神，吉祥之神，希望之神……

一個艷陽高照的早晨，林冠群和張興都搶著來鄭和府上報告喜訊：「寶船和鐵錨都大功告成了！」

鄭和立即進宮，向聖上報告了這一特大喜訊。這是朝廷的一件曠古盛事，朱棣命滿朝文武，都去觀看寶船出塢的盛況。南京人聽到了這個消息，也是萬人空巷，爭著一睹大明寶船的風采。

文武百官率先來到鑄造大鐵錨的地方，放眼四顧，只看到一大片燒焦的土地，卻不見大鐵錨的影子。這些達官貴人正感到奇怪，只見鄭和一點頭，那個瘦猴張興紅旗一揮，數百民夫一齊扛著挖鋤去刨那塊燒焦的土地，很快碩大無比的大鐵錨就從泥土中露了出來。原來張興學來立體澆鑄的竅門，在地下掏出四齒大鐵錨的模子，再將鐵水澆灌進模子裡，然後埋上沙子蓋上土，不斷澆水進行冷卻，鐵錨便在地下凝固成型了。文武百官和看熱鬧的百姓都直咋舌頭，紛紛議論：「這上萬斤的大鐵錨，若無神力相助，如何造得出來？」

張興又將紅旗一揮，每一個鐵錨跟前擁去二百多人，用無比粗大的繩索將其縛住，橫著豎著插進很多粗大的槓子，依靠大家的肩膀將這龐然大物抬了起來。再一聲號令，響起震天動地的號子，幾百雙腳邁出整齊的腳步，沉穩地走向寶船。看熱鬧的官員和百姓都瞪大了驚奇的眼睛，他們誰也想像不到上萬斤的重物能用人的肩膀抬起來。

鄭和引領驚歎不已的文武百官，來到船塢，登上寶船，大家又都露出了驚異的神色。這些朝廷大員中看過和坐過各種船的人也不少，卻從未有人見過如此八面威風、十分壯麗的寶船。寶船上有頭門、儀門、丹墀、滴水、官廳、穿堂、後堂、庫司、側屋，別有書房、公廨等類，都是雕樑畫棟，象鼻挑簷，不愧是水上帥府。不少官員都把主意力集中在寶船的宏偉上，用眼睛測量這龐然大物，其寬其長足可以跑馬。抬頭觀望船上那九根桅桿，中間的主桅高聳入雲，都琢磨不透是怎樣在甲板上樹立起來的。艄樓上觀星相測航向的高臺，分上中下三層，安放著巨大的星點陣圖、牽星板和各種測量方位、距離的設備。舵桿的粗大，抵得過宮殿裡的樑柱。船帆的幅面，寬大到如同從天空中剪裁下來的一片片雲彩，讓人聯想到「直掛雲帆濟滄海」的詩句。夏元吉作爲朝廷非常務實的大臣，解縉作爲風流倜儻的才子，騫義作爲博古通今的儒者，在這裡所見到的一切，大大出乎他們的意料之外，都不由走過來恭賀鄭和：「寶船雄視千古，蓋世無雙，是大明盛世的傑作，可喜可賀。」

胖胖的林冠群站在船塢邊上，頗似一個指揮千軍萬馬的將軍。他手中的紅旗一舉，幾個大作塘的水門一齊打開，江水洶湧而入，很快便將龐大的寶船浮了起來。帥船上分列甲板兩邊的搖櫓水手，在李海的一聲號令下，撥動巨大的船櫓，將大型寶船駛出船塢，揚子江用歡快的波濤迎接大明寶船的到來。再一聲號令，十二面風帆高張在桅檣之上，遮天蔽日。岸上看熱鬧的人歡聲雷動，那歡呼聲伴隨著江水的歡騰，直奔蒼茫大海。

鄭和努力抑制這曠古傑作所帶來的喜悅和自豪，他向寶船上那尊媽祖神像躬身一揖，默默祈禱寶船日後能平安走向西洋諸國。此刻，在他的眼前已經展現出狂風怒號，雲遮霧繞的西洋海路。

五、一曲評彈壯君行

永樂三年（西元一四〇五年）的七月十一日，是朱棣欽定鄭和船隊起錨下西洋的黃道吉日。在臨近拔錨起航的日子，九重宮闕傳出旨意，聖駕要去瀏河口，親自爲下西洋的船隊送行。滿朝文武自然誰也偷不得懶，都得冒著酷暑伴駕，到瀏河口去趕熱鬧。這幾天，在南京通往太倉的驛道上騎著快馬的信使來往不絕，江蘇的地方官員也忙得不亦樂乎。

此時最不平靜的還是坐落在南京太平巷的鄭和府邸。沈涼領著整個府邸的人忙著爲鄭和的遠行做準備，心緒一直難以平靜，連夜裡睡覺都不安寧。沈涼對鄭和能有這樣古今罕見的機會實現自己的宏大抱負，施展自己出衆的才華，感到由衷高興，盼著他的西洋之行能夠建立蓋世功業，成爲頂天立地之人，洗雪一生難以洗雪的屈辱。然而，迢迢海路，危險四伏，生死難期，又讓她爲鄭和的西洋之行揪著心，也感覺到了自己今後憑欄眺望天涯歸路的滋味。沈涼想到自己應當陪伴鄭和遠行，此身無法相隨，此心也得相隨。她思量再三，還是決定做一個精緻的護胸，伴隨自己心愛的人走向天涯海角。早在鄭和出征漠北的時候，她替他縫製過一個狗皮護胸，但聽說西洋諸國天氣炎熱異常，需得另做一個又涼爽又能抵禦海風侵襲的。她要一針一線將自己的一顆心縫進去，時刻緊貼在他的胸前，讓這顆心永遠伴隨著另一顆心。

沈涼作爲評彈藝人，在學藝時就讀過不少詩書，腦子裡裝了不少古今人物兩情相依的故事。她選擇了一塊潔白的杭州織錦，體現他們之間那種感情的純潔。在這塊白色織錦的下邊繡上藍色的波紋，象徵著出使西洋的漫漫征路。在海水的上邊再繡點什麼呢？她頗費躊躇。繡上寓意「在天願爲比翼鳥，在地願爲連理枝」的圖案，太落俗套，表達不了他們兩個之間那種用世俗眼光難以理解的感情；繡上「孔雀東南飛，五里一徘徊」，太過悲慘，很不吉利；繡上兩隻嘴銜微木去填滄海的精衛鳥，可以表現出征服漫漫西洋海路的堅定意志，精衛鳥泣血而亡的悲劇卻又是她絕對不願見到的……她終於決定在海水中繡一塊傲然屹立的巨石，對鄭和來說這是他下西洋的信念堅如磐石；對她來說那是一塊望海石，時刻都在翹首盼望自己的心上人踏著海浪平安歸來。

護胸繡好了，沈涼的心境還是無法平靜下來，總覺得還缺少了點什麼。自從皇上欽點鄭和領軍下西洋以來，出現在鄭和面前的種種難題，發生的種種衝突，潛伏的種種危險，埋下的種種禍根，還有「禍福古來相倚伏」那句箴語，沈涼都看在眼裡，記在心裡。這些危險比起海上的狂風巨浪、暗礁險流來，更令她寢食不安，無時無刻不替他捏一把汗。鄭和實際陷入了一個千古偉業與危機四伏相互交織的巨大漩渦中，進也是危險，退也是危險，停下來更是危險。鄭和由此流露出的那種焦慮，那種無奈，那種痛苦，那種傷感，那種鬱悶，只有她觀察得最分明，體會得最深刻。可是，當今聖上能理解他的處境嗎？滿朝的文武能體諒他的難處嗎？世人能理解他所做的事情嗎？

她忽然想起了自己的拿手好戲評彈來，在送別鄭和的時候，用一曲評彈來抒發自己的胸臆，給鄭和一些鼓舞，也讓滿朝文武有所理解。鄭和府邸幾株高大的梧桐樹，青枝綠葉伸到了紗窗的前面，在房前留下一片蔭涼。幾株美人蕉正在花季，火紅的花朵也透過紗窗映入幽靜的房間裡。幾對黃鸝鳥棲息在梧桐樹的枝頭上，耳鬢廝磨，發出清脆的啼鳴。一陣絲竹之聲從紗窗裡傳出來，沈涼在虔心醞釀送君遠行的評彈。

南京到太倉的驛道上塵土飛揚，旌旗招展。朱棣與徐皇后的御駕，浩浩蕩蕩行進在驛道上。在前面開道的，有肅旗一面、靖旗一面、金鼓旗一對、金龍畫角二十四支、鼓四十八面、金四面、金鉦四面、還有排列整齊的杖鼓和管笛。緊接著是一片旗海，有門旗、黃旗、金龍旗，有日、月、風、雷、雨旗，有二十八宿星旗，還有東西南北中五嶽旗、江河淮海旗、飛禽走獸旗。護衛鑾駕的有旌幡皀纛、龍頭豹尾、金瓜鉞斧、弓矢劍戟，還有紅黃青白各種銷金傘、紅黃青白各色單龍雙龍扇。擁戴鑾駕的是黃羅曲柄九龍傘、鳴鞭四條、金交椅一把、金腳踏一個，還有金水盆、金唾壺、金香盒等等。逐隊的御林軍威嚴整齊，伴駕的三公九卿衣冠楚楚，巍巍帝鑾件著笙簫玉笛，金聲錯落，充分顯示出一代帝王的尊榮。

朱棣和徐皇后分別坐在龍輦和鳳輦裡，不時撩開金黃色的龍鳳簾子，察看路邊的景色。田野裡長勢茂盛的稻穀，江中往來船隻堆積如山的貨物，兩岸民居升起的嫋嫋炊煙，遠處青山翠綠，市鎮作坊鱗次櫛比，都在顯露大明盛世的來臨。

不過，坐在龍輦中的朱棣，臉上卻絲毫也沒有滿足的喜悅。今日大明寶船隊下西洋的偉大壯舉，儘管千古難得一見，也沒有讓他開懷笑出聲來。因爲，這些都只是朱棣盛世盛事邁出的頭一步，他想要辦的大事委實太多了，連他自己都感到被壓得有些喘不過氣來，夙興夜寐都覺得時間不夠用。此刻他的腦子裡，就在琢磨鄭和出使敦睦西洋諸國的邦交之後，如何加強西北邊疆的經營，籌劃設立奴兒干都司和哈密衛，還有發展海外貿易，恢復被先帝廢除的市舶司，以及遷都北平、疏浚大運河，引渡黃河之水，等等，一件一件大事都在他心裡排著隊，爭先恐後在往外蹦。他不由在心裡默默念誦曹操的詩句：「對酒當歌，人生幾何。譬如朝露，去日苦多……」人的壽歲有期，想要做的事情似乎又不可能窮盡，這個無法解脫的矛盾在煎熬著朱棣的勃勃雄心。

不知什麼時候，禮部的李至剛和呂震，爭先恐後來到帝鑾跟前。隨侍的宦官撩開龍輦的簾子，他們興沖沖地向皇帝獻上幾穗嘉禾，匍匐地下啓奏道：「西洋之行伴隨嘉禾出現，乃天子洪福、國家祥瑞，群臣應當賦詩上表慶賀一番。」

這個不大識趣的舉動，惹來朱棣滿臉的不高興：「不就是幾穗大穀嗎，有什麼值得慶賀的？」他龍袖一拂，令他們立即退下，兩個人馬屁沒有拍好，拍到了皇帝的馬腿上。

太倉古稱婁東，當時離長江出海口很近。婁江攜帶太湖水從這裡入海，不浚自深，獨具銜接江海的地理優勢，因此這裡從元代以來就成了著名的港口，漕糧海運都從這裡起航。瀏河對岸的寶山據說原來並沒有，因爲運糧的海船進入長江以後，有時不容易找到需要停靠的瀏河口，便在長江裡堆出這座寶山來，作爲海船進港的標誌。瀏河口那時號稱「六國碼頭」，商賈雲集，市面繁榮，熱鬧非凡。但是，這裡的人誰也沒有見過今天拔錨起航下西洋的壯觀場面。在寶山之下和瀏河出口處的江面上，近三百艘大小船隻，簇擁著龐大巍峨的寶船，遮住了好大一片江面。桅檣如森林般茂密，船帆讓人懷疑是天上的白雲誤落江中，把江水都映成一片雪白。戰船上的將士盔甲鮮亮，馬船上群馬嘶鳴，坐船上的樓閣連在一起好像一座方圓數里的城池。過往長江的船舶和兩岸的行人，都駐足觀看，感歎這聲勢浩大的船隊，讓他們眼界大開。

在總兵正使的船上，高高扯起一面帥字大旗，在江風的吹拂下獵獵飄舞。朱棣登上帥字寶船，舉目一看，不由感歎：「偉哉寶船，巨無與敵！」在帥船寬闊的甲板上，已經擺下御宴，皇帝今天要在這裡大宴群臣和整個下西洋的船隊，幾艘大型寶船上坐的是文武百官和戰船指揮以上的人物，其餘各色人等都在各自的船上入席。所有的席面上，都有皇帝所賜的餞行御酒，除殺豬宰羊，烹鵝燒鴨之外，還有水陸八珍。這是名副其實的宮廷御宴，達官顯貴與衆將士同享，天子與船工同樂。

宴會開始的時候，朱棣御賜鄭和大明元帥蟒袍，並親自爲他披上。鄭和眼裡含著激動的淚水，跪下謝恩。朱棣放眼整個威風凜凜的船隊，叮囑鄭和：

「此去西洋只可示中國富強，使四方賓服，切不可濫用武力。先帝有言，『與遠邇相安無事，以共用太平之福』，這是需要謹記於心的。」

鄭和諾諾連聲，表示牢記在心。

朱棣又對身邊的皇太子、皇太孫以及文武百官說：

「朕夙興夜寐，經營陸海邊疆，不敢稍有懈怠，就是想求得天下安寧，人民致富，國家致強，使本朝能夠超三代而軼漢唐，成就千秋偉業。」

大家齊聲山呼萬歲，紛紛稱讚皇上聖明，創曠古未有的功業，定當彪炳史册，光耀未來。

帥船上還搭起了舞臺，在宴飲的同時進行宮廷歌舞表演。明成祖和徐皇后聽說沈涼也帶來了一曲評彈〈海韻〉，很是歡喜，有意安排在壓軸的位置。宮廷歌舞陣容強大，氣勢非凡。先是一曲〈平定天下〉：「威伏千邦，四夷來賓納表章，顯禎祥，承乾象，皇基永昌，萬載山河壯……」接著是一曲〈撫安四夷〉：「順天心，聖德誠，化番邦，盡朝京，四夷爭先歸王命，齊聲歌太平……」金聲玉震的音樂，嘹亮的歌喉，剛健的舞姿，博得了滿堂的喝采聲。朱棣一只手捋著胸前的鬍鬚，一隻手在擊節讚賞。

輪到沈涼登場，已是夜幕低垂。朱棣吩咐添加了幾對大紅燈籠，高高掛在船桅上，爲沈涼的出場添彩。文武百官都要捧聖上的場，無不聚精會神來觀看她的演出。老天爺似乎也是有情有意的，此時朗月當空，微風習習，水波輕漾，萬籟斂聲。

沈涼爲這曲評彈費了幾天的工夫，可以說是用她自己的心血和著眼淚吟唱出來的。全曲分〈歎海〉、〈贊海〉、〈驚海〉、〈望海〉四曲，總其名爲〈海韻〉。她一身淡雅的衣裙，款款登場，在舞臺的中央側身而坐，微微抬起頭來。那光彩照人的形象，讓所有的人都爲之一震，全場頓時鴉雀無聲。她輕輕調了調琴弦，突然一陣嘈嘈切切之聲，如急雨傾盆，海潮澎湃，風捲林莽，響徹整個帥船，傳播到寂靜的江面上，鎮住了場子。接著，她用纖纖玉手輕攏慢撚，信手續彈，那琴聲如泉水叮咚，如流水潺潺，如花間私語，如無數珠玉在玉盤中歡快地跳動，令人心曠神怡。忽然，又是急轉直上，猶如萬千戰船號角聲急，刀槍碰撞，金柝爭鳴，彷彿在人們眼前展開了一場激烈的海戰。正當人們的心潮隨著琴聲追波逐浪，起伏跌宕，突然琴弦像綳斷了似的，嘎然收住，凝絕無聲。

沉默了片刻，她的〈歎海〉開始了。一陣古樸的絲弦之聲，將人們帶進地老天荒的歲月。沈涼本來十分圓潤的嗓音，吐露的卻是寂寞蒼涼：

「盤古開天舉斧頭，混沌世界分水陸。
先民刳樹為木舟，泱泱大水試浮泅。
昔日帝女赴東溟，無情海水吞弱身。
化作精衛銜微木，誓填滄海飲余恨。
昔日秦王求不老，漫漫海上尋仙草。
童男童女整三千，一去不返渺如煙。
昔日明皇哭玉環，香魂海上隱仙山。
窮盡碧波無蹤影，徒留遺憾在人間。
昔日元帝征扶桑，舳艫千里渡重洋。
誰知百尺無情浪，魚腹吞盡勇兒郎。
藍天最闊海最深，追天逐海萬古同。
苦海無邊何處去，冷水無情人有情。」

這一曲〈歎海〉，永樂爺聽得心裡發沉，眼睛酸酸的，徐皇后掏出羅帕直抹眼淚，整個帥船上發出一片唏噓之聲。〈贊海〉一曲開始，琴聲變得輕鬆歡快起來，沈涼的歌喉也立刻化作花叢鶯語，輕盈婉轉：

「江水流，河水流，流到瓜州古渡頭。
雲帆高挂遮日月，大明寶船臥神虬。
中華巨龍歸大海，天高海闊任遨遊。
四海手挽長江浪，神州華夏連九州。
往昔張騫通西域，大漠古道鋪絲綢。
玄奘西天遠跋涉，長安雁塔通天竺。
萬里海水接萬國，碧波即是絲綢路。
長城難阻海外客，抽刀斷水水更流。
當今天子最聖明，揮動巨臂叩海門。
縱横天涯諸番國，敢軼漢唐千古雄。
寶船曆盡西洋水，廣施恩德柔遠人。
強國無須凌弱小，乃我炎黃赤子魂。」

朱棣聽到這裡，不由擊節讚賞。這一曲歌頌的無疑是他這個眞龍天子，唱的也都是他的心裡話。文武百官最會察言觀色，皇帝高興他們也高興，一齊高聲喝起采來。接著〈驚海〉一曲，琴聲趨向激越，曲調也轉向激昂：

「一曲評彈君行壯，茫茫海路多險象。
狂飆怒號捲洪濤，崩雲驟雨從天降。
颶風呼嘯摧檣桅，波如連山呑巨舟。
帆落槳折難穩舵，船如飄葉任沉浮。
將士昂然濤頭立，趕赴西洋王命急。
唯有丹心昭日月，一往無前鬼神泣。
烏雲滾滾從西來，蒼天失色盡陰霾。
星月無光莫辨向，進退維谷只徘徊。
海怪沉沉潛水底，蛟蛸隱沒波瀾裡。
欲與舟人試比高，壯士拔劍齊奮起。
刀槍擊柱怒塡膺，橫掃妖氛海路寧。
不辱王命西洋行，魂斷滄海亦英雄。」

這齣〈驚海〉感動了出征的將士，也感動了朝臣，鄭和在拭激動的眼淚，朱棣在拭感動的淚水。這位天子也知道，此去西洋海路維艱，任重道遠，他眞的希望自己的將士不辱使命，個個都是臨危不懼的英雄。緊接著，〈望海〉之曲開始了，琴聲忽然變成了幽咽的潛流，沈涼的歌喉也變得曲折低迴，如泣如訴：

「一曲評彈送帥旗，黯然銷魂惟別離。
此去西洋萬餘裡，天涯海角兩相依。
一別音容不輕還，人去樓空儂悄然。
悠悠生死兩相牽，孤燈挑盡難成眠。
人間世事古難全，明月偏向別時圓。
國事從來重家事，不負儂情即負天。
秋雨梧桐飛霜早，滿階落葉人不掃。
懶對明鏡理雲鬢，天若有情天亦老。
秋露如珠秋月圭，手把欄杆望君回。
織錦揉皺心揉碎，面對秋風無淚垂。
情悠悠，思悠悠，思到歸時方始休。

但願人心如磐石，天長地久不相違。」

曲終收束琴弦，沈涼自己情動於衷，已是淚人一般。徐皇后也是滿臉淚痕，走上前去緊緊抱住沈涼，兩個女人的眼淚灑到了一起。朱棣身邊的小宦官，也拿出黃色的絲巾替皇上擦拭滾滾而出的淚水。鄭和更加難以抑制自己的感情，卻生怕別人看到他的眼淚，偷偷用那件御賜蟒袍的寬大衣袖遮著眼睛。其實，這時候船上所有的人，包括那些贊成下西洋的和反對下西洋的，沒有一個不眼含熱淚。

瀏河口天籟無聲，唯有江風在拂拭人們的衣襟。掛在江心的朗月，將銀白的月華灑在帥船和整個船隊的桅帆上。

六、驕燕騰飛五虎門

木帆船時代，遠洋航行主要倚賴的是風力。這就不難明白，那時海上的船家為何需要一位元風神，並向他頂禮膜拜了。海風是古代航海的能源，風神實際是一位能源之神。鄭和船隊出發去西洋，需要的是從東北方向往西南方向吹的信風；從西洋歸來，又得需要從西南方向往東北方向吹過來的信風。因此，他們從瀏河口拔錨起航，來到福建的長樂港，還需在這裡休整幾個月的時間，等待冬天颳起的東北季風。鄭和自然不會讓大家閑著，船隊的航海訓練和航海物資的準備，都得在這幾個月的時間內全面完成。

王景弘又一次回到了自己的家鄉福建，充分發揮地方人事熟絡的特點，集中精力抓遠航物資的採辦。幾萬人馬的隊伍，在海上吃的用的是個很大的數目。鄭和與王景弘都聽匡愚說過，人在海上時間太長，難得吃到新鮮蔬菜，種種疾病都有可能由此產生，一不留神就會將整個船隊拖垮。吃飯，是一件絲毫大意不得的事情。

鄭和自己此刻最關心的是這支隊伍的管教，傅友德將軍在貴州重振軍威的那一幕給他留下的印象很深。一支隊伍沒有嚴明的紀律，就是一盤散沙，一群烏合之衆，在陸地不行，在海上更危險。

他特地把都指揮使朱眞、王衡和副使太監洪保等人找來，分別問他們：「此去西洋，最要緊的是什麼？」

朱眞正一心撲在海戰的演練上，不假思索回答：「操練好兵馬，務求陸戰、海戰都能戰而勝之。」

洪保卻說：「依在下看來，最重要的還是嚴明軍紀，讓番國君臣和百姓感受我大明船隊，既是威武之師，又是文明之師，對大明王朝心悅誠服。」洪保此人雖然年輕，心卻比較細，他到長樂後發現近三萬人的隊伍裡，魚龍混雜，良莠不齊，早就擔心萬一有幾個搗亂的，一粒老鼠屎會攪壞一鍋粥。

鄭和聽罷點頭稱是，他對朱眞和王衡說：「練武先練心，從即日起就在明軍將士中申明紀律，整頓軍心。」他又吩咐洪保：「航海人員都是臨時招募來的，他們中那些火長、民梢、班碇手等，因爲有一技之長，不乏桀驁不馴之人；有的還是從監獄裡挑選的犯人，自然也不乏鋌而走險之徒。要讓他們像明軍將士那樣，接受嚴格的約束，更不是一件容易的事情。」

鄭和將最要緊的事安排妥帖，挑定一個日子，由李海領著去熟悉長樂這個揚帆出海的重要港口。

李海說：「長樂的天妃廟最是靈驗，有求必應，一定得去那裡行香，求媽祖保佑西洋之行一順百順。」

鄭和欣然應允，還讓李海厚厚備了一份功德錢和香燭錢。

長樂靠山，臨江，面海。那海，就是浩浩東海，北與黃海相連，南與南海銜接。那江，就是閩江，從武夷山蜿蜒而來，在這裡奔騰入海。那山，就是四水山，又名首石山，有仙人說「首石山鳴出大魁」，是個人傑地靈的地方。鄭和的船隊，停泊在長樂的太平港。這裡在古吳越的時候，就是一個著名的港口。相傳當年吳王夫差乘船到過這裡，太平港的大碼頭，因此又名吳航頭。長樂地處東海一隅，相當偏遠，卻偏偏沾了這偏遠的便宜。朱元璋雖然三令五申禁海，無奈鞭長莫及，長樂地方依然商賈雲集。這裡的十洋街頗爲繁華，也是茶樓酒肆、青樓妓院什麼都有。

鄭和因爲連日辛勞，坐在轎子裡東張西望，不久就感覺到渾身困乏，剛靠在軟墊上，不一會兒就進入了夢境。他彷彿是在去縣衙裡赴宴，那知縣卻特別吝嗇，上了一道蟶子炒韭菜，就什麼也沒有了。隨行的人說知縣怠慢總兵元帥，他一笑置之，不想這一笑，就笑醒了。他同李海講起這個夢中的情形，兩人都覺得莫名其妙。蟶子是長樂海邊到處都可拾到的貝類，韭菜也是本地最賤的菜蔬，琢磨不透夢中那個知縣爲何會用這個菜來招待出使西洋的總兵正使。

李海說：「就是您總兵元帥自己不介意，當縣令的若如此怠慢朝廷欽差，諒他也不可能有這麼大的膽子啊。」

他們一路說笑著，來到南山腳下，忽然聽到從一幢茅屋裡傳出哭號之聲。鄭和命停下轎來，他與李海尋聲走去，卻是一位老嫗在哭祭她新近死於海難的兒子。讓他倆大吃一驚的是，供桌上擺的恰好也是一盤蟶子炒韭菜。李海若有所悟，悄悄告訴鄭和：「這一定是天妃娘娘顯靈，暗示我們與其去廟裡進香，還不如救救這位老嫗。」

李海是天妃的虔誠信徒，似乎也最能揣摩天妃的心意，繼續在鄭和的耳邊念叨：「天妃娘娘一定是因爲自己沒有及時搭救那個海上遇難的人，讓老婆婆孤苦伶仃的，心裡感到內疚，想託總兵元帥的洪福照顧這個無依無靠的老人，所以夢裡才會有那盤蟶子炒韭菜……」

鄭和打量這個老嫗，有幾分像他母親的樣子，也有幾分像北京的馬婆婆。他此次出使西洋，讓他牽腸掛肚的，一個是沈淙。那天的一曲〈海韻〉，讓他們的兩顆心靠得更近了。人生有一紅顏知己足矣，此生夫復何求？還有讓他掛心的，就是遠在雲南的母親和北京的馬婆婆了。馬婆婆已經辭世，母親也不知現在怎樣了。他臨離開南京的時候，曾經拜託禮部尙書李至剛爲父親的墓寫了一篇碑文，託人捎回老家，想把同家裡斷了的這根線接續起來。眼前這位老嫗喚起了他對那兩位老媽媽的深情，吩咐李海回去之後，支出他的一些俸銀，贍養這位老人。他看了看那風雨飄搖的茅棚，還特地囑付李海：「這茅棚無法住人了，乾脆拆了蓋一座小樓，讓老媽媽能夠安度晚年。」

李海聽了很受感動。在天妃廟行完香，送總兵元帥回到駐地，他立刻支了錢去辦這件事。他在鄉親們面前極力宣揚鄭和做的好事，衆口相傳，很多人都趕來幫助這位孤寡老嫗蓋樓房。老嫗感激不已，連說自己遇見了活菩薩，拄著拐杖來到大明船隊要給鄭和磕頭。

鄭和連忙攔住說：「這萬萬使不得，我也是有母親的人，這不過是替您兒子盡一分孝心罷了。」

這位老嫗姓林，鄭和此後就叫她林媽媽。長樂人知道了這件好事和那個夢中吃蟶子炒韭菜的故事，都稱那座新蓋的樓房爲「母夢樓」。

閩江口外的海面上，現在是大明船隊演練水戰的戰場。每天都是一片殺伐之聲，引得附近的許多年輕漁民連網也懶得撒了，遠遠地停著船觀看。朱眞統領戰船練習水戰，吃住都在船上，大家都相安無事，一直沒有惹出什麼大的亂子來。他由此得出一個結論，不給士兵有違反紀律的機會，就不會有人違反紀律。可是時間久了，人們漸漸打不起精神來練兵，搖櫓的嚷著手臂痠疼，舞弄刀槍的嚷著腰腿不聽使喚，都說是船上待的日子太長了，長久不接「地氣」，身上就不長力氣了。

朱眞呵斥道：「瞎掰，『地氣』是什麼玩意兒，同人的力氣有何關係？」

有位姓彭的千戶神秘地說：「我聽一位教書先生說過，人其實同草木一樣，生命和精血都是從地裡來的，只不過在娘肚子裡多轉了一圈而已，泥土生泥土養，這可是萬古不變的道理。」

朱眞聽了這話將信將疑，一時也沒了主意，他雖然是水軍出身，原來都在沿江沿海作戰，打完仗就上岸，對「地氣」之說的確沒有體驗。他同幾個指揮使商量，王衡說：「很快就要開洋遠航了，也該讓將士們上岸舒展舒展筋骨，養息養息精神，這一去在船上得待上一兩年哩。」唐敬也說：「老把大家拘在船上也不是事，醜媳婦總有一天要見公婆的。」

朱眞難違衆意，兩手一攤：「那就讓將士們上岸去吧，不過得好好管住他們，可別觸犯總兵元帥約束三軍的軍令。」

俗話說，林子大了什麼鳥都有。船隊的人一上岸，果然麻煩事就來了，中軍營裡不斷有人來告狀。有人在十洋街酒肆裡吃了喝了，嘴一抹抬腳就走，「醉死不認那壺酒錢」；有人打殺人家的鷄狗，偷著在野地裡煮了解饞；有人強拿店鋪的東西不給錢，反過來還罵店主：「老子就要去西洋番國了，拿你的東西是瞧得起你。」朱眞怎麼管教都收效不大，摁了葫蘆浮起瓢，弄得他很頭疼。

這天晚上，那個姓彭的千戶從酒肆裡喝醉了酒出來，路過一家門首，忽然聽到脆生生嬌滴滴的聲音，好似乳燕呢喃，引發了他內心一種莫名的興奮。他抬起朦朧醉眼，原來是一個年輕女子在爲街那邊耍猴戲的喝采，看見有人拿眼盯著她，便半啓朱唇，露出糯米般整齊的牙齒嫣然一笑，還主動搭訕道：「這位大哥，酒喝多了，快進屋喝杯茶解解酒吧。」

彭千戶巴不得這一聲，半點都沒推辭，就跟著進了屋。那女人倒茶的時候，不知什麼時候解開了兩顆衣扣，露出雪白的胸脯和一對突突的奶子。彭千戶頓時血往上湧，酒壯色膽，一把就摟住這女人，伸手去捏那奶子。那女人也順勢倒在他的懷裡，身子柔柔的緊貼著他強壯的軀體，一對水汪汪的眼睛藏著風情萬種，嚶嚶說道：「奴家丈夫在海外做生意，一年多沒有回來，可憐奴家孤身一人……」

彭千戶不等她說完話，一迭連聲地說：「妹子不必傷心，哥哥天天都來陪伴你。」說著就將那女人抱進臥房，兩人迅速脫光了衣服，迫不及待扭在一起。那女人一邊快活地呻吟，一邊浪聲浪氣撒著嬌：「我的小親親，你比我那丈夫強多了，說話可要算數，往後天天來陪我……」女人的淫聲浪語沒完沒了，彭千戶也失魂落魄。不曾想那女人的丈夫就在這時候趕回來了。他們兩人心急火燎，做那事連房門都忘了插上，那男人闖了進來，在床上摁住了他們倆，先是狠狠給了女人兩耳光，然後卡住彭千戶的脖子問：「朗朗乾坤之下，姦污我女人，是私了還是公了？」

彭千戶本來武藝不錯，此時身上一絲不掛，無法逃脫。那女人也趁勢跪下來，求丈夫原諒她一時糊塗，求彭千戶拿出兩千兩銀子了卻這件事，流著眼淚說：「好大哥，你可別捨不得銀子，我們兩人的名譽要緊。」

彭千戶一時到哪裡去找這兩千銀子，那人又知道他馬上要出洋，打欠條也不行。到頭來，被那男人叫來僕人捆了個結實，女人也翻過臉來，披散著頭髮，哭著鬧著說：「我本來是不情願的，我被這個軍爺強姦了。」

這一男一女押著彭千戶徑直來到總兵元帥面前，一進門就呼天搶地：「總兵老爺，小民的女人被軍爺強姦了，您老人家可要替小民做主啊！」

鄭和與朱眞氣得滿臉通紅，都說要推出斬首，殺一儆百。就在彭千戶被摘了牌子，準備開刀問斬的時候，長樂知縣聞訊趕來，揭穿了這對男女玩「仙人跳」的把戲，並將他們帶回縣衙門處置。鄭和這才弄明白，那女人原本就是妓女，那男的是個皮條客，兩人假扮成夫妻，做就了圈套，先由那女人勾引男人上鉤，然後由那個男的出面詐錢，在當地已經害過不少人。鄭和一想，這自然算不上「強姦民女」，但是死罪可恕，活罪難饒，革了他的千戶，一頓板子打得屁股皮開肉綻，還一瘸一拐押到營裡示眾。大家這才知道軍法非同兒戲，總兵元帥動起怒來也不是好惹的。

這時洪保也來反映，一些招募來的航海人員，都私自帶了不少土貨藏到船艙裡，準備到西洋國家換取珍珠瑪瑙和香料，回來以後賺上一把。很多將士見了十分眼熱，也都在偷偷蒐貨，十洋街的土產已經被搶購一空。朱眞沒想到他手下的將士盡捅漏子，一點也不替他爭臉，又發起急來，喊著要重辦這些人。

鄭和也急了：「這還了得，此風不可長，要趕緊煞住。」

從當地請來的通事蒲日和卻說：「其實，只要不誤朝廷的大事，讓大家捎帶做點生意也未嘗不可，遠洋航行是出生入死的事，也得讓大家有點想頭，別國的航海船舶其實也都這樣。」此人不但通曉阿拉伯語，還熟悉西洋番國的情況，平時謹言愼行，鄭和與王景弘都很尊重他對海外一些事情的看法。

王景弘立即說：「我看也未嘗不可，不過一定要納稅，不然就與走私沒有區別了。」

鄭和認眞想了想說：「到了西洋諸國還是要以朝廷的朝貢貿易爲重，私人攜帶的物件，數量上得有所限制，不可本末倒置。」

大家聽了，無不爲此歡欣鼓舞，都說：「總兵老爺有威有恩，我們願意爲他肝腦塗地。」只有朱眞心裡還是想不通，他帶兵多年，實在無法把行軍打仗和做生意在腦子裡統一協調起來。王衡悄悄問他是否捎點什麼，他嗤之以鼻，一口回絕了。

幾個月時間悠忽過去，東北信風已經颳了起來，所有遠洋航行的物資也都準備就緒，開洋遠航的黃道吉日馬上就要到來了。林冠群和張興也在這個時候從老家趕來長樂。鄭和念他們造船辛苦，特地允許他們回家歇息數日，然後跟著出洋，帶領一批能工巧匠在航行中修理破損的船隻。他們也從家裡帶了不少土貨來，眞是人同此心，心同此理。

有人笑話林冠群：「這回在家裡同老婆親熱夠了，不會再想南京的莫愁女了吧？」

他連連搖頭說：「我那老婆太醜，豎著不長橫著長，比我還胖一圈哩。」

張興說：「家有醜妻是福氣，出門在外，用不著提心吊膽。」

李海也笑著說：「找個老婆醜，活到九十九，林胖子肯定能活一百歲。」

這時李海的生得很標誌的妻子，正帶著孩子趕到營裡同他告別，被林胖子一眼看見，揶揄道：「那你還不趕緊把這個老婆休了，到西洋去找個醜八怪回來。」

李海的妻子羞得滿臉通紅，直拿拳頭捶李海。

起錨出發的前夕，蘇天保急匆匆從南京趕來，向鄭和傳達了聖上的口喻：

「現今安南國正在進犯占城國，朝廷已應占城國王的請求派出軍隊從陸路幫助平息戰亂，著鄭和率船隊到該國海邊揚威，以懾服安南。」

鄭和領旨謝恩。蘇天保臨回南京復旨前還說：「聖上還再三叮囑，諸蠻夷小國，阻山越海，僻在一隅，彼不為中國患者，決不伐之。」

鄭和仔細回味聖上的囑付，進一步領會了此次出使西洋的用意。

在長樂閩江出口的大海中，有個五虎門。那是海中的島嶼，突兀出五個山頭，有如五隻威風八面的猛虎雄踞在那裡。鄭和的船隊來到這裡，按照「驕燕掠海」的陣勢排列在海面，準備在此開洋遠航。偌大的船隊航行在海洋中，需要號令一致，協調行動，船隊規定了一整套聯絡的信號。白天認旗幟，夜晚認燈籠，進有鼓聲，退有金聲，好不整齊威嚴。

鄭和的帥船處在「驕燕」的脊樑上，帥字大旗迎風招展。船頭上特地刻畫了兩隻炯炯有神的大眼睛，那是中華巨龍的雙眼，能夠視通萬里。

鄭和身著總兵元帥的蟒袍，一領紅色披風被海風鼓起來，在他的身後高高飄起，襯托出他的一身雄健，一臉英氣。開洋祭海的儀式開始了，近三萬將士和船工都肅立在各自的船上，盔甲鮮亮，英姿颯爽。鄭和先向北面三跪九叩，辭別聖上。然後，轉身面向南面的汪洋，焚香秉燭，把酒祭海：

「伏以神煙繚繞，謹啓誠心派請，今年今月今日今時四値功曹八方迦難使者，有功傳此爐內心香，奉請歷代御制指南祖師、軒轅皇帝、周公聖人、前代神通陰陽仙師、青鴉白鶴先師、楊救貧仙師、王子喬聖仙師、李淳風仙師、陳摶仙師、郭樸仙師，歷代過洋知山知沙知深淺知礁嶼知海道尋山問澳望斗牽星古往今來前傳後教流派祖師，祖本羅經二十四向位尊神大將軍、向子午酉卯寅申巳亥辰戍丑未甲庚壬丙乙辛丁癸二十四位尊神大將軍、定針童子、轉針童郎、水盞神者、換水神君、下針力士、走針神兵、羅經坐向守護尊神、建櫓班師父、部下仙師神兵將使、一爐靈神，本船奉七記香火有感明神敕封護國庇民妙靈昭應明著天妃，暨兩位侯王通順王、五位尊王楊奮將軍、最舊舍人、白水都公、林使總管、千里眼順風耳部下神兵、擎波喝浪一爐神兵、海洋嶼澳山神土地、里社正神，今日下降天神糾察使者，虛空過往神仙，當年太歲尊神，地方守土之神，普降香筵，祈求聖杯。或遊天邊戲駕祥雲，降臨香座，以蒙列坐，謹具清樽。伏以奉獻仙師酒一樽，乞求保護船隻財物人馬平安。」

這時，三聲炮響，金鼓雷鳴。鄭和一聲令下，帥船上升起了啓航的信號旗，整個船隊如凌空飛翔的驕燕，向著浩淼的遠方馳騁而去。

第七章 開闢藍色絲路

一、萬里航程第一站

鄭和首航遠洋出師並不順利。浩浩蕩蕩的船隊出了五虎門，經過泉州，快要來到嘉禾千戶所（今廈門）的時候，忽然一艘戰船上發生了騷亂。很多士兵在高聲吵鬧，連帥船上都能聽見。

鄭和剛要派人去看看發生了什麼事，醫官匡愚乘一條來往聯絡的小船趕來報告說：「那艘戰船上發現了一個痲瘋病人，士兵們害怕染上這種惡病，將他捆了起來，嚷著要扔到海裡去。」

鄭和忙問：「眞的是痲瘋病？」

匡愚點頭：「看他臉色艷若桃紅，眉毛也在開始脫落，肯定是痲瘋病無疑。」

這時朱眞、王衡等幾位帶兵的將領也趕來，請示處置的辦法。鄭和說：「得了這種病本來就是大不幸，將他活活扔進海裡淹死豈不太殘忍，這於船隊遠行也不吉利啊，還是放他一條生路吧。」

匡愚搖頭歎氣：「此病無藥可醫，將來關節一個個都會脫落，會死得更痛苦。」

朱眞說：「前邊嘉禾千戶所有個鷺島，荒蕪人煙，乾脆放他上島，是死是活，看他自己的造化了。」鄭和想想也只有這個辦法，他吩咐朱眞給他準備一些糧食、衣物，還有引火之物，好讓他能夠生存下去。朱眞趕緊傳令照辦，鄭和還囑付：「要記住那個士兵的名字，回航經過這裡時，再去島上看看他。」

鄭和留匡愚在自己的船上，將王景弘等人也請了過來，趁此機會談及了那種可怕的「遠洋病」。所謂「遠洋病」，實際就是現在人們所說的壞血病。鄭和曾聽那些出使西洋回來的中官說過，人在海上時間長了，難得吃到新鮮蔬菜，容易患那種在海途中要人性命的病。鄭和問匡愚：「此病何藥可醫？」匡愚是江蘇常熟人，出身名醫世家，從醫之後研究醫道也很潛心。鄭和擔憂的事情，他也一直在關注，回答說：「此病無藥可醫，也無須用藥來醫，只要注意大家的飲食就行了。」

鄭和說：「你的意思，是否藥療不如食療？」

匡愚撚著頸下一小撮山羊鬍子侃侃而論：「歷代醫家都講究藥食同源，以食為藥。神農嘗百草，實際是那時的人饑不擇食，吃了這種草身體出現不適，吃了另一種草身上的不適又消失了，久而久之，就從食物中吃出藥物來了。」

鄭和說：「先生此話有理，令人茅塞頓開。」

匡愚餘意未盡，繼續晃著腦袋說：「孫思邈《千金方》倡導『食養』，華佗的麻沸散也是喝酒沉醉的啓發所得，《神農本草經》強調藥物七情和合、四氣五味，無一不是注重飲食對人體的調理……」

一直聽得入神的王景弘，這時插話說：「福建人在遠航的時候，都用陳皮煮水當茶喝，我曾吩咐下去，每艘船上都準備了不少陳皮。」

匡愚連忙點頭說：「對，陳皮就是治遠洋病的一種好食物，還有江浙一帶出海的人，喜食乾梅，我們的醫士也備了不少。」

鄭和聽了很高興，稱讚說：「你們想得眞周到，解除了我埋藏在心裡的一個後顧之憂。」

匡愚補充道：「此去西洋，沿途各地鮮果瓜菜不少，讓大家多吃一些，可保無虞。」

王景弘讓鄭和放心，這些事他會督促下邊去辦的。

好風憑藉力，船快一帆風。東北季風鼓滿風帆，船隊眞如群燕騰空飛翔，日夜兼程，很快就過了東海，進了南海。這隻「驕燕」與屹立在海中的儋州（今海南島）擦肩而過，一直向南，過了七洲山，進入七洲洋，一望無涯的千里長沙、萬里石塘展現在大明船隊面前。這裡的海水漸漸變成了靛藍色，浪也大了起來，「驕燕」在浪濤中起伏，忽起忽落，連巨大的帥船都能覺出搖晃的猛烈。鄭和踉踉蹌蹌巡查了他的帥船，搖櫓的水手此時無用武之地，都在幫助舵工把舵。李海光著膀子，兩隻大腳叉開十個腳趾，在甲板上站得穩穩當當。兩眼注視著一個個衝著船頭撲過來的大浪，極力運用純熟的操船技巧，儘量減緩船頭與浪頭的碰撞，讓帥船行駛得平穩一些。他知道總兵元帥心裡有好多大事，不能讓這些海浪打攪他。

鄭和來到船頭艄樓的觀星台，陰陽官林貴和正帶著幾個陰陽生，用牽星板測量船隊的方位和到占城國新州港的距離，看看還有多少「更」。那時的航程都用「更」來計算，一「更」是六十里。明朝時候，中國的航海技術在世界上是絕無僅有的。林貴和他們除了掌握牽星技術外，還有水羅盤，即將磁鍼安放在水裡，陰晦天氣便可用來辨認方向。鄭和很早就對觀察星位感興趣，也略略懂得一些星相知識，他同林貴和一起，一邊注視前邊的海況，一邊饒有興趣地討論起天上星座的學問來。

千里長沙千里行，終於有一群島礁出現在帥船艏樓的視線內，其中有一個面積較大的海島，遠遠看去，像一隻青螺在藍色的波濤中沉浮。鄭和曾經讀過前朝周去非的《嶺外代答》，其中就有千里長沙、萬里石塘的記載。書本上的感覺和實地的感覺大不一樣，他想不到這裡的島嶼竟這般美麗。

這時，前哨有人來報告：「島上發現有人。」鄭和命升起信號旗，讓船隊放緩前進的速度，派出哨船前去察看，在島上的是些什麼人。哨船飛奔而去，飛奔而回。唐敬帶來哨船從島上抓來的一個鬍子花白的老人，那老人沒見過這樣的陣勢，早已嚇得臉色慘白，到了帥船上，雙膝就跪了下去。鄭和連忙扶住他，很和氣地問他話。老人原來是儋州的漁民，家住潭門港，他是船老大，領著村裡幾條漁船在這裡捕捉鮑魚和海參。鄭和請他坐下，命人端上茶來替他壓驚。老人喝了幾口茶，穩了穩神說：「我們來這裡已經五六天了，剛才正在那海島周圍的礁盤上撈大海參，見這麼多船耀武揚威過來，以為遇上了海盜，趕緊往島後邊躲，不想就被你們抓來了。」

鄭和告訴他：「我們是大明皇帝派來的船隊，來此就是為了肅清海盜，溝通海外，保護你們能在這裡安心捕魚。」老人聽了又要下跪，鄭和又趕忙扶住，問他：「儋州人是否經常來這裡捕魚？」

老人說：「我們潭門港的人祖祖輩輩都來這裡，有的跑得更遠，到過萬里石塘的最南邊。」

鄭和問：「這個島上有房舍嗎？」

老人介紹：「島上只有一座天妃娘娘廟，早先來往這裡的儋州漁船，還有福建的商船，趕上海況惡劣，來廟裡暫時躲一躲。現在年深月久了，廟門和屋頂已經被大風颳壞，遮風擋雨都不行了。」

鄭和聽了，趕忙讓隨從掏出二十錠銀子給老人：「請你們重修廟宇，再塑天妃金身。一來天妃娘娘免遭日曬雨淋，二來過往的船舶躲避風浪，有個暫時棲身的地方。」

老人感激地說：「天妃娘娘會感激大明天子派來的船隊，來往的漁船和商船也會感激大明天子派來的船隊。」

鄭和派人送他回到島上，老人把這幾天撈的海參、鮑魚，還有今天剛起網的紅鱒魚、石斑魚，一股腦兒搬上漁船，要送給官軍，孝敬總兵老爺。鄭和堅辭不受，老人非送不可。王景弘出主意，乾脆花錢買了下來，兩全其美。那些漁民都很高興，他們沒想到朝廷有這麼強大的船隊，他們也沒想到官軍會對他們這些小民如此客氣。

所謂千里長沙、萬里石塘，就是中國現在的南海諸島，包括東沙、中沙、西沙、南沙，以及位於中沙東南的黃岩島。鄭和船隊現在所處的位置，就是西沙群島，當時的具體稱呼是石塘。那位老漁民心情分外高興，給鄭和講起了眼前這些島礁的故事。那是很久以前，儋州有個窮苦漁家的三兄弟，個個都是捕魚的能手。有一天，他們在海上接連幾天下網都落了空，來到這裡一網下去，竟撈起一隻足有小船那樣大的海蚌，打開蚌殼發現一串閃閃發亮的珍珠，取出來數一數，一共有十五顆。正在他們高興的時候，突然天上飛來一群白鶴，搶走了珍珠。三兄弟緊追不捨，白鶴將珍珠吐進海裡，在珍珠落下的地方，海水一陣歡騰，突然冒出一群美麗的海島，不多不少，下七上八整整十五個。眼前這個青螺似的島，就是其中最大的一顆「珍珠」。從此那兄弟三人就在這些島上生養繁息，還把家鄉的父老鄉親都帶到這裡來。

老漁民還講了潭門港漁民經歷的一件奇事。他們那裡的一條漁船，前些年來這裡捕魚，頭一網下去，就撈上來一隻大海龜。幾個漁民抽出漁刀正要殺這頭海龜的時候，海龜竟然「哇哇」哭了起來，好似小孩的哭泣。一個漁民聽了這哭聲有些不忍，用手在龜背上撫摩，突然發現這海龜的背上有幾個銅牌，其中有識字的仔細一看，一個刻著「唐貞觀元年」的年號，一個刻著「宋天禧三年」的年號，還有一個刻著本朝「洪武七年」的年號，原來這是一隻幾朝幾代人相繼放生的海龜。

大明船隊的人聽了感歎不已。鄭和博覽史籍，知道早在漢唐時候，先民就發現了這些島礁，並將這裡作為謀生之地。在北宋時候，朝廷還專門派水師巡視過千里長沙、萬里石塘。他今天有幸作為大明船隊的統帥來到這裡，內心感到無比激動。他讓人送走了那些漁民，命令船隊圍著那些島礁轉了一圈，鳴放三響禮炮，向這片遙遠的皇天后土致敬。

那三聲禮炮，驚起了島上的鰹鳥，黑壓壓一片，飛向遙遠的天際。這裡是鰹鳥的天堂，一代一代不知在這裡度過了多少安靜的時日，從來沒有聽過這樣的巨大聲響，拚著命往高處飛翔。鄭和默默注視漸漸遠離的島礁，心裡一直在想著，他們應該爲這片遙遠的土地做點什麼？

二、敲山震虎救占城

過了七洲洋，占城國的新州港已經遙遙在望。朱眞向總兵元帥報告：「前面的哨船已經發現岸上有座高高的石塔，好像就是新州海口。」林貴和與李海，過去都到過占城，一齊肯定：「這就是本次下西洋的第一站——占城國。」

船隊的人經歷了這些天海風的吹打和海浪的顚簸，聽了這個消息，都歡呼雀躍起來。鄭和只帶了一部分人馬上岸，命朱眞指揮戰船，排成陣勢，在交趾洋裡沿占城國和安南國的海岸來回遊弋，必要時還可以進行一些火器演習。要讓安南人看到，大明王朝苦口婆心地勸說其罷兵並非懦弱的表現，眼前這支威武水師，就具有從海上向他們發起進攻的能力，警示那位黎氏國王可別有眼無珠。

新州還是一個很荒涼的地方，只有一個名叫設北奈的寨子，都是低矮的茅屋，與那座高高的石塔，形成鮮明的對照。寨裡住著五六十戶人家，看到海上眨眼之間鋪天蓋地飛來這麼多的船舶，以爲是神兵天降，驚奇得不得了，都擠在海邊看稀奇。這些人看到船上張著帆像好大一片雲，收了帆又像一片密密的樹林，大船如同一座雄偉的城堡，小船也比他們出海的漁船不知大多少倍，鮮明的盔甲，閃亮的刀槍，在燦爛的陽光下好像天上掉下無數的金子、銀子一般，都大呼小叫，指指點點，也不知在說些什麼。占城國王占巴的賴，騎著一匹灰頭灰腦的大象，帶著他的臣下從都城趕到新州海口，迎接大明王朝派來的船隊。鄭和所帶的人馬上了岸，占巴的賴見了大明皇帝派來的總兵元帥，如同見到從天而降的救星一般。他從大象的背上滾落下來，給鄭和與王景弘等人行禮，然後陪著大明的使者，向他的王宮進發。

占巴的賴是鎖里人，亦即現今的印度人，信奉佛教。鄭和與占城國王並轡而行，一路都講些佛學方面的事，經過蒲日和的翻譯，兩人談得還算投機。這位國王頭戴金光燦爛的王冠，王冠上還插著幾支玲瓏花，頗似雜戲班裡粉面登場者所戴的帽子，少了幾分莊嚴，多了幾分滑稽。他上身穿的是五色細花布長衣，下身圍著紅色的絲巾，赤著的雙腳在象肚子的兩邊晃來晃去。他的臣屬騎的是黃牛，頭上的帽子是當地產的檳榔樹葉，按照不同的級別，裝飾著不同的金彩。他們身著短衣，長不過膝，下邊也圍著絲巾。在一旁看熱鬧的平民百姓，頭戴遮陽的尖頂斗笠，男女都裸著上身，一些年輕婦人將孩子用布帶吊在胸前，任孩子扯著奶頭吃奶，一點也不影響她們看熱鬧。蒲日和告誡周圍的明軍士兵：「這些女人的胸乳輕易碰不得，不管是有意還是無意，她們的男人都會找上門來拼命。」

一個士兵驚呼：「這些女人嘴裡怎麼都在流血？」

蒲日和說：「別大驚小怪，那是她們在嚼檳榔。」這裡的人都喜歡嚼檳榔，乍一看滿嘴血紅，的確能嚇人一跳。

從新州港到王宮有好幾十里地。鄭和等人一路所見，草木蔥蘢，地裡種著西瓜、甘蔗、黃瓜、冬瓜、葫蘆、芥菜、蔥薑，與中國的江南所差無幾。田裡的稻禾粗矮，米是紅米。山上有芭蕉，椰子、柑橘，還有一種樹上結的果實如冬瓜一般大。蒲日和介紹：「那叫菠蘿蜜，是一種果肉和果實都很好吃的水果。」一道路邊的房舍土坯築牆，茅草蓋頂，唯門一扇，不開窗戶。據說是以為天氣太炎熱，陽光透過窗戶照射進來都讓人受不了。戶戶門前都植有一樹，也是為了遮蔭，俗稱傘樹。海邊上漁船不少，一船一戶，婚喪嫁娶，生兒育女，都在那上邊。來到王宮，鄭和捧出大明皇帝的詔書，向占城國王宣讀。這份詔書放之四海而皆準，每到一個國家都得宣讀一遍，內容卻都是這些內容：

「皇帝敕諭四方海外諸番及頭目人等：朕奉天命君主天下，一體上帝之心，施恩布德。凡覆載之內，日月所照，霜露所濡之處，其人民老少，皆於使之遂其生業，不致失所。今遣鄭和賚敕普諭朕意。爾等祇順天道，恪守朕言，循禮安分勿得違越。不可欺寡，不可凌弱，庶幾共用太平之福。若有攄誠來朝，咸錫皆賜。故茲敕諭，悉使聞之。」

占城王宮有一個大殿，王后和妃子同住在大殿之上，處理朝政，接待賓客，還有吃飯、睡覺，全在這裡。占巴的賴落座以後，立刻過來兩個侍女，抬著一個金盆，站立在他旁邊。

原來國王也喜歡嚼檳榔，這金盆用來承接國王吐出來的檳榔渣。他一邊嚼著，一邊吐著，一邊與鄭和說話：「占城人民盼望天朝援兵，就像大旱天氣盼望天上的雲彩變成雨滴一樣。安南那個狗屎國王太不講信義，不但肆意欺凌我這弱小的占城，連天朝的邊境他也敢去進犯。今蒙天朝遣兵，水陸兼進，安南指日可滅矣。」

鄭和連忙說：「大明王朝自先帝至當今聖上，歷來宣示四方，以和爲貴，此次不得已遣兵海上，也只是爲了讓安南國王收斂其野心，期望你們兩國之間和好如初，化干戈爲玉帛。」

占巴的賴一聽急了，將一口檳榔渣噴到了一個侍女的臉上，趕忙說：「占城危在旦夕，天朝船隊可不能坐視不救啊。」

他的幾個女人也過來扯住鄭和的衣袖，咿哩哇啦，請求兵發安南。

占城國王的擔心也不是沒有道理。早在洪武初年，安南就與占城過不去，屢次興兵進犯。朱元璋曾經多次派人勸諭，安南國王根本不買這位大明開國皇帝的賬。當時占城國王阿答阿者給明太祖寫信，要求賜以兵器，以及樂器和樂工。想用天朝的武器，打敗來犯的敵人。再用天朝的樂器、樂工，顯示自己國家的文明德化，讓安南不敢小瞧占城。朱元璋當時只答應替占城培養樂工數人，兵器一件也不肯給。朱元璋說，安南與占城兩國交兵，他作爲天朝的皇帝，既不能幫助這個進攻那個，也不能幫助那個進攻這個，只能不偏不倚，規勸雙方罷兵。誰知安南得寸進尺，現在不但南下進犯占城，還北上進犯中國的廣西。

鄭和不能違背永樂皇帝的統籌安排，只得儘量避而不談從海上出兵，岔開話題，他問垂頭喪氣的國王：「這一路上見貴國人民都眉頭緊鎖，大概並非都是爲安南的進犯而憂心吧？」

占巴的賴趕緊說：「同安南一起危害占城的，還有野牛。那些野牛見到人就群集而攻，十分兇惡，已經有很多人都死在野牛的銳角和鐵蹄之下。」

鄭和事先聽過蒲日和的介紹，那些野牛原來都是家養的耕牛，逃逸在外，結隊成群，繁衍生殖，久而久之，便成了占城國的一大禍害。他對國王說：「我們還是先動手消滅這些野牛吧。」

國王的一個妃子曾經遭遇野牛，被嚇個半死，聽了這話，連忙拉住鄭和的衣襟，表示感激。占巴的賴也連忙說：「要得，要得。」

占城在現今越南的中部，山巒起伏，一直綿延到海邊。鄭和與王景弘帶領三百名騎兵，來到大海邊那座野牛出沒的大山腳下，布下消滅野牛的天羅地網。明軍士兵在指揮使唐敬的指揮下，手裡都持著護身的武器和火把。鄭和想到了中國古代戰爭中的火牛陣，決定採用火攻，將野牛逼入海裡，讓大海來消滅這裡的野牛群。國王帶著隨從陪同前來，他的幾個妃子平時談野牛而變色，今天也嚷著要來看熱鬧。當地的老百姓也都聞訊跑來，瞧大明軍隊如何降伏野牛。

三百名明軍士兵剛擺好陣勢，那群野牛便發現了他們，立刻獸性大發，爲首的那頭野牛嘶吼一聲，瞪著兩隻佈滿血絲的牛眼，率領牠的屬下縱身下山，無比兇猛地朝著人群奔來。大凡牛要傷人，總是低著頭將自己的那對犄角突在前面，走到跟前突然發現有熊熊燃燒的火牆擋住去路，牛脾氣發作，扭轉身來，衝著兩列明軍士兵撲過來。這時三百名士兵一齊舉火，在野牛的兩邊又燃起兩道火牆，三面火牆將野牛群包圍在大火之中，只留下了一條通向大海的路。一些士兵還挽弓搭箭，往牛群中直射火箭，很多野牛身上都著了火，逼著這些桀驁不馴的傢伙往海裡闖。有的野牛看見海水稍有猶豫，卻經不住後邊同類的猛衝猛撞，不是被推到海裡，就是被踐踏而死。這天海上風浪不小，被逼無奈的野牛剛逃出火海，又跳進了浪濤洶湧的大海，在海浪中掙扎了一陣，便陷入滅頂之災。第二天，占城海邊的漁民都不出海捕魚了，爭先恐後去海裡撈野牛，烤了野牛肉乾，拿到集市上出售。

占巴的賴見明軍爲占城除了一大害，心裡高興得什麼似的，熱情邀請鄭和、王景弘等大明使者，去看他斷案。前天他手下兩個大臣不知爲什麼事情爭論起來，鬧得不可開交，扭打著來找國王評理，占巴的賴定下今天要了斷這個案子。鄭和一行人，跟著他們來到一個湖邊，只見湖裡浮著一根根爛木頭似的東西，一動不動，大家都覺得奇怪。

蒲日和告訴大家：「那都是鱷魚，這湖就是占城有名的鱷魚湖。」

來自大明天朝的人都面面相覷，不知占城國王爲何要領著他們來到這裡。就在這時，占巴的賴一聲令下，牽出兩頭水牛，讓那兩個打官司的大臣騎到牛背上，冷不防後邊有人在牛屁股上狠抽了幾鞭子，兩頭牛負痛奔跑著跳進了鱷魚湖裡。騎在牛背上的兩個人嚇得掩面趴在牛背上，任自己的坐騎馱著他們向對岸游去。

占城的通事這才跑來告訴鄭和，國王已經把斷案的權力交給了湖中的鱷魚，凡被鱷魚咬死的就是輸了理的，平安到達對岸的就算贏了這官司。大明船隊的人無不感到驚奇，一個個瞪大眼睛看著湖裡。那些在湖裡沉浮的「爛木頭」，大概還在醞釀開庭審案的情緒，好長時間都一動不動。兩個打官司的人估摸著快到對岸了，正在暗自慶幸，自己有可能贏得這場官司。突然其中一個慘叫一聲，隨即身子一歪跌入湖中，那些浮在水面上的鱷魚隨即也都撲了過去，只見翻騰了一陣血花，那人已經沒了踪影。另一個好不容易爬上岸來，倒在湖邊的草地裡，像死人一般。

王景弘悄聲對鄭和說：「這恐怕是世界上最簡單、最殘酷也最糊塗的斷案辦法了。」

他們回到王宮，有探馬來報北方邊境的戰事。那探馬跪下來說：「啓稟國王，安南的軍隊昨天夜裡都悄悄撤回去了。」

占巴的賴一聽，高興得又把一大口檳榔渣噴射出來，連連說道：「大明天使神通廣大，神通廣大！」

他的那些女人也喜形於色，臉上、衣服上的檳榔渣都顧不上擦拭，就圍著鄭和等人跳起舞來。占巴的賴吩咐擺宴慶功，感謝大明使者。占城的國宴，菜肴與中國大同小異，只不過烹調比較粗糙一些。唯有喝酒非常奇異，幾個僕人抬來一個大酒甕，按照在座的人數，一人一根竹管插進甕裡，這邊男女主人和客人各自抱著竹管往嘴裡汲取，那邊幾個僕人不斷往甕裡摻水。鄭和品出那酒其實就是米酒，開始還有點雲南糯米甜酒的味道，隨著摻進去的水越來越多，味道也越來越寡淡。只有國王和他的后妃們抱住竹管不撒手，還不時砸巴著嘴，一直喝得津津有味。

占巴的賴一邊砸酒一邊試探著問：「總兵元帥施了什麼法術，天朝將士刀劍都還沒有出鞘，安南人就悄悄退兵了？」

王景弘笑著說：「這就是兵書上說的，『不戰而屈人之兵』，我們的總兵元帥最會用兵了。」

鄭和補充道：「天朝古聖先賢有言，『殺莫大於惡殺，生莫大於好生』，冤家宜解不宜結。」

占巴的賴還是不大聽得懂這些道理，一臉茫然。鄭和用一個淺顯的比喻來解釋：「比如人是一生命，象也是一生命，如果有人去殘害象的生命，那象不是也要報仇雪恨嗎？」

這個道理占巴的賴聽懂了，抬起醉眼點頭稱是。在占城，若有人攻擊大象，那象當即就會朝仇人衝過去報仇，即使那人爬到樹上，牠也要用力大無比的鼻子將樹刨倒，致那人於死地。這時被逼到樹上的人，只有將衣服脫下來掛到樹上，騙過大象，才有可能僥倖撿回一條命來。

酒甕徹底變成了水甕，宴會也就結束了。鄭和代表大明皇帝給了占城國君臣大量的賞賜，給國王的主要是冠服和青花瓷器，給后妃的主要是絲綢和金銀首飾。幾個女人歡天喜地，就在大殿裡穿戴起來。占巴的賴向天朝貢獻了占城大量的土產，其中有象牙、犀牛角，最珍貴的特產是茄藍香和觀音竹。茄藍香是異香，世間罕見，在占城也只茄藍山出產。觀音竹，全身漆黑，也十分珍貴。占巴的賴還向鄭和等人饋贈了禮物，感謝他們消滅了野牛群，沒有動刀動槍就退了安南兵。

鄭和等人回到船上，即日起程向爪哇進發，國王占巴的賴這回坐了兩頭黃牛拉的車子，前來送行。在船上大家談及占城，包括那些沒有上岸的人，收穫都不小。他們雖然在船上，卻有很多占城婦人划著小船主動來找他們做生意。這些女人最喜歡中國的絲綢、蔴布和朱砂，都用自己積攢的金子來換。林冠群從家裡帶來幾套女人的絲綢褲褂，換了幾塊金子，直後悔帶來的絲綢褲褂太少了。占城婦人很會做生意，聲音也很悅耳，一邊交換貨物一邊還給船上的人講述占城的奇異風俗，逸聞趣事。她們告訴天朝來的人，占城的國王在位三十年以後，就要把權位讓給兄弟或子侄，自己躲進深山持齋受戒，還要對天發誓，如果在位時做了昏庸無道的事，願意讓虎狼吃掉。如過一年之後沒有死掉，還可以重新回到宮裡當國王。占城的刑法，罪輕的用藤條抽脊背，罪重一些的割掉鼻子，男女通姦用燒紅的烙鐵烙臉。最重的刑法，就是在小木船上豎一根尖利的木樁，讓罪犯坐在木樁之上，隨著船的搖晃，那木樁從他屁眼紮進去，直到從嘴裡冒出來。有人同那些女人調笑，她們紅著臉用手指著遠處小木船上直挺挺套在木樁上的人，吐著舌頭說：「刑法可畏，可不敢只貪一時的快活。」

那個晃蕩在水面上的示眾者，讓大明船隊的人看得毛骨悚然。

三、安撫爪哇國

鄭和船隊沿著占城和眞臘的海岸向西航行，到達昆侖山後，轉身南下，直奔爪哇。

時令已經是六月，船隊越往前走，越接近赤道，氣候變得炎熱異常。很多士兵坐在船艙裡，就如同坐在蒸籠裡一般，悶熱得受不了。走出艙外，頭頂有太陽曝曬，腳底甲板滾燙，那滋味也不好受。好多人乾脆脫得精赤條條，爭相躺在帆影拓出的蔭涼裡。朱眞看到軍容如此不整，很是著急，威脅著要拿鞭子抽那些人赤裸的屁股。

鄭和自己也熱得渾身難受，推己及人，對朱眞說：「反正在大洋之中，不會有人來注意我們的威儀，願意光著屁股就光著屁股吧，這天氣也委實太熱了。」

朱眞有了這話，自己也脫下了官服，光著膀子。只是鄭和與王景弘等人有難言之隱，不敢當衆脫光衣服，即使躲進船艙裡，也不願脫掉自己的褲子，甘願忍受酷熱的煎熬。

王景弘告訴鄭和，他聽人說過在爪哇島東邊靠岸的一個偏僻地方，元朝大將史弼、高興，曾經在那裡掘出一口淡水井，喝了能清熱解暑，沖洗身子不但可以帶來清涼，還不生痱子。當時元軍在這裡一個多月的時間，杜板久攻不下，將士們幾乎被炎熱拖垮，就是靠這口井的一汪清泉，重整軍威，打了勝仗。

鄭和聽了王景弘的介紹，立刻想到當年曹操的「望梅止渴」，傳下號令，讓大夥加把勁兒，快快趕到爪哇去洗泉水澡。這個消息果然給整個船隊帶來了振奮，都在呼喊：「泉水沖涼，越洗越涼。」「驕燕」加快了在大洋中前進的速度。

爪哇國，古稱闍婆，包括杜板、新村、蘇魯馬益、滿者伯夷四個地方。爪哇原來是一國兩王，在東爪哇主事的稱東王，在西爪哇主事的稱西王。明洪武年間，爪哇的東、西兩王都曾經遣使赴大明朝貢，都得到了明太祖的承認。朱棣即位以後，也曾經派遣使臣前來詔諭，東王孛令達哈和西王都馬板均進表朝賀，朱棣照例給了東、西兩王豐厚的賞賜。應當說，他們同大明的關係都還不錯。奇怪的是，鄭和率領大明船隊來到靠近東爪哇杜板的海面，岸邊卻冷冷清清，別說迎接大明使者的儀仗，連人影也見不到。

鄭和正自狐疑，派出的快船載著蒲日和歸來，這位通事回來報告：「爪哇的西王已經將爪哇的東王滅了，這裡的局勢發生了翻天覆地的變化，整個爪哇都在動盪不安。」

鄭和立即決定，船隊在離岸較遠的海面上下錨停泊，商量如何應對眼前的這一突然變化。

洪保說：「東王沒了，看來只有到滿者伯夷去找西王了。」

王景弘提醒道：「既然兩王都是大明皇帝承認的，西王擅自起兵滅掉東王實屬非法，我們在這個時候去到他那裡，不是意味著認可他的這種非法行爲嗎？」

朱眞也說：「那個西王都馬板敢於滅掉東王，一定居心叵測，我們又是人生地不熟，還得謹防遭其暗算才是。」朱眞作爲都指揮使，負有保護總兵元帥和整個船隊安全的責任，不能沒有憂慮。

王衡是個急性子，他提議道：「乾脆集中兵力，殺向滿者伯夷，給膽大妄爲的西王一個教訓。」

鄭和腦子裡也在緊張思索這突然而來的變故。他對西王擅自殺掉東王的行爲也感到惱火，這其中無疑包含著對大明天子的蔑視。但是，代表大明天子去進行討伐，那樣勢必生靈塗炭，爪哇士兵和明軍士兵很多都會成為一場戰爭的犧牲者，還會播下相互仇恨的種子；從這裡轉身撤回去，那樣連現在西王的意向都鬧不明白，而且還有向這位西王示弱的嫌疑，回去也無法向聖上交代……就在這時，他記起了皇上「諸蠻夷小國，彼不為中國患，決不伐之」那句話，果斷地說：

「兩王之間的殺伐畢竟只是爪哇國內部的事，現在什麼情況也不清楚，我們還是去西王那裡看個究竟吧。」

大明船隊當即做出決定，兵分兩路。一路由鄭和率領去西王的駐地滿者伯夷，人不在多卻要精；其餘的人留在海上，輪流登岸到杜板，可以遊山逛水，還可以作點買賣，廣泛接觸本地番人，多了解一些這裡的近況。兩路人馬都需謹慎小心，以防不測。朱眞與唐敬跟隨鄭和、王景弘去滿者伯夷，王衡、周聞隨洪保等幾位總兵副使去杜板做生意。明軍士兵分別由千戶和百戶帶領，其餘的人也分頭由各船的舟師照管，結隊上岸。

王景弘請通事蒲日和給那些留在杜板的人，講解當地的習俗和需要注意的事情。蒲日和介紹，此地民風剽悍，兇猛可懼。所有成年男子，隨身都帶著刀，稍微遇到一點不順心的事，就會拔出刀來，與人相鬥。他們尤其忌恨觸摸小孩的頭，倘若當父親的發現有人摸自己孩子的頭，務必追逐，同人動刀子。這裡的人殺了人，只要當時能夠逃脫，三天以後便不再追究，因之有恃無恐，將殺人當成家常便飯，本地沒有一天不殺人。不過這裡有很多從中國福建和廣東等地來的中國人，在當地被稱為唐人，他們對來自自己出身之地的人很親近，也很熱情，遇到疑難可以請他們幫忙。

這些去杜板的人在一個偏僻的海灘上，找到了元軍留下的淡水井，痛痛快快洗了淡水澡，渾身爽快，高高興興地登岸，四處邁步看稀罕。此地氣候長熱如夏，稻田的禾苗，還有田邊的芝麻綠豆，都長得很茂盛。以中國人的眼光看，杜板還算不上城市，充其量只是一個集鎮。這裡到處都生長著芭蕉、椰子、石榴、榴蓮、檳榔等果樹，枝頭上碩果累累。呆立在綠蔭中的鸚鵡比雞還大，掛在各戶人家門前的紅綠鸚哥和鷯哥，都能學說人話，不過都是番語，大明船隊的人都聽不明白。至於那些天上飛的倒掛鳥，地上跑的白鹿、白猿、白猴，還有海裡游的玳瑁、海龜，也都是別的地方難得一見的，大明船隊的人都感到無比新鮮。

杜板果然住著不少來自中國的唐人，一聽到鄉音，都感到非常親切。很多在爪哇的華人都主動放棄自己正在做的事，為來自故土的同胞引路。一些人來到一座樹木蔥蘢的山前，那裡聚集了很多人，在圍著一群猴子看熱鬧。為他們引路的華人介紹，這群長尾猴有數萬之眾，其中有一隻黑色的老雄猴是猴王，有幾隻漂亮的母猴時刻不離左右，那便是他的后與妃。本地年輕番婦久不生育者，都來求這老猴，在牠面前獻上酒飯果餅。那老猴如果伸手來取這些東西，隨即就會命令兩隻精壯猴子，一公一母，在那求子的婦人面前，進行雌雄交配的表演。那女人看過這神聖而又猥褻的一幕，回到家裡立即與丈夫效法猴子的作為，據說就能懷上孩子。很多人聽了，都好奇地擠進人堆裡觀看，果然看見一大群長尾猴圍著高高在上的猴王席地而坐，也的確有年輕婦人在虔誠上供。所有的人都瞪著眼睛在那裡呆看，不知什麼時候會有兩隻精壯的雄猴和母猴出來，當衆進行亞當、夏娃偷吃禁果的表演。

有些人被帶領著去逛酒肆，此地酒肆與中國全然不同。他們沒有桌椅，也沒有碗筷或羹勺之類的食具。參加飲宴的人席地而坐，中間擺放著一只碩大無比的飯盆，大家都用手從裡邊抓飯，就著調料往嘴裡送。據介紹，他們的兩隻手有嚴格分工：左手是用來揩屁股的，絕對不能用來抓飯；右手是用來抓飯的，絕對不可以揩屁股。在宴席的旁邊還生著一爐火，擺著魚、蝦、蛇、蚯蚓和蔬菜，人們在火爐中燎烤一下，便往嘴裡送。那就是他們的菜肴。酒是用當地的檳榔葉的汁液和椰子汁釀成的，盛在一個瓦罐裡，每個人都拿一片樹葉窩著當酒杯，輪流把盞。喝得酩酊大醉的時候，酒和湯汁漓漓拉拉，潑灑在衣服上、飯食和菜肴上，誰都不以爲意。大明船隊的人看了直搖頭，他們寧可餓著，也不願在這樣的酒肆裡進食。

船隊絕大多數的人，還是熱心於做生意，用自己帶來的土特產換取當地的稀罕物品。在當地落戶的炎黃子孫熱情引導他們來到集市上，在熙熙攘攘的人流中鑽來鑽去，有的自己做買賣，有的看本地土人怎樣做買賣。在這裡的爪哇人都比較富裕，流行用中國的銅錢。他們的衡器和量器，也同中國相差無幾。量米的容器，也是用竹筒，名叫「姑剌」，合中國的一升八合。稱斤論兩，也與中國不相上下。集市上還有說書人，將所要說唱的故事畫出圖形，用木棍支在路旁，聽衆點哪一段，他們就說哪一段。好些人將說書人團團圍住，聽得如醉如癡，或哭或笑。就像中國人一樣，「聽戲文掉眼淚，白替古人擔憂」。

錦衣衛的棗木釘帶著錦衣衛的人在街上閒逛，吸引他們的是集市的另一條風景線。也許是氣候炎熱的緣故，這裡的生意人，無論男人還是女人，都只在腰間圍一條圍巾，讓整個上身袒露在外邊。那些女人胸前的奶子，有的高聳著，有的耷拉著，有的如白裡透紅的水蜜桃，有的像黑不溜秋的小黑棗。這時他們都顧不上看別的了，目光盡在她們的胸前亂晃，一個個眼睛直直的，分不清東西南北了。這也難怪，大明船隊是男人的單身世界，男人的另一種饑渴就是對女人的饑渴。還是棗木釘精明，他率先發現當地的男子在買東西的時候，一邊同做生意的女人討價還價，一邊還可以將女老闆的奶子握在手裡玩弄。那女人全不在意，只把注意力集中在「漫天要價，就地還錢」上。有的還會報以微笑，似乎是一種鼓勵，以求得買賣成交。再一看，她們的男人就立在旁邊，任憑那些陌生顧客撫弄自己的女人，卻抱著十分寬容的態度，視若無睹。

爪哇島四周環海，島內又是河流縱橫，乃名副其實的水鄉澤國。鄭和與王景弘在四百多名將士的護衛下，乘小船進入河口。他們也在這裡洗了淡水澡，驅除身上的燥熱，換上官服，撐開既顯示大明威嚴也遮擋陽光的紫色華蓋，逆水而上，向西王居住的滿者伯夷進發。他們從杜板來到新村，再從新村來到蘇魯馬益，而後在一個名叫漳姑的河埠頭棄舟登岸。據當地的土人介紹，還有半日的路程，就到滿者伯夷了。

鄭和一行剛抵達河埠頭，西王都馬板已經在儀仗隊的簇擁下前來迎接大明使者。他見到鄭和與王景弘，立刻滾鞍下馬，持禮甚恭。這位西王並非魯莽之徒，他擅自殺了東王，心裡一直有些發虛。大明使者在這個時候帶著兵馬前來，他心裡也在犯嘀咕，不知會對他做出什麼樣的處置。雖然，在周圍這些國家裡，爪哇也算得上強盛之邦。但是若要與大明天朝對抗，那無異於以卵擊石，自取滅亡。

都馬板偷眼一看，大明的總兵正使和副使都一臉祥和，帶在身邊的人馬也不多，那顆撲騰直跳的心才慢慢安定下來，對天朝使者的照顧也格外殷勤起來。

都馬板知道鄭和、王景弘，還有統領軍隊的朱眞、唐敬，都是頭一次來到爪哇，一路上都在熱情地向他們介紹本地的風俗。在爪哇人分三等：一等是來自阿拉伯的回回，他們都是富裕的商人，飲食起居都很講究；二等是唐人，是來自中國廣東、福建漳州、泉州的航海者和商人，他們也都加入了回回教，日用飲食非常潔淨；三等是本地土人，他們飲食粗糲，蛇蟻蟲蚓，食啖無忌。這裡人死之後，如何安葬，全憑死者臨終前的遺願，可以讓狗吃掉，也可以讓老鷹啄食，還可以進行火葬或水葬。鄭和一行人聽了，都爲爪哇人對待生死的達觀態度感歎不已。

當天晚上，都馬板在王宮裡舉行了歡迎宴會，信回回教的，信佛教的，還有中國人的飲食習慣，他都考慮得很周到。他給大明皇帝開出了一個很長的貢品單子，顯示了爪哇的富裕，也顯示了他對大明王朝的友好。鄭和見他對大明的態度恭敬如常，一顆懸著的心也放了下來。他也根據聖上厚往薄來的原則，給了都馬板和他的妃子十分優厚的賞賜。

第二天，都馬板熱情邀請鄭和一行去觀看「竹槍會」。這竹槍會，是爪哇國的傳統盛會，舉國上下都很踴躍。都馬板正想以此傳統盛會來吸引爪哇人的注意力，以平息因東王被殺引起的動亂。鄭和一行騎馬，都馬板和他的妃子乘坐馬拉的塔車，曲曲折折來到一個十分空曠的地方。竹槍會由國王親自主持，都馬板扯開嗓門一聲令下，對陣的雙方立刻排列出整齊的隊伍，每個人都手持竹槍，那竹槍削得尖尖的，其鋒利絕不亞於明軍士兵手中的長槍。一陣咚咚鼓聲響過之後，兩邊各有一男子出場，展開竹槍的拼殺。這兩個男子的妻妾及其女僕，都赤裸著上身站立在他的身後，手裡舉著木棍，跟著鑼鼓的點子，不斷搖晃著身子，大概是在替自己的丈夫或主人助威。兩個男人戰罷三個回合，誰也沒有傷著誰，那些女人晃動著乳房高呼：「那拉那拉」。看那意思是雙方打成了平手，彼此皆大歡喜。

接著又換兩人上場，仍然如法炮製，只是不到三個回合，一個強悍的男子用竹槍刺中另一男子的咽喉，被刺者當即倒地，死於非命。鄭和等人大吃一驚，卻見都馬板全然不以為意，大概已經習以為常。這時，只見那個勝利者掏出一枚金幣，給了那個死者的親人，然後大大方方領著死者的妻妾、女僕連同自己的妻妾、女僕揚長而去。

都馬板告訴鄭和：「死者的妻妾和女僕，從此都歸這個勝利者。」

朱眞笑著對唐敬說：「瞧這買賣多划算，殺死一個人只需賠一枚金幣，還可以得到一大群女人，咱們也下場去比試比試？」

唐敬也笑著說：「早知如此，該把家裡的女人帶來做本錢，保準一本萬利。」

鄭和不忍再看如此殘酷的場面，辭別了都馬板，要返回杜板，繼續西洋之行。都馬板與王后都走下塔車，拜別大明使者，並派親信大臣亞列加恩，代表國王和王后陪大明使者去杜板。爪哇人把竹槍會看得相當神聖，國王又是竹槍會的主持者，實在無法分身。

一路上，很多人都還在談論竹槍會，鄭和對亞列加恩說：「如此奇怪的獎勵辦法，難怪貴國的人民都喜歡好勇鬥狠了。」

亞列加恩說：「民風如此，國王也只能順應自然。」

鄭和此時還沒有料到，爪哇人的好勇鬥狠，已經直接波及到了大明船隊。他們剛來到杜板，都指揮使王衡立刻趕來稟報：「大事不好，我們的士兵無端被當地土人殺死了八十餘人，卻無法找到兇手。」

錦衣衛的棗木釘也來報告：「錦衣衛只剩了九個人，其他都活不見人，死不見屍，眨眼之間都消失得無影無踪了。」

棗木釘自己的臉上也留下了幾道很深的打鬥痕跡，鄭和問他怎麼受的傷，他一個勁兒搖頭，似乎氣憤得說不出話來。

鄭和聽了這消息怒髮衝冠，要回師滿者伯夷向都馬板興師問罪。留在杜板的明軍將士更是義憤填膺，王衡、周聞都拔出了腰間的寶劍，只等總兵元帥一聲令下，就要帶領人馬去血洗爪哇。朱眞、唐敬也眼明手快，一把將那個亞列加恩從馬背上擰下來，捆了個結實。棗木釘氣急敗壞抽出寶劍，要斬這個爪哇大臣，嚇得亞列加恩閉著眼睛等死。

就在這千鈞一髮的時候，都馬板氣喘吁吁趕來，見到鄭和當即滾鞍下馬連連謝罪。他上氣不接下氣地說：「總兵元帥剛離開竹槍會的賽場不久，本王就得到了幾十個明軍士兵被殺的消息，趕緊扔下竹槍會，抄近路趕來謝罪，聽憑天朝使者的發落。」

他的話音剛落，唐敬和周聞一個箭步衝上去，就要擒拿這個爪哇國王。這時已經冷靜下來的鄭和，制止他們的魯莽行動，他還命人給亞列加恩松了綁，讓都馬板站起來說話。

都馬板懊惱地說：「皆因本地民風太過刁蠻兇悍，也是本王管教不嚴，致使天朝將士慘遭荼毒。」

王景弘厲聲問：「你難道事前一點都不知道風聲？」

都馬板無可奈何地說：「這裡原來是東王孛令達哈管轄的地方，本王也是以爲看不慣他放縱無辜殺戮之事，才與他發生了齟齬的。」

鄭和冷眼觀察，見都馬板隻身趕來，以爲抄近路身上的衣服都被叢林中的荆棘撕破了，可以肯定這事並非由他策劃，而是事出突然。但是，明軍士兵無辜受戮，心裡實在憤怒難平。他嚴肅地對都馬板說：「西王殿下一定得拿出妥善的處置辦法，包括追查兇手，撫恤受害者，尋找失踪者，否則我們無法向大明皇帝交代。」

都馬板唯唯諾諾：「本王一定查辦兇手，尋找失踪者，賠償明軍的損失。」

西洋之行不能因此意外而受阻，鄭和命王景弘留下來與西王談判具體的處置辦法，其餘的人即刻拔錨起航，不要誤了繼續西進的日期。只有棗木釘覺得自己的十多個人丟在這裡，太失面子，要求船隊找到他們的人再啓航。鄭和斬釘截鐵地說：「豈能以爲區區十幾個錦衣衛，延誤大明船隊的航程！」

四、造福滿剌加

一來是王景弘辦事幹練，二來是都馬板感激天朝使臣通情達理，沒有不分青紅皂白刀兵相加。他們的談判進行得十分順利，很快就達成了協定。都馬板除了承諾查辦兇手，尋找失踪人員外，還答應按照王景弘提出的數目，賠償六萬兩黃金，彌補大明船隊所蒙受的損失。那個亞列加恩是爪哇主管錢糧的大臣，怎麼算都覺得這個數目字太大，傾盡現在國庫之所有也不夠。王景弘咬住這個數目不鬆口，都馬板還是咬牙答應下來了。

王景弘當即告別爪哇島，乘了快船，很快趕上了船隊。他向鄭和報告了事情的結果，鄭和讚賞地說：

「就得這麼辦，要讓爪哇人明白，中國人不是螻蟻，不能像他們那樣，一條命只值一塊金幣。」

王景弘還悄聲說：「對那個棗木釘，總兵元帥可要多加防範，此次錦衣衛在爪哇受害，他必然會遷怒於我們，這些人都一肚子壞水，想整誰都不擇手段。俗話說得好，害人之心不可有，防人之心不可無。」

王景弘與鄭和共事這些日子，很佩服他眼光遠大，每臨大事有靜氣，再棘手的事也能舉重若輕。他也知道鄭和是個一往無前的人，不大顧及自己的身後，缺乏自我保護的意識。鄭和很感激這位副手，時刻都在替自己分憂。他們兩人同行的路越長，兩顆心也靠得越近。

船隊從爪哇出發，順著蘇門答刺的東海岸往北而行，沿路訪問了單馬錫（今新加坡）等國家，下一站就是滿刺加了。雖然這裡的氣候仍然非常炎熱，大家似乎已經有所適應，船上的氣氛也比原來活躍多了。有船員發現了一種浮出海面的大魚，那脊背就像一隻大船，很多人投擲魚叉，卻無一人能擲中。有人用弓箭射殺，那魚皮厚實無比，箭鏃對其莫可奈何。離滿刺加越來越近，這種魚也越來越多。王景弘仔細觀察，這種魚頗似占城鱷魚潭的鱷魚，只不過在海裡塊頭大了不少。蒲日和也想起來了，在此地名叫龜龍，實際就是海裡的鱷魚，性情兇狠異常，見魚吃魚，見人吃人。王景弘忙令發出信號，提防龜龍傷人。

滿刺加，唐代稱哥羅富沙，現在翻譯的名稱是麻六甲。在明初這裡還不是一個國家，因爲不堪暹邏等國的侵擾，其酋領曾主動寫信給大明皇帝，請求成爲中國的郡縣，納入大明王朝的版圖。朱棣很高興大明的恩威輻射到這塊遙遠的土地，卻斷然拒絕了將滿刺加納入中國直接管轄範圍的要求，敕封其酋領拜里迷蘇拉爲王，還封滿刺加的西山爲鎭國之山，並勒石記事，碑文的後邊還綴了一首詩：

「西南巨海中國通，輸天灌地億載同。
洗日浴月光景融，雨崖露石草木濃。

金花寶鈿升青紅，有國如此民俗雍。
王好善義思朝宗，願比內郡思華風。
出入導從張蓋重，儀文裼襲禮虔恭。
大書貞石表爾忠，爾國西山永鎮封。
山君海伯翕扈從，皇考陟降在彼穹。
后天監視久彌隆，爾眾子孫萬福崇。」

滿剌加國王拜里迷蘇拉由此對中國無比親近，看到大明天朝的船隊到來，老早就在岸邊恭迎。鄭和一行走下海船，先讓國王帶他們去朝拜大明天子敕封的那座西山，拜謁那塊御碑，以此表達對聖上的忠誠，也表達對滿剌加的尊重。拜里迷蘇拉果然很高興，執意要爲鄭和牽馬引路，鄭和堅持不從，兩人都坐進了用大芭蕉葉遮擋陽光的涼轎裡。他們來到西山，鄭和領著王景弘等人在御碑前行了禮，隨即跟著國王去他的王宮，開讀詔書。

這位國王用細白布纏頭，身上穿著細花布的長衣，腳上裹著羊皮當鞋子。他也信奉回回教，與鄭和一見如故。兩人也用不著通事，直接用回回的語言交談，多了幾分親熱。一路上所見，到處都是峭石連山，地多沙鹵，田瘦穀薄，滿剌加人因此很少種地，不少人以打魚爲生。鄭和注意到，這裡的人民日子過得還算不錯。他們居住的房子，頗似中國的樓房，各有層次，每層高四尺左右，只是用藤條捆紮，不知榫卯，樓下是關牛羊的棚子，樓上住人。再看往來的老百姓，男的都用方帕包頭，女的都把頭髮髻在腦後，突顯出被海風和陽光點染得黑裡透紅的臉蛋。男女都是上身穿花布短衫，下身著花色絲巾，一個個從容行事，怡然自得。

鄭和問拜里迷蘇拉：「貴國的出產以什麼爲主？」

拜里迷蘇拉掰著指頭算：「除打魚種地外，還有黃速香、打麻兒香、烏木、花錫，市廛交易，都以花錫爲主。」

鄭和琢磨僅靠這樣一些出產，似乎還難以保證滿剌加人民過上如此富足的日子，暹邏每年也難以從這裡勒索走那麼多黃金，便繼續問道：「除這些以外，還有什麼呢？」

拜里迷蘇拉一臉惘然，那些看得見摸得著的東西，他都數遍了，別的還有什麼，他壓根兒還沒想過。

盔甲鮮明的護衛簇擁著大明使者與滿剌加國王，來到一條徑直入海的溪流旁。兩岸綠蔭遍地，樹木參天。一座風雨橋橫跨在溪流上，橋上造亭二十多間，與兩岸一些用樹幹和茅草搭的涼亭相接，形成了獨特的街市。鄭和站在橋頭極目眺望，只見穿行在滿剌加海峽的船隻，東來西往，如過江之鯽。不少過往船隻都在這裡靠岸，到溪流裡來取淡水，許多海客趁機登岸，來到風雨橋上，與滿剌加人進行以物易物的交易。風雨橋上人頭鑽動，叫賣聲，討價還價聲，互相融會在一起，形成了美妙的市聲。鄭和心裡若有所動，這裡的獨特風景使他產生了一種新的興奮。

這天晚上，鄭和等人在王宮裡接受了滿剌加國王的熱情款待，很晚才回到船上歇息。王景弘、蒲日和，還有洪保、朱眞、王衡、唐敬等人，都不約而同來到總兵元帥寬敞的艙室裡，似乎都有很多話要說。

朱眞是帶兵的將軍，三句話不離本行：「那座風雨橋地勢太好了，我們若想長期在這條路線上航行，不可不考慮這個地方的重要。」

年輕的洪保急不可待地說：「這裡才眞正是東洋、西洋的通衢要道，當初拜里迷蘇拉要把滿剌加作爲中國的郡縣，皇上要是答應了，該有多好。」

王景弘考慮問題更實際，他說：「我們沿途接受了不少貢品，通過交換還獲得了各國不少的土產，現在全堆在船上，跟隨船隊長途跋涉，很容易受損。此地乃往來必經之地，不如在這裡找塊地方，暫時堆放。」

蒲日和接著說：「我也這麼想，就在風雨橋邊租借一塊地方，建一個貨棧，既可裝卸船隊的物資，還可以就地與來往的客商做生意。」

鄭和聽了這些話很振奮，大家與他想法一致。他從風雨橋歸來之後，終於琢磨出了滿剌加人的富裕，主要還不是這裡的物產，而是這裡處在海峽要衝的優越地勢。一個位置生得好的地方，本身就是產生財富的源泉。鄭和當即拍了板：「找滿剌加租借一塊風水寶地，建立大明船隊東、西物資集散的貨棧。」

第二天，鄭和向拜里迷蘇拉詳細說明了這番意思，並表達了日後有了利益彼此分享的誠意。這位國王欣然贊同，還特地派了一個大臣協助天朝使者，備辦建造貨棧所需的各種材料。

舟師林貴和揣著羅盤，帶了幾個陰陽生來到風雨橋附近，勘察風水，選擇地點，確定朝向，期求這個貨棧能夠財源茂盛，貨暢東西兩洋。朱眞選調了一批能幹的士兵，破土動工。林冠群和張興等能工巧匠，也都在這裡派上了用場。

船隊暫且在這裡停泊下來，等候貨棧建成，卸下準備返國時帶回去的貢品和貨物。附近一些島國，得知海峽中停泊了一支龐大的船隊，都駕著小舟前來做生意。這些番人帶來了高達數尺的珊瑚樹，閃亮的珍珠、五彩的蚌貝，還有山上出產的各種西洋香料。有些島上來做生意的全是婦人，雖是番邦，性情卻十分和順，士兵們招呼她們上船，都大大方方過來，與其調笑，也不生氣。雖然雙方都拘於禮法，不敢跨越雷池，有這些女人的嫵媚多情點綴海上的日子，船上的人多少解除了一些海上生活的寂寞枯燥。

一天，滿刺加的兩個年輕女子，駕著一艘獨木舟向大明船隊划過來，兜售黃速香。眼看那獨木舟就要靠上大明的大型船隻了，有隻臥在海灘上曬太陽的龜龍突然躥進水裡鑽到船底，猛地將船掀翻，兩個女子猝不及防，驚叫一聲，掉進了水裡。這時，忽地又從水裡冒出許多龜龍，張開血盆大口猛撲過來，爭搶這難得的美食。有兩個明軍士兵見狀，奮不顧身跳進海水中去救人，其他的明軍士兵也趕緊舉起刀槍，跳上快船，去斬殺龜龍，頓時在滿刺加海峽展開了一場人與龜龍的惡戰。

那兩個跳下去的士兵，水性很好，動作也俐落，很快就將兩個嚇昏了的女子攔腰抱住，迅速送到船上。他們自己縱身上船時，都險些被龜龍咬失了腿。明軍將士見此更加憤怒，照準龜龍比較柔軟的脖子斬殺，不到一刻工夫，就有二十多隻龜龍死在刀槍劍戟之下，海水都被染成了紅色。其餘的龜龍都嚇壞了，趕緊奪路而逃，迅速潛入海底。

明軍士兵們將兩個濕淋淋的滿剌加女子送上岸，那兩個女子的父母千恩萬謝，連稱明軍是救命的活菩薩。那些被殺死的龜龍也拖上岸來，滿剌加人紛紛跑來看熱鬧，拜里迷蘇拉也聞訊趕來，感謝明軍將士救了人除了害。

鄭和看了那些鱷魚，告訴國王：「這鱷魚皮是無價之寶，可以做皮鞋、皮箱、皮包，還可以做盔甲。」

拜里迷蘇拉伸出腳上裹著的羊皮著急地說：「可是，我們不會呀！」

鄭和笑著說：「大明船隊有的是能工巧匠，讓他們傳授技術就是。」

拜里迷蘇拉喜出望外，千恩萬謝。從這天起，一些皮革匠人登岸爲滿剌加人傳藝，海上明軍士兵與當地的土人開動船隻尋找龜龍，爲加工鱷魚皮革提供原料。他們都得到了滿剌加人豐厚的酬勞，互利互惠，大家都很高興。

大明船隊的貨棧終於建成了。四圍高高的木柵欄上，飄揚著五彩旗幟，居中堆放貨物的棧房，竟比當地的民居還漂亮，樓閣高聳，屋宇軒然，爲風雨橋集市添了一景。拜里迷蘇拉趕來慶賀，看了這建築著實羨慕。就在這個時候，那兩個落水的年輕女子被父母領來，請求許配給縱身入海搭救她們的那兩個明軍士兵。拜里迷蘇拉解釋：「感激救命恩人，以身相許，乃是滿剌加女子的傳統。」鄭和樂於成人之美，覺得大明船隊的人能有那麼幾個與滿剌加人結親，也是一件好事。朱眞去徵求那兩個士兵的意見，兩個年輕士兵很快就趕來了。他們偷眼看了看自己從龜龍嘴裡奪回來的女子，雖然皮膚略嫌黑了一些，模樣卻很標致，在衆人面前羞答答的，便油然生出憐愛的情意。

鄭和問道：「你們在國內有無妻兒老小的牽掛？」

他們都搖頭，表示沒有。

鄭和又問：「可否願意娶滿剌加女子爲妻？」

兩個人都紅著臉不好意思開口，卻使勁點了點頭。

鄭和與拜里迷蘇拉替他們做主，成就了這樁好事。那兩個女子的母親跑過來，一手牽著自己的女兒，一手牽了新得的異國女婿，高高興興回家辦喜事去了。

朱眞對拜里迷蘇拉說：「這可是救了你們的人，丟了我們的人。」大家聽著都笑了起來。拜里迷蘇拉在王宮裡舉行宴會，爲大明使者餞行。他十分恭敬地遞給鄭和一個長長的貢品單子，同時也給鄭和他們送了禮，感謝大明船隊給予滿剌加的眞誠幫助。鄭和也代表大明朝廷給了他諸多賞賜，彼此關係非常融洽。鄭和留下副使洪保和通事蒲日和，在這裡籌劃貨棧事宜。朱眞遵照總兵元帥的命令，留下一名百戶帶著幾十名士兵解甲經商，成了貨棧的得力骨幹，這其中也包括那兩個救美的英雄在內。鄭和叮嚀洪保與蒲日和：「建立貨棧，乃此次下西洋的重要建樹，一定要悉心經營，其前景未可限量。」

來往滿剌加海峽的船家發現，那風雨橋畔平添了新的巍峨建築，來這裡的人也明顯增多。

五、古里的神秘銅牛

大明船隊駛出滿剌加海峽，進入了印度洋，在鄭和眼前展現了又一片陌生的海域。舟師林貴和報告，前面有個急水洋，是往來這裡的航海者最發怵的一個地方。拜里迷蘇拉也曾經警告他們，走出海峽就是急水洋，那裡海流湍急，看上去很壯觀，那滔天巨浪如萬千蛟龍在奔突，如無數白色的海鳥在翻飛，來往船隻稍有不慎，陷進那裡的漩流，往往幾十天都別想出得來。王景弘急命升起信號旗，讓各船的舟師和舵手加倍小心。

這次急水洋並沒有與鄭和船隊為難，過得順順當當，如有神助。整個船隊風帆疊幛，旌旗招展，浩浩蕩蕩行進在印度洋裡。他們沿途訪問了一些島嶼國家，都受到歡迎。只有錫蘭山的人，態度比較傲慢，還想偷襲大明的船隊。這是鄭和預料中的事，從南京出發的時候，到過錫蘭山的中官李慶就詳細向他談過那裡的情況，這次只不過稍微試探一下，沒想與之認真計較，他不願誤了去古里的行程。古里是此次西洋之行的另一個重要目的地。因此，錫蘭山人的傲慢並沒有影響鄭和的好心情。他趁艙室裡沒有別的人，將沈涼給他的織錦護胸取出來清洗。鄭和是個愛潔淨的人，可是在那些最炎熱的天氣裡，這個護胸卻捨不得脫下來，幾個隨從搶著要給他洗滌更是不讓。這些隨從漸漸明白，總兵元帥有兩件寶貝：一個是吊著兩個小人兒的青銅器連著他對父母的思念，一個是織錦護胸連著遠在南京的另一顆心。鄭和將這個白底的護胸好不容易洗出了原有的潔白，輕輕用手撫平，仔細端詳那上面的藍色海波和屹立在海水中的那塊峭石。經歷了這一段航程，他似乎更懂得了這塊峭石所包含的深意。堅如磐石的意志，是遠洋航行者不可缺少的品質；海枯石爛不變心，是人世間最高尚純潔的愛情。他一路上都惦著要帶一件足以表達自己心意的禮物，回報沈涼對他的一片深情，可是一路上都忙得不可開交，竟沒有騰出時間來。古里是此次西洋之行的最後一站，這件事不能再耽擱了。

這時，帥船的甲板上忽然傳來一陣喧嘩，吸引了鄭和的注意。原來此時風順船快，水手們都聚在李海的身旁，在議論唐三藏西天取經的事。這些水手都知道，當年唐三藏取經的地方，名叫天竺，古里就屬於天竺。他們高興地說：

「西天取經也沒什麼了不起的，我們不也快要到達西天了嗎？」

李海說：「跟唐三藏一起取經的那個行者，本事比唐三藏還大，要不然唐三藏根本到不了西天，把經取回去。」

一個水手說：「聽說評書的先生講，那個行者壓根就不是凡人，是個猴精，他手裡那根棍子，就是找東海龍王借來的寶貝。」

另一個水手問：「我們的四海龍王管不管這裡的東洋、西洋？」

李海說：「當然管，真正能管海的龍王都住在中國，外洋裡的那些海怪，像龜龍什麼的，成不了氣候。」

還有一個水手插嘴說：「唐僧到西天上了評書雜劇，我們的總兵元帥到西洋，日後說不定也能進戲文哩。」

李海以權威的口吻說：「那當然，唐三藏只敢走陸地，總兵元帥卻敢穿越汪洋大海。」

一個從宮裡帶來的隨從神秘地說：「當今聖上金口玉言封總兵元帥為蛤蟆王，遇水而興，向海而強，西洋路上誰能比得了他。」

另一個隨從說：「聽人講，總兵元帥是他老家撫仙湖裡的抗浪魚轉世，海上的風浪越大，越能顯出神威來。」

李海說：「總兵元帥肯定是天上的星宿下凡，若不是天上星宿，哪能做這樣的大事情。」

鄭和聽他們在編排自己，連忙咳嗽一聲，走了過去。他對大家說：「古里快要到了，趕快穿好衣服，做登岸的準備。」大家都站立起來，表示出對這位船隊統帥的由衷敬意。

古里在印度半島的西邊。船隊從印度半島頂端的小葛蘭國出發，直往北極星的方向，過了柯枝國，古里國很快就出現在鄭和船隊的面前。古里在明代以前，與中國尚無來往。朱元璋開國之初，曾經派大理寺少卿聞良輔來過這裡，打通了相互交往的渠道。朱棣繼位以後，派中官尹慶來這裡宣詔，並進行賞賜。這個國家也隨即派人到中國進貢，態度相當友好。

這次鄭和以正使太監的身分，代表大明皇帝來這裡敕賜誥命銀印，古里國王沙米地非常高興，帶著管理國事的兩個頭領，很早就趕到海邊迎接天朝使臣。沙米地是虔誠的佛教徒，他見到鄭和合掌行禮，鄭和也趕緊合掌答禮。

鄭和說：「這塊土地是佛祖發祥之地，能來這裡直接沐浴佛光，真是三生有幸。」

王景弘也湊趣道：「我這幾日每夜都夢見佛祖摩頂，想來我已經功德圓滿，要在貴國立地成佛了。」

大家聽了一笑，國王指著他的兩個管事說：「我是佛門信徒，他倆是回回，我們兩教相約，他們不食豬，我們不食牛。」

鄭和聽了立刻將右手放在胸前，與那兩位回回打招呼：「願眞主賜給您平安。」鄭和的多種信仰，使他們剛見面就創造了非常融洽的氣氛。

古里人以牛爲尊，同時受到尊崇的還有大象。這些受寵的龐然大物大搖大擺走在路中間，所有的人見了都得讓路，連國王也不敢怠慢。國王陪著鄭和一路向王宮走去，不時碰到迎面走來的牛與象，都恭敬讓路。鄭和只好入鄉隨俗，對牛和象表示出特有的尊敬。他們來到王宮，只見整個王宮的地上和牆壁上都塗了一層新的牛糞，這便是隆重迎接貴賓的表示。沙米地也重新沐浴，精心在額頭上、鼻梁上以及兩股之間塗上細細的白灰。那細白灰也是用牛糞燒出來的，這也是古里人接待貴賓最高的禮節。

懂古里語言的通事告訴鄭和，古里人崇拜牛和像是有來歷的。昔日古里有個聖人名叫「某些」，主掌這裡的聖教。有天因事要去別的國家，讓他的一個弟弟暫時代理本教門的事務，並囑咐他要虔誠奉教。在他遠離這個國家以後，他的那個弟弟鑄了一隻銅牛，對世人說：「只要你們能虔誠敬奉這隻銅牛，牠每天都會拉出金子來，讓大家過上天堂一般的日子。」某些回來後發現了弟弟做的事情，認爲這是一個騙局，一怒之下，要加罪於不肖的弟弟，嚇得他的弟弟騎著一頭大象逃跑了。然而，古里人卻不認爲那是騙局，他們盼著某些的弟弟有朝一日能騎著象回到古里，讓那隻銅牛不斷拉出金子來，好讓所有的古里人都過上天堂一般的日子。從這以後，古里人既尊牛也尊象，連牛糞也成了聖物。

佛教發源地非同一般，這裡連王宮也像佛殿，以銅爲瓦，殿堂都塗成金色，地上鋪著地毯，十分富麗堂皇。鄭和在王宮裡捧出寶詔、敕諭，沙米地恭敬地接受過來。接著，鄭和給國王授了金印，給王后授了銀印，還分別給國王、王后及其屬下大臣賜了冠服，這些古里人都面朝東方向大明天子謝恩。

沙米地在王宮裡大開筵宴，爲天朝使臣接風。酒至半酣，沙米地一拍掌，立即走進來一群古里少女獻歌獻舞。她們以葫蘆笳爲吹奏樂，以紅銅絲爲弦樂，邊彈，邊唱，邊舞。一個個舞姿婀娜，音韻優美。沙米地在席間高興地對鄭和說：

「這樣的千古盛事，應當銘記下來，讓後世人知道。」

王景弘附和道：「從我們中國來這裡十萬餘里，兩國相處如此融洽，的確應當勒石記事，以志永久。」

鄭和也深表贊成，就在飯後隆重舉行了立碑儀式。鄭和擬就碑文，非常簡明：

「此去中國，十萬餘程。民物咸若，熙皞同風。永示萬世，地平天成。」

沙米地和他管理國事的兩個首領，領著鄭和一行參拜了古里最大的佛寺和淸眞寺，而後還去看了古里國執行刑法的地方。這裡沒有鞭撻之類的輕刑，最輕的也是截斷手足，重則罰金或誅戮。如果認爲斷案不公，有冤屈要申訴的，需將兩個手指頭伸進滾油鍋裡，抽出來後，如果三天之內這兩個手指不潰爛，便被視爲確有冤情，立刻予以解脫。反之，則要加刑。鄭和記起了中國古聖先賢「刑期於無刑」的訓示，眞是國家不同，各有奇招。

大明船隊停泊在古里的集市附近，很多古里人都圍過來看熱鬧。有人看到船上的人用罾捕魚，每次放下去都能起上不少歡蹦亂跳的魚來，甚覺稀奇，有古里漁人大膽跳上船去，要買下這寶物。朱眞笑了笑，讓人送了他一具罾網，這種捕魚的辦法至今還在那裡流傳。

古里是西洋大國，東南西北貨物聚散的中心。西邊的忽魯謨斯、木骨都束，北邊的坎八葉城、莽葛奴兒，東邊的爪哇、蘇門答剌，南邊的溜山國、小葛蘭、柯枝，四面八方的商人都滙集到這裡。鄭和船隊來此的一個重要目的，就是打開朝廷貿易的局面。大明船隊和古里國在宮裡交換了貢品和賞賜物品以後，雙方還在海邊的集市上展開了大宗的買賣活動。古里國王沙米地陪著鄭和與王景弘來到這裡，觀看這隆重的場面。

古里市場最惹人注目的，是市儈牙行無比活躍。這裡四方輻輳，八面來風，買賣人中穿什麼服飾的都有，操什麼語言的都有，南音北語，嘰哩咕嚕。往往是你說你的，他說他的，誰也不知道誰在說什麼。牙行裡那些通曉多種語言的牙人，專門在買者於賣者之間撮合生意，這邊討價，那邊還價，忙得不亦樂乎。大明船隊和古里國之間的貿易，就是由市儈牙行牽線搭橋進行的。代表古里國進行貿易的是那兩個管理國事的穆斯林，將他們的貨物堆積在沙灘上，擺出了與中國通商的架勢。

大明船隊的貿易，專門由幾個宮廷派出的副使負責。他們將要出售的貨物裝在小船上，停泊在海邊，與岸上古里王宮負責作買賣的人遙遙相對。中間便立著市儈牙人，那人不但口齒伶俐，還透著無比的精明。剛好趕上大明船隊那幾個副使都不懂古里語言，古里的那兩個管事也不懂漢話，想要成交眞還離不開市儈牙人，那牙人深知自己的地位和價值，也就特別神氣。買賣伊始，先由大明副使將從中國帶來的貨物展現在小船上，瓷器、漆器、鐵器、絲綢、茶葉，琳琅滿目。古里王宮的兩位買主仔細察看貨色以後，遠遠退到沙灘的一角。那個市儈牙人來到大明副使的船上，一隻手伸過來，與大明朝廷的一位副使在袖筒裡討價還價。只見那兩隻手在袖筒裡亂晃一陣，又互相咬著耳朵嘀咕了好一陣。隨即那個牙人又跑到古里管事那裡，依然是彼此將手伸進袖筒裡比劃，咬著耳朵嘀咕。如此往返了兩三次，那牙人便將兩邊的人拉到一起，伸出中指分別在雙方手掌中使勁一點，這樁買賣就算拍板成交了。自此以後，無論貴與賤，賠與賺，吃了虧還是占了便宜，誰都不能反悔。大明副使收購古里人的寶石、珍珠、珊瑚、苧絲、胡椒等等，也依照這個程式，由牙人如法炮製。

王景弘感歎道：「在我們中國，市儈牙行誰都看不順眼，以爲是遊手好閒之輩的行徑，先帝在世的時候還明令取締。瞧他們在這裡地位有多高，作用有多大。」

鄭和看了也頗有同感，他說：「我們國家歷來只把讀書、種田當成正經事，所謂『耕讀傳家』，做生意都被認爲是不務正業，哪裡還會有市儈牙人立足的餘地。」

王景弘環顧四周那些來自衆多國家的商人，若有所悟：「什麼時候這些番國商人都把生意做到中國去了，中國的市儈牙行也就會興旺起來了。」

朱眞湊趣道：「那我們得趕緊學好番語，到時候操這個行業，來錢容易。」

鄭和突然問周圍的人：「你們琢磨過古里人那個銅牛拉金子的故事嗎？」大家莫名其妙，都抬眼看著他。鄭和說：「古里的聖人宣佈銅牛拉金子是個騙局，古里的老百姓卻敢於懷疑聖人的話，仍然堅信銅牛能夠拉出金子來，因此他們也就敢於去做銅牛拉金子的事。」

王景弘似乎領會了鄭和說這話的用意，進而感歎：「在中國聖人的話是一字一句都不能懷疑的，也沒人敢懷疑，因此我們國家的牛世世代代都只能用來耕田，不會讓他拉出金子來。」

在古里市場的零星交易，似乎沒有那麼複雜，一般用不著請市儈牙人從中撮合，那些市儈牙人對此也不屑一顧。這樣的買賣，只要賣者有心、買者有意，賣方就會主動將自己所要出售的東西擺在中間，雙方都退到一定的距離以外，用手勢比劃價錢。經過一番討價還價的爭論，雙方認同了一個價目，先由買方走過去將錢放在地上，取走貨物，再由賣主將錢取走，一宗買賣就算完成了。這裡民風純樸，雙方很少發生欺詐的事情。船隊的很多人，都參加了這種別出心裁的交易，收穫頗豐。鄭和看得高興，瞧上了幾串沉香木的佛珠，也用這套辦法買了下來。其中一副鏤空的念珠，每顆珠子裡都有一個羅漢，一共五百個，那就是他爲沈涼精心挑選的一件禮物。

時間已經是永樂五年（西元一四〇七年）的六月，西南季風徐徐而起，到了大明船隊啓程回國的時候了。沙米地熱情送別大明使者，「驕燕」展翅東飛。鄭和駐足船尾，極目西望，心潮澎湃。越過渺渺茫茫這一片水，那裡就是他父親和祖父到過的天方。他默默祝禱，但願此生還有機會，一定要沿著父輩的足跡去到彼岸，實現朝覲天方的宿願。

六、智擒舊港大海盜

大明船隊從瀏河口出發來西洋，已經整整兩年的時間了。一旦調頭東向，久別家園的遊子，無不歸心似箭。天也有情，明白他們的心思，回程比來的時候快多了。他們只覺得斗轉星移了若干次數，太陽月亮輪值了若干來回，他們的船隊便進入貫通西洋與東洋的海峽，滿剌加已經到了。

拜里迷蘇拉，還有籌劃貨棧的洪保和蒲日和都來到岸邊迎候，鄭和只在這裡稍事停留，立刻裝載貨物揚帆出發。以爲洪保、蒲日和辦事勤謹，人情練達，將一個貨棧經營得十分興旺，除了船隊原來卸下的物資，他們又與來往船隻交易，增加了很多稀罕的番國土產。尤其是從蘇門答剌收購的藥材，匡愚見了非常振奮。雖然，他一路上爲宮裡採辦的西洋藥材也不少，但蘇門答剌的烏滿木、降眞香、血竭、沒藥，卻都是別處難得一見的上等藥材。在這期間，滿剌加人學會了建房、製革，學會了飼養鱷魚，他們都把鄭和當成了普渡衆生的活菩薩。蒲日和在貨棧附近打了一口淡水井，滿剌加人也紛傳那是從天朝流過來的聖水，可以祛病消災、益壽延年，老遠都有人趕來取水，並用鄭和的小字爲那口井命名，稱爲「三寶井」。鄭和聽了這些傳聞直搖頭，卻也無可奈何。他留下蒲日和和他的那些助手在這裡經營貨棧，其餘的人都隨船隊歸國。那兩個當了上門女婿的士兵，擁著各自的妻子前來送行，他們已經樂不思蜀。

離開了滿剌加，大明船隊直指舊港。蘇天保那次去長樂，還給鄭和帶去聖上的一道密旨：伺機捕獲盤踞舊港海盜頭目陳祖義。這個陳祖義原是一個從廣東逃匿遠洋的海盜，他占住舊港以後橫行不法，西洋去大明朝貢的使者，經常被他扣留，搶走貢品，往來商旅也屢受其害。海盜不除，海無寧日。鄭和當時考慮到不能耽誤西進的風期，便將這件事留到回程來解決。他密令朱真放出幾條快船，先探聽舊港的動靜，然後商計破敵的辦法。

舊港便是歷代史書上載明的「三佛齊」（今印尼蘇門答臘巨港），過去一直向中國皇帝進貢稱臣，表示歸順。這裡的人民也大多來自廣東、福建，與中國有著千絲萬縷的聯繫。然而，畢竟水路漫漫，交通不便，鞭長難及，爪哇一度呑併三佛齊，使之成爲其屬國。當地的華人和三佛齊人又不滿爪哇人蠻橫的統治，不斷起來反抗，內亂不止。大海盜陳祖義便乘機火中取栗，導致了此時的局面。

舊港與滿剌加相距很近，船隊駛出不遠，前邊的哨船就來稟報，舊港頭目陳祖義駕船前來要求拜見總兵元帥。眞是「說曹操，曹操到」，大明船隊的人都吃了一驚。

朱眞不無擔憂地說：「是否走漏了風聲？」

鄭和搖頭說：「這不可能，知道聖諭的就我們幾個，連派出的快船也只知道我們要到舊港登岸取淡水。他可能是做賊心虛，前來探聽虛實。」

王景弘建議說：「那就見見他，我們也好探聽一下他的虛實。」

鄭和點頭應允，一面信號旗在帥船上升起，大明船隊讓開一條水道，舊港的一艘快船飛奔過來。

陳祖義四十開外年紀，生得五大三粗，一身黑衣黑褲，將那張飽經海上陽光熏染的黑臉，襯托得像戲文中的張飛和周倉一般。他上了帥船，倒身便拜，五體投地，持禮甚恭，褪盡了匪氣。

鄭和命他坐下說話，他仍一個勁兒謝罪，萬分愧疚地說：「小人以待罪之身流落海外，內心一直惶惶不安，今日幸得總兵大人駕臨西洋，小的有了歸順朝廷贖罪自新的機會，因此冒死前來，但憑總兵大人發落。」

鄭和不無威嚴地說：「你多次搶劫往來大明朝廷的貢使，濫殺無辜，的確罪孽深重。」

陳祖義聽了這話，又撲通一聲跪下：「小人確實該死，不過諸多隱情，還望總兵大人明察。昔日先帝在世時，朝廷奸臣勾結海外一些居心叵測的番王爲亂海外，小的一時糊塗明珠投暗，做了一些不公不法之事，至今追悔莫及。而今奸臣已經剿滅，當今天子又無比聖明，在下情願獻出舊港，將功折罪，從此做個順民。以期死後能夠回歸祖塋，落葉歸根，不辱先祖。」他說到這裡動了感情，用兩隻大巴掌直抹眼淚。

鄭和琢磨這些話，一時難辨眞假。這個海盜所說的奸臣，大概指的就是被先帝斬了的胡惟庸，當時這位宰輔權傾一時，的確勾結海外番人，嚴重危害過大明王朝的對外交往。此後先帝實行海禁，封閉外番，舊港一時空虛，也必定導致這裡的混亂，盜賊蜂起，也不奇怪。此人懾於當今聖上之威，今日前來棄暗投明，也是情理中的事。鄭和看看王景弘和朱眞等人，他們也都在緊盯著陳祖義察言觀色，可那張臉卻被濃墨重彩遮蓋了，一時很難洞察其內心到底在想什麼。鄭和只得順水推舟地說：

「你想棄暗投明當然是好事，朝廷很歡迎，只不知你有何具體打算？」

陳祖義拱手說：「恭迎總兵元帥率船隊去接收舊港，我特地翻過大明的皇曆，明天正好是個吉日。」

鄭和說：「那就按你的意思辦吧，正好我們的船也需要去舊港補充淡水。」

陳祖義立刻起身告辭，約定明日上午在舊港迎候總兵元帥。

帥船上的人如墜五里霧中。要說這一切都是眞的吧，這樣的好事似乎來得太快了，太順當了，讓人難以置信；要說其中有詐吧，他怎敢隻身前來自投羅網，莫非他不害怕數萬明軍將士動一動指頭，就能將他捏成齏粉？大家引頸盼望那些派出的快船，能夠儘快帶來舊港的確切消息，然而那幾艘快船卻遲遲沒有音信。鄭和下了決心：「不入虎穴，焉得虎子，明天如約去舊港。」

夜幕已經來臨，海上一片闃寂。大明船隊靜靜地停泊在離舊港不遠的海面上，所有的船上都升起了燈籠，按照寶船、坐船、戰船、馬船、糧船、水船，分出不同的顏色，將大海的一隅點綴得五彩繽紛。一批哨船在遠處遊弋，更鼓之聲相互呼應。很多將士都枕著濤聲，在海浪輕輕的搖晃中，安然入睡。鄭和還在艙室裡與王景弘、朱真等人議論明日的行動，指揮使周聞突然帶著一個人闖了進來，說有機密要事稟報。

大家一看這人渾身水淋淋的，彷彿剛從水裡撈出來一樣。來人拜了在座的幾位大明官員，自我介紹說：「在下名叫施進卿，是陳祖義的屬下，特地冒死前來揭露陳祖義劫掠大明船隊的陰謀。」

在場的人聽了，都面面相覷。鄭和立刻命人給他換了乾淨衣服，還給他送來一杯熱茶，讓他坐下來慢慢說話。施進卿說，他老家在福建漳州，原本是往來西洋的商人，不幸被陳祖義劫奪了船隻，卻留下他一條性命，強迫其入夥當海盜。施進卿孤身一人難以逃脫陳祖義的魔掌，只得暫且偷生答應入夥，被陳祖義封爲副將。但他一直看不慣陳祖義的兇狠殘忍，今日見陳祖義竟要陷害大明欽差和船隊，實在無法容忍，要趁機立功除害。他怕被陳祖義的人發現，憑著一身好水性，潛水而來。

王景弘問他：「陳祖義打算怎樣陷害我們？」

施進卿說：「他昨天召集大小頭目進行了佈置，藉口向大明使者移交舊港，引誘總兵元帥進入他設就的圈套。」

施進卿胸有文墨，他要了紙筆，一邊畫圖一邊介紹，陳祖義如何在河口兩邊設下伏兵，等接收舊港的人沿河而上之後，封鎖住河口；如何借設宴招待之機，由他舉杯爲號，將各位大人一齊拿下；如何安排上下游兩頭夾擊，將明軍進入河中的將士一網打盡；如此等等，勾畫得一清二楚。

朱眞問：「難道他不害怕我們停在海上的戰船前去馳援，形成大軍壓境之勢？」

施進卿說：「他正是料到大明戰船必去馳援，令我佔住上風處，放火焚燒大明戰船。然後另派一撥人潛伏在裝載物資的寶船附近，乘海戰混亂之機搶劫西洋珍寶。」

就在這個時候，原來派出的快船也都陸續回來了，他們報告的情況，基本一致，都證實施進卿所言不虛。

朱眞恨得咬牙：「這個陳祖義眞是既兇惡又狡猾，必須碎屍萬段方解心頭之恨。」

鄭和將計就計，當即作出了消滅陳祖義的戰鬥部署。他命周聞與自己一起去舊港，務必拿住匪首陳祖義，令海盜失去首領，不戰自亂。唐敬留在進入舊港河口的船上，屆時登岸殺退埋伏在岸上的海盜，接應進入舊港的人馬登船。朱眞統領海上戰船，負責潛伏在那些海盜船的周圍，全殲那些企圖劫奪寶物的海盜。朱眞曾隨朱元璋的大將俞通海在長江內與張士誠的水軍展開過激烈水戰，有水上作戰的豐富經驗。他建議先派兩個會潛水的千戶帶幾十名「水鬼」，隨施進卿回去，明日混入海盜中去放火燒毀那些埋伏在河口附近的賊船，爲進入舊港的大明人員返航掃清航路。他和唐敬在海上前後接應，務必不讓這股海匪有漏網之魚。鄭和點頭稱讚，讓大家按照這個安排行事。

第二天，西南風颳得很猛，海上掀起了不小的波浪。陳祖義暗自高興，得意地說：「月黑殺人夜，風高放火天，眞是天助我也。」他一大早就派出親信，檢查各路人馬的準備情況，一切都在依照他的精心佈置行事，看不出有什麼異常的地方。他讓親信鼓勵衆人：「大明船隊的珍寶奇物不計其數，只要奪下來，今生今世享用不盡，想怎樣快活就能怎樣快活。」

陳祖義最擔心的是鄭和臨時變卦，毀約不來，使他的一番苦心付諸東流。他正在岸邊眺望，鄭和與王景弘已帶了數百名護衛如約而來，沒多少時間就到了舊港河埠頭。

跟隨大明總兵元帥登岸的不足百人，其餘的都留在船上。陳祖義見了非常歡喜，他帶領幾個頭目，滿臉堆笑迎上前來，表現出前所未有的殷勤，持禮也很謙恭。

鄭和與王景弘隨陳祖義來到這個海盜頭目在舊港的府邸，陳祖義叩問總兵元帥：「是先交代公事，還是先接風洗塵？」

鄭和樂呵呵地說：「客隨主便，悉聽尊意。」

陳祖義又是一喜，趕忙說：「總兵大人乘船顚簸了這麼長的路程，想必早就餓了，還是先吃飯吧。只是舊港彈丸之地，拿不出什麼好東西孝敬總兵大人，慚愧得很。」

他話這麼說，實際擺上來的筵席卻非常豐盛，菜是難得的好菜，酒也是難得的好酒。衆人分賓主坐下，周聞扮作親隨緊挨在鄭和與陳祖義的身邊。還有幾個身手不凡的士兵，也扮成親隨站立在王景弘和其他幾個副使的後面，眼睛卻緊緊盯住舊港方面幾個陪酒的頭目。陳祖義來自中國，知道中國朝廷的大小官員出門都喜歡擺這個譜，要有一幫親隨前呼後擁，並沒怎麼在意。再說，他埋伏在後邊的人不少，鄭和已經是「甕中之鱉」，眞動起手來，這幾個親隨也管不了什麼用。陳祖義和幾個海盜頭目輪流把盞，一個勁兒舉杯勸酒，鄭和等人竟然來者不拒，對方舉杯一飲而盡，他們也舉杯一飲而盡。

陳祖義喜不自禁，看看酒已經喝得不少，鄭和連眼睛都喝紅了，便踉踉蹌蹌站起身來敬酒，裝出不勝酒力的模樣，慢慢將酒杯往頭頂上舉。周聞突然一把抓住他那隻剛剛舉起的胳膊往後一擰，另一隻手唰地抽出寶劍，架在他的脖子上。酒杯哐啷一聲掉在地上，摔得粉碎。周聞隨即大喝一聲：「誰敢動，我就宰了他。」

就在這一剎那間，其他幾個頭目也束手被擒，幾把冷冰冰的短劍逼住了他們的咽喉。埋伏在外邊的一群海盜聽到酒杯落地的響聲，手持刀槍猛然衝了進來。陳祖義忙喊：「誤會，誤會，你們趕緊退下，趕緊退下。」

摁在他脖子上的寶劍威脅著他的生命，打亂了他的部署，他只得想辦法緩和局面，尋找轉機。他這一聲「誤會」，「退下」的指令，使那夥衝進來的海盜稍稍猶豫了一下，恰好給留在外邊的明軍將士贏得了寶貴時間，迅速飛奔進來將這群海盜殺得喊爹叫娘，抱頭鼠竄。鄭和與王景弘等人也抽出寶劍，一齊衝出陳祖義的宅院，由周聞等人押著陳祖義等人，朝著河邊且戰且走。陳祖義雖然有劍壓在脖子上動彈不得，卻並不驚慌，外邊都是他的人，諒鄭和揷翅也難逃出去。他左顧右盼，等待脫身的機會。沒想到王衡也來了個先下手爲強，將守在河埠頭的海匪殺了個措手不及，這時領著一哨人馬前來接應。這些人都是訓練有素的明軍精英，以一當百，將陳祖義的烏合之衆殺得屍橫遍地，僥倖留下性命的都落荒而逃。

明軍將士擁著鄭和，押著陳祖義上了停泊在河邊的船隻，水手撐船離岸，順流而下。在快要駛出河口的時候，忽見前面火光沖天，大火映紅了遠處的海面。本來已經有些兒垂頭喪氣的陳祖義，這時大嚷起來：「哈哈，鄭和你的船隊已經毀了，我的人馬殺過來了。」他轉身對鄭和說：「你現在趕快投降，留下西洋珍寶，我可以饒你一命。」

周聞在他屁股上使勁踢了一腳，摁在他脖子上的利劍差一點進入了他的皮肉裡。浩蕩而來的，是施進卿帶領的船隊。陳祖義兩隻眼睛一亮，卻不敢掙扎，只能等著他自己的人來解救他。他萬萬沒有想到，施進卿跳上船來，卻向鄭和一揖，這個海盜頭子才恍然夢醒，垂下了自己的腦袋。

獲得勝利的船隊剛剛駛出河口，來到寬闊的海面上，朱眞與唐敬也趕來報捷。在朱元璋統一天下的時候，朱眞有次跟隨俞通海與張士誠進行水戰，曾經冒死駕了小船鑽到張士誠的大船下邊，將那艘大船鑿穿，險些要了張士誠的性命。他這次如法炮製，派出上百名水鬼潛入水下，將企圖偷襲明軍財物的賊船一一鑿穿船底。那些海盜船還沒來得及開拔，海水便湧入船艙，頃刻沉入大海。海盜紛紛落水，唐敬指揮戰船將他們圍住，用槍挑，用刀劈，用撓鉤鉤，有的不待他們動手自已就嗆水而死。藍色的海水頓時被染紅好大一片地方，海面上浮了一層屍體。沒有被殺死和淹死的，也都被撈上來當了俘虜。那些埋伏在河口附近的海盜船也未能逃脫滅頂之災，施進卿領著明軍的戰船占住上風放起火來，燒出一片火海。

鄭和只留下陳祖義一名罪魁，押回南京聽候聖上裁決，其餘人等都留在舊港聽憑施進卿發落。他勉勵施進卿暫且代行舊港職事，待他回去奏明聖上，再行敕封。施進卿唯唯諾諾，感激總兵元帥對他的信任。

大明船隊輕易不戰，戰則必勝，大家興高采烈。

七、媽祖創造奇蹟

這天，趁著航行平穩，鄭和來到觀星台找林貴和研究繪製航海圖的事情。聖上剛剛有了派鄭和下西洋的意向，他就在南京到處收集航海資料，功夫不負有心人，終於從浩於煙海的古代典籍中翻出了宋朝時候繪製的航海圖。不過從這次航行的實踐來看，宋代的航海圖還是很不完備的，沒有脫離針路的古老模式，需要繪製出新意來，使之成爲能夠獨立指導航程的航海圖。他從起航那天，就跟舟師林貴和商量繪製航海圖的事情。

鄭和來到甲板上，看到一個陰陽生正在同水手一起測量船的航速。他們將一塊模板從船頭扔進海水裡，然後跟著這塊木板往後退的速度走步，從船頭走到船尾，有時間，有距離，有多少步，通過計算求出船隻航行的速度來。水手們發現這是個消磨海上寂寞的好辦法，竟拿這來賭輸贏。好些水手一齊跟著那個漂在海水中的木板邁步，凡是步伐不能同水中木板取齊的，都是輸家。輕的罰學狗叫，重的罰在船上倒立，立不穩的還得掏出錢來，回到瀏河口以後請大家打牙祭，吃梅乾菜蒸扣肉，喝花雕酒。鄭和看了臉露微笑，他很喜歡這些年輕人的朝氣蓬勃。

在觀星台裡，有幾個陰陽生正在背誦海上觀星要訣，「沙姑馬山開洋，看北星辰十一指水平。丁得把昔過洋，看北星辰七指水平……」朗朗上口，如同蒙館的蒙童背書一樣。林貴和正伏在案上，校對一張航海草圖中的各種標識。這位舟師是個有心人，他在登船出航的時候，就著手整理自己過去積累的航行資料，也收集了不少別人的航海資料，在七洲洋巧遇瓊崖潭門港的漁民，他也主動找老漁民要潭門港人的更路簿，那位老漁民很慷慨給了一本，使他對千里長沙、萬里石塘的島礁有了更多的瞭解。

鄭和走近一看，那上面密密麻麻標滿了各種標識，有山峰、河口、橋樑、沙灘，還有瞭望台、寺塔、軍營、森林等等。一次航程上萬里路，航海草圖也就成了一幅長卷，堆了老高一摞。鄭和對林貴和下的這番功夫很讚賞，仔細一看，錯漏還是不少。

鄭和說：「我們一定要製出一份精確的航海圖，不但我們能用，後世子孫也能用。」此時船隊已經駛近七洲洋，他們都把眼光集中到天仙撒下的那些「珍珠」上，鄭和囑付舟師：「要在這份航海圖中準確標示出這些島礁，它們是鑲嵌在中華聖土上的一串美麗『珍珠』」。

大明船隊回到七洲洋，遠航歸來的人們不約而同說出一句話：「我們回家了！」大家的情緒也都活躍起來，江蘇人、浙江人、福建人、湖廣人，都情不自禁哼起了各自家鄉的小曲。「項羽當年氣勢雄，有功之日卻無功，八千子弟悠悠散，自死烏江不見踪……」湖廣人的楚歌，淒涼、悲壯，很多人聽得心裡發慌，都說：「這歌不吉利，快別唱了。」也難怪海上行船忌諱多多，茫茫大海前途莫測，那危險說來就來。

林貴和囑咐幾個陰陽生：「仔細觀察這裡的風雲變化，七洲洋乃颱風多發海域，颶風常常不期而至。」

海上還是艷陽高照，微風輕拂，海面波紋像一匹被弄皺了的綢緞。在船頭觀察天象的陰陽生，尚未看出天氣變化的任何跡象。看天的陰陽生剛鬆了一口氣，船上的旌旗突然被倒捲起來，船帆也被從天而降的狂風吹得失去了控制。水手們趕緊落下帆蓬，桅桿仍然被海風颳得亂晃。緊接著濃雲密布天空，整個海面變成漆黑一片，頃刻之間大雨傾盆而下，海中掀起的巨浪如泰山壓頂一般向大明船隊猛撲過來。

眼看風雲突變，鄭和與王景弘讓林貴和趕緊拿出躲避暴風雨的辦法來，可現在船隊所處的位置，離哪個方向的島嶼都不近，看來要想逃避這場暴風雨的襲擊已經來不及了。此處的風怪，玩的就是不期而至，讓你猝不及防。鄭和乘坐的帥船雖然很大，能夠壓住兩三個長浪，卻仍然顛簸得厲害。李海的肩膀被舵桿壓腫了，也無法控制帥船的航向。那些體積較小的船隻，則被海浪戲弄於股掌間，一忽被波峰高高托起來，一忽又被波谷帶進無比的深淵。水手和士兵都睜大充滿恐怖的眼睛，似乎看到海浪裡有萬千蛟龍朝他們猛撲過來，斗大的雨點和飛濺的浪花聚在一起，彷彿就是從蛟龍嘴裡伸出來的長舌，要將他們捲進海裡，葬身魚腹。人們都無法控制驚慌失措和無比的絕望，有的哭爹叫娘，有的跪下喊天，有的但求速死直想往海裡跳……

在狂暴的大海面前，人還是那麼弱小，那麼無能爲力。

李海聲嘶力竭地喊道：「總兵元帥，趕快祭奠天妃娘娘，請天妃娘娘快來搭救我們的船隊！」他的聲音被狂風、暴雨和海浪的呼嘯所淹沒。

鄭和在艄樓中察看已經被狂風巨浪衝擊得七零八落的船隊，並沒有聽到李海的呼喊，卻一眼瞥見了設在那座供奉天妃神像的神龕，情急之下，他拱手默默祈禱：「敬望天妃娘娘念及我等數萬將士耿耿忠心，出使西洋番國，海路多艱，襄助神力，挽狂瀾，息颶風，免羈沉船之禍、葬身魚腹之難，平安抵達帝都，不辱天子使命。和等定當重塑金身，再造廟宇……」

王景弘等人也跟著呼喚天妃顯靈，船上的很多人都跪倒在甲板上，向著渺渺冥冥的蒼穹呼天搶地。

這時，突然一道電光從濃雲密布中閃射出來，伴著一聲炸雷，在漆黑的天空中撕開一道裂口，顯露出一線湛藍，一道金光。很多人看見這個奇蹟，都認爲是他們的虔誠祈禱感動了上蒼，請來了媽祖，立刻興奮地高呼：「天妃顯靈了，天妃顯靈了！」

本來沒有注意這一奇異現象的人，聽到喊聲之後，也跟著喊了起來：「天妃顯靈了，天妃顯靈了！」呼應之聲，此起彼伏，蓋過了風聲、雨聲和海濤的聲音。

說也奇怪，那急風暴雨來得快，走得也快，不知不覺呼嘯著轉向了別的海域。眨眼之間，烏雲也漸漸散開，大明船隊的頭頂上又是晴空朗朗。海中的百尺巨浪，也慢慢轉化成了起伏不定的海湧，攪動得人們五臟六腑沒有著落，肚子裡也如翻江倒海一般，很多經不起海湧折騰的人，都忍耐不住，哇哇嘔吐起來。

值得慶幸的是，船毀人亡的危險已經過去了。王景弘趕忙組織人員檢點船隊蒙受的損失。有艘裝載西洋物資的船翻沉了，幸得人員都上了別的船隻，沒有造成傷亡。幾艘坐船和糧船被巨浪打壞了，人與糧都及時作了轉移，林冠群帶領一些匠人在忙著修理。有幾匹馬受驚跳了海，幾個馬夫死死拽著韁繩都沒有拽住，他們一直在傷心抹淚。錦衣衛的棗木釘，在暴風雨來臨的時候，將身邊的人都趕到臨近的船上，以為人少船輕最安全，沒想到船上載重量不夠，壓不住海浪，顛簸得更厲害，那船險些被幾個巨浪掀翻倒扣過來，送他去龍王爺那裡充當錦衣衛。棗木釘雖然揀回一條命，匆忙中揣進懷裡的一包珍珠、瑪瑙和紅藍寶石，在顛簸時掉在甲板上，轉眼之間就被沖上甲板的浪頭吞噬，心疼不已。

李海立刻來到船頭的天妃神龕前，焚了香燭，燒了紙錢，磕了幾個響頭，感謝天妃搭救了大明船隊。人們也紛紛議論，天妃眞是萬應靈驗的海神。有的還活靈活現地說，剛才在漫天烏雲中出現的那一線湛藍裡，有天妃娘娘的金身，是個非常美麗的天仙，一雙慧眼還慈祥地注視著他們的船隊。人們常說，「舉頭三尺有神明」，原來天妃眞的離他們那麼近。

鄭和對王景弘說：「不管怎麼說，天妃是航海人的希望之神，有了天妃無論遇到多大的危險大家都不會絕望。回到南京一定要奏明聖上，在京師修建一座規模宏大的天妃廟，還要恭請聖上加封天妃娘娘。」他剛才在天妃的神龕前就許了這個願，一定要虔誠償還這個心願。

船隊繼續揚帆趕路，晝夜兼程，不久來到南澳山，進入了臺灣海峽。鄭和與王景弘商量，派洪保帶上轉載私人貨物的船隻在泉州靠岸，到那裡的市舶司按海外進口貨物的規矩納稅，再發還給大家。鄭和還記起了那個留在鷺島上的士兵，讓朱眞派快船上島看看他的情況怎麼樣了。有人說：「這會兒恐怕連骨頭都可以當鼓槌打鼓了。」鄭和卻說：「他跟我們出海一場，是死是活，總得有個交代啊！」

鄭和率領的船隊剛駛入加禾千戶所的海面，派出的幾艘快船已經在那裡等候他們。其中一艘飛快駛過來，一個百戶帶著一個形似野人的漢子登上了帥船，請求面見總兵元帥。大家看他，披散著兩尺多長的頭髮，滿臉鬍鬚，衣裳破碎，卻身粗體壯，黑紅臉膛，正不知是怎麼回事。那人卻一頭跪倒在鄭和的面前，聲音十分洪亮地說：「感謝總兵元帥的救命之恩，感謝各位老爺的救命之恩。」

鄭和莫名其妙，驚奇地問：「你是何人？」

那人說：「總兵老爺，我叫劉鴻，就是那個患過麻瘋病的士兵啊。」

幾個快船上的士兵介紹說：「我們上了鷺島，這人就從一個山洞裡鑽出來，說他是當年上島的那個麻瘋病人，他認識我們的快船是下西洋的船，要我們帶他來見總兵老爺。我們在島上仔細看過，再也找不到別的人，只好將他帶來了。」

朱眞看那人模樣果眞是那個麻瘋病患者的模樣，名字也是那個麻瘋病患者的名字，連聲問：「你是人還是鬼？」

匡愚也圍著仔細觀看，這人不但已經毫無麻瘋病的跡象，身體還比原來結實多了，簡直是脫胎換骨，變了一個人，也連連驚歎：「奇蹟，奇蹟！」

這個劉鴻能活下來，也的確是個奇蹟。他被送到鷺島，自知患了絕症，只能認命，挨一天算一天。他把總兵老爺送他的引火之物細心保存，糧食也慢慢勻著吃。待糧食吃完了，便到山上摘野果，拾鳥蛋，到海邊捉魚蟹，揀蚌貝，反正只要能下肚的都吃。也是天緣湊巧，有天他在海邊梭巡，發現有條巨蟒也來海邊吞噬魚類，幾百斤重的大魚一旦被它纏住就無法脫身。當時劉鴻非常害怕，趕忙逃進草叢裡，心還怦怦直跳。後來發現這大蟒下海有固定的時候、固定的路線，捉不到魚就吞噬沙灘上的大海蚌。他橫下一條心，反正病死也是死，被蟒蛇吃掉也是死，便暗中算計這蟒蛇，削了很多尖銳的竹釺，埋在蟒蛇經過的路上。那蟒蛇果然中了埋伏，在竄下山來的時候，肚皮吡刺刺被尖利的竹釺劃開，鮮血淋漓躺在海灘上，一命嗚呼。劉鴻拿這蟒蛇的肉和五臟六腑當糧食，連蛇血也當淡水喝了。不想蛇吃完了，那病也好了，渾身還長了不少力氣，行走如飛，從此島上的飛禽走獸沒有他逮不著的。

匡愚替他把了脈，脈搏的跳動鏗鏘有力，超出常人。他驚奇地說：「我記得醫書中講到過蛇膽可以明目，蛇肉可以祛風蝕，今日可長了新的學問。」

朱眞接過話說：「他在荒島上逮什麼吃什麼，很難說是什麼治好了這病哩。」

這時，劉鴻打開身邊的破包袱亮出不少珍珠，大的足有鷄卵大，小的也有鳥卵大，大家都感到驚異，走了西洋那麼多國家也沒見過這樣的大珍珠。劉鴻說：「小人在蟒蛇肚裡發現了這些珍珠，皆因那畜生吃過不少大海蚌，長年積攢在肚子裡。小人無福消受，特地奉送各位老爺，答謝救命之恩。」他送給鄭和的兩顆珍珠，還用五彩貝殼精心粘了一個匣子。

鄭和打開一看，只見兩顆罕見的大珍珠，晶瑩剔透，光彩奪目，且大小一樣，十分圓潤，堪稱無價之寶。他連忙合上那珍珠匣子的蓋子，還給劉鴻說：「這是你拿性命換來的，還是拿回家去，讓家裡人高興高興吧。」

劉鴻急得眼淚都流出來了，雙膝跪了下去，無比激動地說：「小人若不是總兵元帥一句話，連命都沒有了，這珍珠對小人來說又有何用？」這漢子說話溫順，脾氣卻很倔，鄭和不接受那個珍珠匣子，他就不起來。

大家拿他沒有辦法，最後商量得了珠子的人，湊了一筆錢重重回贈他，讓他拿回去養家，可以一輩子不愁吃穿。劉鴻好說歹說才收下那筆錢，卻表示自己要留在總兵老爺身邊效命，報答救命之恩。王景弘說：「這個劉鴻命大福大，若是再下西洋，一定得把他帶上。」

劉鴻的奇蹟迅速傳遍了整個船隊。李海拉著劉鴻來到天妃的神龕前，讓他焚香秉燭，叩謝海神娘娘。他鄭重其事對劉鴻說：「不是天妃顯靈，不會有這樣的奇蹟。」

八、留櫝還珠

這是永樂五年（西元一四〇七年）九月的一天，朱棣正在宮裡與姚廣孝下棋消遣，隨侍的小宦官進來奏明，出使西洋的船隊已經歸來，鄭和與王景弘明日即可進宮面聖。

朱棣聽了高興地說：「是嗎，這麼快就回來了？」

姚廣孝說：「其實已經兩年多的時間了，皆因陛下日理萬機，事忙嫌日短。」

姚廣孝說的是事實，在鄭和離開南京的這兩年時間裡，朱棣在西南方面制止了安南對廣西的進犯，平息了占城與安南的紛爭。在北方解決了邊境的不寧，與韃靼維持和睦相處的局面。東北方面的奴兒干都司、西北方面的哈密衛也在著手營建。他還啟動了遷都北平的計劃，動員天下十三省的人力和財力在加緊備料。

朱棣舉著一個過河卒子，稱讚鄭和道：「這個鄭和辦事伶俐，安南之患的順利解決，與他在占城的巧妙安排有很大關係。」

姚廣孝說：「還是聖上英明決斷，現在番國來朝的已經日漸多了起來，溝通西洋之舉在開始發揮作用。」

朱棣告訴身邊的宦官：「明日鄭和到了南京，宣他立刻進宮，朕要仔細聽聽西洋諸國的事情。」

這天的朝會顯得比往日熱鬧多了，文武百官都早早來到朝堂之上，想聽聽鄭和出使西洋結果如何。鄭和與王景弘也穿著朝服，風塵僕僕來到大殿，向聖上行了三跪九叩之禮。朱棣著實慰勉了鄭和一番，讓他詳細稟報西洋之行。

鄭和謝了恩，將此番下西洋如何在交趾洋陳兵示強，和幫助占城國消除野牛的禍患，如何在爪哇處理西王火拚東王的變故，如何在滿剌加建貨棧，以及如何在古里開展大宗貿易，在舊港生擒大海盜陳祖義，一一陳述清楚。然後朗聲奏道：

「帝德乾坤偉大，胸懷宇內之安寧，願息四海之風煙，賓服萬邦，共享太平盛世。和等仰聖上之威靈赫奕，所到之處展示大明威德，敦睦邦交，貨殖互市，溝通四方，相濟有無。諸番國無不感念天子聖德，對大明心悅誠服，願意歲歲來朝，若能一如既往發展與海外的聯繫，實現聖上超三代軼漢唐的宏願，必定指日可待。」

朱棣說：「朕經常思慮，我中華上邦自唐虞以來，一直都有德被天下的宏願，今海外番邦雖然趨向歸附，至今所及還不是很遠。朕與卿等需繼續努力，不可稍有懈怠。」

衆大臣齊聲稱頌：「願為實現聖上宏願肝腦塗地。」

鄭和呈上有關下西洋事宜的一個奏摺和西洋諸國的貢品單子，王景弘隨即招呼幾位副使進殿，展示從西洋諸國帶回來的奇香、奇木、奇禽、奇獸、奇藥，以及珍珠、寶石、珊瑚、瑪瑙和各種珍玩。鄭和等人還把各國贈送給他們個人的禮物，也獻給朝廷，琳琅滿目，什麼都有，文武百官嘖嘖稱歎。朱棣命禮部開出單子，滿朝文武都有賞賜，共用西洋珍奇。

禮部的呂震啓奏：「賞賜之外，可否拿出一部分西洋貢物分發滿朝文武，抵償朝廷俸祿。」

朱棣龍顏大喜，稱讚道：「依卿所奏，這是個很不錯的主意。」

當時包括胡椒在內的諸多西洋物品，都還是稀罕之物，朝堂上的人誰都以能夠多得一些西洋寶物爲榮耀。聽了聖上的話，皆大歡喜，山呼萬歲。最後是獻俘，朱眞與王衡押來大海盜陳祖義，朱棣痛斥其叛國害民的罪惡，即命推出午門，梟首示衆。

朱棣對鄭和、王景弘說了不少誇獎的話，吩咐他們開出西洋之行有功人員的名單，朝廷要重重賞賜。鄭和陳述在七洲洋突遇颶風，承蒙天妃顯靈，化險爲夷，奏請在南京建立天妃廟，並請聖上敕封天妃娘娘聖號，朱棣一一照准。天妃在宋朝時被册封爲「靈惠妃」，在元朝時被册封爲「護國明應天妃」。到了明代的這位永樂皇帝，被册封爲「護國庇民靈昭應弘仁善濟天妃」，享受了至高無上的榮譽。

鄭和下朝之後，急著回府，快馬加鞭，還嫌馬車走得慢。沈涼自鄭和走後，滿院的落葉無心收拾，面對明鏡沒有情緒梳妝，總想計算歸期卻又無從計算。「君問歸期未有期，揚子江水盡憂思」。鄭和不期而然回來了，乍一見面，只是目不轉睛地你看著我，我看著你。兩人都有很多話，卻不知從何說起。

當天夜裡，沈涼替鄭和解下胸前的護胸，浸透海水的鹹味和腥味撲鼻而來。她急忙問：「這是怎麼回事？海水都浸到胸前來了。」

鄭和講述了在七洲洋遇到的颶風惡浪，那浪頭鋪天蓋地而來，連帥船都鑽進了大山一般壓過來的海濤裡，他們緊緊抱住了艄樓裡的柱子，這才沒有被海浪推入海裡。鄭和故作輕鬆地說：「多虧這船造得結實，要不然我們兩人只能來世相見了。」

沈涼緊緊抱住了鄭和，流著淚說：「我就擔心你在海上有什麼危險來著，前幾天這眼皮直跳，夜裡也總是做惡夢。」

鄭和心頭一熱，將沈涼緊緊摟進自己懷裡，在心中升騰出一種前所未有的幸福感。鄭和發現，一個航海者，從海風海浪中歸來，多麼需要有一個寧靜的港灣，停下來歇息歇息。沈涼的溫柔體貼，是他最溫馨的港灣。

鄭和取出劉鴻在鷺島獲得的那雙大珍珠，還有在古里挑選的那副十分精緻的沉香木佛珠，鄭重送給沈涼。沈涼捧著那個用五彩貝殼粘成的珍珠匣子，愛不釋手，旋即打開一看，立刻睜大一雙秀眼，驚奇得好一陣都說不出話來。她抬起眼睛問鄭和：「這可是無價之寶，是從哪裡得來的？」

鄭和向她講述了劉鴻的故事，沈涼一陣唏噓，從一雙秀目中湧出很多淚珠來。她歎了口氣：「這樣的珍寶，我可消受不起，有這副佛珠做念心就足夠了。」她將珍珠匣子重新蓋好，送還到鄭和手上。

鄭和一看，發急道：「我在西洋一直爲挑選不到一件稱心的禮物送妳犯愁，就這珠子還能配得上妳。」

沈涼問：「打點宮裡娘娘們的禮物，都準備好了？」

鄭和說：「早都準備好了，明天就送進宮裡。」

沈涼提醒道：「徐皇后新逝，現在王貴妃聖眷正隆，需要區別開來。」

鄭和說：「我在古里購得一些上等的珍珠、瑪瑙、貓眼石和香料，妳揀最好的送給貴妃娘娘就是。」沈涼服侍鄭和躺下，一夜無話。

鄭和將自己在西洋諸國購得的禮物分送給朝廷的一些大臣和朋友，姚廣孝要了一副從古里帶回的佛珠，其他都視爲身外之物，一概不受。他勉勵鄭和：「遠赴西洋，柔服遠人，關係天下的安定，大明的長治久安，國運所繫，方興未艾，一定要好自爲之。」

袁忠徹本來也是鄭和相知相得的人，他雖然接受了鄭和帶去的西洋禮物，還是冷著臉說：「街談巷議都在說，你們西洋取寶勞師遠行，死的人和走失的人都不少哩。」

當時狗兒恰好也從北平來到南京，鄭和備了一份西洋禮物去驛館看他，狗兒閉門不見，這使他感到心裡很不是滋味。鄭和從狗兒歇腳的驛館出來，剛好遇到紀綱，這個錦衣衛的頭子攔住鄭和說：「聽說總兵太監得了兩顆大寶珠，怎麼也不分給下官一顆？」

鄭和知道此人仗著聖上的恩寵，見到誰有稀罕物件都是張嘴就要，誰不給就置誰於死地，實在有些可惡，便不冷不熱地說：「實在對不起，不知紀大人喜歡，早已送人了。」

紀綱冷笑一聲，揚長而去。

這天，鄭和與王景弘在離寶船廠不遠的地方選擇修建媽祖廟的地點，蘇大保急急坐著馬車趕來告訴他們：「紀綱在皇上面前參了你們一本，狗兒也在皇上面前告了御狀，惹得龍顏不悅，你們可得當心著點兒。」

鄭和與王景弘聽了一驚，忙問：「我們有什麼事值得他們告御狀？」

蘇天保說：「我是聽皇上身邊的小宦官說的，大概是三條罪名：第一條在爪哇一百多名明軍士兵和錦衣衛人員或被殺或失踪，竟然不興兵討伐，有損大明聲威；第二條縱容船隊人員倒買倒賣西洋寶物，夾帶走私；第三條私自隱匿奇大珍珠，侵吞國寶。這幾條按明律治罪可都輕不了。據說先帝在世時，就因發現有人藏匿大珍珠治過那人的死罪。」

鄭和與王景弘倒抽了一口冷氣，都沒想到人在海上行禍從天上來，心裡充滿了委屈和憤懣。

朱棣聽了紀綱和狗兒所告鄭和的幾件事，心中不免有些惱怒，鄭和竟然對他隱瞞了這麼多重大事情，完全辜負了他對他的寵信。這天夜裡，朱棣來到王貴妃的寢宮，仍然悶悶不樂。王貴妃卻喜滋滋拿出一對碩大無比的珍珠給皇上過目，朱棣驚奇地問：「這是從何處得來的？」

王貴妃嬌嗔道：「前兩天鄭和託沈淙送進宮裡來，臣妾早就想讓聖上過目，可聖上這幾天一直不到臣妾這裡來。」王貴妃耍著嬌，坐進朱棣的懷裡，兩人一起欣賞那蓋世無雙的大珍珠。

朱棣不由讚歎：「這麼大的珍珠，朕也是頭一次見到，也不知鄭和他們是怎麼弄到手的？」

王貴妃將沈淙敘述的發生在鷺島的故事詳細學說了一遍。她是個心地非常善良的女人，講述到那個身患痲瘋病的士兵在荒島上巧遇蟒蛇的事，都不禁動容，對鄭和體貼患了絕症的劉鴻，劉鴻知恩圖報，鄭和自己掏錢買下珠子，並且急忙送進宮裡來，著實誇獎了一番。

朱棣聽了也大受感動，頭腦也很快冷靜下來。他這才想到紀綱近兩年誣陷忠良濫殺無辜的事不少，狗兒也因貓兒的事同鄭和結了仇，同時也想到鄭和還有個報告下西洋的奏摺，因這兩天需要批閱的奏章太多，他還沒來得及過目，連忙命宦官從朝房裡取了來。王貴妃輕輕替他捶著腿，他打開那份奏摺仔細閱覽。

第二天早朝，鄭和、王景弘雙雙來到朝堂。朱棣讓他們當衆講明允許船隊人員帶貨物到西洋做生意的事，鄭和與王景弘搶著出班俯伏在地啓奏，都聲稱錯在自己，願意承擔一切罪責。他們都知道先帝在世時有很嚴厲的規定：「交通外番，私易貨物，必置之重法。」如果當今聖上秉承舊制，這事可是吃不了兜著走，禍事不小。

朱棣說：「你們兩個也不必爭了，此事有先斬後奏的過失，不過看了奏摺和洪保呈上所繳稅銀的單子，朕倒以爲這事一來可以鼓舞船上人員冒死出海，同時也是對朝廷貿易的很好補充，何樂而不爲。在這件事情上，你們兩人就將功折罪吧！」

鄭和與王景弘叩頭謝恩，他們相互發現了各自腦門上的汗珠。

朱棣接著對滿朝文武宣佈：「從今往後，番國貢使來我中華上邦，凡是願意自己做點生意的，亦聽其自便。他們大老遠地冒著性命危險跑來，求點一己之利也情有可原，即使觸犯一些原有的禁令，也要寬厚待之，這才是懷柔遠人的道理。」

衆人唯唯，齊聲高讚：「皇上聖明。」

朱棣接著問禮部尚書李至剛：「爪哇國殺了我們的人，答應要帶六萬兩黃金到南京謝罪，他們的使臣到了嗎？」

李至剛出班奏道：「那個使臣亞列加恩已經來到京師，不過只帶來一萬兩黃金，同那個國王承諾的六萬兩黃金相差太遠，臣已經告訴刑部，將他扣押起來，下入大牢，嚴加懲戒。」

朱棣沉吟了一會兒，接著說：「爪哇國王已經誠心表示謝罪，對該國的使臣還是要以禮相待。朕於遠人，欲其畏罪而已，哪裡是爲了圖他們的金子呢。」

在爪哇事件的處理上，朱棣雖然沒有直接說出讚揚的話，滿朝文武卻都看出來了，聖上對鄭和能用和平的辦法加以解決甚爲滿意。

朱棣接著說起鄭和與那兩顆珠子的事情來。他也給朝臣講述了那個鷺島的動人故事，很感慨地說：「帶兵的將領對待士兵，地方官員對帶治下的人民，倘若都能像鄭和這樣，朕無憂矣。」他命戶部如數發還鄭和等人所上繳的在西洋諸國個人所得的禮物，以示褒獎。朱棣接著放開嗓門朗聲說道：「雖然普天之下莫非王土，稀世珍寶理應歸屬朝廷，鄭和卻自己掏銀子買下來獻給宮裡，其誠可嘉。出使西洋是出生入死的事情，往後他們個人所得饋贈就不必上繳朝廷了。」

鄭和與王景弘跪下謝恩。紀綱和狗兒都沒料到，他們告這一狀反倒幫了鄭和的忙，兩人都明顯感覺出，眼下鄭和聖眷正隆，一時半會想扳倒他並不容易。

當天晚上，鄭和回到府裡，連忙問沈涼那兩顆珠子的事情。沈涼說：「我曾聽傅將軍講過洪武帝時候有人因獲大珠藏匿不報惹來殺身之禍的事，想想還是失財免災的好。」她拿出那只已經空空如也的珍珠匣子，柔聲地說：「古人有『買櫝還珠』的趣話，我們今日狗尾續貂，來個『留櫝獻珠』吧。」

鄭和緊緊抱住沈涼動情地說：「我的好姊姊，好親人，要不是妳如此賢慧，這麼細心，我差點給自己招來了殺身之禍。只是這麼一來，實在太委屈妳了。」

沈涼捧著那個五彩貝殼晶瑩奪目的匣子說：「用這個匣子來裝那副念珠，不也很好嗎？」

這是一個月明星稀的夜晚，溫柔的月光透過紗窗灑進房間裡，將沈涼的身影襯托得更加端莊秀麗。

【請繼續閱讀《海上第一人：鄭和》下卷】

穿越悠遠時空，觀賞歷史奇景

歷·史·導·遊

鄭和之研究

企劃◎實學社編輯部

【第一手資料❶】

鄭和事蹟碑石

一、布施錫蘭山佛寺碑

大明皇帝遣太監鄭和、王貴通等昭告於佛世尊曰：仰惟慈尊，圓明廣大，道臻玄妙，法濟群倫。歷劫河沙，悉歸弘化，能仁慧力，妙應無方。惟錫蘭山介乎海南，言言梵剎，靈感翕彰。比者遣使詔諭諸番，海道之開，深賴慈佑，人舟安利，來往無虞，永惟大德，禮用報施。謹以金銀織金紵絲寶旛、香爐、花瓶、紵絲表裡、燈燭等物，布施佛寺，以充供養。惟世尊鑒之。總計布施錫蘭山立佛等寺供養：金壹仟錢、銀伍仟錢，各色紵絲伍拾疋、各色絹伍拾疋、織金紵絲寶旛肆對內紅貳對黃壹對青壹對、古銅香爐伍對、戧金座全古銅花瓶伍對、戧金座全黃銅燭臺伍對，戧金座全黃銅燈盞伍個、戧金座全硃紅漆戧金香盒伍個、金蓮花陸對、香油貳仟伍佰觔、蠟燭壹拾對、檀香壹拾炷。

時永樂七年歲次己丑二月甲戌朔日謹記。

二、泉州回教先賢塚行香石刻

欽差總兵太監鄭和前往西洋忽魯謨廝等國公幹，永樂十五年五月十六日於此行香，望靈聖庇祐。鎮撫蒲和日記立。

三、婁東劉家港天妃宮石刻通番事蹟記

明宣德六年歲次辛亥春朔正使太監鄭和、王景弘，副使太監朱良、周滿、洪保、楊眞，左少監張達等立。其辭曰：

敕封護國庇民妙靈昭應弘仁普濟天妃之神，威靈布於鉅海，功德著於太常，尙矣。和等自永樂初奉使諸番，今經七次，每統領官兵數萬人，海船百餘艘。自太倉開洋，由占城國、暹羅國、爪哇國、柯枝國、古里國，抵於西域忽魯謨斯等三十餘國，涉滄溟十萬餘里。觀夫鯨波接天，浩浩無涯，或煙霧之溟濛，或風浪之崔嵬。海洋之狀，變態無時，而我之雲帆高張，晝夜星馳，非仗神功，曷能康濟。直有險阻，一稱神號，感應如響，即有神燈燭於帆檣。靈光一臨，則變險爲夷，舟師恬然，咸保無虞。此神功之大概也。及臨外邦，其蠻王之梗化不恭者生擒之，寇兵之肆暴掠者殄滅之，海道由而淸寧，番人賴之以安業，皆神之助也。

神之功績，昔嘗奏請於朝廷，宮於南京龍江之上，永傳祀事，欽承御製記文，以彰靈貺，褒美至矣，然神之靈無往不在。若劉家港之行宮，創造有年，每至於斯，即爲葺理。宣德五年冬復

奉使諸番國，艤舟祠下，官軍人等瞻禮勤誠，祀享絡繹。神之殿堂益加修飾，弘勝舊規。復重建岨山小姐之神祠於宮之後，殿堂神像，粲然一新。官校軍民咸樂趨事，自有不容已者。非神之功德感於人心而致乎！是用勒文於石，並記諸番往回之歲月，昭示永久焉。

永樂三年統領舟師往古里等國。時海寇陳祖義等聚衆於三佛齊國抄掠番商，生擒厥魁，至五年回還。

永樂五年統領舟師往爪哇、古里、柯枝、暹羅等國，其國王各以方物珍禽獸貢獻。至七年回還。

永樂七年統領舟師往前各國，道經錫蘭山國，其王亞烈苦奈兒負固不恭，謀害舟師，賴神靈顯應知覺，遂擒其王，至九年歸獻，尋蒙恩宥，俾復歸國。

永樂十二年統領舟師往忽魯謨斯等國。其蘇門答剌國僞王蘇幹剌寇侵本國，其王遣使赴闕陳訴請救，就率官兵勦捕，神功默助，遂生擒僞王，至十三年歸獻。是年滿剌加國王親率妻子朝貢。

永樂十五年統領舟師往西域。其忽魯謨斯國進獅子、金錢豹、西馬；阿丹國進麒麟，番名祖剌法，並長角馬哈獸；木骨都束國進花福鹿並獅子；卜剌哇國進千里駱駝並駝鷄；爪哇國、古里國進縻里羔獸。各進方物，皆古所未聞者。及遣王男王弟捧金葉表文朝貢。

永樂十九年統領舟師遣忽魯謨斯等各國使臣久侍京師者，悉還本國。其各國貢獻方物，視前益加。

宣德五年，仍往諸番開詔，舟師泊於祠下。思昔數次皆仗神明護助之功，於是勒文於石。

四、長樂南山寺天妃之神靈應記

皇明混一海宇，超三代而軼漢唐，際天極地，罔不臣妾。其西域之西，迤北之國，固遠矣。而程途可計，若海外諸番，實爲遐壤，皆捧珍執贄，重譯來朝。皇上嘉其忠誠，命和等統率官校旗軍數萬人，乘巨舶百餘艘，齎幣往賚之。所以宣德化而柔遠人也。自永樂三年奉使西洋，迨今七次，所歷番國：由占城國、爪哇國、三佛齊國、暹羅國，直踰南天竺錫蘭山國、古里國、柯枝國，抵於西域忽魯謨斯國、阿丹國、木骨都束國，大小凡三十餘國，涉滄溟十萬餘里。觀夫海洋洪濤接天，巨浪如山，視諸夷域，迥隔於煙霧縹緲之間。而我之雲帆高張，晝夜星馳，涉彼狂瀾，若履通衢者，誠荷朝庭威福之致，尤賴天妃之神護祐之德也。神之靈固嘗著於昔時，而盛顯於當代。溟渤之間，或遇風濤，既有神燈燭於帆檣，靈光一臨，則變險爲夷，雖在顛連，亦保無虞。及臨外邦，番王之不恭者生擒之，蠻寇之侵略者勦滅之。由是海道清寧，番人仰賴者，皆神之賜也。

神之感應未易殫舉。昔嘗奏請於朝，紀德太常，建宮於南京龍江之上，永傳祀典，欽蒙御製記文以彰靈貺，褒美至矣。然神之靈無往不在。若長樂南山之行宮，余由舟師屢駐於斯，伺風開洋。乃於永樂十年奏建以爲官軍祈報之所，既嚴且整。右有南山塔寺，歷歲久深，荒涼頹圮，每就修葺，數載之間，殿堂禪室，弘勝舊規。今年春仍往諸番，艤舟茲港，復修佛宇神宮，益加華美。而又發心施財，鼎建三清寶殿一所於宮之左，彫妝聖像，粲然一新，鐘鼓供儀，靡不俱備。

僉謂如是，庶足以盡恭事天地神明之心。衆願如斯，咸樂趨事，殿廡宏麗，不日成之，畫棟連雲，如翬如翼。且有青松翠竹，掩映左右，神安人悅，誠勝境也。斯土斯民，豈不咸臻福利哉！人能竭忠以事君，則事無不立，盡誠以事神，則禱無不應。和等上荷聖君寵命之隆，下致遠夷敬信之厚，統舟師之衆，掌錢帛之多，夙夜拳拳，唯恐弗逮，敢不竭忠於國事，盡誠於神明乎！師旅之安寧，往迴之康濟者，烏可不知所自乎？是用著神之德於石，併記諸番往迴之歲月，以貽永久焉。

一永樂三年統領舟師至古里等國。時海寇陳祖義聚衆三佛齊國，劫掠番商，亦來犯我舟師，即有神兵陰助，一鼓而殄滅之。至五年迴。

一永樂五年統領舟師往爪哇、古里、柯枝、暹羅等國，番王各以珍寶珍禽異獸貢獻。至七年迴還。

一永樂七年統領舟師往前各國，道經錫蘭山國，其王亞烈苦奈兒負固不恭，謀害舟師，賴神顯應知覺，遂生擒其王，至九年歸獻。尋蒙恩宥，俾歸本國。

一永樂十一年統領舟師往忽魯謨斯等國。其蘇門答剌國有僞王蘇幹剌寇侵本國，其王宰奴里阿比丁遣使赴闕陳訴，就率官兵勦捕。賴神默助，生擒爲王，至十三年迴獻。是年滿剌加國王親率妻子朝貢。

一永樂十五年統領舟師往西域。其忽魯謨斯國進獅子、金錢豹、大西馬。阿丹國進麒麟，番名祖刺法，並長角馬哈獸。木骨都束國進花福鹿並獅子。卜剌哇國進千里駱駝並駝鷄。爪哇、古里國進糜里羔獸。若乃藏山隱海之靈物，沉沙棲陸之偉寶，莫不爭先呈獻。或遣王男，或遣王叔王弟，齎捧金葉表文朝貢。

一永樂十九年統領舟師，遣忽魯謨斯等國使臣久侍京師者悉還本國。其各國王益修職貢，視前有加。

一宣德六年仍統舟師往諸番國，開讀賞賜，駐舶茲港，等候朔風開洋。思昔數次皆仗神明助祐之功，如是勒記於石。

宣德六年歲次辛亥仲冬吉日正使太監鄭和、王景弘，副使太監李興、朱良、周滿、洪保、楊眞、張達、吳忠，都指揮朱眞、王衡等立。正一住持楊一初稽首請立石。

【第一手資料②】鄭和傳《明史》

◎張廷玉

鄭和，雲南人，世所謂三保太監者也。初事燕王於藩邸，從起兵有功，累擢太監。

成祖疑惠帝亡海外，欲蹤跡之，且欲耀兵異域，示中國富強。永樂三年六月命和及其儕王景弘等通使西洋。將士卒二萬七千八百餘人，多齎金幣。造大舶，修四十四丈、廣十八丈者六十二。自蘇州劉家河泛海至福建，復自福建五虎門揚帆，首達占城，以次遍歷諸番國，宣天子詔，因給賜其君長，不服則以武懾之。五年九月，和等還，諸國使者隨和朝見。和獻所俘舊港酋長。帝大悅，爵賞有差。舊港者，故三佛齊國也，其酋陳祖義，剽掠商旅。和使使招諭，祖義詐降，而潛謀邀劫。和大敗其衆，擒祖義，獻俘，戮於都市。

六年九月再往錫蘭山。國王亞烈苦奈兒誘和至國中，索金幣，發兵劫和舟。和覘賊大衆既出，國內虛，率所統二千餘人，出不意攻破其城，生擒亞烈苦奈兒及其妻子官屬。劫和舟者聞之，還自救，官軍復大破之。九年六月獻俘於朝。帝赦不誅，釋歸國。是時，交阯已破滅，郡縣其地，諸邦益震讋，來者日多。

十年十一月復命和等往使，至蘇門答剌。其前僞王子蘇幹剌者，方謀弒主自立，怒和賜不及己，率兵邀擊官軍。和力戰，追擒之喃渤利，並俘其妻子，以十三年七月還朝。帝大喜，賚諸將士有差。

十四年冬，滿剌加、古里等十九國咸遣使朝貢，辭還。復命和等偕往，賜其君長。十七年七月還。十九年春復往，明年八月還。二十二年正月，舊港酋長施濟孫請襲宣慰使職，和齎敕印往賜之。比還，而成祖已晏駕。洪熙元年二月，仁宗命和以下番諸軍守備南京。南京設守備，自和始也。宣德五年六月，帝以踐阼歲久，而諸番國遠者猶未朝貢，於是和、景弘復奉命歷忽魯謨斯等十七國而還。

和經事三朝，先後七奉使，所歷占城、爪哇、眞臘、舊港、暹羅、古里、滿剌加、渤泥、蘇門答剌、阿魯、柯枝、大葛蘭、小葛蘭、西洋瑣里、瑣里、加異勒、阿撥把丹、南巫里、甘把里、錫蘭山、喃渤利、彭亨、急蘭丹、忽魯謨斯、比剌、溜山、孫剌、木骨都束、麻林、剌撒、祖法兒、沙里灣泥、竹步、榜葛剌、天方、黎伐、那孤兒，凡三十餘國。所取無名寶物，不可勝計，而中國耗廢亦不貲。自宣德以還，遠方時有至者，要不如永樂時，而和亦老且死。自和後，凡將命海表者，莫不盛稱和以夸外番，故俗傳三保太監下西洋，爲明初盛事云。

【評論．小品❶】

大航海家鄭和

節錄

◎梁啓超

西紀一千五六百年之交，全歐沿岸諸民族，各以航海業相競。時則有葡之王子亨利獻身海事，既發大西洋附近砵仙圖群島、挨沙士群島、加拿里群島（一三九四至一四六三年）。未幾，哥倫布逐航大西洋，發現西印度群島，前後四度，逐啓亞美利加大陸（一四四〇至一五〇六年）。同時葡人維哥達嘉馬（達伽瑪）沿亞非利加南岸，逾好望角達印度，回航以歸歐洲（一四八六至一四九七年），越十餘年。而葡人麥哲倫橫渡太平洋，啓菲律賓群島，繞世界一周（一五一九至一五二二年）。自是新舊兩陸、東西兩洋交通大開，全球比鄰，備哉燦爛，有史以來，最光焰之時代也。而我泰東大帝國，與彼並時而興者，有一海上之巨人鄭和在。

鄭君之初航海，當哥倫布發現亞美利加以前六十餘年，當維嘉達哥馬發現印度新航路以前七十餘年，顧何以哥氏維氏之績，能使全世界劃然開一新紀元，而鄭君之烈，隨鄭君之沒以俱逝，我國民雖稍食其賜，亦幾希焉。則哥倫布以後，有無量數之哥倫布；維嘉達哥馬以後，有無量數之維嘉達哥馬；而我則鄭和以後，竟無第二之鄭和，噫嘻，是豈鄭君之罪也。

哥氏之航海，爲覓印度也。印度不得達而開新大陸，是過其希望者也。維氏之航海，爲覓支那也，支那不得達，而僅通印度，是不及其希望者也。要之其希望之性質，咸以母國人滿，欲求新地以自殖，故其所希望之定點雖不達，而其最初最大之目的固已達。若我國之馳域外觀者，其希望之性質安在。則雄主之野心，欲博懷柔遠人、萬國來同等虛譽，聊以自娛耳。故其所成就者，亦適應於此希望而止。何也？其性質則然也。故鄭和之所成就，在明成祖既已躊躇滿志者，然則此後雖有無量數之鄭和，亦若是則已耳。

論人不可有階級之見存，刑餘界中，前有司馬遷，後有鄭和，皆國史之光也。

——《飲冰室茶集》之九

【特別報導❶】

鄭和大事年表

中國紀年	西元紀年	年齡	大事記
明太祖 洪武四年	一三七一年		鄭和出生於雲南昆明州（晉寧縣）寶山鄉和代村。
洪武十五年	一三八二年	11歲	父親馬哈只去世。鄭和被擄入明營，遭閹割。
洪武十七年	一三八四年	13歲	鄭和隨明軍傅友德、藍玉部隊來到明都南京，後又調防北平。藍玉部隊來到明都南京，後又調防北平。
洪武二十三年	一三九〇年	19歲	鄭和被燕王朱棣看中，選入燕王府服役。
洪武三十一年	一三九八年	27歲	明太祖朱元璋駕崩。
明惠帝 建文元年	一三九九年	28歲	建文帝朱允炆即位，派軍攻打燕軍，鄭和隨朱棣作戰。
建文四年	一四〇二年	31歲	鄭和隨燕王朱棣大敗建文軍，攻陷南京、建文帝下落不明。
明成祖 永樂元年	一四〇三年	32歲	朱棣在南京稱帝，爲明成祖，年號永樂。
永樂二年	一四〇四年	33歲	鄭和因戰功顯赫榮獲成祖賜姓「鄭」，從此由馬和改爲鄭和，並擢拔爲內官監太監。

永樂三年	一四〇五年	34歲	奉成祖命鄭和偕王景弘率二萬八千七百人，第一次下西洋。
永樂四年	一四〇六年	35歲	途中訪問占城、暹羅、舊港、滿剌加、蘇門答剌、錫蘭、古里。消滅舊港海盜陳祖義。
永樂五年	一四〇七年	36歲	回國後，立即與王景弘、侯顯等率船隊第二次下西洋。
永樂六年	一四〇八年	37歲	途訪渤泥、爪哇、加異勒、柯枝等國。
永樂七年	一四〇九年	38歲	七、八月間回國，九月又偕王景弘、費信等第三次下西洋。
永樂八年	一四一〇年	39歲	途訪阿魯、甘巴里、小葛蘭、溜山、忽魯謨斯等十餘國。在錫蘭粉碎錫蘭王亞烈苦奈兒的陰謀。
永樂九年	一四一一年	40歲	本年七月回國。爲供奉從錫蘭帶回佛牙，在南京獅子山南麓建造靜海寺。
永樂十年	一四一二年	41歲	成祖爲紀念太祖和馬皇后，命鄭和主持監造南京大報恩寺與琉璃寶塔。
永樂十一年	一四一三年	42歲	十一月偕馬歡等人率船隊第四次下洋。
永樂十二年	一四一四年	43歲	途訪彭亨、急蘭丹、木骨都束、麻林等亞非十五個國家。在蘇門答剌與蘇幹剌作戰，平息該國內亂。
永樂十三年	一四一五年	44歲	本年七月回國。
永樂十五年	一四一七年	46歲	鄭和率船隊第五次下西洋。六月行經福建泉州，在泉州城外靈山聖墓行香，立有行香石碑。
永樂十六年	一四一八年	47歲	途中訪問南巫里、阿丹、麻林、沙里灣泥、不剌哇、剌撒等國。

永樂十七年	一四一九年	48歲	七月回國。
永樂十八年	一四二〇年	49歲	明成祖遷都北京。
永樂十九年	一四二一年	50歲	偕王景弘、馬歡等人率船隊第六次下西洋。所到之地有占城、暹羅、滿剌加、祖法兒、阿丹、木骨都束、不剌哇等國。
永樂二十年	一四二二年	51歲	八月回國。
永樂二十二年	一四二四年	53歲	明成祖朱棣駕崩。
明仁宗 洪照元年	一四二五年	54歲	明仁宗朱高熾即位，視下西洋爲弊政，廢止遠航活動。二月，任命鄭和爲南京守備。次年朱高熾駕崩。
宣德元年	一四二六年	55歲	朱瞻基即位，是爲明宣宗。鄭和仍任南京守備。
宣德五年	一四三〇年	59歲	受宣宗之命，準備第七次下西洋。鄭和命副使太監洪保趕往太倉著手準備，船隊在劉家港集結。鄭和等人刊立《婁東劉家港天妃宮石刻通番事蹟碑》。
宣德六年	一四三一年	60歲	鄭和偕王景弘、馬歡、費信、鞏珍等率船隊二萬七千五百五十人，第七次下西洋。行經福建長樂，在南山天妃行宮刊立《天妃靈應之記碑》。爲祈保下西洋往返平安，鑄一口銅鐘（後稱鄭和銅鐘）。
			南京大報恩寺琉璃寶塔峻工。
宣德七年	一四三二年	61歲	途中訪問忽魯謨斯等二十餘國。遝行分宗航行，太監洪保和通事（翻譯）七人去天方（麥加）訪問。
宣德八年	一四三三年	62歲	鄭和在歸國途中，因積勞成疾，在古里（印度卡利卡特）病逝。

【特別報導②】鄭和下西洋往返時間及所經地區簡表

次序	出發日期	回國日期	所經主要國家和地區
一	永樂三年（一四〇五年）十月～十二月	永樂五年（一四〇七年）九月二日	占城、暹羅、舊港、滿剌加、蘇門答剌、錫蘭、古里
二	永樂五年（一四〇七年）十二月	永樂七年（一四〇九年）八月	占城、暹羅、渤泥、爪哇、滿剌加、錫蘭、加異勒、柯枝、古里
三	永樂七年（一四〇九年）十二月	永樂九年（一四一一年）六月十六日	占城、暹羅、爪哇、滿剌加、阿魯、蘇門答剌、錫蘭、甘巴里、小葛蘭、柯枝、溜山、古里、忽魯謨斯
四	永樂十一年（一四一三年）	永樂十三年（一四一五年）七月八日	占城、爪哇、急蘭丹、彭亨、滿剌加、阿魯、錫蘭、柯枝、溜山、古里、木骨都束、忽魯謨斯、麻林
五	永樂十五年（一四一七年）冬季	永樂十七年（一四一九年）七月十七日	占城、渤泥、爪哇、彭亨、滿剌加、錫蘭、沙里灣泥、柯枝、古里、木骨都束、不剌哇、阿丹、剌撒、忽魯謨斯、麻林
六	永樂十九年（一四二一年）秋季	永樂二十年（一四二二年）八月十八日	占城、暹羅、滿剌加、榜葛剌、錫蘭、柯枝、溜山、古里、祖法兒、阿丹、剌撒、木骨都束、不剌哇、忽魯謨斯
七	宣德六年（一四三一年）十二月九日	宣德八年（一四三三年）七月六日	占城、暹羅、爪哇、滿剌加、蘇門答剌、榜葛剌、錫蘭、小葛蘭、加異勒、柯枝、溜山、古里、忽魯謨斯、祖法兒、阿丹、剌撒、天方、木骨都束、不剌哇、竹步

【特別報導③】

鄭和下西洋所經地區古今名稱對照表

古國名（或地區）	今名稱	古國名（或地區）	今名稱
占城	越南中南部	急蘭丹	馬來西亞東岸
暹羅	泰國	彭亨	馬來西亞南岸
眞臘	柬埔寨	榜葛剌	孟加拉國及印度西孟加拉邦
爪哇	印尼爪哇島	蘇祿	菲律賓蘇祿群島
蘇門答剌	印尼蘇門答臘島	古里	印度卡利卡特
滿剌加	馬來西亞麻六甲	小葛蘭	印度奎隆
舊港	印尼蘇門答臘島巨港	柯枝	印度科欽
阿魯	印尼蘇門答臘島勿拉灣	甘巴里	印度南端科摩林角
渤泥	加里曼丹島汶萊	阿撥巴丹	印度阿默達巴德
單馬錫	新加坡	加異勒	印度南端
古麻剌朗	菲律賓蘇祿島東北部	天方	沙烏地阿拉伯麥加
錫蘭	斯里蘭卡	默德那	沙特麥地那一帶
溜山	馬爾地夫	木骨都束	索馬里（摩加迪休）
阿丹	葉門共和國亞丁	不剌哇	索馬利亞（布臘瓦）
忽魯謨斯	伊朗霍爾木茲海峽格什姆島	竹步	索馬里南方
剌撒	紅海東岸	麻林	坦桑尼亞（麻林地）
祖法兒	阿曼佐法兒地區		

（江蘇省鄭和研究會整理）

國家圖書館出版品預行編目資料

海上第一人：鄭和／王佩雲著. --初版. --臺
北市：實學社, 2003〔民 92〕
冊；　　公分. --（小說人物；141-142）

ISBN　957-2072-54-4（上冊：平裝）
ISBN　957-2072-55-2（下冊：平裝）

857.7　　　　　　　　　　91022901